NF文庫
ノンフィクション

「敵空母見ユ！」

空母瑞鶴戦史［南方攻略篇］

森　史朗

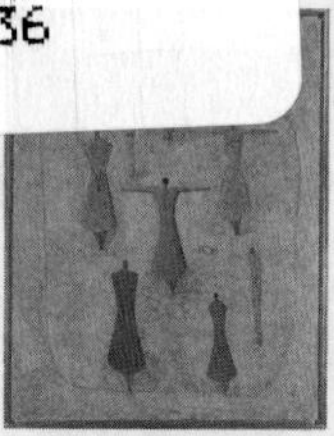

潮書房光人社

「敵空母見ユ！」——目次

第一部　史上最強の機動部隊

第一章──ラバウルをめざして

1　それぞれの休暇　12

2　赤道祭　27

3　あっけない占領　42

4　攻者三倍の法則　66

第二章──南方攻略作戦

1　戦闘機輸送任務　77

2　米空母の反撃　90

3　「名なしの権兵衛事件」　108

第三章──インド洋機動作戦

1　コロンボ港制圧　115

2　初の犠牲者　135

3　武士の作法　154

4 「敵大巡二隻沈没！」 173

第四章――英空母ハーミスを追え！

1 トリンコマリー空襲 190

2 誇り高き英海軍魂 205

3 江草艦爆隊の悲劇 223

4 第二段作戦へ 240

第二部 日米空母対決

第五章――勝者の驕り

1 消耗戦のはじまり 266

2 のどかな空輸計画 283

3 原忠一 vs.フレッチャー 291

第六章―サンゴ海海戦
1 「敵航空部隊見ユ!」 303
2 最初の体当たり 320
3 予期せぬ悲報 342
4 海戦史上の珍事 360
5 決戦前夜 372
第七章―史上初の空母対空母
1 攻撃隊発進せよ 392
2 雷爆撃同時攻撃 413
3 「翔鶴がやられた!」 426
4 不意の大爆発 457
第八章―戦いの終焉《しゅうえん》
1 たそがれのサンゴ海 464
2 レキシントンの最期 473
3 南十字星の下で 487

4　艦長退艦す　502
文庫本のためのあとがき　514
参考文献　523

「敵空母見ユ！」

——空母瑞鶴戦史［南方攻略篇］

ソ　連
モンゴル
満州里
黒河
チチハル
ハバロフスク
樺太
幌筵島
占守島
千
島
列
島
択捉島
国後島
札幌
ハルビン
新京
吉林
奉天
ウラジオストク
北京
天津
旅順
大連
朝
鮮
京城
日本海
黄河
青島
釜山
舞鶴
呉
東京
日本
横須賀
中　国
南京
上海
漢口
東シナ海
佐世保
鹿児島
太　平　洋
重慶
揚子江
長沙
奄美大島
小笠原諸島
桂林
沖縄
硫黄島
南鳥島
台北
広東
台湾
ビルマ
香港
高雄
ハノイ
マリアナ諸島
海南島
仏領インドシナ
グラーン
タイ
マニラ
フィリピン
サイパン
バンコク
テニアン
ブラウン
(エニウエトク)
サマール島
南シナ海
ミンドロ島
レイテ島
サイゴン
グアム
パラワン島
セブ島
西カロリン諸島
内南洋諸島
ダバオ
ヤップ
パラオ
東カロリン諸島
ウルシー
トラック
ブルネイ
ペリリュー
ミンダナオ島
マレー
シンガポール
ソロモン諸島
メナド
カビエン
スマトラ島
ニューアイルランド島
リンガ泊地
ボルネオ
ホーランジア
ウエワク
セレベス島
ビスマルク諸島
ラバウル
ニューギニア
パレンバン
ケンダリー
ブーゲンビル島
バンダ海
ラエ
チョイセル島
ニューブリテン島
ジャワ島
ポートモレスビー
サボ島
バタビア
スラバヤ
チモール島
アラフラ海
ブナ
ラビ
ガダルカナル島
バリ島
クーパン
ポートダーウィン
サンゴ海
オーストラリア
南方作戦要図

第一部　史上最強の機動部隊

第一章　ラバウルをめざして

1　それぞれの休暇

一九四二年（昭和十七年）の新年が明けた。航空母艦瑞鶴は呉海軍工廠に入渠《にゅうきょ》し、艦体の整備、点検にあたっている。

新年をむかえて、ハワイ作戦帰りの機動部隊将兵は高揚した気分に満ちあふれていた。何しろ、彼らがいったん上陸して馴染みの喫茶店《カフェ》や飲食店、小料理屋に顔をみせると、店主、仲居あげての大歓迎が待ち受けていたからである。

第五航空戦隊（五航戦と略称。以下同じ）司令部の先任参謀大橋恭三中佐は、上陸すると、さっそく呉鎮守府に足をはこんだ。鎮守府とは呉、佐世保、横須賀、舞鶴の各港に置かれた防禦、警備の部隊で、出師《すいし》（出兵）準備をもつかさどる。その司令長官は親補職の要職で、当時呉鎮長官は豊田副武《そえむ》大将であった。

大橋参謀にとって呉鎮守府とは、五航戦の搭載機九七艦攻の爆弾懸吊器の金具不足をめぐって、艦政本部長であった豊田大将の助けを借り、一航艦の草鹿参謀長から「君はなぜ直訴なんかするんだ」と大いに叱られ、不興を買ったいきさつがある。

前年九月十八日付で豊田大将が呉鎮長官となり、騒動は事なきをえたのだが、

「その節はご迷惑をおかけしました」

とあらためて詫びの言葉をのべると、豊田大将は「いや、いや」と手を振り、「それにしても、あのような大戦果があがるとはまったく予想していなかったよ」と相好をくずした。

豊田大将は、米内光政―山本五十六―古賀峯一とつづく〝海軍左派〟で、日華事変の不拡大、戦争発起に強硬に反対した省内の重鎮として知られている。

だが、開戦前、大命降下により東條英機内閣が誕生したさい、穏健派の及川古志郎海相の第一後継者として豊田副武の名があがったが、この〝陸軍ぎらい〟の論客を東條首相が忌避《きひ》し、〝陸軍に受けの良い〟一期上の嶋田繁太郎大将が選ばれた。

受けの良い――とは、陸軍の強硬路線に追随するイエスマン、という意味である。案の定、東條首相兼陸相、嶋田海相のコンビで日米開戦を決定し、のちに嶋田海相は〝東條の男メカケ〟とまで酷評される妥協型将官として、戦争前、中期を海軍部内の頂点にあって君臨した。

太平洋をへだててアメリカと戦う日本に、海軍のトップはその主導権を〝大陸派〟の陸軍に、丸ごとゆだねたのである。

もし、当時の日本海軍が陸軍の反発をおそれずに海軍の大方が望んだ豊田海相人事を実現させていれば、急斜面をころげ落ちるような日米戦争への潮流は、形を変えて食い止められていたかも知れない。

さて、出師準備にあたる呉鎮長官には、当然のことながらハワイ空襲計画を知らされていたが、それもごく一部の兵力をもって実行するというだけで、使用兵力量、部隊の行動計画についてはいっさい詳細を知らされずにいた。

豊田大将が戦争発起を知ったのは十一月五日の御前会議後のことだが、軍令部総長から「担任防備区域の防備を完整せよ」との簡単な作戦命令を受けただけであった。

そのときは日米交渉続行中でもあり、これは命令とはいっても、単なる「予令」にすぎない。戦争発起と決まったわけではなかったからだ。

といって、戦争準備は等閑《なおざり》視するわけには行かない。

呉鎮の主要任務といえば豊後水道、関門海峡、紀淡海峡などへの機雷敷設である。これはトップの機密事項で、その事実を米側に知られれば、日本の戦争決意をさとられてしまう。そのために、とくに米軍潜水艦の侵入しやすい豊後水道を管轄する呉鎮長官としては、極秘裡に航路や漁区の制限をし、機密がもれぬよう細心の注意をはらわねばならなかった。

豊田大将の戦後回想録に、こんな秘話が語られている。前年十二月初旬のことだ。

山本長官ひきいる連合艦隊主力がハワイ作戦支援部隊として西部太平洋に出撃する直前（注、出撃日は十二月八日）のこと、柱島泊地の司令部から緊急信が発せられた。それによると、ある運送船に誤って重要機密書類を送達したことが発見された。その船は呉に入港するはずだから、ただちに押さえてくれ、との内容であった。

警備部隊が出動し、港内で待ちかまえて船に乗りこむと、重要書類とは、何と対米英蘭国との戦争計画を記した「機密連合艦隊命令作第一号」であった。船長は、

「ちょっと中身を見たら大変なことが書いてあるので、よく見ずにさっそく金庫に入れてしまいました」

と説明したが、その言い分を鵜呑《うの》みにせず、運送船は港内に隔離し、船長には番兵をつけて開戦日まで陸上の交通を遮断するという厳重措置がとられた。

豊田回想は、単なる「事務上の錯誤だったわけだ」とさりげなく記すのみだが、しかしながら、迂闊《うかつ》というには簡単に見すごせない機密保持のありようである。

この軍機（注、軍機とは最高の国家機密を指す）書類一冊の漏洩で、ハワイ奇襲作戦のすべてが水泡に帰してしまったかも知れないのである。戦前、戦後を問わず、今日も指摘される日本人の情報管理の甘さを露呈した一件である。

そして豊田大将は、それにくらべると、「ミッドウェー作戦の時は迂闊千萬だった」と不気味な予言を記すのだが……。

こんないきさつがあったから、豊田大将は山本長官の奇想天外な空母集中戦法の成果にお

どろきもし、しかしこの奇襲作戦は大きなギャンブリング(賭博)のせいと冷静に分析することを忘れない。

「同じような作戦を更に繰返してやって一体どのくらいの成功率があるか。おそらく半分あるかないかで、私は、決して大きな成功のプロバビリティー(見込み)はあり得ず、やはり危険なものと考える」

豊田副武大将はのちに横鎮長官に転じ、同十九年四月、敗色濃厚な情勢のなかで連合艦隊司令長官をつとめた。昭和三十二年、病没。享年七十二。

豊田長官がねぎらいの言葉をのべるかたわらで、参謀長副官をつとめていた兵学校同期生が佇立していて、「貴様、これはもう用ずみだろう」といい、笑いながら一通の封書を返してくれた。彼に託した妻あての遺書であった。

密封した妻あての遺書を手に取りながら大橋中佐は、

(よくぞ生きて還ったな)

と、戦勝にわき立つ雰囲気のなかで、しみじみと味わう先任参謀の実感があった。

大橋参謀は、原少将と連れ立って大分基地にむかい、一夜司令部幕僚たちとの戦勝会にのぞんだ。その料亭の女将から大歓迎され、溜まっていた勘定をぜんぶ一度に払ってしまうのは機密保持上よくないと、背中をポンとたたかれたエピソードはすでに記した。

その女将も、「今日はわたしの奢《おご》りだから、盛大に飲んでヨ」と大盤振る舞いである。

一月一日、元日の朝はいつものように、午前八時の軍艦旗掲揚で明けた。ついで横川大佐が壇上に立っての宮城遥拝式。午前九時一五分からは、艦長訓示である。

といって、艦上に全乗員が集まったわけではない。飛行科、整備科あわせて約六八〇余名。そのすべてが大分基地に移っていたために、艦内乗員一、六六〇名のうち約四割が欠けている。

正月の儀式が終わると、半舷上陸が許可された。半舷上陸とは、下士官兵を科ごと、階級ごとに半分にわけ、その片方を上陸させることを意味する。彼ら上陸組が出払ってしまうと、艦内は妙にガランとした静かな空気になった。

宮尾軍医中尉は自室のベッドで横になり、士官室に置いてあった雑誌を手に取ってパラパラと読みあさりながら、退屈な一日をすごした。

彼は呉帰港後、故郷にもどらなかった。東京の肉親や大学医局の恩師を訪ねたい気持にも駆られたが、わずか三日間の休暇では東京への汽車往復で精一杯である。

瑞鶴乗組後、新参軍医中尉としての珍しい体験はいろいろあったが、いちばん面映ゆい思いをしたのは十二月二十五日、飛行甲板に下士官兵全員を集めてのはじめての「衛生講話」である。

つまりは上陸時、遊郭での娼妓相手の性病予防あれこれバナシだ。

「……女を相手にする前には、かならずゴムサックを忘れるナ！」

などと、若い軍医中尉が寒風吹きすさぶ呉軍港で大声でさけぶべき話題ではない。

全員の上陸前にかならず注意せよと、種子田軍医長からくれぐれも念を押されていたため
にこの日となったものだが、僚艦翔鶴でも同じような衛生講話をやらされているのかなと、
ふと同期生の顔を思い浮かべて情けない気分になった。

その渡辺軍医中尉も、翔鶴新参の役割を負わされていて、「……飛行甲板で台に乗り、下士官兵多数を前にして声を大の講演はいささか疲れた」と、まるで意気があがらない。

海軍の場合、健康面ではとくに性病予防に注意がはらわれた。遠洋航海や集団生活のためもあって、疾病対策が重要視され、そのなかでも性病感染が厳にいましめられた。

現在のような抗生物質が皆無なために、いったん感染すれば治癒が永びいたせいもある。

性病の種類としてはR《アール》（注、淋病の頭文字をとった海軍隠語）が一般的に多かったが、搭乗員の場合、もしこれに罹《かか》れば一ヵ月間の飛行禁止処分となる。

予防用のゴムサック（コンドーム）は「エスエイ」と呼ばれ、これも「Sack《サック》」の頭文字をとった隠語である。

このエスエイは、艦内の酒保で日本酒やビール、キャラメルと同様に買うことができた。

「ハート美人」が商品名で、若い水兵たちにとっては何とも口にするにも度胸のいる厄介な名前だが、考えてみれば海軍なりに、精一杯くだけた商品名を採用したのではあるまいか。

ちなみに、ゴムの品質は〝肉厚〟。使ってもめったに破れない〝頑丈なもの〟というから、

相方の娼妓たちもたまったものではない。公娼制度が大っぴらだった頃の軍医のこぼれ話である。

では、士官の場合はどうだったのか。

新入りの門司主計中尉の回想談では、ガンルーム付きの従兵が外出時にこっそり用意してくれるのだそうな。それもキメの細かい気くばりで、軍服で上陸するさいはそのまま、私服に着替えて出かけるときだけさりげなく「ハート美人」が二個、紙に包まれてポケットに忍ばせてある。

（若い従兵が、どうしてこんな気配りを）

と、とまどいながらもあえてたずねてみると、従兵長からの指し図と正直に告白してくれた。

呉軍港に上陸した乗員たちを待ち受けていたのは、彼らの想像をこえた一般国民の熱狂的な歓迎ぶりであった。

それには、新聞記事のセンセーショナルな報道のせいもあってのことかも知れない。

元日朝刊は、彼らの帰港と符節を合わせるようにハワイ攻撃の航空写真を大々的に公表した。

一面トップには「戦史に燦《さん》たり・米太平洋艦隊の撃滅」とのタイトルとともに二枚の写真

が掲載され、フォード島泊地の米戦艦群に立ちのぼる水柱を図解入りで説明されている。二面には双眼鏡を手にした山本長官の姿をかかげ、「歴史が人を生むのか、人が歴史を生むのか！」と、新聞記事の文章も昂奮気味だ。

全国各地の映画館では、ハワイ上空でアイモをまわした赤城隊布留川泉大尉の撮影フィルムをもとに「暁の奇襲」と題したニュース映画が急遽製作され、新聞紙上では「戦勝の春を寿ぐ」として大々的にこれを宣伝、広告されていた。

飛行隊長嶋崎少佐も基地に到着するやいなや、公会堂の壇上に立たされたが、その栄誉の主役となったのは何といっても真珠湾攻撃の立役者、機動部隊の搭乗員たちであった。

赤城戦闘機隊の木村惟雄一飛曹は、知人の依頼をうけて大阪朝日会館の壇上に立ち、なれぬ口調でハワイでの体験を語らなければならなかったし、蒼龍艦攻隊の森拾三二飛曹も郷里の実家で、つぎつぎとおしよせる近隣の村人たちに、カリフォルニア雷撃の水柱を何度もくり返して説明せねばならなかった。

家庭を持った搭乗員たちは、久しぶりの内地で水入らずの屠蘇《とそ》を祝った。加賀戦闘機隊の志賀淑雄大尉は、いかにハワイ作戦の機密をまもるのに腐心したかを語った。

「それでいて、これが最後だと家族に納得させねばならんのだからな。苦労したよ」

と、彼は妻に打ち明けた。

五航戦の搭乗員たちもその例にもれず、久しぶりの内地気分を満喫した。

ガンルームの佐藤善一中尉は、短い休暇を別府の温泉旅館清風荘ですごした。同じ新婚カップルの村上喜人中尉は亀乃井で、それぞれ次期R作戦（ラバウル攻略）出撃前のつかのまの青春を楽しんでいる。

村上中尉は色白の美青年で、藍大島《あいおおしま》の和服姿が良く似合ったと、佐藤夫人久美子の想い出話にある。

村上中尉の新婦は新興企業家の娘で、結婚記念に高級カメラをプレゼントし、「愛のコンタックス」と佐藤夫婦から良くからかわれていたものだ。

この新婚旅行のことである。

四人が連れ立って別府の名所を散策していると、偶然別府芸者たちの一行とすれちがった。中の一人が目ざとく村上中尉を見つけ、

「村上さあーん」

と呼びかけたものだから、たちまち芸者たち一行から嬌声が乱れ飛んだ。

「村上さんはハンサムだったから、芸者さんによくおモテになった」と佐藤夫人の回想はつづくのだが、放っておけないのは新妻のほうである。

「あの人たち、だれなの？　ね、教えて」

と、夫にたずねるが、村上中尉は笑って答えない。新婦はこんどは佐藤夫人に取りすがって「ね、だれなんですか」と素性を聞きただそうとするのだが、これも返答のしようがない。

他愛ない新婚時代の挿話である。佐藤中尉は翌朝、大塚分隊士に呼び出されて原少将の岩国基地行きに付き合わされ、新婚旅行は一日で終わってしまうのだが、残された村上中尉も

新婚生活を味わうのはこの正月のことにすぎない。

このダンディ中尉も、あとわずかに五ヵ月の命なのだ。

せっかくの休暇をさびしくすごした者もいた。

海兵団を志望した農家の次男、三男坊は貧しい家庭の出身者が多かったから、両親への仕送り、将来にそなえての貯えなどで、給料の大半を費してしまう乗員も多くいた。

ハワイ作戦で九死に一生を得てたとえ故郷に生還しても、貧しい農家暮しでは家族にその喜びをわかち合う生活のゆとりがなかった。僚艦翔鶴の水平爆撃隊大浦民兵三飛曹がその好例である。

大浦三飛曹は大正十年、佐賀県に生まれた。広島県修道中学から飛行機にあこがれて予科練習生に転じ、乙飛八期生。土浦での飛行訓練を受け艦爆機偵察員となり、昭和十六年九月、翔鶴乗組。

真珠湾攻撃時、彼は髙橋赫一隊長の指揮小隊につづいて、第一中隊二番機の位置でフォード島格納庫群に突入した。

操縦員は甲飛三期出身の中所修平二飛曹。投弾後、避退中に「陸上基地は戦闘機が銃撃するので彼らの邪魔になってはいけないと思い、近くの水上艦艇に七・七ミリ旋回銃を射ちまくった」ら、これがフォード島北西岸に碇泊中の水雷戦隊群で、大小無数の艦艇から対空砲火を雨あられとあびせられる結果となった。

たちまち被弾し、はげしい震動ですぐさま機内外を点検してみると、右胴体下に直径一〇センチほどの破口があった。

対空機銃の一弾が命中したもので、もし被弾の位置が少しずれていれば胴体燃料タンクの爆発はまちがいなく、思わずゾッとして早々にハワイ上空を離れたものだ。

その戦慄の一瞬から逃れられた喜びを両親につたえようと、一目散に佐賀の自宅に駆けつけると、野良仕事に疲れはてた両親が土間に坐りこんでいた。そして、「働き手が足らんというのに、どこに行ってたんか」と、父親が不機嫌そうに叱言をいった。

戦時下でなければ、海軍では二週間の正月休暇が出た。実家は小作農で家族は八人。男は兄と彼の二人きりであったから、冬仕事には頼みの手伝いなのだ。

大浦三飛曹はおくれて帰ったことをわび、だまって翌朝から野良仕事に出た。ハワイ空襲の凱歌といったところで、苦しい家計をやりくりする一家には何の関心も持たれなかった。休暇を楽しむゆとりもなく、一日を汗まみれですごす。それが貧しい地方農家の現実であった。

大浦三飛曹はその後、空母大鷹に移り、五〇二空、一〇三飛行隊、六〇一空と転戦し、比島基地では負傷のため特攻隊出撃をまぬかれた。終戦時、海軍飛行兵曹長。

戦後は、一時期坑内夫として働いたが、現在は家業の農家をついでいる。

一方で、独身者の気楽さで遊蕩三昧《ざんまい》で遊里ですごした豪の者がいる。彼らが、飛行機隊搭乗員と知ればその扱いは最上等のモノとなった。その一例をあげると——。

「私たちは真珠湾を目標として演習で急降下爆撃をくり返し、一般国民にはさぞかし迷惑をかけ一言文句もいわれるにちがいないと覚悟していると、飲み屋で主人が出て来て、『今日の海軍サンは無礼講でいいですよ。勘定もタダ』と胸をポンとたたかれて、大感激するやら、大いに意気上がるやら……」

この歓迎ぶりに勢い立った若い搭乗員たちは郷里に帰らず、仲間と連れ立って勇んで念願の遊里に駆けつけた。

戦時中といえども給料は支払われているから、航空加俸、戦時手当をふくめて所持金は三百余円。大学卒の月給が平均六〇円前後の時代であったから、法外な大金である。

長崎出身の艦攻隊中村豊弘二飛曹の場合、こんな体験談がある。彼は御年二十五歳。

「ハワイ攻撃では、米側の抵抗も受けずにやすやすと戦場に到着した。訓練通りに投下して命中。何とも張りあいがなくて、がっかりしました。大変なことを仕出かしたという実感がないまま、基地に帰ってきたわけです。各員飛行機を格納庫に収容すると、市長がミカン箱を一箱ずつ、慰労でとどけてくれたころから、何かいつもとちがうなという感じになった。

新聞記事なんて、知らないです。上陸して頭を刈ってもらおうと床屋に行くと、オヤジがあんたらは飛行機乗りかときく。そうだと答えると、ニコニコ笑いながら、それならタダですと妙なことをいう。われわれは歓迎される意味がわからないから、キョトンとしている。

そのうえで、こんどは〝精進落とし〟のために、皆で女郎屋にくり込んだ。相手の女が来る前に一風呂あびて部屋にもどってみると、頼みもせんのに台付《だいつき》（膳）が出ている。注文もせんのにこんな高い料理出しやがって、と腹が立って皆で帰ろ、帰ろと騒ぎ立てると、これは帳場からの差し入れだと押し止どめられた。

泊った相手の女も、一夜明けて花代（料金）はいらないと言い出したところから、ひょっとしたら俺たちはエライ大変なことを仕出かしたんじゃないか、と思いはじめた。それでドンチャン、有頂点になって相手の女と流連《いつづけ》（連泊の遊興）しちゃった……」

まるで志ん生落語の「居残り左平次」を思わせるような滑稽譚《こっけいたん》だが、こうして本人たちは大尽《だいじん》遊びを満喫した気分で、意気揚々として艦にもどってきた。

つかの間の正月休暇は、すぐに終わった。次期作戦の出撃予定は一月八日である。

R作戦（注、ラバウル攻略作戦）への五航戦両空母参加は、つぎのような経過から誕生した。

ラバウル攻略計画は、内南洋の最重点基地トラック島の泊地にある第四艦隊司令部でもかねてから主張している重要課題であった。

ビスマーク諸島にあるニューブリテン島ラバウル（47頁地図参照）は、第一次大戦終了後オーストラリアの委任統治領となっていた。

ここに守備隊が駐屯しているが、豪軍兵力が増強され、基地に米陸軍の大型爆撃機B17『空の要塞』が進出してくると、優にトラック島は爆撃圏内に入る。

トラック泊地は一九一九年（大正八年）、ベルサイユ条約によってドイツから日本に割譲され、海軍の最前線基地として防備強化がはかられてきた戦略拠点である。

この地を確保し、南東方面各地域、ソロモン群島を攻略して行くためには、まず第一にラバウルは手中にしておかねばならない要地といえる。

連合艦隊首席参謀黒島亀人大佐起案の第一段作戦計画にも、南雲機動部隊はハワイ作戦終了後、「主トシテ第四艦隊ノ作戦及南方作戦ノ支援ニ任ズ」との任務があらかじめ決定されている。

R作戦の実施に当たる第四艦隊司令長官は、井上成美中将である。

軍政畑が長く、海軍省軍務局長時代に日独伊三国同盟締結に反対した〝条約派〟の人物として知られているが、当時海軍主流の〝艦隊派〟から中央を追われ、いまや実戦部隊指揮官としての力量を問われる立場に立たされていた。

第四艦隊参謀長矢野志加三少将からは、杜島あて攻略日をウェーク島作戦後の一月上旬と要望してきている。果たして、真珠湾から帰投中の草鹿参謀長からも船体機関の修理、飛行機約七十機の更新を要すとの注文が出て、トラック泊地からのR作戦出撃は同月下旬にくりのべとなった。

ミッドウェー島攻撃命令を、「相手の横綱を破った関取に、帰りにちょっと大根を買って来いというものだ」とまで痛罵した草鹿少将は、機動部隊のR作戦参加も「これも行きがけの駄賃にやるというような軽率な作戦であってはならぬ」と、あくまでも慎重である。

結局のところ、機動部隊は内地へ帰投し、あらためてラバウルにむけて再出撃することになったのである。

2 赤道祭

南雲機動部隊は、R作戦参加のため内海西部を発ち、一路トラック島泊地をめざして南下をつづけていた。

一月八日午前六時三〇分、柱島出撃。進路一四〇度、艦隊速力一四ノット。元日いらい晴天がつづき、海上は平穏である。

第一水雷戦隊旗艦阿武隈が先頭に立ち、南雲中将が坐乗する一航艦旗艦赤城、第三戦隊旗艦比叡、戦艦霧島、原忠一中将のひきいる五航戦旗艦瑞鶴、翔鶴、第二補給隊の三隻の給油艦がそれにつづいている。

空母加賀および第八戦隊の重巡利根、筑摩は呉にあり、九日午後には合流する予定である。

「白雪を頂いた瀬戸の山々と別れをつげる。想い起こせば、先月の本日は真珠湾攻撃を敢行した日である」

金沢飛曹長は、新年からあらためてつけはじめた黒表紙の日記の第一行に、出撃の感慨を書きつけた。

瑞鶴は三日午後に呉海軍工廠を出渠、正月あけの五日に諸物資、爆弾などの搭載をおえて出港した。

翌日、洋上で大分基地からの全飛行機を収容して、ふたたび入港。この日、旗艦赤城とともにラバウル攻略作戦にむけ出撃してきたのだ。

「真珠湾作戦とちがい、進むところは悉《ことごと》くわが勢力圏内であるから気は楽である」

と、一航艦の草鹿参謀長も、気楽な航海気分でいる。

金沢飛曹長が記したように、一ヵ月前の同じ日、ハワイ奇襲をひかえて薄氷を踏む思いの旅立ちとは、気分は天と地ほどのへだたりがある。

艦長横川市平大佐も、麾下の飛行機隊員たちがようやくヒヨコから巣立ちをおえて一人前の海鳥に育ったのを見る思いである。

戦勝の日本の未来は、かがやかしい希望にみちたものであった。

南方戦線では、マレー半島攻略に当たった山下奉文中将麾下の陸軍第二十五軍はすでにクアラルンプールにせまり、〝東洋の要塞《ジブラルタル》〟シンガポールまであとわずかである。

比島では、本間雅晴中将の第十四軍が一月二日、マニラを占領し、米比軍司令官ダグラス・マッカーサー大将をコレヒドール要塞に追いこんだ。

海軍では、特別陸戦隊がウェーク島攻略こそ手間どったものの、グアム島につづいてこの西太平洋上の拠点を手中におさめれば、あとはラバウル、ソロモン諸島から東部ニューギニア、豪州北東部へと征覇の夢をひろげるばかりである。

このなだれのような日本軍の進撃をいま、だれが食いとめることができようか？


「潜水艦音ナーシ」

豊後水道から外洋に出ると、水中聴音室から瑞鶴艦橋にまのびした声が聞こえた。

対潜哨戒機が雲間に見えかくれし、時折翼が冬日にかがやいて、小さい鏡のように光った。

「艦長、隊長機のようです」

右舷から着艦許可をもとめて接近しつつある一機の戦闘機を注視していた下田飛行長が声をかけた。

「面舵」

横川艦長がうなずくと、露口航海長が収容作業のために艦を風上に立てた。

「おもーかじーい」

操舵員が復唱すると、基準排水量二五、六七五トンの巨艦がゆるゆると右に回頭しはじめた。右舷正横の位置に接近した零式戦闘機が着艦許可を確認すると、艦首を左に迂回し、そのまま直進して艦尾から大きくまわり込んできた。

「だれかね」

司令官原少将が猪首の肥った身体をねじまげるようにして、のんびりとした口調でたずねた。

「岡嶋大尉のようです」と、横川大佐がおうじた。

「佐藤大尉の後任の戦闘機分隊長です」

すでに先任分隊長の佐藤正夫大尉は、一月五日付で海軍省からの辞令がとどいていて、大村航空隊の教官配置に転属していた。

通信長山野井少佐は治療のため呉海軍病院に入院し、代わって八角高士大尉が通信長をつとめることになった。そして艦攻隊の中本道次郎大尉は改装成った軽空母祥鳳へ、艦爆隊の林親博大尉は鈴鹿航空隊分隊長兼教官へと、それぞれ転出辞令が出た。

佐藤大尉の更迭は、艦内に小さな波紋を生じさせた。瑞鶴が完成して三ヵ月余、ハワイ奇襲作戦を成功させた戦闘機隊の猛者が突然そのトップ・リーダーの位置をはずされるのである。

荒武者というイメージが強く、むしろ戦闘機隊長にふさわしい人物と思われたが、やはり真珠湾出撃前夜のケンカ騒動が尾を曳いていたのだろうか。戦爆連合の指揮官として協調性に欠ける、とのきびしい評価が下されたのだ。

だが、代わって空母飛龍より転任してくる岡嶋清熊大尉も、艦隊内の暴れん坊として名が知られている。二十九歳。

大正二年、熊本生まれ。根っからの九州人らしく、小柄で精悍《せいかん》な面がまえをしており、この人も気性がはげしい。

五人兄弟の長男。昭和七年、県立熊本中学から陸軍士官学校、海軍兵学校の両方を受験し、合格。兵学校は六十三期で、このとき陸軍びいきの叔父から、「なぜ士官学校に行かんのか」ときかれて、あっさりとこう言いはなっている。

「〝馬グソの土煙〟はいやじゃ」

兵学校時代は、身体が小さいため、ずいぶん苦労したようである。〝肥後もっこす〟の頑張りがあって、卒業成績三十番。十二年十月、第二十九期飛行学生となり、卒業前の機種選考で戦闘機専修となった。

このときのいきさつもふるっている。飛行分隊の指導官付が三期上の伊藤俊隆大尉。飛行訓練のあと、伊藤大尉はあきれたようにこう語ったそうである。

「お前は操縦が乱暴だから、他の人間と同乗する機種には乗せられない。どうせ飛ぶならひとりでやれ！」

案に相違して、飛行学生時代の卒業成績は優秀で、同期生のうち三番。この後、実用機訓練のため五ヵ月の延長教育へ。

だが、ここでも彼は大いにやんちゃ坊主の真価を発揮している。

訓練機は、旧式の九〇艦戦から実用型の九六艦戦へと一挙に高速化していくが、岡嶋中尉

（当時）は初搭乗で離陸直後、いきなり垂直急旋回をやってみせた。いっぱしのベテランパイロットのつもりである。

運悪く、これを飛行場で見上げていたのは〝鬼の新郷〟こと、新郷英城大尉である。たちまち呼びつけられて、「浮力も速力も充分でないときに、なぜ貴様はそんな危険なことをするか！」とこっぴどく叱られた。

海軍一の鬼教官の叱声は迫力があって、この暴れん坊も「ハハァ、海軍にはコワイ人もいるもんだな」と、さすがに色青ざめたことであった。

実戦部隊の配属先は、最初が中国戦線の漢口基地。ついで空母蒼龍、加賀、飛龍と第一線の艦隊航空隊づとめをしている。

一月五日、ハワイ作戦、ウェーク島攻略作戦に参加して内地に帰還。正月休暇をすごして宇佐基地にもどってきたところ、

「おい、転勤命令が出ているぞ」

と、不意に知らされた。

折悪しく風邪気味だったが、飛行長の指示を受けて三菱重工業津工場に飛び、新品の零式戦闘機を受領。テスト飛行をおえて、いったん宇佐航空隊にもどり、八日朝、豊後水道を南下中の機動部隊を追いかけてきたのである。

発熱は三八度をこえ、顔は火照《ほて》るように熱い。新造なった瑞鶴に着艦するのは、はじめての経験である。

空母加賀などは飛行甲板が後方に低く下がっており、〝Dawn《ダウン》 Wash《ウオッシュ》〟の乱気流が生じ着艦に難渋するものだが、艦尾から徐々に高度を下げて行くと、幅広い飛行甲板がゆったりと眼前にひろがっていた。

岡嶋大尉の第一印象——。

「一目で、いい母艦だと気づいた。あとで乗艦してみてわかったことだが、艦が当初から空母目的に設計されていて、居住性も良く、戦艦改造型の赤城、加賀よりも、構造がいい。着艦もずいぶん楽でした」

艦橋でのあいさつをおえ、士官室に顔を出すと、馴染みの顔が彼を取りかこんだ。

飛行科士官のうち、坂本明、江間保両大尉が兵学校同期生、艦攻隊の石見、坪田両大尉は一期上だが、後は後輩士官たちばかりである。後任の戦闘機分隊長牧野正敏大尉は二期下、いずれも気やすい飛行学生仲間である。

「おい、顔色が真っ赤だよ。少し休め」

発着艦指揮所から士官室にもどってきた下田飛行長が、おどろいたように彼の顔を見つめた。

四〇度近い高熱を出して、意識はもうろうとしてきて、立ちくらみがした。

——こうして瑞鶴着任第一夜、さすがの暴れん坊もベッドで熱にウンウンうなされながら、大人しく身を横たえたのである。

岡嶋大尉の零戦一機を収容すると、機動部隊は何事もなかったように、ふたたび南下をはじめた。

薩南諸島をすぎるころになると、しだいに艦内の温度は上昇する。黒潮の荒い波をこえ、やがて海の色が一転して暗黒色から群青にかわると、冬の寒さがすっかり春の暖かさに変化した。出港直後の警戒配備もとかれ、のどかな海上を艦は南下しつづける。

一月十日、艦隊速力一四ノット、針路一四〇度。

一月十一日、位置北緯二〇度、東経一四三度。針路一四五度。

この日、艦内のスピーカーが機動部隊が亜熱帯に近づいたことを知らせた。真冬の日本から真夏のトラック島へ。重い冬の軍装を脱ぎすて、全員が半袖、半ズボンの防暑服にかえた。

機動部隊は、ひたすら南下をつづけていた。寝苦しい艦内からこっそりと抜け出して、飛行甲板横のポケットで涼をとる乗員たちの姿もふえた。

見上げると、一面銀の粒をまいたような星空である。

金沢飛曹長の日記、つづく。

「一月十二日、敵空母レキシントン雷撃の報（注、サラトガの誤り）入る。同行の重巡も時間の問題であろう」

「一月十三日、明朝一〇時、トラック島入港の予定。――一四〇〇、艦攻二、艦爆二、艦戦五を誘導し、自差修正のため先行す。距離二三〇浬。一六三〇、トラック島竹島飛行場に着陸す」

翌日午後一時三〇分、グアム島アプラ港では、ラバウル攻略船団の出撃のときがせまっていた。まず攻略部隊旗艦沖島《おきのしま》が行動を起こし、つづいて敷設艦津軽が右翼に出て嚮導艦天洋丸以下三隻が微速で港外にむかった。

陸軍南海支隊五、〇〇〇名の将兵は三分隊にわかれ、最後尾の第一分隊所属の横浜丸に指揮官堀井富太郎少将の姿がある。R作戦は、いまはじまったのだ。

「金沢飛曹長、対潜哨戒だ」

前夜来、分隊長から機動部隊の前路警戒を指示されていた金沢卓一飛曹長は、下田飛行長の声にうながされて、一月十七日、トラック島竹島基地の指揮所を出た。

翌日には、ラバウル攻略にむけ、南雲第一航空艦隊はこの内南洋最大の根拠地を出撃する予定だ。

トラック島は、金沢飛曹長にとってはじめて訪れる艦隊泊地である。

日本の委任統治領となったトラック島は、太平洋ミクロネシアのカロリン諸島にあり、直径六〇キロ。堅固なサンゴ礁にかこまれた要衝で夏島、冬島といった四季名と、月曜島、火曜島といった七曜名を名づけられた島々で成り立っている。

竹島は別に飛行機基地のある島で、ここで各飛行機隊はさっそく定着訓練に入っている。

気温は三五度、木陰に入っても三〇度と亜熱帯の気候は真冬の日本内地とくらべると、たまらなく暑苦しい。

金沢飛曹長はいつものように飛行服を点検し、航空図板と携行する三つの時計を確認した。通常は航空時計一つで充分なのだが、彼の場合、念を入れて秒針が大きなストップ・ウォッチ、自分の腕時計の三種を用意した。そのせいで航法に一度のミスもなく、よく索敵行に駆り出されるのである。

同日付、彼の日記。

「出港して以来、十日間で兵隊達の顔は皆黒く日焼けして来た。勿論、自分の顔も人並以上である。午前八時、(母艦は)トラック島を出て各艦の飛行機を収容した。作戦予定が出され、二十三日ラバウル占領と決まる」(傍点筆者)

攻撃、即占領と、開始する以前から相手を一呑みする勢いである。

ニューブリテン島ラバウル——この南東方面最大の戦略要地の占領が日本軍にとってどれほど有利であったかは、その後の戦局展開をみれば明らかであろう。

米豪軍の反攻基地ポートモレスビー島占領を機に起こった日米ソロモンの攻防、第一次〜第三次ソロモン海戦、い号、ろ号作戦、ブーゲンビル島沖海戦など、いずれも日本側の攻撃発起点となったのはラバウル基地である。

この重要性にかんがみて、海軍中央はR作戦実施にむけて陸軍南海支隊および第十九戦隊の他に、協力部隊として真珠湾帰りの第一航空艦隊主力のほとんどを投入した。

すなわち、ウェーク島支援の第二航空戦隊をのぞく機動部隊の空母四（赤城、加賀、瑞鶴、翔鶴）、戦艦二（比叡、霧島）、重巡二隻（利根、筑摩）、および飛行機約三〇〇機の艦隊航空主戦力である。

これら最強機動部隊の応援をえて、グアム島攻略を成就させたばかりの陸軍南海支隊は「米英何するものぞ」と、その意気は天を衝《つ》くばかりである。

グアム島アプラ港を進発した南海支隊は同十七日、赤道を越えることになり、「日本陸軍としては神武天皇以来はじめてだ」と、支隊長掘井富太郎少将以下、大いに意気が揚がっている。

翌日には、メレヨン島西方で海軍側の護衛部隊第六水雷戦隊（旗艦夕張）の第二十九駆逐隊、第四部隊、第二海城丸と合同することになっている。

南海支隊は歩兵第百四十四連隊、山砲兵第五十五連隊を基幹とし四国丸亀で編成され、部隊は前年十二月十日、グアム島攻略をわずか半日で成功させている。米マクミラン大佐以下、捕虜三三〇名。

一月十八日、少し雲が出はじめた。攻略船団上空にはサイパン島より飛来した水上偵察機、それと交代しては、メレヨン島に進出した特設水上機母艦聖川丸水偵が順次対潜哨戒にあたっている。

翌日夕刻には、支援部隊の第六戦隊（司令官五藤存知少将）の重巡四隻（青葉、加古、衣笠、古鷹）と合同。こんどは彼らが前路警戒の任務につく。南海支隊将兵にとっては、まさに心強い護衛である。

攻略部隊の先頭に立つのは第十九戦隊旗艦沖島《おきのしま》である。司令官は志摩清英少将。各艦は第一警戒航行序列をとって南下し、陸軍船団は九隻。二列の隊形を組み、最後尾の横浜丸船橋には、支隊長掘井少将の姿がみえる。

十九日。天候に異変が生じたのか、海上に白波が立ちはじめている。空は晴れ、視界は二〇キロと相変わらず好天だが、風が強い。

横浜丸船橋に立って、この波のざわめきをながめていた掘井少将に、田中豊成首席参謀がニコニコと笑いながら近づいてきた。

「船長が兵隊たちと赤道祭をやるから、出席してほしいといっているようです」

攻略船団の赤道通過は、夜半二三〇〇の予定である。平時の航海なら軍艦瑞鶴でもこの瞬間を記念して盛大な赤道祭がおこなわれるはずなのだが、戦時下ではこの愉快な行事も取り止めである。

「赤道祭とはこんな風にやるもんだ」

と、航海途次、ガンルームで先輩格の士官が宮尾軍医中尉に教えてくれた。

兵学校を卒業してはじめての遠洋航海に出ると、まず少将候補生たちが「おうい、赤道が見えるぞ！」と大声で呼び出されて、あわてて甲板に飛び出すと、〝何もない海原〟に茫然とさせられるのが、まず第一幕。

また念の入ったことに、寝こんでいる耳元でいきなり「赤道の赤い線が見えた！」とどなり上げ、二重のだまし方をする手あいもいる。

そして、赤道祭の当日――。

これは民間船舶でも大要は同じで、まず乗員のなかから赤道通過数のもっとも多い者を神様として選び出し、「赤道の鍵」なる工作物を持って赤道開きの儀式をおこなう。その鍵は船長に手渡され、航海の安穏が祈念される。そして赤道祭のクライマックスは、全乗員参加の仮装行列だ。

「この日は戦時のことであり、夢の中に赤道は通過してしまった」

と宮尾軍医中尉は大いに口惜しがって日記に書きつけたが、南下する陸軍部隊にはこうした緊迫感がない。

陸軍の陽気な船内の雰囲気とは反対に、「海軍の艦船は対潜水艦警戒に神経をとがらしていたことに」兵隊たちは気づかなかったのである（注、一般兵が作戦目的地ラバウルを知らされたのは、赤道祭の直後となっている）。陸軍兵士椿英児回想――。

「……船内ではまた次の攻略予想地談義が始まった。グアム島を攻略《や》ったのだから、この次はハワイか、マニラだろうという者。あるいはウェーク島あたりをやるのではないかと、頭の中で地図を思い浮かべながら勝手な作戦構想を描いている。どうせやるならハワイに行って見たいと観光気分でいう奴もいて、戦わずしてすでに勝ったつもりである」

陸軍側掘井支隊長が攻略作戦に楽観的であったのも、故《ゆえ》なしとしない。

事前の敵情報告では豪軍守備隊の「敵兵力約一、五〇〇名」とあり、偵察機による直前情報でも港内に連合国艦船出入の姿はない。

ニューブリテン島ラバウルは、第一次大戦の勃発とともに一九一四年、ニューギニアの一部としてドイツが占領していたものを豪軍が奪い取り、戦後のベルサイユ条約によって豪州の委任統治領となった。

ドイツが同島を領有したのは一八八四年（明治十七年）の昔にさかのぼる。こうしてみて行くと、太平洋の中央部ミクロネシアの島々は、欧米列強により手当たり次第植民地化されていたことがわかる。

さて、豪軍はスキャンラン大佐を指揮官として、歩兵三個中隊、戦車砲隊一、兵力一、四〇〇名、航空機一四機の陣容で、武装内容も六インチ海軍砲二、三インチ高射砲一五、速射砲、迫撃砲合わせて二六門という貧弱なものであった。

開戦前、すでに日本軍来攻のうわさが飛び、豪州人の大半は本国に引き揚げている。元来は植民地支配が主で、軍隊は現地人相手の治安対策が目的であったから、日本軍の本格的上陸作戦に対応できる軍事能力はない。

一月九日、豪軍偵察機はトラック島に日本軍艦船の集結を報じており、彼らがいずれ大規模な上陸作戦に乗り出すことは明らかであった。

危機を察知したスキャンラン大佐の応援要請にたいし、絶望的に軍事力不足の豪州政府は何ら手を差しのべることができない。

連合国軍の中核、アメリカは真珠湾での太平洋艦隊の壊滅により、日本軍の破竹の進撃を食い止めるすべを持たない。太平洋艦隊司令長官ニミッツ大将も、その事実を率直にみとめている。

「米軍の準備はまだ完全なものではなかった。太平洋正面では、米国は事実上単独で強大な日本海軍と対抗した。真珠湾攻撃当時でも、米国の艦隊は大西洋と太平洋にかなり平均に分かれていた。……太平洋においても、真珠湾の惨敗前でさえ米艦隊はすべての艦種で日本艦隊より劣勢であった」

米国太平洋艦隊には、真珠湾の災厄を逃れた三隻の空母――レキシントン、エンタープライズ、大西洋から回航されてきたヨークタウン――と無傷で残った潜水艦群が手駒として残されていた。そしてニミッツ提督には、ルーズベルト大統領の大いなる戦略的制約が課せられていた。すなわち、大西洋＝ヨーロッパ戦線を第一とし、太平洋＝対日戦争を従属的とする「戦略的防衛」の基本大方針である。

この方針は対日参戦後も一貫して変わっていない。ルーズベルト大統領の最大の関心事は、欧州戦線の推移なのだ。

豪軍スキャンラン大佐の守るラバウルは見捨てられた。同時に、米国は南東方面最大の戦略的要衝を手放した。否むしろ、手放さざるをえなかったのである。

そして日本は、ニミッツ回想が指摘するように、「ニューブリテン島の北端にあるラバウルに対し、不必要な準備攻撃を加えた」(傍点筆者)のだ。

3　あっけない占領

南雲機動部隊四隻の空母は、ラバウル攻撃隊発進地点(南緯一度、東経一五二度)をめざして進撃をつづけている。

一航戦、五航戦の各飛行機隊はZ-3日(一月二十日)、上陸作戦にさきがけてラバウル、カビエン両豪軍飛行場空襲にあたることになっている。

五航戦の瑞鶴、翔鶴はその直後主隊と分離し、さらに南に足をのばしてニューギニア島ラエ、マダン、サラモア各飛行場攻撃任務につく。

豪軍機の哨戒圏内にはいり、瑞鶴艦橋に緊張感が張りつめている。露口航海長の背後の海図台では五航戦司令部三重野航空参謀がいそがしく定規を動かし、大谷通信参謀が旗艦赤城からの作戦命令の確認にあわただしい。

二十日未明、予定通り機動部隊はラバウルの北二〇〇カイリ(三七〇キロ)の地点に到着した。南海支隊はひたすら南下をつづけ、カビエン攻略の別働隊は同日一四〇〇、トラック泊地を出撃する予定である。

午前九時一八分、赤城から布留川《ふるかわ》泉大尉の天候偵察隊二機が先発すると、飛行甲板には荒天のためいったん格納されていた第一次攻撃隊の各機がリフトで運び上げられてきた。淵田美津雄総隊長の水平爆撃隊二七機、白根斐《あや》夫《お》大尉の制空隊零戦九機がその陣容である。

この日、一航艦の赤城、加賀からは水平爆撃隊各二七機、五航戦の両空母からは急降下爆撃隊三八機が参加することになっている。加賀制空隊と合わせて、計一〇九機。

天候偵察隊が発艦するころになって、ようやく雨がやみ、薄暗い海上に陽が射しこみはじめた。

「第一次攻撃隊ハ一〇〇〇　発進セヨ」

各艦あてに発光信号が送られ、続航する五航戦旗艦瑞鶴でも、飛行隊長嶋崎少佐が荒天のため出撃計画の変更を攻撃隊指揮官坂本明大尉につたえるべく、搭乗員待機室にむかっていた。

嶋崎少佐は飛行服でなく、防暑服のままでいる。この日は艦上指揮をとることになっていて、五航戦艦爆隊の指揮官は翔鶴の高橋赫一少佐の役割である。

嶋崎少佐の気がかりは、新任の戦闘機隊先任分隊長岡嶋清熊大尉の体力回復状態である。着任早々四〇度の高熱を発してベッドに倒れこみ、しばらくは「足元が右へフラリ左へフラリ」という状態がつづいた。

「単なる風邪ですよ」

と強情を張ってたが、回復ははかばかしくなく士官室にむりやり起きてきて、下田飛行長から「つまらん意地を張るな」と押しとどめられる事態がトラック出港時までつづいた。

「岡嶋大尉！　今回は君が出て行くほどのことはないな」

嶋崎少佐が待機室の士官グループのなかに岡嶋大尉の飛行服姿を見かけて、気さくに声をかけた。

「ハァ……」

小柄な岡嶋大尉は隊長に声をかけられて、少しはにかんだ表情をした。瑞鶴の新任分隊長としてやってきて、いきなり倒れこみ、〝金時《きんとき》の火事見舞い〟の赤ら顔を見られたのでは、先任指揮官としての沽券《こけん》にかかわるというものだ。

「彼は一匹狼タイプだが、責任感が強く、戦闘機乗りとしては頼もしい存在だった」

とは兵学校同期生江間保大尉の評だが、この日朝、上空直衛の責任者として、律義に飛行服に身を固めた新任分隊長の姿は、さんざん戦闘機隊内のゴタゴタに巻きこまれてきた飛行長にとって好ましい光景であった。

「搭乗員整列！」

発艦時刻がせまり、下田飛行長につづいて坂本明大尉が出撃前の最後の訓示にかかっていた。

「いいか！　突入高度は一、五〇〇メートルないし二、〇〇〇。ラバウル上空侵入後、情況偵察をおこなったうえ、攻撃目標を決定する」

坂本大尉は、いつものように攻撃前夜に気持の昂《たかぶ》りをおぼえていたものか、少しはれぼったい眼をしていた。睡眠不足のせいで、色白の素顔がいっそう青白い。

「目標選定の区分を言う。目標は在泊艦船、第一中隊はこのうちの一艦を目標とする。ついで第二中隊。在泊艦船なき場合は湾口付近砲台、これを一中隊一砲台とし西方向より順次攻撃する。

これら目標攻撃後、残余の各機は地上陣地および在地飛行機を壊滅せよ」

湾口付近の砲台とは、プラエド岬（注、占領後の日本名中崎）と北方のタウイ岬（北崎）二砲台を指す。

前者は豪スキャンラン大佐が日本軍の上陸部隊がシンプソン湾から侵入してくるとみて、岬の最先端に六インチ砲二門をすえつけた。後者も、南海支隊池添光徳少佐の偵察報告によると、「砲台ヲ有スル事殆ンド確実」「高射砲数門確実」とされている陣地である。

いずれも上陸作戦敢行時には、陸海軍攻略部隊の障害となるものだ。

午前一〇時、岡嶋大尉の上空直衛隊が発進し、つづいて九九艦爆一九機が母艦を後にした。隊形は総指揮官淵田中佐機を中心に、五航戦高橋艦爆隊はやや後上方に、そのはるか上空を白根大尉、加賀の志賀淑雄大尉の両制空隊一八機が直衛の位置について飛行する。――ちょうど二ヵ月前、米軍を震撼させたあの戦爆連合の大密集隊形である。

母艦を発ってから、一時間三〇分を経過している。

「隊長、ワトム島が見えます」

操縦席の松崎三男大尉の声が、伝声管を通して流れてきた。

「おうい」

すでに島影を発見していた淵田中佐が、おうむ返しに答えた。

南下中の指揮官機から左手に見える小島が、ワトム島である。せまい水道をへだててその右側に、三日月状のニューブリテン島の細長い島影がひろがっていた。縦長四八〇キロ、最大幅九六キロ。総面積は約三・八万平方キロ。日本の九州よりはやや小さい島嶼といえる。活発な火山活動のつづく島である。その小さな火山群にかこまれてシンプソン湾があり、ここは一万トン級の大型船舶を収容できる良好な泊地である。湾にそってラバウル市街がひろがり、飛行場が二つ。湾ぞいのラクナイ（東飛行場）とブナカナウの丘陵にある〝山の上〟飛行場（西飛行場）である。

空は晴れ、まばゆい陽光が群青の海面に振りそそいでいた。のどかな南の島であった。入江にそって椰子の林があり、その木立をぬうようにして低い家並みがひろがっている。

「水木兵曹、総飛行機あて発信。――全軍突撃せよ」

総隊長の指示にしたがって、電信席の水木徳信一飛曹が「トトト……」の簡単な略号符を叩いた。真珠湾上空で発信していらい、二度目の突撃命令である。

白根大尉のひきいる一航戦制空隊が前方に飛び出し、淵田中佐、加賀の橋口喬少佐指揮下の水平爆撃隊がそのまま直進する。高橋少佐の五航戦艦爆隊はぐんぐんと高度を上げ、突撃態勢に入った。

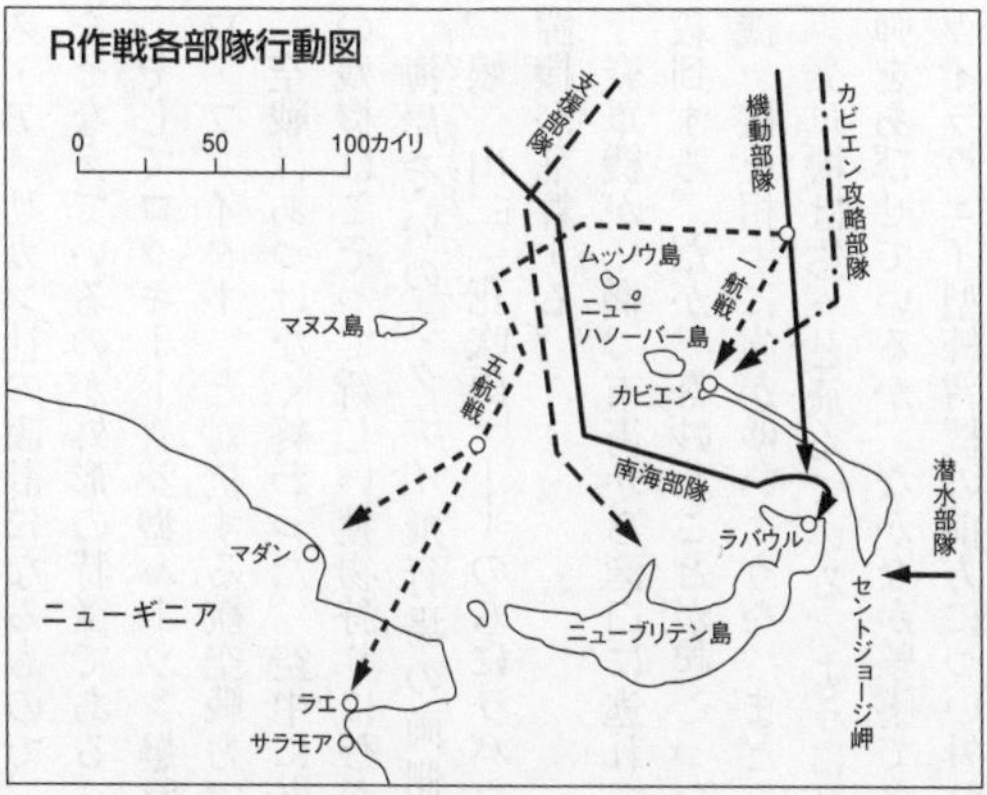

市街の右手、ラクナイ飛行場から二条の砂ぼこりが舞い上がっている。豪軍戦闘機二機が迎撃に飛び立ち、二機がすでに空中にあった。

〝山の上〟ブナカナウ飛行場は幅広い滑走路がひろがっているだけで、飛び立ってくる豪軍機の機影は見当たらない。そして、眼を上げると、あとはエンジンのひびきすら呑み込まれるような鬱蒼《うっそう》たる深い密林である。

制空隊の零戦一八機は解列し、それぞれが先を争うようにこの恰好の獲物に飛びかかって行った。相手は迎撃に飛び立ってきたものの、最新鋭戦闘機といったシロモノなどではなく、ウイラウェイ型高等練習機を改造した劣速機であった。

この当時、豪軍は一機の迎撃戦闘機も持っていなかった。ウイラウェイ型高等練習機は米ノース・アメリカン社の設計になるもので、六〇〇馬力。操縦席右側に風車のような音響発生器をそなえているのが外形の特徴である。これを保有七機。

そしてロッキードA28型ハドソン爆撃機が四機。それが日本軍の最新鋭戦闘機、幻の〝ゼロ・ファイター〟と対抗する航空戦力である。

空戦はあっけなく終わった。空中にあった豪軍機二機はたちまち撃墜され、手持ち無沙汰の残機はこぞって新しい獲物狩りにむかった。

海岸ぞいのラクナイ飛行場の両側は見渡すかぎりの高い椰子林であった。「母山《マザー》」「娘山《サウス・ドーター》」「花吹山」――のちにラバウル航空隊の代名詞となった火山群をぬい、日本側戦闘機が乱舞する。

豪軍機が一機、市街から湾口に逃れて行くのが見えた。これにむかって、赤城隊の零戦が殺到する。だが、奇妙なことが起こった。日本側が誇る最強の戦闘機群も、豪軍の改造迎撃機一機を相手に歯がゆいような、まどろっこしい空中戦をくりひろげているのである。

豪軍機は悠々と飛んでいる(ように見えた)。これにむけて、入れ代わり立ち代わり機銃弾をあびせているが、なかなか撃墜できないでいる。零戦はスピードがありすぎて、弾丸がウイラウェイ型練習機の前方につい外れてしまうのである(のち五機全機撃墜)。

五航戦艦爆隊は高度三、五〇〇メートルに達していた。上空は雲が流れ、対空砲火の炸裂する音が腹にひびく。といって、反撃は散発的だ。

湾内では、布留川隊の最新報告でも「大型商船一、小型船舶数隻」という状況に変わりがなかった。二列の戦艦群がフォード島に錨を下ろしていた見事な光景とくらべると、拍子ぬけするようなのどかさである。

高橋少佐は湾内の大型船船（注、ノルウェー商船ヘルスタイン号）に赤城の水平爆撃隊がむかうのを見て、自隊は石炭埠頭に横づけされている給油船を発見し、これの攻撃にむかうこととした。

またしても、爆撃演習のような他愛ない攻撃だった。給油船に二五〇キロ爆弾が二発命中するのを確認したが、船長は行動を起こし、全速力で逃れようとしていた。どうやら岸に乗り上げ、船が転覆するのを必死で防ぐつもりらしい。

坂本明大尉の瑞鶴隊一九機は高橋少佐の指揮下を離れ、北方のタウイ岬上空に達していた。

だが、目標上空に侵入してみると、南海支隊の敵状報告がまったくの誤りであることに気づいた。

地上から「砲台」と見たのは「砲台型をした兵舎」のことで、それも岬ぞいに数軒点在するのみである。予想外の事態であった。すでに艦爆隊は突撃高度に達している。坂本大尉は風防を開け、第二中隊九機の先頭の位置にいる江間大尉に（どうする？）というように左手を丸め、耳に当てる仕草をした。

（仕方ないな）

江間大尉が大きくうなずくような振りをした。このまま二五〇キロ爆弾を抱いて帰投すれば、着艦のさいにどんなミスで大爆発を起こすかも知れない。いずれにしても、腹下の爆弾は投棄される運命にある。

よしわかった、と意を決したように坂本大尉は風防を閉め、大きくバンクして全機突入の命令を下した。

「——急降下にはいる」

「高度三、〇〇〇メートル、よし！」

「高度二、〇〇〇……一、〇〇〇……高度六〇〇、ようい」

後席の東藤一飛曹長が、手なれた口調で高度計を読みあげる。

「高度四五〇、撃《テ》ッ！」

機体重量による沈下量を計算に入れると、これが九九艦爆の引き起こしうるぎりぎりの高度である。

瑞鶴隊一九機から投下された二五〇キロ爆弾は、演習時のように見事全弾命中し、「砲台型の兵舎」数軒を木っ端微塵《みじん》に吹き飛ばした。ニミッツ戦史が皮肉っぽく指摘したように、日本側はまさしく〝不必要な準備攻撃〟を加えたのである。

午後一二時二五分、すべての攻撃が終了し、各隊それぞれが母艦をめざして帰投の途についている。

五航戦艦爆隊をひきいる高橋赫一少佐も列機に集合を命じ、真っ先に翔鶴上空にたどりついた。さっそく艦橋に駆け上がって、城島艦長に報告する。

「敵給油船一隻命中、炎上。燃料タンクおよび倉庫に二発命中、炎上。砲台および兵舎に三発命中、被害一機」

被害一機とは、中山貞信二飛曹の操縦する九九艦爆が対空砲火を受けて大破し、母艦にたどりついたものの着艦に失敗し、海中に転落してしまったことを指す。搭乗員二人は助からなかった。

九九艦爆は固定脚のため、不時着水のときに海面を滑走することができない。海水に脚を取られてトンボ返りしてしまうため、搭乗員に重傷を負う者が多いのである。

このときも飛行甲板からすべり落ちて、一瞬のうちに海面で転覆したのだが、背面となった機体から二人は脱出することができなかった。

一方の瑞鶴艦爆隊は、こうした被害機を出すこともなく、またしても全機無事だった。

「大した戦果はあがりませんでした」

坂本明大尉は、タウイ岬周辺に砲台らしきものを認めなかったこと。代わって「付近兵舎ヲ爆撃銃撃ス」と報告したが、横川艦長はそれに気にもとめずに、「皆が無事に帰ってきてよかった、よかった」と満面に笑みを浮かべた。

「本艦は、めでたい艦だ」

僚艦翔鶴から二名戦死の報がとどいていただけに、搭乗員たちの生還がよほどうれしい出来事であったのだろう。

攻撃第一日、南雲機動部隊は豪軍の主要砲台を破壊し、上陸作戦の障害を取りのぞくことに成功したが、多くの攻撃機は数少ない目標を奪い合い、あるいは無駄に爆弾を費消した。旗艦赤城の艦橋で、南雲長官は予定していた第二次攻撃を中止し、第二兵力部署への展開を命じた。

一航戦はそのままニューアイルランド島カビエン攻撃にむかい、五航戦の両空母はさらに南下してニューギニア島東部のラエ、サラモア飛行場空襲の任務につくのである。

南海支隊将兵五、〇〇〇名を乗せた九隻の攻略船団は、二日後のラバウル港侵入にむけて急速南下中である。上陸を開始する特別漂泊点到着は二十二日二二〇〇の予定だ。

翌二十一日午前、攻略部隊の先頭に立つ六水戦旗艦夕張から、「左前方に飛行機発見!」との緊急信が船団各隻につたえられた。

「警戒態勢にはいれ!」

司令官梶岡定道少将の命令が飛び、麾下各艦に緊張が走ったが、しばらくして見張員から追加報告が来た。

「先程の飛行機は味方機の誤り、味方戦闘機南西方向に向う」

旗艦夕張見張員が発見したのは、ラエ、サラモア方面にむかう五航戦飛行機隊の一部であった。攻撃隊の全体は瑞鶴、翔鶴あわせて七五機。零戦、九九艦爆、九七艦攻各隊、二艦あげての総力編成である。

ラバウル空爆に引きつづき、五航戦がニューギニア東岸の豪軍基地攻撃を命じられたのは、南海支隊上陸作戦のさなか同地上空の制空権を確保するためのものであった。

といって、これらの各基地は日本軍にとって脅威でも何でもない。赤城から送られてきた機密機動部隊命令作第一九号によれば——。

「豪州方面敵第一線航空兵力ハ概《おおむ》ネ三〇〇機程度ニシテ主力ハ『ロッキード一四』型ナルモノノ如ク、十二月下旬以降其ノ一部英領『ニューギニア』及『ビスマーク』諸島方面ニ出没シッツアリ米海軍哨戒機三〇—四〇機程度及水上艦艇若干ハ一月上旬『サモア』『ニューヘブライド』諸島『ニューギニア』東部方面ニ進出行動中ナルコト略確実ナリ」

どことなく緊迫感に欠けた敵情報告である。偵察機によって、その劣勢ぶりが明らかになったためでもあろうか。目標となった各基地の兵力は以下の通り。

ラエ　　　大型機一、小型機一、格納庫三、修理工場四
サラモア　大型機一、小型機一、格納庫四
マダン　　飛行機ナシ、小格納庫一
プロロ　　大型機二、格納庫一

これら各基地のうち、ラエ、サラモア、プロロ飛行場攻撃にむかうのが第一集団第一群

（零戦九、艦爆九、艦攻一八機）で、指揮官は嶋崎重和少佐。同第二群（翔鶴零戦六、艦爆六、艦攻六機）をひきいるのが、翔鶴戦闘機隊分隊長兼子正大尉。

マダン飛行場攻撃にむかうのが第二集団（翔鶴零戦六、艦爆六、艦攻九機）で、指揮官は髙橋赫一少佐。

豪軍航空兵力のはげしい抵抗が予想されなかったために、作戦打ち合わせもあっけなく終わった。

前日、髙橋少佐がヒョイと単機で飛んできて、また九九艦爆の愛機を操縦して翔鶴にもどって行った。

「髙橋少佐はいつも身軽に、ヒョイと本艦にやってきた」

というのが下田飛行長の述懐である。二十日午後の場合でも、「艦爆一機、近づいて来ます！」との見張所からの声で下田中佐が胸もとの双眼鏡を取り上げると、特徴ある尾翼三本線の隊長標識が眼にはいった。

「願います」

海軍士官特有のあいさつ語だが、慣れてくると手短に「ネガヤス！」と聞こえる。そう気やすげにいいながら、飛行甲板で愛機から身軽に飛び降りると、猪首のがっしりとした体軀をみせて髙橋少佐が艦橋に駆け上がってきた。

「おう」

艦橋内の海図台には、嶋崎少佐が待ち受けていて、目ざとくこの義弟の姿を見つけると、高橋少佐は人懐っこい笑みを浮かべた。

作戦計画の説明は、二人の飛行隊長を前に三重野航空参謀があたった。

「この海域は海図不精確なため、水深もわからないんだ。そのために、発艦地点までの航路はおのずから制限される」

と、三重野少佐は眉をひそめた。

これら豪軍基地はニューブリテン島の西、ダンピール海峡をへだてた対岸に位置しているが、こんなに南に下って作戦行動するのは日本側にとってはじめての経験なのである。

「明朝の発艦は、午前九時の予定だ。今回は夜間にニューアイルランド北西端とアドミラルティ諸島の中間を進み、二四ノットにて南下。日出四時間後に、全機発進する」

「ただし」と、三重野少佐が口調をあらためた。

「一航艦参謀長より通達がきたが、ラエ、サラモア、マダン方面はさしあたり攻略の計画がないそうだ。格納庫、施設等徹底的ニ破壊サレタキ内意――なんていってきてるよ。心おきなく爆弾を落としてこい、ということだな」

ニューギニア東岸各基地は、のちに南海支隊が攻略（注、三月八日、ラエ、サラモア上陸成功）し、とくにラエ基地には在ラバウルの台南航空隊が進出して、オーエン・スタンレー山脈をへだてて豪軍ポートモレスビー基地と対峙。熾烈な航空攻防戦を展開することになるのだが、この時点では、南東方面での戦線拡大は予想もされていない。

三重野参謀が渋面をといた。

「豪側の航空兵力が活発な場合は、母艦部隊をもって陸上基地をたたくというのは危険きわまりない戦法だ。攻撃隊がうまく発艦してくれればよいが、そうでないと、下手をすれば先制空襲を受けておダブツだ。

――まあ、今回は気象条件も良好で、見張りが利くから大丈夫だろう」

三重野参謀は、艦橋右横で腰かけている原少将の大きな背に聞こえるようにいった。

五航戦司令官として、慎重型の原少将は航空母艦による陸上基地攻撃には大いなる不満を抱いていたからである。ハワイ作戦の帰途、ミッドウェー島空襲、ウェーク島攻略作戦支援と、つぎつぎに柱島の連合艦隊司令部から陸上基地攻撃命令が出て、航空参謀ともども憤懣《ふんまん》が絶えなかったのだ。

「二万五千トンの航空母艦を、わざわざ飛行場爆撃に持って行く必要がどこにあるのか」

と、原少将はしばしば大橋先任参謀にもこぼしている。

「われわれの相手は米機動部隊であって、陸上基地を攻撃することが目的ではない」――。

「豪軍であろうと米海軍であろうと、相手をなめ切ってはいけませんな」

と、髙橋少佐も三重野参謀に同調するように表情を引きしめた。

「われわれも、攻撃前に爆弾を抱いたまま敵戦闘機に取りかこまれたら、一たまりもない。まず飛行場をたたき、戦闘機を舞い上がらせないように制空権を確保することが肝心でしょう」

高橋少佐は、真珠湾攻撃前、単冠湾上で一航艦源田参謀に苦言を呈した「奇襲か、強襲か」の論争を思い出している。

日華事変の手痛い教訓をかえりみて、髙橋少佐は攻撃目標第一を戦艦群への雷撃ではなく、まず飛行場制圧をと提言し握りつぶされた経験があったからだ。

「とにかく、敵戦闘機の出現だけは用心してかからねばなりません。ただし、今回だけは陸上基地をたたくといっても、敵サンはあまり出て来ないようだし……」

三重野参謀の慎重ぶりを吹き飛ばすように、髙橋少佐は豪快に笑いかけた。

「じゃあ、私はすぐ母艦にもどります」

髙橋少佐が艦橋を出て指揮所からラッタルを降りようとしたとき、見送りに出た嶋崎少佐が義兄の後ろ姿に思わず声をかけた。

「息子さん、残念なことをしましたね」

髙橋少佐の次男、武弘のことである。ハワイ作戦をおえて四国沖から飛び立って大分基地にもどってきたのは十二月二十二日のこと。一般国民の大歓迎行事のあと、大分県中津の自宅へ。この十一月末、生まれたばかりの次男坊を胸に抱くためである。

髙橋少佐には一男二女があった。長男を赫弘《あきひろ》と名づけ、次男の出産予定はハワイ出撃中のため、いくつかの名前を用意し、八歳の長男がまかされて選んだ。

次男武弘が生まれたのは、奇しくも父親と同じ誕生日十一月二十九日のことである。

長男は幼いころから病弱で、父と同じ扁桃腺《へんとうせん》が弱く、すぐ発熱した。そのせいか、丈夫な男の子をもうひとりと思う気持も強かったのかも知れない。

有頂天の父親は、はじめて見る赤ん坊を抱いて寒空の下、庭に出た。ハワイ作戦の緊張感から解き放たれた気分のせいもあったのだろう。案の定、幼児は風邪を引き、その夜たちまち高熱を発し、肺炎を併発した。

家族の連絡で基地からいそぎもどってきた少佐は、不眠不休で看病にあたった。そのときの逸話である。

現在、父の実家をつぎ中津在住の長男赫弘の手もとに、昭和十九年に刊行された大政翼賛会徳島支部編『髙橋赫一』(岩村武男著)なる小冊子がある。当然のことながら、戦時色の濃い内容だが、そのなかに死の淵をさまよう子と父の様子を語った妻マツエの談話が正直につづられている。以下、引用する。

「……翌日、医師井上先生のお言葉では輸血をせねばならぬとのこと、産後日浅い私の身体はいけないから、父親たる少佐殿からと申しました。喜んで輸血して下さると思った良人《おっと》は、即座に『俺の血はやれぬ。俺の身体は天皇陛下にささげた大切な身、たとえ今武弘の命が助かるにせよ、一滴たりともやれぬ。武弘よ、許せ』と申します。わが愛する子の生死の境、助けたいとの念願はありますが、軍人としてそれの出来ぬ父の身体、決して私も又小さい魂の武弘もうらみとも思いません。

『それでは、私の血をやって下さい』と申し、無理といわれる医師の言葉でしたが、三十グラム私の血を武弘にやりました。

いくらか元気づき、良人も喜び『武弘、早くよくなってお兄さまのように大きくなり、軍人になるんだよ』と、疲れた身を一晩一睡もせず看病して下さり、翌々日には再び大分方面へ出発しました」

容態が急変し、赤ん坊が息を引き取ったのは二十八日午後のことである。生後一ヵ月の短い命であった。

「早速良人の許へ知らせようと考えましたが、今出動前の良人の耳へこの死を知らせてはと考え、取敢ず良人も私も一番信頼申し上げております宇佐航空隊副長永石正孝中佐殿へ電話をいたし武弘の死を報告しました。

永石中佐殿から、まだ大分に待機中の良人へ通知があったと申し、突然良人がその夜の夕方中津へ帰宅しました。そしてその夜、通夜をいたし湯灌《ゆかん》も自らしてやり『今度再びこの家に生れて来いよ』と死んだ我が子に言ってきかせ、はじめて涙を流しました」

これには、もう一つエピソードがある。このとき看病にあたる父親のかたわらにいた長男赫弘には、輸血をこばんだ父の毅然とした態度は強烈な想い出だったが、そのとき井上医師はこんなことを申し出た。容態の悪化を憂えて、さらに「航空隊には救急用の特効薬があると聞いたが、それを一本だけ、何とか都合してもらえないか」と頼んだのである。

この注射一本で息子さんの命が助かるかも知れない、と医師が懇願しても、やはり高橋少佐の対応は同じであった。

「あの注射薬は、戦いで傷つき病に倒れた将兵たちのために必要なものだ。一本たりとも、私の用に使うことができない」

髙橋少佐が主治医の要請を断った注射薬は、当時武田化成（現・吉富製薬）で開発された軍用試験薬サルゾールで、肺炎などの特効薬として珍重されていたものだ。

――敗戦後、母マツエが夫および祖父の公的扶助料、年金などの支給をいっさい停止されて、女手一つで子供たちの育児にあたらねばならなかったときに勤めたのが吉富製薬で、しかも配属先がサルゾール製造工場であったというのは、何とも哀切なめぐりあわせといえる。

葬儀は、残った家族だけで取りおこなわれた。髙橋少佐は通夜まで自宅にとどまり、翌日早朝中津を発って基地にむかった。

嶋崎少佐はこれらの出来事を知らないままで、宮中拝謁のために葬儀に顔を出せなかった。そのことが気がかりで、彼は悔みの言葉をつたえたかったのである。

髙橋少佐は神妙な面持ちできいていたが、表情を変えて、「君のところはどうだ？　息子さんは生まれて何ヵ月目になるのかな」とたずねた。

嶋崎少佐の長男重明も生後四ヵ月目で、武弘と同じまだ生育期の幼児である。「大切に育てろよ」という気持からだったのだろう。

妻ウメノからの手紙によると、次男を亡くしたあとの義兄の細やかな気配りが記されてあった。

その文面は――。

武弘の葬儀のあと、数日して妻マツエのもとに夫から手紙と小包二個がとどけられた。開いてみると、ベビー服と別府絞りの反物が入っていた。

手紙の中身には、ある店に「あまりに可愛いベビー服があり、目に止まったから贈る」とあり、これを次男の供養のために重明に着せてやってくれ、別府絞りは妻と娘たちの羽織に仕立てるようにと書かれてあった。

嶋崎少佐がこの文面にふれて、息子が元気に育っていること、ベビー服の贈り物も有難かったと感謝の言葉をのべると、髙橋少佐は真剣な表情になって「あれは俺の本当の気持だ。武弘に代わって、君の息子は立派に育ってほしい」といい、少し気づかわしげな顔色でつづけた。

「心配なのは長男の健康のことだ。あれは幼いころから虚弱体質で、すぐ病気になる。身体を鍛えてやらねばならん。高学年になったら、剣道でもやらせようと思っとる。どうだ、俺の留守のときにはときどき君が面倒を見てくれんか」

「よし、引き受けた」

兵学校時代、髙橋は柔道初段で鳴らしたが、嶋崎も剣道では群をぬく腕前であった。

そのとき、髙橋少佐はせまりくる自分の運命を予期していたとは考えられない。これより四ヵ月後、サンゴ海海戦での壮烈な戦死が待ち受けているのだが、この何げない一言を嶋崎少佐は義兄の遺言と受け止め、その結果、親代わりとなって長男赫弘の訓育にはげむことになる。

一月二十一日午前九時、嶋崎少佐の第一集団五四機はラエ、サラモア、プロロ飛行場攻撃へ。高橋少佐の第二集団二一機はマダン飛行場空襲にむかった。

ニューギニアの北東岸は良好な泊地がとぼしく、ラエ、サラモア、マダンなどは小港湾に面した小都市にすぎない。中心はフォン湾に面したサラモアで、ここに豪州シドニーからの定期船が往来する。

陸路は濃い密林に埋めつくされて、他に交通の便をもとめるとすれば空路しかない。対岸がラエだ。

北東岸開発のきっかけとなったのは金鉱の発見で、これら開拓地に資材、食糧運搬のため大小四〇ほどの飛行場が造られた。サラモア飛行場建設も、モロペ金鉱開発の副産物といえる。

ニューギニアは一般的に高温多湿で、熱帯特有の気候に支配される。年間の平均気温は約二七度と高く、湿度も八〇パーセントとむし暑い。

このジャングルと湿地帯のなかにポツンと空白地帯の見えるのが、これら各飛行場群である。むろん、これら各地に駐屯する豪軍守備隊はラバウルと同様、本格的な戦闘能力を欠いている。

「これはすごい！　すごいジャングルですねえ……」

嶋崎隊の第二中隊長は坪田義明大尉で、その列機にいた金沢飛曹長は眼下にひろがる密林を見て、思わず嘆声をあげた。

見渡すかぎり鬱蒼《うっそう》たる深い緑の森である。途中のクチン岬に人家らしきものが一、二軒見えただけで、道路らしきものが何一つ見当たらない。

「まさに、密林そのものだな」

その声にこたえて、操縦席にいた佐藤善一中尉も感嘆の声をはなった。

トラック泊地、ラバウル、ラエとはじめての熱帯域が、眼前につぎつぎと展開して行く。

（はるばると来たな）という感懐が、チラと心の片隅に走った。

ラエ飛行場が近づいてきた。途中、天候は快晴であったが、湿度の高い偏北風のため雲がしだいに厚くなり、ニューギニア北岸上空に達するころには、雲の間隙をぬって降下する困難さを強いられた。

嶋崎隊の上空には、牧野正敏大尉の零戦九機が警戒にあたっている。

金沢飛曹長が見下ろしていると、翼下一、〇〇〇メートル付近にＰＢＹ飛行艇二機が東にむかって逃れて行くのに気づいた。たちまち零戦三機がこれに取りつき、さかんに銃撃を加えている。

やがて、ＰＢＹ一機がエンジン部分から黒煙が噴き出したかと思うと、搭乗員がつぎつぎとパラシュートで脱出するのが見えた。つぎの瞬間、もう一機の飛行艇が火焰につつまれ、密林に墜落して行くのが望見される。

午前一〇時五五分、嶋崎少佐のひきいる水平爆撃隊一八機から二五〇キロ爆弾、七〇キロ、六〇キロ爆弾、合計一三五発が地上飛行機ならびに格納庫に投下される。

第五航空戦隊戦闘詳報の記述——。

「二十一日『ラエ』『サラモア』『マダン』『プロロ』空襲ニ於テハ所在敵航空兵力及施設ヲ全部撃滅又ハ撃破シ、二特別空襲隊ノ作戦ハ完全ニ成功セリ」

牧野大尉直率の制空隊五機は、地上銃撃に入った。第二小隊長岩本徹三一飛曹は、二番機伊藤純二郎一飛曹とともに降下突入する。

彼の手記。

「……わが中隊は、ラエ飛行場に対して低空銃撃を敢行した。この飛行場には格納庫一棟だけで、そのそばにモダンな宿舎があった。滑走路に面して三発輸送機三機があるのをみとめ、三航過銃撃で完全にこれを破壊、あとは艦攻、艦爆にゆずる。

味方爆撃機の投弾により、飛行場兵舎地区は木っ葉みじんに吹き飛んだ」

マダン飛行場攻撃にむかった第二集団の髙橋少佐隊二一機は基地施設を破壊したが、さしたる抵抗も受けず全機無事だった。

ニューアイルランド島カビエン攻略作戦支援の一航戦（赤城艦爆一八、零戦九、加賀艦爆一六、零戦九機）計五二機も、〝爆撃演習のような〟拍子ぬけの攻撃行に終始した。

翌二十二日、この日は夜半から陸軍南海支隊が上陸を開始する予定である。将兵五、〇〇〇を乗せた一一隻の船団部隊は北方よりラバウルに近づき、早朝にはニューブリテン島の島影が右舷前方に姿をあらわしている。

五航戦の両空母は反転し、一航戦と合流すべく北上をつづけている。

翌二十三日にはラバウルの北方一三〇カイリの地点に達し、ここよりふたたび攻撃に加わる予定だ。

ラエ、サラモア攻撃時には発艦地点を二三〇カイリとし、この距離を保つべく午前九時には針路零度、一二〇〇より針路一一〇度、一四〇〇より零度に再変針し、四〇分後に全攻撃隊を収容。豪軍基地からの被空襲を警戒する慎重な航海に明け暮れた。

この日には五航戦に出撃予定はなく、一航戦の赤城、加賀の両飛行機隊のみの出番であった。目標はただ一つ。翔鶴艦爆隊が低空の雲にすっぽりおおわれたため断念した湾口のプラエド岬（注、日本名「中崎」）砲台である。

ここには南海支隊上陸をはばむ要塞陣地があり、陸軍報告によると、

「『プラエド』砲台ニ八砲一〇門内外アルモノノ如シ」

とある。今夕の敵前上陸にそなえて、何としても爆砕しておかねばならぬ豪軍陣地である。

赤城の村田重治少佐隊一八機による八〇〇キロ徹甲弾の威力は、おそるべきものであった。プラエド岬投弾の結果、爆煙が火山の噴火のように立ちのぼり、見下ろすと砲台とおぼしき

設備はあとかたもなく崩れ落ちていた。

ついで、小川正一大尉の加賀艦爆隊も同岬砲台付近に二五〇キロ徹甲弾を投下する。一〇門と知らされていた一六インチ要塞砲を根こそぎ破砕しようという企みである。

こうして、南海支隊上陸の最大の障害は取りのぞかれた。その夜、海軍側の空爆成功の連絡を受けた支隊長掘井富太郎少将は、予定通り揚陸作業の開始を命じた。いよいよ攻略作戦の開始である。

4 攻者三倍の法則

ラバウル攻略作戦は、陸軍南海支隊が上陸を開始したところで、事実上ほぼ終焉《しゅうえん》を迎えていたと言って良いだろう。

豪軍スキャンラン大佐以下の守備隊一、四〇〇名は果敢な抵抗を試みたが、圧倒的に優勢な日本軍兵力によって各所の防禦陣地を蹂躙《じゅうりん》された。

それには、攻者三倍の法則――確実な勝利を得るためには相手側の三倍の兵力を必要とする――と、近代的な合理戦術を展開した日本側の準備が不可欠であった。南海支隊長掘井富太郎少将は、南雲機動部隊の支援を得てグアム島につづく南東方面の要衝ラバウルを、一日にして手中にした。

一航艦四隻の空母部隊による制空、制海権の把握。敵前上陸に先立つ空爆、軍事施設の破壊、陸上陣地の攻撃、しかるのちの上陸作戦開始——米海軍もいまだ経験していない近代戦術で、日本軍は離島攻防戦に勝利したのである。

一月二十三日午前五時一五分、ニューアイルランド島沖に反転してきた五航戦の瑞鶴、翔鶴両空母は最後の上陸支援攻撃隊をラバウル上空に放った。

といって、もはや重要な攻撃目標が存在しない以上、主役は戦闘機隊による地上銃撃でしかない。

その指揮官機に、空母飛龍から転じてきた岡嶋清熊大尉が選ばれた。

岡嶋大尉の戦地出撃は一ヵ月前のウェーク島攻略作戦参加いらい二度目である。

ウェーク島上空の戦闘で、岡嶋大尉は米海兵隊パトナム少佐ひきいるグラマンF4F戦闘機群のうち、ハーバート・C・フルーラー大尉機と交戦し、これを撃墜している。

これが、ハワイ、マニラ空襲でも会敵しえなかった零戦による米海軍戦闘機隊とのはじめての空戦であった。

この対決で、彼は早くも零戦の明日への課題に気づいている。両翼に装備されたスイスのエリコン社製二〇ミリ機銃の初速のおそさである。

瑞鶴搭載の零式戦闘機二一型には、機首に七・七ミリ機銃二梃と両翼に二〇ミリ機銃二梃、合計四梃が装備されている。零戦の九五〇馬力小型エンジンに比して重武装と喧伝されており、事実日華事変では空中戦、地上銃撃では大いなる破壊力を発揮した。

零戦搭乗員の回顧談に、二〇ミリ機銃の威力について恐るべき破壊力うんぬん……とわがもの顔に語るむきもあるが、岡嶋大尉にいわせれば、大口径二〇ミリ機銃の初速六〇〇メートル／秒という速力は俊足のグラマン戦闘機と対戦してみると、「ドーンと射った弾丸が山なりに弧を描いて飛ぶもどかしさ」だったのである。

当時、日本の兵器産業といえば大艦巨砲主義全盛の下、航空機用兵器も海軍省艦政本部が一手に引き受けて開発研究し、発展した。その成果が巨大戦艦大和、武蔵の誕生であり、新鋭空母瑞鶴、翔鶴の早期就役であろう。

その一方で、当然のことながら航空機用兵器開発はなおざりにされた。

たとえば、大正十年に完成した一〇式艦戦も昭和十一年に制式採用された九六艦戦も、七・七ミリ機銃装備という点では同一で、何ら進歩、改良された形跡がない。その根本原因について、『日本海軍航空史〈制度・技術篇〉』ではこんなことを言っている。

「大艦巨砲主義の権化《ごんげ》である艦政本部が豆鉄砲（注、航空機用機銃の意）の研究に熱中するはずはなく、たまたま航空機用機銃を試作しても艦船用機銃の思想を脱し得ず、航空機用としての特性、実用性を欠くものであった」

こうした制度上の欠陥を打開したのは、日華事変勃発による大陸航空作戦の激化である。現地部隊からの火急の要請をうけて、海軍航空本部が従来の〝豆鉄砲〟から一気に二〇ミリ機銃へと口径を増大し、みずから航空機用機銃の生産に乗り出すことを決意した。

彼らが採用を決意したスイスのエリコン社製二〇ミリ機銃は大口径に比して重量は軽く、小型で戦闘機の翼内装備の可能性があり、しかも破壊力は抜群で、一、二発の命中弾で小型機なら撃墜可能とされた。

案の定、艦政本部は猛烈に反対した。現在でも霞ヶ関官庁街に根強く残る、官僚たちの縄張り争いである。

この海軍上層部をも巻きこんでの猛烈な抵抗を排し、自前の生産設備をもたないために民間の浦賀船渠《ドック》（後に大日本兵器株式会社として発展）を起用し、二〇ミリ機銃の生産を航空本部に移行させたのは、当時の航空本部長山本五十六中将であった。

この時期、二〇ミリ機銃を搭載する戦闘機が一機種も出現していなかったことから、よほどの大英断といわずばなるまい。

こうした経過をへて、国産化し採用された機銃は恵式一型とよばれ、重量二三・二キロ、機銃全長一、三六〇ミリ、初速六〇〇メートル／秒、速度五二五発／分というものであった（注、一三ミリ機銃の採用も検討されたが、実用化の段階ではなかった）。

機銃弾の初速は増大すればするほど命中精度が高くなり、照準しやすくなるのは理の当然である。そのためにも、初速六〇〇メートル／秒をいかに速くするかも焦眉の急となった。

また、もう一つ難題があった。携行弾数は弾倉式のため片銃六〇発（実際の装塡は五五発）とかぎられ、「夢中で引き金を握りっぱなしでいるとたちまち射ちつくす」という頼りなさなのだ。

零戦が戦場に投入されるにつれ、弾倉式の六〇発を一〇〇発とし、さらに改良されてベルト式給弾へ。また初速を七五〇メートル／秒に向上させる二号機銃も開発されて行くのだが、それを語るのはまだ少し先のことになる。

——話をもどすが、岡嶋大尉が放った二〇ミリ機銃弾の威力は、当の本人がおどろくほどのすごさであった。

単発の一弾は見事にグラマン戦闘機の機腹に命中し、大破口を生じさせた。一瞬のうちに機体はぐらりとかたむいて、そのまま地上に落下。かろうじて不時着したが、フルーラー大尉はすでに絶命していた。太平洋戦争での米海軍機撃墜の第一号である。

グラマンF４F型戦闘機は一九四〇年に採用され、全長八・八二メートル、全幅一一・九メートル、一、三五〇馬力のエンジンを搭載し、最大速力五一五キロ／時、武装一二・七ミリ機銃四梃という装備を有す。一方の零戦二一型にとっては馬力は九五〇と小型だが、速力は五三三キロ／時と速力で優り、米軍機随一と謳《うた》われた運動性、稼働率の高さも物の数ではなかった。

予定通り、発艦係の白旗を合図に、岡嶋大尉は全速で飛行甲板を離れた。

開ききった風防からごうごうと風が鳴り、見るまに海が眼前にせまった。つづいて二番機亀井富男一飛曹、三番機藤井孝一一飛の零戦が夜明けの空に飛び立って行く。

第二小隊長は塚本祐造中尉である。兵学校入校時には一号生徒として頭上に君臨していた相手だけに、さすがに向う意気さかんなケプガンも、岡嶋大尉の前では叱られた猫のようにおとなしい。

この塚本中尉の小隊三機、さらに六〇キロ爆弾を抱いた葛原丘中尉の九九艦爆三機が隊長機と編隊を組む。合計九機、これが瑞鶴隊第一直の上空直衛隊である。

飛行甲板下の格納庫には、三時間後の第二直として牧野正敏大尉以下、零戦六機、九九艦爆三機が待機している。

牧野大尉は兵学校では二期下で、分隊も別であったから生徒としての記憶はない。瑞鶴では先任、後任分隊長としてたがいに士官室で顔を合わせる間柄となるのだが、口数の少ない物静かな人物で、「いかにも武人タイプ」といった印象のみが残っている。

ほかに、瑞鶴戦闘機隊には兒玉義美飛曹長、亀山富男、清末銀治両一飛曹、小見山賢太二飛曹といった真珠湾帰りのベテラン下士官搭乗員がいて、分隊長の眼からみると小見山二飛曹などは〝気合いのかかった奴〟ということになるのだが、彼の部下で一人、気になる存在があった。島根県出身の岩本徹三一飛曹である。

岩本一飛曹は大正五年生まれ。父は警察官で樺太《からふと》に勤務し、彼も出生は同地だが、父は退官後は郷里島根県益田《ますだ》にもどり、農業を自営したため、稚い頃は益田を郷里として育った。兄妹は四人で、末っ子の三男坊。

昭和九年、益田農林学校から呉海兵団入りをした。末弟でもあり、将来は〝お国のために軍人になる〟というのが、当時の時勢でもあった。

性格は生一本で、曲がったことは大嫌い。居住区で一緒だった堀建二二飛曹によると、搭乗員の先輩として同僚には何くれとなく世話をしてくれるが、士官たちとはつねに一線を画していた、という。下士官としての誇りが、そうさせたものらしい。

というのも、彼は二十五歳の若き搭乗員ながら、日華事変ではすでに一四機撃墜の〝空のエース〟なのである。

エースとは、撃墜機数五機以上のパイロットにあたえられる国際的称号で、個人撃墜機数を競うことを禁じた日本海軍ではなじまない性質のものだ。戦後になって欧米風にカウントする風潮にしたがうと、岩本徹三の個人撃墜機数は本人によると二〇二機といい、機数は正確ではないとしても、それこそエース中のエースということができよう。

戦後早く病死したため、個人回想録『零戦撃墜王』が出るまではその名前をよく知られていなかったが、十年にわたる戦歴をみると、日本海軍戦闘機隊最高のエースの一人と断じてもまちがいはない。

新任の先任分隊長岡嶋大尉と眼線が合うと、なぜかチラとテレ笑いをし、すぐその場から居なくなってしまう。

後年、内地に帰還して本土防空戦に参加するようになると、飛行服の背中に〝零戦虎徹〟と大書し、上官たちの顰蹙《ひんしゅく》を買ったが、一方の下士官仲間には大いに喝采を博した。これも彼なりの何か思いがあってのことだろう。

「空戦の極意」について、堀二飛曹はこんな教えをうけたことがある。

「どんな場合でも、実戦で墜《お》とされるのは不注意による」と、きびしい口調でこの先輩はいった。

「まず第一は見張りだ。真剣に見張りをやって、最初にこちらから敵を発見する。そして相手がかかってきたら、その機銃弾の軸線を外す。そうすれば、墜とされることはまずない」

そういったあと、ニヤリと笑った。

「地上砲火にやられた場合、これはどうにもならん。避けようがないからな。その場合は、いさぎよくあきらめるさ」

岩本徹三は、武士道の生き方としての教え——こびず、へつらわず、とらわれずの三訓をつらぬいて搭乗員生活を全うした。

戦後になっても、その生き方は変わらなかったようである。敗戦後、岩本徹三は公職追放の身となり、一念発起して北海道の荒地開拓にむかった。心機一転のつもりであったのだろう。

しかしながら、戦場での永い苛酷な体験が身体をむしばんでいたのだろう。一年半ほどして過労で倒れ、心臓病を病んで開拓を断念し、故郷島根に帰った。

その後、不幸な生活がつづき、経済的にもめぐまれない晩年を送った。

酒を飲んでは北海道に行くといって家を飛び出し、家族を困らせたと夫人の回想記にある。

だが一方で、近所に結核の病人が出たとき、感染をおそれて肉親のだれもが遺体にふれようとしないのをみかねて、岩本がていねいに身体を拭き、身を浄《きよ》めて納棺したという隠れたエピソードがある。

生一本で、どこか孤独な搭乗員の晩年であった。

夫人の回想記によると、その最期もまた悲惨なものである。

「……（昭和）二十七年になって、益田大和紡績工場の試験を受け、やっと落ち着いた生活にはいりました。

しかし、それもわずかな間のことで、二十八年六月に盲腸炎だったのに腸炎と誤診され、腹部を手術すること三回、軍隊のときに背中を空戦で射たれたことがあってそこが痛いと言い出し、さらに背中を手術すること四回か五回、それも麻酔もかけずに最後は脇の下を三十センチくらいも切開して、肋骨を二本とるというひどい手術でした。

こんなに切られても、元気になったらもう一度飛行機に乗りたい、といっておりました。切って切って切りまくられて痛みもはっきりしないまま敗血症で死亡したとき、医師にもう一度切って病名をたしかめたいと頼まれましたが、母が死んでもまた切るなどと、そんなことはさせたくないと断りました」（亡夫岩本徹三の想い出）

命日は昭和三十年五月二十日、享年三十八。

ラバウル攻略作戦の成功にともない、南雲機動部隊は反転北上し、トラック泊地をめざした。五航戦の両空母も同様であったが、その途次に新占領地への戦闘機輸送任務につくことになっていた。

ラバウルの東、ブナカナウ両飛行場は豪軍基地として「徹底的ニ破壊シ」たが、たちまちみずからの飛行場として「急速整備シ」なければならない。水平爆撃隊指揮官が案じていたように、何とも皮肉な事態を招いたのである。

R作戦は米海軍大将ニミッツが指摘するように、果たして、〝不必要な準備攻撃〟だったのか。それについては、北上をつづける機動部隊旗艦上に回答がある。

飛行機隊総隊長淵田美津雄中佐も、同様の指摘をしている。同中佐の戦後回想録によれば――。

「鶏を割《さ》くのに牛刀を用いるとは、このことであろう。ありあまる兵力でもないのに、こんな贅沢な使い方をしながら、道草を食っていていいのか。南雲部隊用法への疑問が、早くも私の胸に去来しはじめた」（淵田美津雄・奥宮正武共著『ミッドウェー』）

淵田中佐の疑念とは、こうである。米海軍にたいして圧倒的な機動力を有する第一航空艦隊が、東正面の太平洋艦隊にたいしてでなく、南東方面の陸軍上陸作戦支援に当てられている。いま、こんなところでむだに時日を費していていいのか。こうしているあいだにも、米海軍は少しずつ真珠湾での痛手を回復しているのではないか？

淵田中佐は、鬱積する不満を隠さない。

「〝柱島艦隊〟がじっと呉にいて動かないかぎり、真珠湾で沈められたアメリカと、その立場においてかわりはない。機動部隊だってしなくてもいい攻撃をくり返していれば、いまに取り返しがつかなくなる」

機動部隊側の不安は見事適中した。ラバウル基地への兵力救援は無理だとしても、米豪交通連絡線の遮断をおそれた米合衆国艦隊司令長官キング大将は、持てる空母兵力のすべて(空母レキシントン、エンタープライズ、ヨークタウン)を投入し、日本軍の占領する島嶼を痛撃することを命じた。

太平洋艦隊をあずかるニミッツ提督は、これら全空母兵力をもって日本軍基地への〝ヒット・エンド・ラン作戦〟を開始する。「われわれのなしうる最善をつくすべきだ」というのが、米海軍の戦闘精神である。

日本側は、彼らの果敢な闘志《ファイティング・スピリット》を予期できないでいる。

二月一日より開始された米空母部隊による攻勢は、エンタープライズ隊がクェゼリン環礁へ、ヨークタウン隊はヤルート、ミリ、マキン空襲にむかうことによりはじまった。

もう一本の矢――ウィルソン・ブラウン中将によるレキシントン隊は日本軍に占領されたばかりのラバウル空襲にむかう。攻撃予定日は二月二十日である。

第二章　南方攻略作戦

1　戦闘機輸送任務

あっけなくラバウル攻略をおえた五航戦の空母瑞鶴、翔鶴は、南洋部隊最大の根拠地トラック泊地をめざして、一路北上をつづけていた。ラバウルからトラック島まで、直線にして七二〇カイリ（一、三三三キロ）、東京から奄《あま》美《み》列島ほどの距離である。

ここに、一つの難題が生じた。攻略前の打ち合わせで、在トラックの千歳航空隊戦闘機隊が攻略直後のラバウルに進出することになっていたが、その主力は旧式の九六艦戦で航続距離は一、二〇〇キロと短く、洋上に中継基地がないために単独では飛行できないのである。一月二十五日、そのために五航戦の両空母が、洋上中継基地として使用されることになった。

三重野航空参謀からそのむねをつたえられた下田飛行長は、渋面をつくった。

千歳空といえば、開戦二年前に開隊された部隊で、飛行隊長は五十嵐周正少佐。日華事変の戦歴も古いベテランだが、部下の戦闘機隊員たちは実戦には参加せず、練成のさなかに内南洋のルオット基地に進出している。半数はトラック基地に派遣されたが、彼らのほとんどは基地搭乗員であって、空母への離着艦訓練も受けていない若い部隊なのだ。

「どうかな、洋上でうまく離着艦できるだろうか」

下田中佐がいつものように嶋崎飛行隊長に意見をもとめると、「着艦はとてもムリですな。発艦ぐらいは何とかなるでしょうが……」

と、嶋崎少佐があっさりいう。

「大丈夫かな?」

「大丈夫ですよ。何とかやらせましょう」

安心して下さい、というように、事もなげにこの飛行隊長はニヤッと笑った。いつも、こんな風情《ふぜい》であった。

嶋崎少佐のラバウル輸送プランとはこうである。——五航戦の両空母からパイロットを選りすぐり、艦攻隊六機ずつ、ベテラン戦闘機隊員を後部座席に乗りこませてトラック基地に運ぶ。現地で予定の九六艦戦一六機をこれら搭乗員が操縦して母艦にもどり、千歳空搭乗員たちは空いた九七艦攻の座席に乗せて連れて帰る。

翌日、母艦上の九六艦戦は千歳空搭乗員たちの手によって操縦、発艦し、ラバウルにむかうという趣向である。この方法でなら、九六艦戦の基地進出はいくら遠距離でも可能だ。

「瑞鶴を、洋上中継基地にするのか」

かたわらで二人のやりとりを耳にしていた横川艦長が、感にたえぬ口調でいった。

「一日にして七二〇カイリをひとっ飛びか。上海で陸戦隊を指揮していたころとは、ずいぶん様変わりしたもんだ」

横川大佐が重砲隊指揮官としてあったのは、昭和十二年の盧溝橋事件勃発の折のことである。わずか五年、航空戦の進展は艦長の想像力をはるかに上まわる早さである。

輸送任務にあたる艦攻隊は合計一二機。瑞鶴からは新野多喜男、八重樫春造、金沢卓一各飛曹長など准士官室を中心に選抜され、九六艦戦を代わって操縦、着艦する任務には児玉義美飛曹長、亀井富男、岩本徹三といったベテラン搭乗員が選ばれた。

発艦予定は即日である。

「……午前十時、トラック島竹島に着陸し、戦闘機隊員と打ち合わせして、十二時同島離陸。三時過ぎに本艦に帰ってきた」

この日、金沢飛曹長は洋上の輸送任務を簡潔に記しているが、日本海軍未経験の洋上中継作業は翌日になって、思いがけないトラブルに見舞われることになる。

千歳空戦闘機隊長は、岡本晴年大尉である。翔鶴の兼子正と兵学校六十期の同期生で、隊長としては古参組に属している。

金沢飛曹長が竹島飛行場に降り立ち、列線から指揮所に歩いて行くと、出迎えた隊長がおや？という風に足をとめた。

「貴様が運びに来てくれたのか」

軽空母鳳翔に乗り組んでいたころ、若い分隊長としての岡本大尉と共にすごしたことがある。機種はちがうが、短くせまい飛行甲板で、それこそ離着艦に大いに苦労させられたものだ。

「こんどの母艦は居住性も良いし、発着甲板も広々と、まるで運動場みたいですよ」

金沢飛曹長がとっさに口をついて出た自慢話を、岡本大尉は苦笑いしながら耳をかたむけていた。


岡本隊がトラック島に進出したのは前年十一月二十七日のことである。それも五洋商船所属の貨物船五州丸で搭乗員だけが運ばれてきただけで、十二月八日の開戦時には飛び立てる戦闘機が一機もなかった。

九日にようやく機材が水上機母艦神威《かもい》によって運ばれてきたが、中身は使い古した旧式の九六艦戦である。

新鋭の零式艦上戦闘機はすでに前年九月に大陸戦線デビューしたが、生産ラインは月産約六〇機で、そのほとんどがハワイ作戦参加の機動部隊に充当された。そのため、基地航空部隊ではいまだ旧式の固定脚機で当座の戦闘をしのぐしかないのである。

「すぐ組み立てにかかったが、どうせ出来上がっても、九六艦戦では足が短くて……」

零戦さえ配備されておればと、岡本大尉としてもかつての部下に、自分たちの搭乗機を母艦に運んでもらう不甲斐なさを口惜しんでいるようであった。

これで、日本海軍がいかに日米開戦について準備不足で、いわば泥縄式の戦争発起であることがよくわかる。

内南洋とはトラック泊地などカロリン諸島、マーシャル群島、マリアナ諸島など米国と対峙する太平洋正面を指す。

兵力は、本拠地のルオット（クェゼリン）、派遣隊のタロア、トラックあわせて陸攻機三七、戦闘機三六、合計七三機にすぎない。

中心部隊は二十四航戦の千歳空、横浜空だが、機材は戦闘機同様、陸攻機は新造の一式陸攻でなく九六陸攻で、機体は頑丈だが、これも〝足の短い〟という航続力不足の難点がある。

だが一方で、瑞鶴の輸送隊員岩本徹三一飛曹には、思いがけない出会いがあった。出迎えの千歳空隊員のなかに、操練時代の同期生吉井恭一兵曹の顔を見つけて、久しぶりの再会を喜びあったのだ。

二人は昭和九年、海兵団入り。海軍四等水兵から同時にスタートし、同十一年十二月、第三十四期操縦練習生を卒業。戦闘機搭乗員として岩本は大陸戦線の十二空へ、吉井は千歳空入りをした。

「ラバウルとは、どんなところだ」

同期生の顔を見出すと、吉井兵曹がまっさきにきいたのはそのことだった。五航戦がラバウル、カビエン攻略作戦に参加していることを知り、自分のむかう戦場がどのような場所であるかを知りたがっている様子であった。

「おれは、上空から見下ろしただけで……、とにかくすごいジャングルさ」

華ばなしい艦隊搭乗員生活をうらやむでもなく、吉井兵曹は同期生の語る南方戦線の荒々しい雰囲気にじっと耳をかたむけていたが、「おれの九六戦をこわすなよ」と軽く肩を叩いて、屈託なく笑った。

「大丈夫だよ。まかせておけよ」

岩本一飛曹もつられて笑ったが、この出会いが同期生とのわずかな想い出となった。吉井恭一二飛曹はラバウルに進出後、わずか一ヵ月後の三月二十三日、ポートモレスビー上空で未帰還となり、消息を絶ったのである。

正午になって、岡本大尉が乗りこんだ一番機を先頭に、ラバウル進出をめざす九六艦戦一六機が竹島基地を飛び立った。つづいて整備点検、燃料補給をおえた九七艦攻一二機がその後を追って洋上の五航戦両空母をめざした。

千歳空の九六艦戦、瑞鶴、翔鶴隊機の全機を二艦が収容したのは、午後三時のことである。

両空母はふたたび反転し、赤道を越えて南下を開始した。これで、瑞鶴は赤道を四往復したことになる。

この間、横川大佐以下艦首脳は艦橋の当直勤務があるが、庶務主任の門司主計中尉は艦内勤務で単調な課業のくり返しである。

一月に内地を出撃していらい、ラエ、サラモア、マダン攻撃と珍らしい南洋の地名を聞いて胸がときめくが、飛行機隊が飛び立って行ったあとは陸影を見ることもできず、「毎日海ばかりでつまらなかった」と、手記に書いている。

これが、母艦勤務の本音であったろう。

翌日、折悪しく天候が乱れた。艦隊付近は良く晴れていたが、カビエンからラバウル上空にかけては天候悪化の兆あり、との偵察機からの報告である。

だが、占領直後のラバウル基地は、さっそくニューギニア島南岸のポートモレスビー豪軍基地からの大型機の空爆にさらされている。

占領地の二ヵ所にある飛行場は、湾岸ぞいの東〝山の上〟の西、両方とも全面使用不能で、わずかに前者のみが一部、戦闘機の離発着が可能の状況である。とにかく、旧式の九六艦戦隊といえども、一刻も早く配備されなければならないのだ。

午前中の出発は取り止め、午後一時に発艦がくり下げられた。搭乗員待機室で機内食として配られた弁当を平らげ、それぞれが一服つける。

今度のラバウル行きは千歳空搭乗員のみの飛行で、彼らの表情に緊張の色が走る。

その一員に、石川清治三飛曹がいた。操縦練習生四十八期出身。十五年一月に操練を卒業し、中国戦線、九州、北海道千歳各基地と任務は転々としていたが、戦闘はまだ未経験の若者である。

「戦闘機発進用意！」

スピーカーの声に艦橋前に整列すると、下田飛行長から激励の訓示があった。母艦の位置はラバウルの北二〇〇カイリ。「お前たちの技倆なら発艦は容易だろう」とつげたあと、下田中佐は強い口調で彼らの油断をいましめる言い方をした。

「問題は、万が一にも引き返した場合だ。着艦に自信のない者は母艦の真横に不時着せよ。そうすれば、随伴の駆逐艦が釣り上げてくれる」

万が一の場合……。九六艦戦は脚が出たままだから、着水のときは脚を波に取られてひっくり返るかな、と石川三飛曹はあれこれ考えて、不安になった。

二〇〇カイリといえば、九六艦戦では一時間あまりの飛行距離となる。何とか一直線に南下すればラバウルにたどりつけるだろうと、若い搭乗員なりに気負って考えた。

何しろ艦橋下は、見物の手空き整備員や乗員たちで鈴なりの状況なのである。旧式の九六艦戦の発艦も珍らしいし、千歳空搭乗員たちが母艦未経験者たちというので、まずはお手並み拝見！　という物見遊山の雰囲気がある。

それだけに、彼は発艦に失敗しては恥だ、という緊張感でいっぱいになった。

まずは手なれた指揮官機が離艦し、ついで石川三飛曹たちの順番がまわってきた。瑞鶴は飛行甲板が二四二・二メートルと長く、軽量の九六艦戦では滑走距離も短くてすみ、すぐ浮き上がる。一艦あて八機。全機が難なく発艦を無事に完了する。

ラバウルまでの誘導機は旗艦から九七艦攻三機が派出されている。戦地とはいえ、行先はすでに占領されているので、のどかで気楽な旅である。機内食は主計科心づくしの弁当とサイダー一本、熱糧食が一つ。

物憂いような静かな飛行である。洋上に波一つなく、行手は……しかし、暗雲が広がりはじめている。亜熱帯特有の気象急変である。

ニューアイルランド島北岸は天候が悪化し、このまま前進すれば、はじめての任務地で目標を見失うことになる。

誘導機からの報告を受け、横川艦長は即座に命令を発した。

「直チニ引き返セ」

万が一、の事態が起こってしまったのである。


「こりゃいかん、いよいよ着艦だ」

石川三飛曹は思わず唇を嚙《か》んだ。

母艦への着艦は、ふつう術科訓練をおえた二年以上の経験者になってはじめて許される難事である。

実際の洋上の母艦への着艦も難事なら、もっとも厄介なのは、風である。母艦は風上に立つから艦尾から一直線に進入して行けばよいのだが、着艦のさいには最低でも合成風速一四～六ノットは無ければならない。無風状態では、艦の速力は二四ノットを必要とする。

ところが、いまや飛行甲板上は台風の真っただ中の状態である。

これで失敗すれば、幅二九メートルの甲板上より転落してしまう。艦橋に激突したり、遮風柵のバリケードに突入して搭乗員死亡という最悪の事故にもなりかねない。

――さて、岡本隊の九六艦戦が水平線上に姿をあらわすと、甲板上は騒然となった。

「急速収容をはじめましょう」

下田飛行長が艦橋を飛び出して行くと、露口航海長が気合いをこめて操舵員にさけんだ。

「風上に立て！」

発着艦指揮所には山崎整備長が立ち、声をからして手空き整備員たちにも収容作業を手助けするよう指示している。発着器先任班長の溝部兵曹が飛行甲板後部八番索のポケットに飛びこみ、着艦収容の態勢に入った。

母艦に近づくと、岡本大尉の指示で各機の尾部にある着艦フックが下ろされた。列機がそれにならってレバーを操作し、小隊三機ごとに風防をあけて確認しあう。全員がまるで初飛行さながらの緊張ぶりである。

一番機が徐々に降下をはじめる。白旗をにぎりしめていた着艦係の整備班長が安心したように上下に振り、大きくうなずいた。母艦経験のある指揮官機だけに、着艦は手慣れたものだ。

つづいて、二番機が高度を下げ、艦尾から近づいてくる。左舷後部に着艦誘導灯があり、手前の赤灯（照門灯）と奥の緑灯（照星灯）が重なれば、進入角度は正しいのである。

「いかん！　角度が深すぎる」

着艦係がいそいで白旗を左右に振る。その瞬間、二番機はぐんと機速を増して飛行甲板を通りすぎる。三番機も同じ、残る全機がやり直しである。

「やれやれ、見ちゃいられねえなァ……」

心配げに見守っていた艦橋下の整備員たちのなかから声が上がり、張りつめていた緊張感がとけて、どっと笑い声が起こった。

「しっかりして頂戴よォ！」

何とか無事に降り立ってほしい、という整備員たちの同情的な声援が上がる。

石川清治機の二度目の着艦となった。母艦乗員たちの見守る前での操作で、同年兵たちも大勢いることだろう。ここが腕の見せどころだと、彼は思った。

着艦誘導灯の角度に合わせれば、そのまま後部リフトの中心円にむけて下りて行くだけである。赤、緑のランプがピタリと横一線にならんだ。そのまま降下して行くと、整備班長が白旗を下げているのが見えた。これで一安心と思い、機を飛行甲板にすべりこませて行った。

一機、また一機とつぎつぎと着艦に成功して行くが、二度目のやり直しを指示される機もある。そのたびに、艦橋下の整備員たちからタメ息がもれた。

何度も失敗をくり返し、ようやく一六機全部が無事に着艦に成功した。一機も事故を起こすことがなく、「これはその当時、平時では考えられないこと」と、戦史もこの快挙を賞讃している（戦史叢書『南東方面海軍作戦〈1〉』）。

最後の一機が着艦に成功すると、艦橋下に搭乗員集合がかけられた。千歳空の隊員たちが整列すると、艦橋から姿をあらわした横川艦長が喜色満面で、こんなねぎらいの言葉をかけた。

ふつうは隊長の岡本大尉の「ご苦労!」の一言ですむはずの儀式にもかかわらず——。

「初心者が多かったにもかかわらず、全機無事に本艦に収容できたことはまことに喜ばしいかぎりだ」

艦長の頬は少し紅潮しているようにみえた。司令官原少将からも九六艦戦隊のラバウル進出が焦眉の急だと念を押されていたせいでもあったろう。艦長は言葉をついだ。

「この壮挙は、日本海軍はじまっていらいの快事である。この一事をもってしても、断じて行なえば鬼神も之を避くという理《ことわり》がわかったことだろうと思う。今後、第一線におもむいても、この志を胸に抱いて、しっかりはたらいてもらいたい」

瑞鶴の戦闘機輸送任務は、これで振り出しにもどった。陸地からの空襲をさけるため間合いを取って、五航戦の二空母は北上し、翌朝になってふたたび南下をはじめた。千歳空二度目の発艦である。

二十七日、先発の天候偵察機からカビエン上空は依然天候不良との報告が入ったが、もはや猶予はならなかった。午後ぎりぎりまで出発をのばし、まずニューアイルランド島カビエンまで先行することになった。

占領直後のカビエンには、基地員が派遣されておらず、滑走路も日本軍の空爆により穴だらけのまま。案の定、着陸時に一機が破損した。

現地の二十四航戦司令部から矢の催促にもかかわらず、一五機がラバウルに進出しおえたのは四日後のことである。昭和十七年二月初頭の段階で、ラバウル最前線の防備に当たったのは千歳空九六艦戦一五機、横浜空大艇八機のみという寥々《りょうりょう》たる勢力であった。

二月十日、新たに第四航空隊（四空）が編成され、作戦中の高雄航空隊一式陸攻二七機を基幹とし、千歳空派遣隊を加えて二十四航戦司令部（司令官後藤英次中将）に編入された。五日後、空母祥鳳によって内地より輸送された零戦七機が補強された段階で、ラバウルを基地とする航空隊が本格的に始動したのである。

一方、この最前線基地ラバウルにはじめて降り立ったときのあまりに殺風景な印象を、石川清治三飛曹はこう回想している。

――道路は灰の上を歩くようなものだったし、椰子の葉はすすけて黒ずんでいた。おまけに近くの火山（花吹山）が五分おきくらいに爆発していた。そして、雨のように降る灰のために目もあけていられない……。

「私は、のっけからがっかりさせられた」というのが石川三飛曹の第一印象である。

「……使い古した旧式の九六戦ばかりでは、なんだか自分達が田舎回わりの大根役者みたいな気がして、つくづく母艦屋（第一線の）搭乗員が羨ましかった。同期生や知り合いの搭乗員の得意気な顔が目に浮かんだ」

ところが、日本海軍も当時の搭乗員たちも、だれも知らなかったこのラバウルが、まもなく日米戦最大の攻防基地となって登場してくるのである。

2　米空母の反撃

五航戦の両空母がトラック基地に帰投したのは、一月二十九日のことである。瑞鶴はそのまま泊地にとどまるが、翔鶴は翌日にはドック入りのため横須賀にむかうことになっていた。

両空母が環礁にはいって行くと、一航戦の旗艦赤城と加賀がラバウル攻撃をおえ、夏島よりの錨地に入泊しているのが見えた。

天候は回復して、空は良く晴れあがっている。気温三二・三度。海の色は海底が透けて見えるほどにあざやかだ。

彼らはR作戦終了後、ふたたび豪州東岸に出撃して機動作戦を展開することになっている。南方部隊によるジャワ攻略作戦開始が近づき、米英蘭豪四ヵ国艦隊の出動にそなえる目的もある。

事前のこの計画を一歩進めて、さらに豪州北東岸ポートダーウィンの航空攻撃にまで発展させたのが二航戦司令官山口多聞少将の意見具申であった。

山口少将は、このとき分派されて蘭印東部アンボン攻撃にむかっていたが、この相手基地空襲の教訓により、空母部隊をもって目的地をその都度叩くよりも、後方兵站地《へいたん》であり増援兵力の中心である豪州ポートダーウィンを壊滅させることが戦略的には重要ではないか、と考えた。

この提案と海軍の作戦中枢、軍令部福留第一部長以下が、ハワイ作戦での米主力戦艦部隊の壊滅、一月十二日の空母レキシントン撃沈の報（注、サラトガの誤り。自力航行が出来た）により、太平洋正面に米機動部隊の蠢動《しゅんどう》なしとの誤判断も加わって、機動部隊主力一、二航戦をもってするポートダーウィン、ジャワ島攻撃（チラチャップ在泊艦船）を実施することが決定した。

五航戦飛行機隊はまだ練成途中とあって、この出撃からはずされ、搭乗員たちを大いに口惜しがらせたが、最大の問題点は、この決定によって太平洋の正面に日本の空母部隊が一隻も居なくなってしまったことである。

日本側が、真珠湾攻撃で見逃した米空母部隊の攻撃力についてさほど関心を払わなかったことは、不思議というほかはない。

正規空母の集中使用によりあれだけの大戦果をあげながら、まだ大艦巨砲による洋上決戦を夢想していたのか。ハワイ作戦終了後、山本長官はさっそく同島攻略作戦案を幕僚たちに研究させているが、その想定の背後にあるのはハワイを基点とする米空母部隊による日本本土空襲である。

戦後の回想になるが、これにたいして作戦中枢の軍令部第一課長(作戦)富岡定俊大佐が、「当時山本長官が、なんであんなにわが本土空襲を恐れていたか、その理由がよく了解できなかった」と述懐しているのは、日本側にとっての脅威は米主力艦隊の来攻という守旧思想から一歩も脱していないことを意味している。

開戦前、日本側が予定していた南方資源地帯の確保＝第一段作戦の完了は三月中旬である。その一ヵ月前、すなわち昭和十七年二月前半の段階で第二段作戦の骨子が出来上がっているはずのものが、いまだに完成していない。むしろ、その混迷を深めているだけだ。

ポートモレスビー空爆後、さらに歩を進めて豪州北東部を攻略する軍令部案。あるいは山本長官主導による連合艦隊司令部のハワイ攻略案。このいずれもが、攻略部隊を派出せねばならぬ陸軍側の猛反対にあって頓挫している。

では、史上最強の機動部隊をどこにむけるか。ここで急遽浮かび上がってきたのがセイロン島攻略＝印度《インド》洋機動作戦である。第二段作戦の方向が決定しないいま、第一段作戦にこの作戦を加えることにより、作戦完了を一ヵ月くりのべにする。

結局、問題解決を先送りにしたのである。

瑞鶴がトラック入りをしたちょうど同じころ、一航艦司令部から草鹿参謀長と源田実航空参謀の二人がはるばる東京・霞ヶ関の海軍省を訪れていた。ラバウル攻略後の次期作戦を打ち合わせるためである。

二階の軍令部作戦課に入って行くと、富岡第一課長が立ち上がり、「ちょうど良いときに来てくれた」と源田参謀に声をかけた。

軍令部側の立案した作戦プランとは、こうであった。

われわれの判断では、当分米主力艦隊の来攻はないだろう。その間、機動部隊をインド洋に派遣して、英蘭両国の残存兵力を根こそぎ叩きつぶしてしまいたい。機動部隊側の意見はどうか。

「私達の予想もしなかった作戦構想だった」

と、源田参謀はそのおどろきを記している。

「私達は連合艦隊の司令部さえ異存がなければ、機動部隊としては喜んでこの任務に就くべき旨を回答し、早速印度洋、蘭印方面の情報蒐集にとりかかると共に、急ぎ機動部隊に立ちかえった」

このインド洋機動作戦は、海軍独自の作戦である。これには一月下旬、大本営から発令された陸軍のビルマ、アンダマン諸島攻略にともない、当然のごとく予想される英国艦隊の反撃をはばむという作戦目的がある。同時に、豪州ポートダーウィンの一大反攻基地を破壊し、さらに西に足をのばせば、ベンガル湾からカルカッタに通じる「援蒋ルート」を断つことができるという大いなる狙いがある。

セイロン島攻略作戦は陸軍の反対により中止となったが、このとき軍令部を訪ねた草鹿参謀長の逸話とはこうだ。相手は第一部長福留繁少将。兵学校では草鹿の一期上、海軍大学校では同期生の間柄だ。

「いったい、この戦争をどう持って行くつもりなんだ」

草鹿少将はインド洋出撃への戸惑いからさめて、もっとも気がかりだったことをたずねた。すると、思いがけない答えが返ってきた。

「まずビルマ、インドに進出する」

福留少将は自信たっぷりにつづけた。「そして、近東に進出するドイツと手を握り、欧亜にまたがる大連絡網を完成させるのだ。その上で、長期持久態勢をととのえる」

机上の夢——といまになって嗤《わら》うことはできない。陸軍側が豪州、ハワイ両攻略作戦を兵力不足として供出をこばんだのは、主目的があくまでも対ソ戦にあったからである。

南方作戦が完了すれば、兵力を満州に引き揚げ、しかるのちにドイツと呼応してソ連を挟撃する。その時期は昭和十七年春以後——。

海軍側も、同じような壮大な夢を抱いていたのだ。開戦前には、考えられもしなかった夢である。さすがに実戦部隊を指揮する草鹿少将も、福留作戦部長の大風呂敷に、

「何だか、前途遼遠《りょうえん》の話だな」

と、浮かない表情となった。

翌二月一日午前七時三〇分、全艦隊に思いがけない緊急信が飛びこんできた。トラック在泊中の瑞鶴にも、同じ報告がとどいた。

「マーシャル群島空襲！」

艦橋に駆けこんできた伝令からの通信文を受けとると、横川艦長は即座にトラック撤収を命じた。南雲艦隊が予想もしなかった出来事が起こった。米機動部隊が太平洋の日本軍第一線基地に攻撃をかけてきたのである。

日本側は完全に不意をつかれた。米機動部隊は兵力を温存し、太平洋方面では潜水艦部隊のみが活動するだろうという海軍中央の予想をくつがえし、彼らは積極果敢に最前線基地を叩きに来たのである。

真珠湾攻撃成功よりわずか二ヵ月後、連合艦隊は手痛いしっぺ返しを食ったのだ。

内南洋を統括する第四艦隊司令部は、トラック泊地の旗艦鹿島艦上にある。司令長官井上成美中将が現地マーシャル群島クェゼリン本島からの第一報を受けとったのは同日午前四時三〇分（注、日本時間）のことで、引きつづきマロエラップ環礁タロア、ウォッゼ各基地から「敵空襲！」「ワレ砲爆撃ヲ受ク」などの被害報告が殺到した。味方基地も混乱の極にある。

同じトラック泊地の瑞鶴では、原忠一少将以下司令部幹部が艦橋につめかけていて、第四艦隊司令部からの情報分析にあたっていた。

「敵兵力はどうか」

原少将が問いかけると、大橋首席参謀が「〝戦艦二隻見ユ〟との電報がとどいているようです」と答え、

「空母をともなっているようですが、兵力はわかっていません。……司令官は戦死されました」

と、手短に敵情をつたえた。

司令官とはクェゼリンの第六根拠地隊八代祐吉少将のことで、米軍機の本部への空襲第一弾で戦死してしまったのだ。ついで大橋参謀は、在トラックの陸攻機全力（二六機）をもってマーシャル方面進出が下令されたことをつげた。

艦橋では、至急出港準備が発令されていて、艦長以下がその対応に大わらわである。こうして不意の攻撃を受けてみれば、ハワイ空襲時の米軍の狼狽《ろうばい》を笑っているわけにはいかなかったのだ。

海図台にむかっていた三重野航空参謀がふり返り、ため息まじりにつぶやく。

「トラックからマーシャル群島まで一、〇六〇カイリ。本艦が全速力で追いかけても、丸二日かかりますなあ」

その通りであった。瑞鶴は最大戦速三四・五ノットという高速航行が自慢だが、随伴の戦

艦群と行動をともにするためには、艦隊速力一八ノットという快速がぎりぎりのところだ。

午前一一時、南雲中将麾下の一航戦旗艦赤城、加賀、および瑞鶴が第三戦隊、第八戦隊、第一水雷戦隊をひきいてトラック泊地をいそぎ出撃する。至急出港準備が発令されてから四時間五〇分を経過している。

飛行機隊の収容をふくめ、艦隊の出撃準備にはこれほどの時間を必要とするのだ。

艦内乗員たちも、同じような修羅場に立たされていた。千歳空の離着艦作業を無事おえた整備科、発着器先任班長溝部兵曹は、緊張から解き放たれてトラック島での上陸を楽しんでいた。

それでも、一つ気がかりなことがある。千歳空の乗機九六艦戦は機首に七・七ミリ固定銃二梃を装備しているが、着艦してきた機を見ると、いずれも一梃でしかない。不思議に思って格納庫で各機を点検すると、やはり同じだ。

彼らは第一線にあるためにいったん故障すると備品の補充がなく、仕方なく固定銃そのものを取り外してしまっているのだ。

「七・七ミリの豆鉄砲一梃で、さぞかしラバウルじゃあ、苦労するだろうなあ」

というのが、この古参整備員の思わず洩れたタメ息であった。

飛行機隊は訓練のため竹島に移り、瑞鶴はトラック環礁の中心、夏島沖に錨を下ろしていた。

夏島周辺の海は水深が深く、環礁のなかでもっとも泊地に適しており、島には南洋庁の支庁がおかれていた。

トラック島は、春、夏、秋、冬の四季を冠した島と月曜島、火曜島といった七曜諸島と大小二百数十の島々より成り立っている。

居住民の大半は夏島に住んでおり、チャモロ族とカナカ族の二部族がいる。その大部分を占める前者は男女とも上半身裸で、男は頭に花飾りをつけ、女は貝殻やべっこうの装飾品を頬に飾りつけ、よく踊りを好んだ。

はじめて見る瑞鶴の乗員たちにとっては、何もかも珍らしい異国情緒にあふれていた。土ほこりの立つ大通りぞいに小さな売店がならんでいて、溝部兵曹は部下とともに立ち止まった。

「売る品物といっても、大したものはありませんでした。この海域ではトビウオがよく獲れるのか、干物にして無造作に積んでありました。酒の肴《さかな》にでもしようと、干物を買って帰り、居住区で食べました。トラックでの楽しみといえば、そんなことぐらいでした」

その翌日、突然の出撃なのである。

竹島基地からの飛行機隊を収容し、南雲艦隊三隻の空母は急ぎ外洋に出た。米機動部隊との対決にむかう攻撃機は、淵田美津雄総隊長機をふくめ、総計一七〇機。戦力としては、これで充分だ。

瑞鶴からは、さっそく索敵機が派出されている。偵察員はベテランの金沢飛曹長。

「突如出動命令が出された。午前一一時、トラック島を出港。針路を東にとって出撃する。私は索敵を命ぜられ、三時まで飛行したが、異状はなかった。

情報によると、今朝四時半マーシャル群島ウォット並びに其の周辺に敵重巡二隻と航空母艦二隻が現れ、守備隊に攻撃して来た。……味方中攻隊はこれ等敵艦隊に攻撃を加えつつあり、との事である」

この米機動部隊を指揮しているのは、ウイリアム・F・ハルゼー中将——こののち日本海軍の好敵手となる〝猛牛《ブル》〟ハルゼーである。

ハルゼー中将は空母エンタープライズをひきいてクェゼリン本島を、麾下のフランク・J・フレッチャー少将は空母ヨークタウンとともにヤルート、ミリ、マキン各日本軍基地空襲にむかっていた。

この当時、米太平洋艦隊司令長官ニミッツ大将の手元には——伊号第六潜水艦の雷撃によりサラトガが大破し、修理の必要上米本土に引き揚げたため——わずか三隻の空母しか残されていなかった。そのうちの一隻はレキシントンだが、ウィルソン・ブラウン中将麾下の同艦は、日本軍に占領されたばかりのウェーク島攻撃にむかっている（注、日本軍哨戒機に発見され、攻撃中止）。

ニミッツ提督の意図は、日本軍の内南洋最大の根拠地トラックを叩くという本格的な作戦はさけ、ハワイ攻略、米豪連絡線遮断のためのフィジー、サモア島攻略といった日本側の動きを牽制することにあった。そのため、一撃を加えてさっと引き揚げるヒット・エンド・ラン作戦を案出したのである。

この果敢な戦法に、日本側はなすすべもない。被害は八代少将の戦死をはじめとして、沈没艦艇三、大破二、中破各二隻、他に基地施設に大損害を出したが、米軍側の被害は重巡チェスター中破、未帰還一一機にすぎない。

翌日深更になって、南雲艦隊は連合艦隊司令部より追撃中止命令を受け取った。トラックに増派された二十四航戦の陸攻機から「本日全力ヲ以テ作戦ヲ実施セルモ敵ヲ見ズ」との報告があり、もはや米空母はハワイに反転したものと判断されたのである。

機動部隊の帰投先はトラックではなく、西カロリン群島のパラオとなった。米空母が反転せず、一方でそのまま本土空襲にむかっているとの可能性をも否定できなかったからである。

攻撃隊は甲板待機状態のまま、パラオのガツレル泊地をめざす。

パラオ本島も南洋部隊の拠点で、コロール島には南洋庁本庁がおかれていた。

二月八日、ガツレル泊地入港。その後、一航戦の赤城、加賀は南方部隊編入に復し、豪州ポートダーウィン攻撃へ。瑞鶴は編成を解かれて日本内地へ帰り、練成途次の飛行訓練をつづけることになった。随伴するのは駆逐艦秋雲、霰《あられ》の二隻のみ。

米軍の冒険主義的攻撃は、日本側に戦勝を楽しむゆとりをあたえない果敢さである。

「こちらは二週間程トラック島に碇泊する予定で、第三配備となり舷窓も開けられたので、暫くぶりに私室に帰ってのんびりしたのも束の間」

と、宮尾軍医中尉は日記にこうボヤく。

「……八日パラオ入港見学、翌日横須賀へ向け出港と目まぐるしく状況が変わるので、日記でもつけておかぬと頭が混乱して来る」

二月十三日、横須賀帰港。到着日前日になって、いつものように嶋崎少佐以下飛行機隊が離艦し、房総半島の南西部、千葉県館山湾をのぞむ館山飛行場をめざした。

館山基地は昭和五年に開隊された東京湾防備のためのもので、現在同地は南房総国定公園に属している。西岬辺りはサンゴ礁の隆起がみられる景勝地だが、当時は要塞地帯として立ち入りが制限された。

館山基地に到着すると、新婚早々の艦攻隊の佐藤善一中尉は飛行長の許可を得て、さっそく電報を大竹市の妻宛に打っている。

「タテヤマック　スグ　コイ　サトウ」

瑞鶴が転じて横須賀軍港入りすると、関東周辺に留守宅がある乗員に上陸が許可された。

艦長横川大佐も、久しぶりに妻と一人娘の待つ上大崎の自宅にもどり、士官室の江間保大尉は静岡県周智郡〝遠州森の石松〟の故郷に凱旋した。

艦長や飛行分隊長の士官室士官たちは、ハワイ作戦後の正月休暇を楽しんでいない。第一段作戦のラバウル攻略がおわってようやく一息ついたものである。

「いつもながらの不意の帰郷でした」

と、横川艦長の娘薫子の回想談にある。

寡黙で、およそ言《こと》あげしない父だったが、ハワイ作戦の快勝がよほど嬉しい出来事であったらしく、いつになく饒舌で、「戦死者を一人も出していないことは、誇らしいことだ」と、上機嫌で娘に語った。

「どうしても一機、真珠湾上空から帰ってこない戦闘機があってね。一時間以上もおくれている。心配になって、艦橋から下りて飛行甲板の先端に立ってじっと待っていたよ」

薫子は、三輪田女学校三年生在学中である。十五歳の少女にとって、暗い飛行甲板で未帰還機の帰りを待つ父の姿は、どこか雄々しく、また哀しげに思われた。

心配げに耳をかたむけている娘に気づくと、この父親は破顔一笑し、

「いやあ、暗い空から飛行機のブーンという爆音が聞こえてきてね。機影を見つけたときは、これほど嬉しいことはなかったよ」となぐさめ顔でいった。

そして、娘は父親がつぶやいた言葉をはっきりと耳にきざみこんだ。

「瑞鶴は本当にめでたい艦だ。艦長として、ありがたいことだと思う」

こうして戦時下の不意の休暇は、その後の戦局が激戦にかたむいて行くだけに、数多い逸話を家族たちそれぞれに残した。

飛行隊長嶋崎重和少佐は久しぶりの休暇をえて、両親の住む愛知県蒲郡の実家にもどった。

ハワイ出撃いらい、はじめて故郷を訪ねる晴れがましい一夜である。父、澤重元が遺した

「重和思出之記」によると、

「宮中ニ召サレテ功名談ニ夜ヲ徹ス」

とある。少年期より両親に苦労をかけただけに、誇らしげな一夜であったことだろう。

ガンルームでは、艦爆隊の若い分隊士葛原丘中尉がそわそわと落着かない様子だった。

「どうしたんか？　休暇はどうするつもりなんだ」

と、同期生の佐藤善一中尉が声をかけると、ふだんは無口な彼が珍らしく快話な口調でおうむ返しに答えた。

「久しぶりに、本郷の自宅《うち》に帰るのさ」

部下の堀建二二飛曹からは物静かな、あまり饒舌でない分隊士という印象が語られている。上官にエンマ大王という強烈な個性の持ち主がいるだけに、部下の中、少尉たちはどんな好人物でもおとなしい上官という評価になる。

葛原中尉は出身が広島県福山市となっているが、大正七年、父の郷里で生まれたためのもので、育ったのは東京本郷である。東京高師付属中学から海軍兵学校六十六期に進み、昭和十六年四月、第三十四期飛行学生を卒業した。

父は童謡詩人として名を知られた葛原しげる（本名、滋）で、本郷の自宅には、両親と姉弟三人が彼の帰宅を待ちわびているはずだ。

父葛原しげるは若くして上京し、東京高等師範学校（現・筑波大学）に入学。九段精華高女で教鞭《きようべん》をとりながら、雑誌『少女世界』で編集にもたずさわった。自身も童謡詩人となり、郷里福山からながめた瀬戸内海の海の夕景色をうたった。

ぎんぎんぎらぎら　夕日が沈む
ぎんぎんぎらぎら　日が沈む

の童謡「夕日」の作者として、全国的に有名となった。作詞した童謡は「とんび」「白兎」「羽衣」など四、〇〇〇篇ともいわれている。

余談になるが、東京大空襲の戦火に遭《あ》い、郷里福山にもどって私立至誠局女（現・至誠高校）の校長をつとめた。

葛原校長は教育者として知られ、「ニコピン先生」の愛称で地元で親しまれた。教育者として口ぐせのように、「子供たちはいつもニコニコ、ピンピンと元気でありたい」と語っていたからである。

昭和三十六年、没。現在もその遺徳をしのんで、福山市の生家前で「ニコピン忌」が開催されている。

一方、新婚の佐藤中尉は、呼びよせた新妻と館山基地近くの旅館で、一ヵ月半ぶりの逢瀬を楽しんでいた。新婚旅行に出かける暇もなく、挙式のあと一夜をすごしただけでR作戦に出撃してきたのである。

だが、佐藤夫人には一つ気がかりなことがあった。

「村上さんの奥さん、私と同じように館山に呼ばれたのかしら」

「何のことだ」

佐藤中尉がきき返すと、彼女はこんな話をした。

──新婚の夫から電報がとどいて、母艦が内地に帰ってきたのだと知り、私は喜び勇んで村上中尉の留守宅に電話した。館山基地までは遠い旅だから一緒に行きましょうよ、と天真爛漫な女性だけにあけっぴろげな相談内容である。

ところが、村上夫人からは電報はとどいていない、との返事である。

そして意外にも、彼女はこう懇願した。主人の村上に会ったら、どうか電報を打つようにいって下さい。ぜひ、主人に会いたいと思う。私のほうから一方的に押しかけるわけにはいかないから……。

無二の友人同士であったから、村上喜人中尉は佐藤夫妻の泊っている旅館に顔を出した。明るく、屈託のない、いつもの彼の表情である。

佐藤夫人が遠慮がちに、

「村上さんも、奥さんを呼んであげて下さいよ」と頼みこむと、「いやあ、ウチのはいいんですよ」とニベもない答えが返ってきた。

「夫婦仲のことは良く知りませんが、奥さんがどうにも気の毒で」

佐藤夫人が村上中尉の想い出を語るとき、まっ先に口をついて出たのはこの館山基地でのエピソードであった。

村上中尉戦死後、同夫人の消息は知らず、この想い出だけが佐藤夫人久美子の心の澱《おり》となっていまも胸の奥に重く沈んでいる。

もう一人、ガンルーム新参の宮尾軍医中尉は、ハワイ作戦いらい久しぶりに東京の自宅に帰った。同行するのは門司親徳主計中尉で、同室の間柄である。

　艦発の定期に乗って海軍桟橋へ。横須賀駅から都心に出て、有楽町駅で降りた。示しあわせたように、二人で銀座に出る。学生時代とはちがった気分での〝銀ブラ〟である。

日米開戦後二ヵ月余、緒戦の戦勝のせいもあってか、銀座を行きかう人々に悲壮感はなく、表情にはまだゆとりがある。防暑服姿ですごしたパラオにくらべると日本の冬はさすがに寒気きびしいものがあったが、十四日は土曜日とあって人出も多い。

新聞紙上では一面トップに「シ島最期の時来れり」と、シンガポール要塞の陥落間近しとつたえているが、街を歩くと、東京宝塚劇場では二月の定期公演がおこなわれていたし、有楽座では新国劇、丸の内日劇では映画「青春気流」が封切られたばかりで、ふだんと変わりのないにぎわいだ。

『ジャーマンベーカリー』に立ち寄って、コーヒーを注文した。

「うまいな」

二人で、思わず顔を見合わせた。艦内のガンルームでは、ついぞ味わえない〝娑婆《しやば》の味〟である。

門司主計中尉はここで別れて、築地の海軍経理学校を訪問し、ついで八月いらい半年ぶりのわが家に帰った。

実戦こそ経験していないものの、彼には機動部隊とともにハワイ作戦に参加したという昂揚感がある。また南方戦地帰りという、潮風に鍛えられたたくましい心地も身体のどこかに根づいているように感じた。

その気分とは、こんなものだ。

「両親も弟妹もいろいろ訊きたがった。私は内心得意であったが、控え目に話した。その方が大事なものが残るような気がした」

宮尾軍医中尉は軍医学校を訪問し、その後で本郷の東京帝大医局へ行った。不意の訪問であったが、医局では都築主任教授以下が愛弟子のハワイ作戦帰りを大いに喜び、歓待してくれた。

「最新鋭の航空母艦は最高速三五ノットも出るんですよ」

思わず自慢話が出て、単冠湾できかされた魚雷一本食えばまことに心もとない状況で、などという心配話はおくびにも出さなかった。

看護婦たちも、宮尾軍医中尉来るとの知らせを受けて大勢がつめかけて、いっぱしのスター気分である。

夕刻、帰宅した。正月は呉から遠かったので帰宅せず、久方ぶりのわが家である。艦内の狭いベッドとはちがい、手足をのばしてゆっくりと横になった。

その日の日記も、いつもの素っ気のない文章とちがってどことなく柔らかである。

「……皆喜んでくれた。夕食がはずみ、話に花が咲いた。夜遅く雪が降りはじめたが、家のフトンは暖かく心地良く眠れた」

3 「名なしの権兵衛事件」

二月十六日、艦は白子沖から三河湾奥にむかい、ここに仮泊した。飛行機隊は館山から鈴鹿基地に移動し、これより半月の間、戦技訓練を重ねるのである。

艦は訓練のため出入港をくり返すが、伊良湖水道の内懐にある水深の深いこの三河湾奥から離れることはない。したがって、軍医中尉の日常もまたこんな風にもどった。

「平凡な診察、手術、身体検査、昼寝、将棋、しこたま買込んだ小説類の読破、夜の飲酒駄弁ですぎて行った」――。

飛行科、整備科分隊が基地に出かけて行った空っぽの艦内で、もっとも活発なのは小川砲術長以下の高角砲、機銃両分隊員たちである。

右舷艦橋の直下、新たに三番高角砲手に配置された羽生津《はふつ》武弘二等兵曹は、小さい体軀ながら頑張り屋のおかげで、いまは一番高角砲手も兼任して統一指揮することをまかされている。

この時期、羽生津二曹にも休暇が出て、新妻の待つ故郷に帰った。前年秋、ハワイ出撃とは知らず、仲介を頼んだ分隊長が事情を知らぬ若い部下のために、しばらく待て、とあれこれ口実を設けて先伸ばししようとするのを、強引に口説き落として結婚にこぎつけたのだ。

相手は二歳年下、高等小学校いらいの幼な馴染みの女性である。

「もう好きで、好きでやっと一緒になれたもんやから、飛んで家へ帰りました」

晩年になっても、羽生津元二曹は手放しのノロけようである。インタビュー時の筆者の取材メモを再現すると――。

「敗戦までに五回でしたか、休暇で家に帰れたのは……。私ら兵隊はめったに休みをもらえんものやから、女房に会いに帰れるのが嬉しゅうて、その都度子供ができて、合計四人生まれました。一年に一ぺんの勘定ですわ。アハハハ……。

私の母親と子供四人かかえて、戦争中から敗戦後にかけて女手ひとつ、エライ苦労をかけましたわ。そのせいか、昭和二十四年に、あっという間に死んでしもうてね」

瑞鶴退艦後、ソロモン群島守備隊配備となり、昭和十九年暮、コロンバンガラ島からまさか内地に着くまい、と思いながら遺書のつもりで出した妻あての葉書がある。

その一葉が奇蹟的にとどいて、敗戦後無事帰郷したとき、妻から「形見代わりに大事にとっておいた」と見せられた。

検閲済みの朱印が押してあり、「子供たちは元気ですか。私も元気でお国にご奉公しています」といった他愛ない内容であったが、それでも夫は確実に戦地で生きているという、家族への強い証しとなったのだ。

「南の島から、こんな葉書がようとどきましたな」

といいながら、羽生津老人は「女房には苦労ばかりさせて……」とくり返し、突然胸がせまったのか、はらはらと大粒の涙を流した。

羽生津武弘二十九歳、妻二十七歳。晩婚だが、このとき彼らも瑞鶴新婚生活真っ只中の若い夫婦なのだ。

一二・七センチ高角砲の弾数は、一門あて二五〇発である。演習時にはこれを水平にして射撃装置により射弾するのだが、速射砲ではないために、その都度弾丸を装備する必要がある。

「全砲門を開き、一二、〇〇〇発ぐらいで一発命中するかどうか」

とは、羽生津砲手の回顧談だが、彼はそれをのちのサンゴ海海戦で実際に体験することになる。

嶋崎少佐は蒲郡の両親宅を訪ねたあと、中津の高橋赫一宅に寄寓《きぐう》している妻子のもとに足をのばした。妻は長男重明を出産したあと、休養のため実家に身をよせていたのである。

同じころ、髙橋少佐自身も大分基地から妻と三人の子供たちが待つ自宅にもどった。次男武弘を亡くして、失意の底からようやく立ち直った二ヵ月間の空白である。これが家族との最後の別れになるとは気づかず、三月三日の雛《ひな》祭りにあわせて娘瑛子、凱子二人のために雛人形を買ってかざってやり、節句の朝に家族に見送られて出撃の旅立ちをした。

これが、髙橋赫一少佐の最後の姿となった。

さて、上司と部下、士官と下士官兵との階級差対立。これらは旧海軍だけでなく、現代にも共通するテーマである。むしろ人間として生まれてきて、社会を形づくったときから生じる人間関係の軋轢《あつれき》といえるかも知れない。

瑞鶴でも、士官と下士官兵対立のエピソードは、形を変えていずこの分隊でも起こっていたことといえるだろう。

それを語るために、ここでガンルームで起こった「名なしの権兵衛事件」を取り上げざるをえない。

何ともやりきれない後味の悪い出来事なのだが、あえて紹介するのは、すでにこの事件が広く知られてしまったからである。

事は、昭和三十八年十二月にさかのぼる。この年、芥川賞作家北杜夫の大河小説『楡《にれ》家の人々』が完成。翌年、新潮社より刊行され、毎日出版文化賞を受賞した。

これは北杜夫の父、歌人斎藤茂吉の一族それぞれの人生を舞台に、戦前から戦後にかけての市民生活を描いた壮大な作品で、作中の主人公の一人として軍艦瑞鶴乗組の軍医中尉城木達紀が登場する。

このモデルとなったのが、北の義兄宮尾軍医中尉で、主人公城木がガダルカナル戦で戦死するまで（注、本人は生存）、軍医としてのさまざまな逸話が語られている。

その一部で、さりげなく語られているのが瑞鶴ガンルームでの「名なしの権兵衛事件」なのである。それは、こんな情景である。

――巡検のあと、艦爆乗りの佐々木中尉がガンルームで電話をかけていたが、突然、血相を変えて怒鳴りはじめた。

「俺は佐々木中尉だぞ、莫迦《ばか》にするな！　貴様、姓名を言え！」

事の次第は次のようなものであった。受話器に所用の会話のほかに、不謹慎にも流行歌を高唱する声がはいってきた。そこで憤慨した佐々木中尉はその当人を電話に出させたところ、大分酒を飲んでいるらしく、舌ももつれる返答をする。分隊姓名を名乗らせると、名なしの権兵衛だと答えた。

「なにを言うか！　名を名乗れ！　名をいえというんだ！」

「それですから、名なしの権兵衛であります」

城木が見ていると、佐々木中尉は凄まじい勢いで部屋をとびだして行った。しばらくしてガンルームに連行されてきた者を見ると（中略）その口唇の辺はすでに腫《は》れあがって血が溜《た》まっている。更に追いかけて、佐々木中尉は激しい音を立てて往復ビンタを喰わせた……。

文章は、しだいにエスカレートして行く制裁の苛酷さを淡々と描く。名なしの権兵衛とは病院で宮尾軍医中尉が眼鏡をあわせてやった乱視の〝電気屋〟のことで、その男は殴られてよろけるたびに、泣き笑いのような表情になる。

人は極度に緊張すると、恐怖の場合、一瞬不可思議な表情をすることがある。泣き笑いというより、反射的に卑屈で弱々しく、あるいは強がりに似たものかも知れない。

このちょっと人を侮辱したような笑いの表情が、制裁する側の怒りに油をそそいだ。中尉は猛り狂ったように、〝名なしの権兵衛〟に殴りかかった。

実際にガンルームの片隅でこの一部始終を見守っていた者から見れば、昂奮する中尉の憤りかたは度がすぎた。仲裁にはいるきっかけが取れないのである。

〝艦爆乗りの佐々木中尉〟とは仮名で、実際にはケプガンの塚本祐造中尉である。ガンルームを一緒に飛び出して、名なしの権兵衛を引きずってきたのは村上喜人中尉。この二人が、無抵抗状態の下士官兵に鉄拳の雨を降らせた。

艦内では、巡検後の歌舞音曲は号笛がないかぎり許されない。といって、単調な艦内生活で、息ぬき一つない厳重な規則一点張りではだれでもやり切れまい。かつて小川砲術長が甲板士官に加えた叱責は、艦内秩序を維持するためと称して部下に肉体的制裁を用いてはならない、というきびしいいましめであり、その統率者としての毅然《きぜん》とした姿勢が下士官兵に支持されたのだ。

〝名なしの権兵衛〟は、結局上陸止メの処分を受けた。瑞鶴がインド洋機動作戦にむかう一ヵ月前の出来事である。

第三章　インド洋機動作戦

1　コロンボ港制圧

「今次作戦の相手は、伝統ある英国海軍である。しかも、敵地セイロンは英国東方艦隊の根拠地であり、ハワイ作戦時のように油断している相手ではなく、待ちかまえている敵である。相当の抵抗あり、と覚悟せねばなるまい」

横川艦長は口もとを引きしめ、厳粛な表情となった。ここで、総員集合前のだらけた雰囲気は一変し、ピンと張りつめた空気となった。

乗員たちの視線が艦長にそそがれ、つぎの言葉を待ちうけた。

「日本海軍は明治建軍いらい、英国海軍を範としはげしい訓練を重ねてきた。いま彼らと雌《し》雄《ゆう》を決することは、本職の深く喜びとするところである。

敵主力は戦艦三隻、空母二隻、重巡四隻、軽巡一一隻の有力な艦隊であり、航空兵力は約五〇〇機。もし戦いが生起すれば、ハワイ作戦に匹敵する大海戦となるであろう。諸子の赤誠と、果断決行の勇猛心を期待する。
本作戦は、以後C作戦と呼称す。終わり」
一九四二年（昭和十七年）三月二十六日午前七時一五分、セレベス島スターリング湾内早朝の出来事である。

五航戦旗艦瑞鶴は同月十六日、僚艦翔鶴とともに横須賀軍港を出港。すでにポートダーウィン（二月十九日）、チラチャップ湾（同月五日）両攻撃をおえた南雲機動部隊本隊と合流すべく、南下を開始していた。

鈴鹿航空隊での本格的訓練をおえ、呉での補給作業の後内地を進発したのは同月五日のことで、南鳥島に米機動部隊来襲との報が入り、これを追撃。中止命令を受けてふたたびセレベス島をめざしたが、またしても南硫黄島付近に米空母部隊発見との報で、これを追いかけた。

前者は、ハルゼー中将のエンタープライズ部隊による空襲で、後者の場合は日本軍索敵機による誤認とわかったが、いずれにしても五航戦両空母は、米海軍のヒット・エンド・ラン作戦の実施によってきりきり舞いをさせられたことになる。

三月二十四日、ようやくスターリング湾に入港し、機動部隊本隊と合流した。天候は曇、気温二七・八度。赤道直下だが、つねに海風が吹き、気候はしのぎやすい。

セレベス島はボルネオとニューギニアの中間地点にあり、東部ジャワ攻略の航空基地としてきわめて重要な位置にある。湾にのぞむ南側にケンダリー航空基地があり、一、〇〇〇メートル×六〇〇メートルの飛行場はすでに陸軍部隊によって占領され、哨戒の日本陸軍機が離発着していた。

旗艦赤城が将旗をかかげているスターリング湾は、水深が深く、トラック泊地のような透明な青色ではなく、深い沼を思わせるような濃い緑色をしていて、波もおだやかな、静かな入江である。

周囲の山々はうっそうとした密林におおわれ、雲が切れて陽が差すと、あざやかなマングローブの緑が静かな海面に映えた。

見渡せば、湾内に蝟集《いしゅう》した堂々たる艨艟《もうどう》群であった。

南雲中将の第一航空艦隊旗艦赤城をはじめ、加賀はパラオ泊地での艦底損傷事故のため内地に引き揚げたものの、第二航空戦隊の空母蒼龍、飛龍、第三戦隊の戦艦比叡、金剛、霧島、榛名、第八戦隊の重巡利根、筑摩、第一水雷戦隊の旗艦阿武隈、および警戒隊の駆逐艦群――。

五航戦の二空母を加えると、航空母艦五、戦艦四、重巡二、軽巡一、駆逐艦一一隻、合計二三隻。ハワイ作戦いらい、まさに鎧袖一触《がいしゅういっしょく》。向かうところ敵なし、の史上最強の機動部隊である。

「この時期は、開戦後ほとんど五ヵ月におよび、乗組員も搭乗員も練度は最高潮に達していた」

と、一航艦航空参謀源田実中佐が誇らしげに語るように、みずからが手塩にかけた機動部隊はその実力において、世界のどの海軍をも席捲《せっけん》しうる能力を持っていた。

彼ら一、二航戦はラバウル攻略作戦終了後、スターリング湾に移って第二艦隊司令長官近藤信竹中将のひきいる南方部隊の指揮下に入り、陸軍のジャワ攻略作戦支援に参加した。

だが、南雲艦隊がジャワ南方海面に達したときは、すでに米英蘭豪の四ヵ国連合艦隊はほぼ壊滅しており（スラバヤ、バタビア沖海戦）、それ以降はいわば〝落武者狩り〟の戦闘をつづけたにすぎない。

その一例をあげれば、二月二十七日には基地航空部隊から「敵空母発見」の報が入り、これはチラチャップ増援にむかう米空母ラングレーであり、南雲中将は「明早朝ヲ期シテ之ヲ撃滅セントス」と大いに張りきったが、バリ島所在の高雄空陸攻隊一六機により撃沈された。

また三月一日には、機動部隊はオランダ商船モッドヨカード（八、〇八二トン）、米油槽船ペコス（一四、〇〇〇トン）の両船を撃沈した。

同じ日、米空母ラングレーの護衛についていた米駆逐艦エドソールは赤城を発進した艦爆隊の餌食となった。

こうしてジャワ海を逃れた連合国残存艦艇は一隻一隻、待ち受けていた彼らによって処分され、南雲機動部隊はさらに新たなる攻撃目標をもとめてインドの東、ベンガル湾にむかうことになった。

この当時、機動部隊の実力がどのていどのものであったか。ハワイ作戦、ラバウル攻略作戦の二度の戦場経験を重ねた五航戦瑞鶴の熟練度を記した一文がある。

半年前に〝マルテン航空兵〟と揶揄《やゆ》された彼らがトラック島より帰投後、遠州灘にある瑞鶴を目標として雷爆撃訓練を実施した。

発着艦指揮所から、門司親徳主計中尉がこれを目撃している。

その手記の一文を引く。

見張員が、

「左舷六〇度艦攻六機、雷撃――」

と艦橋への伝声管に向かって叫んだ。飛行機は三機ずつ二編隊の六機で、高度を下げると海面を這うように襲撃してきた。海は濃紺で波頭が白く裏返っているので、緑色の機体は見分けにくい感じで近づいてきた。まっしぐらに接近すると、艦は舵をとってグーッと回避した。天辺にある見張所は斜めに傾いた感じがした。その時、飛行機は発煙弾を海の上に落とし、艦首すれすれにワーッと通り過ぎて行った。すると、直ぐ反対の右舷から他の一隊が同じように海面すれすれに襲撃してきた。見張員が大声で何か叫んでいるが、爆音で聞きとれない。艦は再び急速な回避運動を行なった。

気がつくと、頭の上から艦爆隊が逆落としに来襲してきた。艦は、また舵をとって回避運動をした。これで魚雷や爆弾をほんとによけられたのかどうか分からないが、どうも艦の方が負けのような気がした。いつの間にか戦闘機隊も来ていて、艦橋めがけて痛快に掃射して行く。

戦国絵巻を思わせるような華麗な飛行機隊の乱舞である。

私は初めて見る、この絢爛《けんらん》たる絵巻を酔ったように眺めた」

練度の高い、選抜された搭乗員たちのみが演習に参加したのだろうが、「これだけの三機共同の攻撃が出来ても、まだ訓練不足なのだろうかと思った」と、この見事な編隊攻撃ぶりを感嘆した門司主計中尉の見聞記がつづられている。

おそらくは編隊の総指揮官は嶋崎少佐で、その両脇を新野多喜男、八重樫春造、金沢卓一といったベテラン搭乗員たちが固め、艦爆隊には坂本、江間両大尉たちも参加していたにちがいない。

そして、彼らが実際にサンゴ海洋上で、米豪交通連絡線確保のために出動してきたF・J・フレッチャー中将麾下のレキシントン、ヨークタウン両空母部隊と対決するのは、これより三ヵ月たらずの後のことである。

――さて、五航戦司令部に異動がある。

二月二十日付で、北支艦隊参謀として青島に転出する大橋恭三中佐に代わって、先任（首席）参謀として山岡三子夫《みねお》中佐が空母飛龍副長より転じてきた。

この人事異動は、五航戦司令部内で小さな波紋を生じさせた。真珠湾攻撃いらいの原少将＝大橋参謀コンビが、第一段作戦終了以前に解消されたからである。

後年、大橋中佐は苦笑まじりに「ボクは草鹿さんにニラまれていたからなァ」と話し、それが開戦前に豊田艦政本部長に直訴した件を指すのだが（前巻参照）、その豊田中将が大将となり呉鎮長官となって赴任したために、ますます二人の関係が緊密になると憶測され、忌《き》避《ひ》される理由となったのであろうか。

新任の山岡中佐は、兵学校では前任者の一期下。明治三十三年、奈良県生まれで、五条中学出身。四十一歳。

いずれにしても、原司令官の片腕として、新しい先任参謀が着任することになった。

三月二十六日、スターリング湾上で横川艦長が出撃の訓示をおこなっている折、すでに五航戦司令部は新しいスタッフに再編されている。

彼らの目的はC作戦――Ceylon《セイロン》の地名より名づけられた――によって誘出される英艦隊の撃滅である。

午前八時、南雲機動部隊はスターリング湾を出撃した。セイロン島基地の攻撃予定日は四月五日である。

インド洋機動作戦は、つぎの三つの陸軍作戦とたがいに関連しあう方向で進められた。スマトラ作戦（T作戦）、アンダマン作戦（D作戦）、ビルマ作戦（U作戦）がそれである。これらT・D作戦は三月末までにおこなわれ、のこるU作戦遂行のために新たな輸送作戦が開始された。

このため、陸軍は三月九日から四月二十八日にかけて輸送船のべ一三四隻を動員し、二個師団（第五十六、第十八師団）をラングーンに送り、日本側の被害はわずかに輸送船二隻という順調な作戦経過をたどっている。

月が変わって四月二日、機動部隊は針路を三一〇度にとった。海上はおだやかで半晴、インド洋に近くなると、気温はすでに三〇度を越して暑熱である。航海中は、各母艦から艦攻二～四機が前路艦隊の前方を対潜哨戒機が見え隠れしている。航海中は、各母艦から艦攻二～四機が前路警戒に飛び立つのだ。

五航戦司令部では、新任の山岡先任参謀が飛龍副長時代に二航戦司令官山口多聞少将が描いた次期作戦構想を披露して、周囲をおどろかせていた。

それは、いかにも気宇広大な攻略プランである。

「五月中旬に、セイロン、カルカッタ、ボンベイを攻撃する。七月末にはほこ先を南に転じてフィジー、サモア、ニューカレドニア、オーストラリアを攻略する。――まだまだ、先はありますぞ」

と、山岡中佐は得意気にいった。

「山口司令官は、もっと大きなことを考えておられる。カルカッタ、ボンベイ両攻撃により英国軍を沈黙させ、しかるのちに中東より侵攻してくるドイツと呼応《こおう》してアジアに日独大連絡網を確立する。

そののち、太平洋正面に押し出しハワイ攻略、米カリフォルニア油田地帯に進出する……。どうです？　雄大な構想でしょうが」

強気の山岡参謀は、航空戦隊の先任参謀に抜擢されて大いに気分が昂《たかぶ》っている風であった。

彼が口にした山口司令官の第二段作戦構想は、慎重型の原忠一少将にとっては破天荒のものであったが、これが現実に軍令部に提出されて一波乱を呼んでいる（のち却下）。

二航戦出身の山岡中佐にとっては、今度のＣ作戦のごときは物たらぬもの——なのである。

彼の手もとには、柱島の連合艦隊司令部から山本長官名で出された「機密連合艦隊電令作第八十六号」がしめされている。

その内容は、こうつづられていた。

「南雲部隊指揮官ハ左ニ依リ錫蘭《セイロン》島方面機動作戦ヲ実施スベシ
一　作戦目的　錫蘭《セイロン》島方面敵艦隊奇襲撃滅
二　作戦期日　自三月中旬　至四月中旬

三　参加兵力　機動部隊ヲ基幹トスル兵力」

この作戦計画は、陸軍のビルマ攻略作戦に対抗してベンガル湾に出現してくるはずの英国艦隊をインド洋より一掃する大いなる戦略目的があったが、新任参謀の山岡中佐はもっと壮大な夢想を抱いていたのだ。

英国側は、窮地に立たされていた。

英国は約二世紀にわたって極東における権益を手中にしてきたが、このベンガル湾海上交通路を日本軍に奪われてしまえば、中東の英軍への補給路を絶たれることになり、また英国東方艦隊の唯一の基地であるセイロン島コロンボ、トリンコマリー両港の喪失は、極東におけるイギリスの全戦略態勢をくつがえす結果を招くものと思われた。

逆にいえば、日本側のインド洋機動作戦は英国の東方艦隊を牽制するという意味では、大いなる戦略目的を達成していたのだ。

ベンガル湾の危機にさいして、英国のウインストン・チャーチル首相は東方艦隊司令長官にJ・F・ソマーヴィル海軍大将を選んでいる。開戦直後、戦艦プリンス・オブ・ウェールズ、レパルス両艦を撃沈された〝運の悪い〟トム・フィリップス提督に代わって、ジブラルタルから出撃してドイツ戦艦ビスマルクを屠《ほふ》ったH部隊指揮官を後任にすえたのである。

だが、彼にあてがわれた海上兵力は旧式のR級戦艦ラミリーズ、ロイヤル・ソヴェリンの二隻にすぎなかった。ソマーヴィル提督は、真珠湾攻撃時のキンメル大将と同じ悲劇的な立場に立されていたのだ。

このベンガル湾の危機にさいして、英本国も彼の要望をかなえるべく最善の努力をはらった。英軍令部は地中海から正規空母のフォーミダブル、インドミタブルの二隻を引きぬき、高速戦艦ウォースパイトの増派を決定した。

ソマーヴィル提督がコロンボに到着した三月二十六日、彼の麾下兵力は空母三（小型空母ハーミスをふくむ）、戦艦五（ウォースパイト、レゾリューション、ラミリーズ、ロイヤル・ソヴェリン、リヴェンジ）、重巡二（コーンウォール、ドーセットシャー）、軽巡五、駆逐艦一六、潜水艦七隻、合計三八隻の大艦隊にふくれ上がっていた。

けれども、これらは机上での優勢にすぎない。

三空母に搭載されている母艦機はハリケーン戦闘機九、フルマー戦闘機一二、アルバコア雷爆撃機二四機など総計九五機にすぎず、南雲機動部隊の精鋭三五〇機と比較すると、絶望的に貧弱な兵力だった。

そして、彼らの眼となる哨戒機はカタリナPBY飛行艇六機——これで、史上最強の南雲機動部隊を邀《むか》え撃つのである。

四月三日、南雲機動部隊は北緯〇度二〇分、東経九一度の地点に達した。セイロン島まで、あと九〇〇カイリ。艦隊は二〇ノットに増速し、インド洋を一路西にむかう。

曇りがちの天候がつづき、海上に薄日がもれている。この海域は波が荒いとつたえられていたが、長いうねりが時折艦体を持ち上げるだけで、あとは鏡のように静かな海原である。

インド洋の暑熱はきびしい。乗員たちは三〇度を越す暑さにたちまち音をあげたが、甲板作業する整備員たちは陽焼けしてたちまち真っ黒になった。

瑞鶴は最新鋭空母で冷暖房完備という近代性を誇っているが（注、医務科病室で二五・五度という数字がある）、艦内でも艦底の機関科、烹炊所のある主計科、発着艦作業を担当する飛行科、整備科の乗員たちは、連日のうだる暑さに音《ね》をあげた。

夜になっても暑熱はおさまらず、居住区でも効率の悪い冷房装備で、風の通る庫外通路や機銃ポケットで寝苦しい夜をすごす乗員たちの姿があちこちに見られた。睡眠不足で、体力の消耗もはげしい。

瑞鶴艦橋では山岡先任参謀のはやり立つ声が目立つが、司令官原少将には肝心の英国東方艦隊の行方がつかめていないといういらだちと不安がある。

ソマーヴィル艦隊の派遣と増強の情報は一航艦司令部でも把握しているが、目標の英空母群の所在がまったくつかめないのである。この情況は攻撃開始前日までつづき、南雲司令部を不安におとしいれた。

一方の英国側は、日本側の攻撃開始を四月一日と予想していた。これは草鹿参謀長の連合艦隊司令部あて機密電「三月二十一日ごろスターリング湾発、四月一日ごろセイロン攻撃の予定」（三月十三日付）が暗号解読されていたものと思われる。

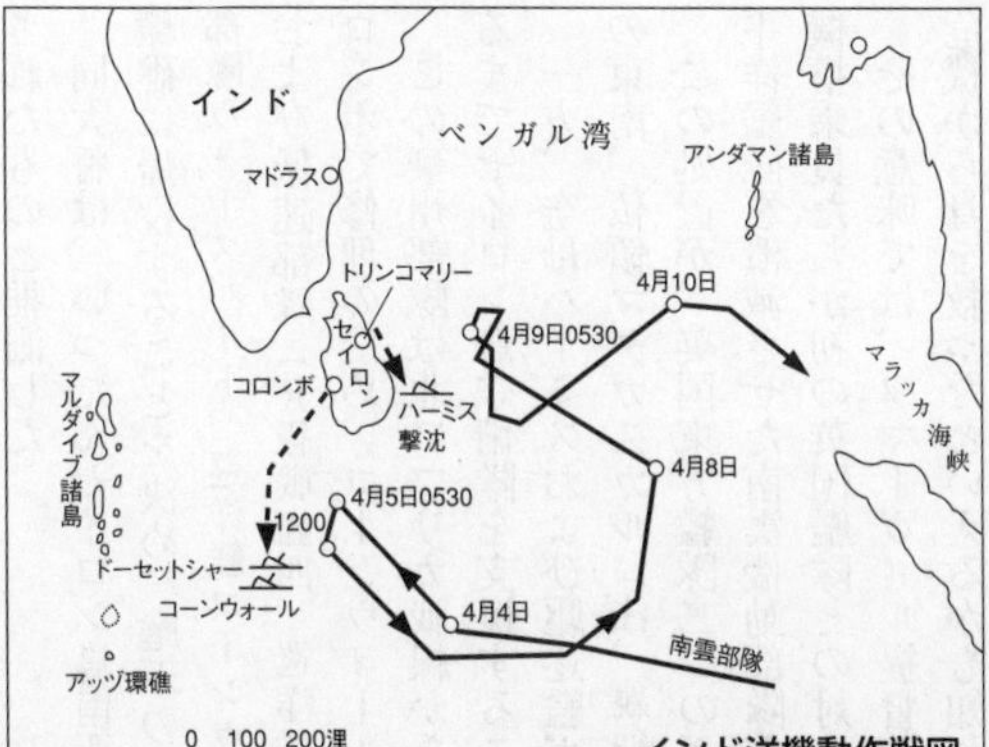

インド洋機動作戦図

けれども、五航戦の機動部隊復帰がおくれて攻撃予定日が四日のびたことを、ソマーヴィル提督は気づいていない。このため、提督は一日午後の攻撃を予想して、全艦艇をセイロン島南方海面に下げ、その位置から空母機による日本艦隊への夜間攻撃を企図した。

もし東方艦隊がこのまま進撃をつづけ、コロンボ、トリンコマリー両港を艦隊泊地として使用すれば、〝第二の真珠湾〟と化すのは自明の理であった。提督は、南雲機動部隊との決戦だけは避けねばならなかったのだ。

四月二日になっても、日本艦隊発見の報は入らなかった。戦艦ウォースパイトの艦橋にあって指揮をとるソマーヴィル大将は、日本側の空襲情報があやまりであるか、あるいは彼らの計画が延期されたものと推測した。

同大将は、いったんセイロン島南西六〇〇カイリのマルダイブ諸島にある秘密基地アッヅ環礁に帰投することを決め、麾下の高速部隊（空母インドミタブル、フォーミダブル、戦艦部隊ウォースパイト、巡洋艦コーンウォール、エメラルド、エンタープライズ、駆逐艦八隻）および低速部隊（R級戦艦四、巡洋艦四、駆逐艦八隻）の二群から、ドーセットシャーをコロンボで修理のため、コーンウォールを豪州軍の船団護衛のため分派した。

この豪州部隊は北アフリカ戦線から帰国途次の二個旅団を指し、英国軍増援部隊が到着するまでセイロン島守備隊を支援することになっていた（注、四月八日到着予定）。

一方、空母ハーミスおよび駆逐艦ヴァンパイヤーはトリンコマリーに派遣され、アフリカの東南、仏領マダガスカル（注、親独ヴィシー政府）攻略の準備にあたることになった。

この処置が、英国東方艦隊二つのグループの運命を決した。彼らの行手にはキンメル米太平洋艦隊を潰滅させた南雲機動部隊が待ち受けており、無聊をかこっていた一航艦の雷爆撃機搭乗員たちが初の英国艦隊との対決にはやり立っていたのだ。

その意味では、ソマーヴィル提督が秘密基地アッヅ環礁に身を隠したことは、艦隊全滅の危機から身を救ったといえるかも知れない。この泊地はかつて英国海軍によって使用されていたことがあるが、対空陣地も対潜防禦力も皆無にひとしい。この秘密基地は、結局日本側の知るところとはならなかったのだ。

もし知っていれば、英国正規空母群と南雲艦隊とのあいだで史上初の航空母艦戦が戦われていたにちがいない。

その場合、今次大戦の日英戦史を書き換える一大海空戦が生起したことであろう。英国戦史家はこの戦慄すべき事態を予測して、のちにこう書いている。

「これも、まさしく英国にとって天佑というべきであろう」と——。

四日午後になって、ソマーヴィル艦隊はようやくアッヅ環礁にたどりついた。その直後、ようやく索敵に飛び立ったカタリナ飛行艇から、つぎの電報がとどいた。

「敵有力部隊発見、セイロン島南東三六〇カイリ、同島に向いつつあり」

瑞鶴艦橋では、英軍偵察機発見の報に色めきたっていた。右舷はるか前方に、明らかに友軍機とは異なった機影を発見したからである。

「対空戦闘！」

午後六時五五分（日本時間）、前衛部隊の戦艦比叡がまっさきにこれを発見し、対空砲火を射ちあげた。この動きに呼応するように、ただちに艦長の声が飛ぶ。

「発見されましたな」

三重野航空参謀が山岡中佐をふり返り、にがい表情になった。攻撃開始日を前にして、相手艦隊の位置も知らず、味方機動部隊のみが先に英国側に知られたのである。

「発艦急げ！」

飛行甲板はあわただしい動きにつつまれている。

下田飛行長が指揮所より身を乗り出し、露口航海長は艦首が風上に立つように転舵を命じた。

五隻の空母は風上に向首し、各艦から甲板待機中の零戦三機が北西の空にむかって飛び立って行く。

「高度七、〇〇〇。右一五度、敵大型水上艇！」

艦橋の直上、防空指揮所にいる砲術長伝令西村二水は、耳元で一二センチ双眼高角望遠鏡にしがみついていた見張員がさけぶ声を聞いた。つづいて、

「味方戦闘機、敵飛行艇を攻撃中！」

の声が伝声管に飛ぶ。

相手は英海軍のＰＢＹ『カタリナ』飛行艇である。

ＰＢＹ飛行艇は米コンソリデーテッド社製で、日本側の九七式、二式大艇に比肩しうる広大な航続力と実用性で、大戦中連合国で活用された偵察機である。速力二七八キロ／時という低速ながら、航続力は最大で四、一〇〇キロ。総生産機数三、二九〇機、乗員七～九名。

「艦橋のいちばん上から見ていて、この空中戦は痛快だった」

と、西村二水は回想している。餌物にむらがる鷹の群れのように、空中にある総計一八機の零戦が右になり、左になりでＰＢＹ艇に突っ込んで行く。

ところが、これだけの零戦に取りかこまれていても、なかなか墜ちないのである。

上空直衛機、甲板待機組の零戦がバラバラに英軍機に取りつき、統一指揮官不在のために、たがいの衝突をおそれて集中攻撃もままならない。

「鈍重な身ながら、雲の中に入ったり水平旋回したり、じれったいほど墜ちない」と、一乗員の観戦記にもある。低空を避退中に、これを追躡した翔鶴隊零戦一機が腹下の増槽を波に吹き飛ばされたりしている。

現存している空母飛龍の戦闘行動調書によると、同艦松山次男飛曹長の迎撃隊六機の攻撃だけで、二〇ミリ機銃弾三三〇、七・七ミリ機銃弾一、二六〇発消耗という数字がある。

「敵飛行艇炎上！」

見張員の声が飛んだ。

攻撃開始より一〇分後、ようやくPBY飛行艇から白煙が噴き出した。ついで胴体から火が見え、艇は火焔につつまれたままゆるゆると海上に不時着水した。ただちに警戒隊の駆逐艦磯風が現場に急行する。

飛行艇から脱出した英軍機搭乗員たちはそのまま捕虜となったが、さっそく訊問の結果、彼らはカナダから派遣されてきたことがわかった。

「全軍看視のなかの空戦である。士気は大いに昂揚した」

と、この光景を望見した草鹿参謀長も大いに日ごろの鬱憤《うっぷん》晴らしをしたようだが、南雲長官の表情はけわしい。

明早朝には、セイロン島のコロンボ港にむけた全攻撃隊が発進する。味方位置は相手側に知られた。ＰＢＹ飛行艇が日本側兵力を「戦艦三、空母一、針路三〇五度……」と平文電報で基地に打電したことが敵信班によって傍受され、もはや南雲艦隊にとってハワイ作戦時のような奇襲はのぞみえない。

おそらくは、英国側の防空戦闘機が待ちうけ、あるいは基地航空兵力による薄暮攻撃、夜間攻撃が準備されているにちがいない。いまや日本側は、隠密裡にしのびよる奇襲攻撃ではなく、白日の下での強襲である。

重い陸用爆弾を抱いた攻撃機群が、果たして英戦闘機群の防禦網をかいくぐって成果をあげることができるのだろうか？

この瞬間に、南雲艦隊の総指揮官南雲忠一中将と麾下の二航戦司令官山口多聞少将とのあいだで、火のようなやりとりがかわされた。

旗艦赤城から二航戦、五航戦司令部に何ら指示の来ないのにいらだった山口少将から、たちまち発光信号がきた。

「二航戦司令官より、意見具申！」

後続の空母蒼龍よりの信号文を受けとった旗艦赤城の通信長田中利喜郎少佐から幕僚たちの手をへて草鹿参謀長、南雲中将の順に回覧された。

「敵機来襲ノ虞《おそれ》アリ」

山口多聞少将らしい迅速さである。山口少将は草鹿参謀長と海軍大学校同期生だから、二人はこれまで歯に衣を着せぬやりとりをしている。

発光信号は、最高指揮官にたいして有無をいわさない、叱りつけるようなはげしい意図をふくんでいた。

山口少将の懸念《けねん》は、行方のつかめぬ英国艦隊が案外近くにいて、即座に搭載の雷爆撃機群がむかってくるのではないか、という点にあった。航空戦の勝敗は一瞬にして決まる。現に、英国海軍唯一の雷撃機スウォードフィッシュは、インド洋の空母部隊に配備されているというのではないか。

南雲中将は源田航空参謀の表情を見た。大石首席参謀も同様に、彼の返答を待った。

「源田君、君の意見は」

ハワイ作戦いらい、神経過敏となっている長官の渋面に救いの手を差しのべるように、草鹿参謀長が源田航空参謀に問いかけた。

「既定方針通りやりましょう」

源田参謀は、はっきりとした口調でいった。山口少将の意見具申を一言のもとにはねつける。彼の判断は、いつものように明快であった。

――英国側は、いま日本艦隊の存在を知ったばかりである。彼らは南雲艦隊の兵力、隊形を知り、これに攻撃を加えるために航空兵力の集結、編成をいそいでいることでしょう。いずれにしても時間がかかることはまちがいない。

「ただし、明朝のコロンボ空襲時には、兵力の半分は艦上待機とします」

英国艦隊の不意の会敵にそなえて、半数を基地攻撃に、残る半数——一、二航戦の艦爆隊、五航戦の艦攻隊全機、合計一〇八機——を甲板待機とすることが決められたのである。

南雲長官の表情に安堵の色が浮かんだ。草鹿参謀長も大きくうなずき、ただちに未明の攻撃隊発進は延期された。

コロンボ港空襲実施にあたって、第一航空艦隊司令部はこうして航空参謀源田実中佐ひとりの頭脳を核として動きはじめた。

これには、機動部隊の最高指揮官たる南雲忠一中将の人物像ともからめて考えねばならない。

航空作戦実施にあたって、南雲中将が口をはさむことはいっさいなかった。源田参謀が企画立案し、大石保首席参謀がそれに同意し、草鹿参謀長がサインする。その書類が南雲長官に手渡されると、たいていはそのまま受理された。

だが、いったん書類が艦の日常業務や補給関係の雑務となると、長官は几帳面《きちようめん》に目を通し、一字一句を細かく訂正し、朱を入れた。このために草鹿参謀長が了承しサインした書類は元にもどされ、最初から書き直されることになった。

——作戦指揮に関してはそのような手直しがない。

源田参謀は、あくまでも正攻法による航空攻撃に固執した。雷撃機を中心とした攻撃一本槍の戦法を変えようとはしない。しかも航空母艦は一団となって進撃をつづけており、これに英軍機が殺到してくれば、全艦被害をこうむるのは必定である。

みずからの進言を一蹴された山口多聞少将の無念が思いやられる。

三十八歳の少壮気鋭の参謀はつねに明快で、結論にゆるぎがない。草鹿参謀長も大石参謀も、彼に異をとなえることなく、その判断にしたがうのみである。

結局、山口少将の意見具申はしりぞけられた。

この様子を垣間見て、口さがない連中は「ここは南雲艦隊ではなく、〝源田艦隊〟だ」と揶揄したが、果たして源田参謀の独断は正しかったのだろうか？

2　初の犠牲者

四月五日、コロンボ港空襲の朝が来た。空はよく晴れ、南西方向に風が吹いていた。風力七、視界良好で、発艦には都合のよい日和だった。

午前六時、各艦から攻撃隊が発進し、たちまち上空で編隊を組んだ。所要時間一四分、この発艦作業の短さは、当時の南雲機動部隊の熟練度を物語っている。

総計一二八機。総指揮官機は赤城の淵田美津雄中佐で、彼が大編隊をひきいて攻撃にむかうのは真珠湾攻撃いらい五度目である。瑞鶴では嶋崎少佐の艦攻隊が艦上待機となり、坂本明大尉の急降下爆撃隊一九機が淵田隊に加わっていた。

この日、瑞鶴に初の戦死者が出た。セイロン島コロンボ港空襲のさい、英戦闘機に不意をつかれて九九艦爆五機が撃墜された。戦死者一〇名。ハワイ作戦いらい無事を誇っていた武勲の空母に、ついにおそれていた事態が起こったのである。

虫の知らせ——とでもいうのであろうか。その前日、こんな出来事があった。

居住区での夕食をおえ、格納庫での出撃整備作業にいそぐ整備科の溝部隆治二整曹は、後甲板の手すりに両手をおき、あかね色に染め上げられて行くインド洋の夕暮を、沈みこんだ表情でぼんやりながめている攻撃隊員松本一彦一飛曹の姿に気づいて、ふと足をとめた。松本一飛曹は坂本明大尉の艦爆分隊偵察員で、小隊長氏木平槌特務少尉とのペアで真珠湾攻撃いらい、戦火をくぐった息の合った名コンビとして知られている。

「おい一彦、いったいどうしたんか」

気がかりなのは、松本兵曹の顔色は暗く、血の気が失せたような蒼白の表情であったことである。唇の色も白い。

「いやどうも、不吉な予感がしてな」

同県、同年兵という関係は、階級差のきびしい海軍生活にあって、唯一心を許せる数少ない仲間なのである。

溝部兵曹は山口県の農村から、昭和九年、呉海兵団へ。同十二年、日華事変では漢口の十二空で戦地生活をともにし、夜は武漢三鎮の宵夜館で二人は大いに飲み明かした仲だ。

「溝部よ、こんどばかりはおダブツじゃ。おれは、帰ってこれんかも知れんのう」

思わず長州なまりが出た。何が原因なのか、見当はつかないものの、日ごろの濶達《かったつ》な口調も一変し、唇が震えていた。

「馬鹿なことをいうな。明日、元気で帰ってくる姿を待っとるぞ！」

わざと乱暴な口をきいて、はげますつもりで同年兵の尻をポンと叩いた。

「よけいなことを考えるな。今夜は早く寝て、明日はコロンボ上空で大いに暴れまわってこい！」

真珠湾攻撃では米陸軍ホイラー飛行場に殺到し、後部機銃で在地のP40型戦闘機に銃弾の雨を降らせ、日米交渉の雲行きにうっ積していたものが消え、「胸がスーとした」と晴ればれした表情で語っていた人物である。

その強気の男が一転して、陰鬱《いんうつ》な表情となる。そして、翌日未明、松本兵曹が発艦して翼を振って飛び立って行くのを、溝部は発着甲板上で見送っていたが、その姿が最後となった。

この日、氏木機のベテランコンビは、そのまま未帰還となったのだ。

予感といえば、これと同じことが僚艦翔鶴でも起こっている。飛行隊長髙橋赫一少佐の第二分隊長藤田久良大尉は、士官室で口ぐせのように「こんどの作戦で、おれは死ぬぞ」と、真顔で予言めいた言葉をもらしていた。

その証拠に、未帰還となって、同じ艦爆隊の三福岩吉中尉が士官室に行き遺品整理をすると、遺書があり、見事なまでに身辺整理がおこなわれ、下着類まできれいに片づけられていた。

藤田久良大尉は滋賀県の人。偵察出身で、二十六歳。大正五年生まれというから、因縁めいた話をいえば、奇しくも松本兵曹と同年生まれである。

こんな大尉の心情を、藤田機の操縦員の長光雄飛曹長はどのように感じていたのだろうか。

長光雄は四月一日付で、一等飛行兵曹から飛行兵曹長に進級した。最古参の下士官から准士官へと、〃あこがれの士官入り〃を遂げたのである。

英国海軍に範をとった日本海軍では、士官待遇となると艦内での扱いは一変する。まず生活の場が居住区から准士官室へとくら替えをする。日常生活では二〜三人用の個室があたえられ、従兵がつく。制服も一変し、外出時には短剣を吊るす。食事も一般兵用の兵食ではなく、准士官室での特別メニューとなり、主食は白米と変わる。

これが下士官兵にとっては垂涎《すいぜん》の的なのである。

准士官室入りをした新参の長飛曹長にとっては緊長の日々であったが、その面映ゆい誇りにみちた日々はわずか五日間で終わった。

だが、コロンボ上空にむかって進撃して行く艦爆隊のなかでは、彼らは待ちうけている運命について何も知らず、いまは意気軒高である。

発艦時刻は午前五時三〇分（以下、現地時間に統一する。したがって、セイロン地方時は日本時間よりマイナス三時間三〇分となる）。日出三一分前、洋上の南雲機動部隊から攻撃隊が全機飛び立った。セイロン島までの距離一二〇カイリ（二二二キロ）、飛行時間にして約一時間余の近さである。

松本兵曹の搭乗する氏木飛曹長機からは、前方を行く赤城淵田美津雄総隊長のひきいる九七艦攻隊第一群一六機が望見される。

その後方に楠美正少佐の二航戦第二群三八機、ふり返ると上空に板谷茂少佐の制空隊三六機があり、その指揮下に瑞鶴の牧野正敏大尉以下九機の零戦が入っている。五航戦の艦爆隊三八機をあわせて、総計一二八機。いつもながらの堂々たる布陣である。

目標はコロンボ港の陸上基地施設および在泊艦船となっていた。艦攻隊は八〇〇キロ、艦爆隊は二五〇キロ、双方とも陸用でなく、対艦船用通常（徹甲）爆弾としたが、めざす英国東方艦隊が日本空母部隊の接近を知り、すでに港外に脱出してしまっていることに彼らは気づいていない。

セイロン島に近づくにつれ、雲はしだいにその数を増している。高度四、五〇〇〜五、〇〇〇メートルの上空にある制空隊は厚い雲の上を往く。その雲の間隙をぬうようにして時折、稲妻が光った。

午前七時三分、コロンボ港上空に進入する。

コロンボ港はセイロン島の南西岸に位置し、北東岸のトリンコマリー港とともに英国東方艦隊の主要泊地として知られている。

守備兵力は陸兵約三、〇〇〇名。港口に防潜網を設け、駆逐艦や砲艦、飛行艇をもってする哨戒も厳重で、味方潜水艦による近接も容易ではない。現に昨日、南雲機動部隊は彼らのPBY飛行艇による五〇〇カイリ哨戒圏内で発見されてしまった。

ところがこの日、意外なことが起こっていた。未明に進発した水偵から、主要のラテマラ飛行場に小型機約三〇、市街内飛行場に大小約一〇〇機の英軍機発見が報じられていたが、いずれも基地は空っぽで、眼下に滑走路が白くひろがっているばかりである。

港内にも大型艦艇の艦影は見えず、「大小商船約三〇隻、駆逐艦三隻の発見」と過少な勢力の展開を報じていた。日本海軍の機動部隊全力をあげてのインド洋遠征攻撃も、拍子ぬけの感がある。

思わぬ結果に失望しながらも総指揮官の命により、後部偵察席の水木徳信一飛曹は全機あて、真珠湾いらい五度目の戦慄的な略号符をたたく。

「トトト……（全軍突撃セヨ）」

二手に分かれた五航戦艦爆隊は、髙橋少佐の翔鶴隊が在泊艦船へ、坂本大尉の瑞鶴隊が南東側からまわり込んでコロンボ飛行場の基地施設へ、それぞれが目標をえらんで急降下を開始する。

高度三、〇〇〇メートル。港内の商船から撃ち上げてくる対空砲弾の破裂で、機体が大きくゆれる。彼らも攻撃にそなえて武装しているのだ。

坂本隊に引きつづき、第二中隊の江間隊が列機を解列して単縦陣となり先頭に立って突入を開始しようとしたとき、江間機の後部偵察席から東藤一飛曹長の上ずった声が聞こえた。

「あっ、敵戦闘機！　味方にかかってきます！」

いそいでふり返ると、はるか上空で無数の機影が入り乱れ、右になり、左になり、大きく旋回しているのが見えた。やはり、英国軍戦闘機が待ち伏せていて、板谷少佐の制空隊との間で空中戦がはじまっていたのだ。

英国側資料によると、コロンボに派遣されていたのは英国空軍のハリケーン二個中隊（注、一個中隊はトリンコマリーに分派）、海軍のフルマー戦闘機二個中隊で、この日は三個中隊計四二機が日本機迎撃に飛び立っていた。

板谷茂少佐が、列機の合図で雲間におびただしい黒点に気づいたのは、淵田中佐が突撃を下令した同四五分とほぼ同じ時刻である。

「敵発見！」

板谷少佐が小きざみに翼を振ると、赤城隊の残る零戦八機がいっせいに胴体下の増槽タンクを切り離し、戦闘隊形をとって間隔をひらいた。飛龍隊の能野澄夫大尉ひきいる零戦九機もそれにしたがう。

瑞鶴隊の牧野正敏大尉、蒼龍隊藤田怡与蔵中尉は制空任務ではなく直掩隊なので、彼らよりややはなれて攻撃隊の背後にまわって高度をとる。

朝のスコールが去り、雨に洗われた市街は暑い陽射しにつつまれて、キラキラとまぶしい。一群、二群、三群……。来攻を予知していた英国軍戦闘機は板谷隊の上空に占位しており、その数約四〇機（と思われた。実際は三三機）。

一八対三三――。英国側は優勢だ。

板谷隊とほとんど同時に、飛龍隊も下方から英国軍戦闘機の群れに突入して行った。相手は欧州戦線でドイツ軍戦闘機を悩ませた第一線機スピットファイヤーにちがいない。

この日、母艦の上空直衛任務についていた岡嶋清熊大尉は、英軍機との初対決についてこんな談話を残している。

「あとで帰ってきた牧野君から話を聞いた。スピットファイヤーなら申し分のない相手だ、と思いましたね。搭乗員仲間でも、手強いぞとうわさされており、当時その実力をはかりかねていた。大いに闘志がわきました」

だが、戦場での昂奮はしばしば目標を誇大に語らせるものである。スピットファイヤーと見たのはまちがいで、同機種が極東に投入されるのは昭和十八年以降である。

このとき日本機を迎撃したのはすでに最盛期をすぎたハリケーンとフルマー両戦闘機で、その誤認の理由として考えられるのは、とくに後者の機影がスピットファイヤーに似ていて、その点で錯覚が生じたのかも知れない。

『ホーカー・ハリケーン』戦闘機は一九三五年（昭和十年）に試作機が完成し、七・七ミリ機銃八梃という重装備でドイツ軍爆撃機相手に大活躍した。最大速力五一二キロ／時、高度六、〇〇〇メートルまでの上昇力六分という性能を誇ったが、独空軍メッサーシュミット新型戦闘機の出現により、しだいにその優位をおびやかされることになった。

のちにハリケーン戦闘機は、低空爆撃専用機としての用途に転じられることになる。

『フェアリー・フルマー』戦闘機は複座式で、艦上戦闘・爆撃機として一九四〇年に初飛行した。最大速力四四八キロ／時、海軍スウォードフィッシュ雷撃機の護衛に活躍し、英国ではしばらくはその出現を秘密にされていた。武装は七・七ミリ機銃×八梃。


英国軍のパイロットたちはこの時期、まだ一対一の格闘戦を得意としていた。

一九四〇年（昭和十五年）九月からはじまった独空軍の英本土大空襲では、新鋭のメッサーシュミットMe１０９Eが投入され、防空に当たるスピットファイヤー１型にたいして速力、上昇力、高々度性能、急降下性能すべてにおいて優位を誇った。

大戦初期の航空戦でさんざん苦杯をなめてきた独空軍は新鋭機を開発し、戦法も高々度から速力を利して急降下し一撃を加えて逃げ去る、という「一撃離脱戦法《ヒット・エンド・ラン》」を採用した。

英空軍はこのMe１０９Eの登場に苦しめられたが、唯一有利を保った旋回性能を利用し、独空軍のパイロットを巧みに格闘戦に引きこみ、英本土防空戦を勝利にみちびいた。

その誇りにみちた彼らが、旧式とはいえまだ第一線機のハリケーン戦闘機をひきいて、意気揚々とインド洋に乗りこんできたのだ。

「零戦は強敵だった。ドイツ、イタリア戦線で通用した戦法は、ここでは役に立たなかった」

と、英戦史家ジョン・ベターは評している。

英空軍パイロットたちがはじめてコロンボ上空で対戦した日本の新鋭機——零式戦闘機二一型——は彼らより速力、航続力に優り、何よりも格闘性能にすぐれていた。しかも、二〇ミリ機銃×二梃、七・七ミリ機銃×二梃と重武装だ。

ちなみに、機体重量はハリケーン型が二、六二五キロにたいし、零戦は、一、六八〇キロと軽快である。

英空軍がドイツ軍機にたいして唯一勝っていた旋回性能にも劣り、中国大陸で戦ってきた零戦隊との戦場経験にも差があった。彼らは、まだそのことを何も知らないでいる。

飛龍隊の第二小隊長は、瑞鶴より転じた兒玉義美飛曹長である。乙飛二期出身。彼は小隊を組む松山次男飛曹長とともに、小隊四機で英軍機の群れに突入した。

飛龍隊の能野グループは、ハワイ上空でもその果敢な先制攻撃によってベローズ基地を飛び立ったP40型戦闘機群を離陸直後にとらえ、全機撃墜という殊勲をあげた精強な部隊である。彼ら各機は、コロンボ上空でも格闘戦にはいったハリケーンの後上方に簡単にまわり込み、ほぼ一撃で駆逐している。

飛龍飛行機隊の行動調書によると、「敵撃墜機数、ハリケーン戦闘機一二機（内一機ハ赤城ト協同、二機不確実）」とある。

板谷隊九機も、ハリケーン中隊の真ん中に突入して行った。

ここでも、たちまち大混戦となった。板谷少佐の二番機は、二十六歳の菊地哲生一飛曹である。第三十二期操練出身、岩手県生まれ。ヒゲ面が自慢の偉丈夫で、秦郁彦編著『日本海軍戦闘機隊――付・エース列伝』の記述によると、こんなエピソードが紹介されている。

菊地兵曹は二十数貫もある巨軀のせいで、一人で操縦席に乗りこむことができない。そのために、「おい、整備兵！　手を貸してくれ」と若い整備兵をつかまえて助力を頼むのが常のことで、発艦直前のあわただしい作業の中にいる彼らを閉口させたという。

だが、その割には空中操作は軽快で、この日も「敵撃墜五機（内不確実二機）」の戦果をあげている。赤城隊の行動調書によると、「合計撃墜一二機（内不確実九機）」とある。

いたるところでガソリンの洩れ出す白い煙の尾を曳き、火につつまれて墜ちて行く英軍機の姿があった。日本側の一方的な勝利である。

この空中戦闘で、日本側記録は他隊の戦果もふくめて「敵スピットファイヤー一九機、ハリケーン二一機、計四〇機撃墜」をあげており、一方味方被害はゼロという大勝であった（注、不確実九機。英国側公式記録ではハリケーン、フルマー両戦闘機喪失一六機）。

だが、英国側のねらいは防空だけではなかった。コロンボ上空で待ちうけていた英ハリケーン戦闘機グループの一隊が、急降下攻撃に移ろうとする五航戦艦爆隊の阻止にむかっていたのだ。

髙橋赫一少佐は突撃下令により六分後、港内に在泊する商船群をめがけて突入を開始した。いつものように指揮小隊三機がまっ先に降下し、第一中隊長山口正夫大尉の九九艦爆隊九機、第二小隊長藤田久良大尉の七機、合計一九機の翔鶴隊が一本の棒となって目標に殺到する。

在泊艦船は「大小商船約三〇隻、駆逐艦三隻」と報じられていた。だが、不運にも風が強く、ちょうど港の真ん中上空に無数の断雲が散らばっており、目標を照準するのに一苦労せねばならない。

山口隊の第二小隊長三福岩吉中尉は、こんな体験をしている。雲の流れが早く、突入しようと機首を下げたとき、突然目標が雲にさえぎられて見えなくなった。

「おい！　目標が見えん。やり直す」

と、彼は後部座席にどなった。後続の二番機、三番機がつぎつぎと機首をあげて小隊長にしたがい、結局のところ投弾に成功したのは三度目ということになる。

猛烈な対空砲火の集中するなかで、やり直し三回というのは危険な行為で、緒戦期ならではの悠長さとでもいえようか。

翔鶴隊は帰投後、「大型商船四隻炎上（各船二五〇キロ、一、三発命中）、小型貨物船一隻（三〇〇トン）炎上」と報告している。

このとき異変が起こった。第一中隊に引きつづき投弾をおえた藤田久良大尉が上空に引き揚げてくると、機体からガソリンの白い帯を曳いているのが望見された。猛烈な対空砲火で被弾したらしい。

（久良《くら》さん、大丈夫ですか！）

不安顔で近づく三福中尉にむけて、藤田大尉は左手を上げて笑ってみせた。

（何でもないよ）

彼は、さらに攻撃をつづけるよう指先を無傷の商船群にむけた。だが、いったんもれ出した同機のガソリンは流出を止めず、白い帯状の霧はますます太くなって行く。

瑞鶴隊の目標はコロンボ飛行場の基地施設であった。眼下に雲の早い流れがあり、雲間をぬうようにして一九機の九九艦爆隊は、港の南西岸から東側の基地にまわり込む。

陸影が下方にひろがり、前方に褐色の地肌を切りとったような方形の台場があった。コロンボ飛行場である。

板谷隊の空戦を眼にとらえながら、江間保大尉の列機堀建二二飛曹は、風防から差しこむ太陽の暑さを背に感じていた。上空は眼にしみるような青空がひろがり、雲の切れ目から目標の白い滑走路が見え隠れしている。

つぎの瞬間、いきなり直上から英ハリケーン戦闘機の一群が降ってきた。目標をさだめ、爆弾を投下する直前のことだから、完全に不意をつかれた。

英戦闘機の数は約三〇機。後部電信席の上谷睦夫二飛曹が「敵戦闘機！」とさけびながら機銃を射ち出した。しかし爆撃照準に入っているため、機をすべらすこともできない。

その戦慄の一瞬を、堀二飛曹は当日の日記にこう書きつけている。

「……雲が多い。コロンボの町を見下ろしていると、盛んに海岸の高角砲が射ち出した。第一中隊は飛行場へ、我々は兵舎群に一気に突っ込む。敵の戦闘機ホーカー・ハリケーン、スピットファイヤーが機上から降ってきたが、爆弾を持っているために如何《どう》にもならぬ。爆弾を投下して避退する。其の時、一機が猛然と来て一撃された。右翼タンクがやられた。七・七粍《ミリ》機銃では駄目だ。（エンジンが）オーバーブーストで、海岸の方にヒタイする。敵戦闘機は直ちに〇《ゼロ》戦に追われ、白煙を噴いて落ちて行った」

第一中隊が英戦闘機群の目標となった。坂本明隊は左翼側に葛原丘中尉の四機、右翼側に氏木平槌特務少尉の三機が緊密な編隊を組んでおり、その後方四機が一機あて七・七ミリ機銃八梃のつるべ射ちにあったのだ。

あっと声をあげる間もなく、氏木機と二番機斎藤益一一飛曹の九九艦爆が火を噴いた。ついで右翼側の谷村正浩二飛曹、二番機の岩本茂二飛曹の二機も燃料タンクに被弾し、機体が燃え上がった。九九艦爆は防弾装置がまったくほどこされていないため、ガソリンに火がつけば全機火だるまとなるのである。

さらに、江間隊の三番機野原忠明三飛曹機も、同じように一撃で機体は火を噴き出した。爆弾を抱いたままの状態で不意をつかれて格闘戦に巻きこめなかったのが、被害を大きくした原因であった。

堀二飛曹機が投弾し、機をすべらせて避退に移ろうとしたとき、ガソリンの白い霧の尾を曳きずる岩本機がまぢかに見えた。機体から小さな焔が燃え出している。と見た瞬間、機体が火焰につつまれた。

風防のなかから操縦席の岩本茂二飛曹が苦しげな表情をのぞかせた。彼は手を振り、そのまま飛行場にむけ急降下して行った。

「火焰につつまれながら自爆の道を選んだ彼の姿を見て、自分の運命とも思いあわせて悲痛な感じがした」

と、堀二飛曹は回想している。

瑞鶴隊の九九艦爆は一四機に減っていた。けれども、戦闘の残酷さはこれで彼らの任務がおわったわけではないことだ。坂本大尉の第一中隊残機は格納庫銃撃へ、江間隊九機もさらに別施設の攻撃へむかう。

そして、同期生に不吉な運命の暗示をした氏木機の偵察員、松本一彦一飛曹の最後の姿を目撃した者はだれもいない。

真珠湾攻撃いらいはじめての甚大な被害を出した瑞鶴隊は、しかしながらその復讐の思いをとげることができなかった。彼らが再度コロンボ飛行場に突入して行ったとき、またしても断雲にさえぎられて照準がさだまらなかったのだ。

同艦の戦闘行動調書には、「当時ノ天候極メテ不明ニシテ、爆撃実施ニ相当ノ困難ヲ伴ヘリ」として、意外に効果少なくおわった攻撃行の顚末を明らかにしている。

帰還後、坂本大尉はつぎのような戦果報告をおこなった。

「格納庫一棟、炎上　二棟、爆破　修理工場一、爆破

空戦効果

ハリケーン型一機、撃墜　ＰＢＹ飛行艇二機、撃墜」

瑞鶴隊が敗北の衝撃から立ち直って再攻撃に突入していたころ、それより北西の上空でもう一つの空中戦が戦われつつあった。高橋赫一少佐の翔鶴隊にも、ハリケーン戦闘機五機が襲いかかっていたのである。

時刻は午前七時三二分、隊長機が突撃下令してより二分後、全機が投弾を完了しおわった直後のことだったから、被害を最小限にとどめることができたのだ。

高橋少佐は中国大陸での戦場経験が豊富であり、指揮小隊の二番機篠原一男一飛曹、三番機福原淳二飛曹の三機ともに実戦経験が多い。

第二中隊長山口正夫大尉以下の各機も歴戦のパイロットぞろいだったから、彼らは猛然とすぐさまハリケーン隊への反撃に出た。

当時、急降下爆撃機には各国とも戦闘機なみの格闘性能を要求されていたために、英国人パイロットたちも日本艦爆隊の反撃に警戒心を深めていたにちがいない。

三福岩吉中尉もハリケーン隊の急襲を受けたとき、そのうちの一機と格闘戦に入った。先輩から伝承されてきた戦法の要領で、操縦桿を手もといっぱいに引き、宙返りの頂点でひねり込みにはいる。この急激な操作は、日本海軍機得意の「ひねり込み戦法」であった。

この思いがけない戦術にハリケーン機はとまどい、あわてて逃げ去って行った。

「また一機来ます！」

後部七・七ミリ機銃を射ちながら、小板橋博司一飛曹がどなった。

こんどは、ハリケーン機は巧みに九九艦爆の後部銃座をさけて近づいてくる。三福中尉はつづいて左垂直旋回に入り、その頂点で相手の左斜め上方より一撃を加え、さらに二、三回の同じ銃撃戦をくり返す。

不意にハリケーンはきりもみの状態となり、そのまま港外の山に激突した。

燃えあがる英軍機のガソリンの赤い焔を遠く見下ろしながら、三福中尉は機銃八梃の虎口を逃れてようやく安堵の吐息をついた。

「おい、やったな！」

彼がはずんだ声でいうと、伝声管からタメ息まじりの声が返ってきた。

「しかし、よく射たれましたよ。弾痕が六、七ヵ所もありますよ」

全軍突撃が下令されてから、すでに一五分を経過していた。投弾をおえた急降下爆撃隊各中隊はそれぞれ右になり、左になり、コロンボ港内の商船群に銃弾をあびせかけている。機首の七・七ミリ機銃二門では、どれほどの効果があるか知れなかったが、各隊とも射撃効果の少なさに舌打ちしていたにちがいない。

だが、翔鶴隊にとって、いつまでも戦場に長くとどまっているわけにはいかなかった。藤田久良大尉の機体から流れ出すガソリンの量がますます増大しつつあったからだ。

髙橋少佐はコロンボの上空より東四〇度、二〇キロの地点で全機をまとめ、翔鶴隊単独で母艦にむかうことを決意した。

だが、藤田機のたどる運命はだれの眼にも明らかであった。流れ出すガソリンは滝のようになり、発火し大爆発を起こす災厄からはまぬがれたが、もはや機の帰投は不可能と思われた。

「がんばれ！」

よりそうように飛行をつづける二番機の鈴木敏夫二飛曹が風防を開き、懸命に拳をふった。操縦席の長光雄飛曹長は彼をふり返り、大きくうなずいたが、固い色青ざめた表情をしていた。

九九艦爆の機位はしだいに下がって行き、やがて速力が衰えはじめた。藤田大尉はポケットから白いハンカチを出し、一緒に追ってきた列機に訣別のあいさつを送った。

藤田機はぐんぐん高度を下げて行く。海面をするすると滑るように降りて行き、インド洋上に不時着水した。

固定脚のため九九艦爆はトンボ返りを打ち、機腹をさらけ出してすぐ波間に消えた。

二人の姿はもう見えない。洋上をぐるぐる旋回する列機の搭乗員たちには勝利感とはほど遠い、にがい感情がめばえていた。

なぜ救援機が出されなかったのか。あるいは藤田大尉は不時着水でなく、海中にそのまま急降下して自爆したともつたえられている。そのために、五航戦司令官は救出をあきらめたのかもしれない。

いずれにせよ、機体の被弾だけで二人が死の道を選んだことだけは確かである。

淵田中佐は、第一次攻撃が期待外れにおわったのを痛感していた。おびただしい水柱や爆煙がおさまってみると、コロンボ港はもとの静けさを取りもどしていたからである。

彼は、旗艦あてつぎの報告電を打った。

「第二次攻撃ヲ準備サレ度シ　港内ニ輸送船二〇隻アリ地上砲火アリ、敵機数機アリ　高度一、〇〇〇密雲アリ　一一一八」

この電報により、甲板待機中の母艦瑞鶴は大忙がしとなった。対艦船用魚雷を陸用爆弾へ——。英空母部隊の行方は杳《よう》としてつかめない。まるで後のミッドウェー海戦時の予行演習のような事態が起こったのだ。

3 武士の作法

「第二次攻撃ヲ準備サレ度シ」

コロンボ上空の総指揮官機淵田美津雄中佐から、インド洋上の南雲機動部隊旗艦赤城あて緊急信がとどいたのは、四月五日午前七時五八分のことである。

南雲忠一中将は淵田中佐の要請におうじ、進撃中の五隻の空母——一航戦赤城、二航戦蒼龍、飛龍、五航戦瑞鶴、翔鶴——から艦上待機中の全機をコロンボ基地第二次攻撃にふりむけることを決意した。

英国艦隊の出現にそなえて艦攻三六機、艦爆五三機が雷爆装備をととのえ、格納庫待機中であったのである。

各空母あて、あわただしく信号灯が点滅する。

「第三編制、第三兵装トナセ、第二編制収容後発艦ノ予定」

第三編制とは、これら艦上待機の飛行機隊のことを指し、第三兵装——すなわち、広く破壊力の強い陸上攻撃用爆弾に取りかえよ、という意味である。

昨夜から対艦船用八〇〇キロ航空魚雷の装着を完成していた五航戦瑞鶴、翔鶴両空母では、これら全機を陸用爆弾に取り換えるべく大わらわの作業となった。各艦一八機の九七艦攻を一機ずつ投下器を取りはずし、陸用爆弾への装着作業を一からやり直さねばならないのである。

「いそげ！　何をボヤボヤしているんだ」

整備科飛行班の稲葉喜佐三兵曹長は声をからしてさけび声をあげる。

暑い日差しが飛行甲板をこがし、熱気がそのまま格納庫内に立ちこめている。作戦行動中は格納庫の隔壁を閉め切って風が通らないために、温度が急上昇している。

「いそがんと敵機の爆弾で、おれたちァ、ムシ焼きだぞ！」

稲葉兵曹長の額から、汗がしたたり落ちた。一刻も猶予はならなかった。昨夜、日本機動部隊を発見した英PBY飛行艇は味方位置を報じ、英空母の艦上機がいつ空襲に飛来してくるか知れなかった。

この朝も、英PBY飛行艇により味方艦隊が発見されている。第一次攻撃隊の淵田中佐がセイロン島コモリン岬に達したころ、南雲艦隊前方の雲間に見え隠れする英PBYカタリナ飛行艇の機影が発見された。断雲が高度一、五〇〇メートル～二、〇〇〇メートル付近にあり、防空指揮所の見張員もなかなか気づかなかったのだ。

「敵機来襲！」

午前六時四五分、前衛の警戒駆逐艦から発光信号がきた。上空でそれと気づいた直衛戦闘機八機がただちに目標に急行し、甲板待機中の赤城隊二機、飛龍隊の零戦三機がこれに立ちむかう。

瑞鶴からは、岩本徹三一飛曹が列機二機とともに緊急発進する。といって、岩本小隊がカタリナ飛行艇にたどりつくのは容易なことではなかった。

ＰＢＹ飛行艇は断雲を利用し巧みに接近をはかり、上空警戒機は雲にはばまれて右往左往するのみだ。

結局のところ、英軍飛行艇は撃墜されたが、餌物に群がる日本機搭乗員たちを感嘆させたのは、エンジン部分から発火しながらも、胴体上部のスポンソン銃座から猛烈な反撃が加えられてきたことである。

その銃火は止まず、まるで〝火の玉〟のように日本機をつつんだ。ＰＢＹ飛行艇が炎上しながら海上に墜落したのは、発見されてから二八分後のことである。

海上には二、三名の英軍パイロットが脱出し、機銃掃射におびえるように固まって泳いでいた。混戦中のことで、インド洋上の彼らが救助される見込みはない。

「集マレ、集マレ」

セイロン島の南、ガツレ岬上空で旋回をつづけていた総指揮官淵田中佐機は、集合予定地点で各隊の攻撃終了を待っていた。

午前八時、板谷少佐ひきいる赤城隊が列機を集めて姿をあらわした。瑞鶴の牧野隊も、全機無事な姿を見せた。けれども、第一次攻撃隊の零戦三六機は、その数を半分に減らしていた。

軽い不安をおぼえながら、淵田中佐は彼らとともに母艦帰投を決意した。

だがそれは、結果的に杞憂《きゆう》にすぎなかった。蒼龍の藤田怡与蔵隊は単独で一〇分前に母艦にむかっており、飛龍の能野澄夫隊は空戦終了後、ふたたび市内およびコロンボ飛行場の偵察に反転したため、集合におくれていただけなのである。

蒼龍隊はコロンボ港の商船銃撃のさい、隊長の三番機東幸雄一飛の零戦が火を噴いて自爆している。対空砲火の犠牲となったのである。

その帰投の途次、藤田中尉以下八機は、奇妙な戦闘に巻きこまれた。

彼らは、コロンボ港外で海上すれすれに南下しつつある複葉機の群れを発見し、これを攻撃すべく急速接近した。合計六機。見れば練習機の一群で、一瞬のためらいがあったが、藤田中尉はかまわず攻撃を加えることにした。

だが、相手機があまりに低速であるために、攻撃をかけてもうまく行かず、零戦はつい前のめりになる。射弾の七・七ミリ機銃弾が吸いこまれても火を吐かず、隊形も乱れないまま飛行をつづける。

ふり返ると、二番機の高橋宗三郎一飛が風防の中で首をひねっているのが見えた。一航過、二航過……。藤田中尉は意外と手間どっている列機の様子をみて、こうして道草を食っている間にもコロンボ上空で何かが起こっている気がして、この〝無駄な攻撃〟を中止することにした。

（帰ろう）

彼は風防を開き、後続の列機に手を振った。高橋一飛もそれにうなずき、隊長機にしたがってふたたびコロンボ港外に反転した。

だが、彼らは南雲機動部隊攻撃にむかう英国海軍第七八八中隊の『スウォードフィッシュ』雷撃機群と交戦していたのである。

同機は一九三六年（昭和十一年）に実用化され、最大速力二二四キロ。航続力一、六五五キロ、武装七・七ミリ機銃×二、乗員二〜三名。鈍足ながら、三、〇〇〇メートル上空から急降下しても決して三七〇キロ／時をこえない耐久性。旋回半径はいずれのドイツ軍機よりも小さく、しばしば格闘戦に引きこんで撃墜したという英国海軍唯一の雷撃機であった。

それにしても、胴体下に七三〇キロ航空魚雷を抱いている雷撃機を練習機と見誤まるのは、どうしたことであろうか。しかも奇妙なことといえば、直衛戦闘機を持たず、丸裸で低速の雷撃機が日本艦隊めざして雷撃行に出るというのも不敵きわまりない行動であった。

英国海軍はこの時期、航空母艦との戦いについても、まだ未成熟の段階であったというほかはない。彼らの敵、ドイツ軍のヒトラー総統は陸兵出身で海軍戦略についての認識が低く、海軍力をもってする戦闘を戦争の主役と考えていなかった。

その点、海軍次官を経験した米ルーズベルト大統領とは、海軍力の評価については大いに異なるのだが――。

英国海軍はヒトラーの無策によりその危機を救われたわけだが、極東の海軍国にたいしては勝手がちがった。マレー沖海戦での二戦艦喪失、ついで後のベンガル湾上での英空母ハーミス単独行など、日本の海軍航空、とくに南雲艦隊の機動力を不当に低く見ていたのではないかと思わせるところがある。

だが、いったんは虎口を脱したはずの彼らは、集合予定地点におくれた飛龍の能野澄夫隊によってたちまち捕捉され、全機撃墜された。これに赤城隊の一部も加わっている（注、不確実二機とあり、これが後に思いがけない結果を生むことになる）。

一方瑞鶴では、兵装転換作業で大わらわになっているさなか、旗艦赤城から新たな指示を受けていた。

「飛行長、赤城から予備機を六機出せといってきている。準備は良いかね」

横川艦長がたずねた旗艦からの指示とは、攻撃隊以外の艦攻機で東西五〇キロ、各機間隔一〇キロの帰投線を構成し、帰ってくる攻撃隊を誘導せよ、という意味を持つ。

これは、旗艦赤城の源田航空参謀の配慮であった。さすがに飛行機隊出身の参謀であったために、被弾機の救出を第一に考えたのである。

南雲艦隊自身、第一次攻撃隊を発進させた後、コロンボ港から六〇カイリの近くまで接近していた。逆襲の恐れのある放胆な行動であったが、これも源田中佐ならではの危険な賭けといえる。

こうして、攻撃隊の第一陣が姿をあらわす直前になって、五航戦艦攻六機が母艦を発進した。

セイロン島民にとって、四月五日は復活祭《イースター》の日曜日であった。キリストの復活を祝う祭で、春分が終わり、満月をむかえたつぎの日曜日におこなわれるのが通例である。

英ソマーヴィル大将にとって、このイースターは、決して祝福すべき一日ではなかった。PBY飛行艇より送られてきた偵察報告は日本艦隊の圧倒的な優勢をしめしており、これと対抗するにはあまりにも兵力は劣悪だった。

ソマーヴィル艦隊は空母二、戦艦一、軽巡二、駆逐艦六隻という陣容ではあったが、フォーミダブル、インドミタブル二空母の搭載機数は合計八三機にすぎない。しかも後続のR級戦艦部隊は低速で、はるかまだ一〇〇カイリの後方にいる。

だが、この英国人提督は旺盛な闘志を捨てなかった。日本艦隊との距離は、彼が全部隊をいったんセイロン島南西六〇〇カイリのアッヅ環礁に下げたため、二七ノットの速力をもって追撃しても約一日かかるが、それでも提督はまだ日本艦隊に一矢を報いる方法がある、と考えていた。

「敵の後退をねらう方法がある」

英国側戦史は、彼が若い幕僚たちに語った言葉を記録している。

「われわれは、夜間雷撃で、彼らの鼻をあかしてやるのだ」

ソマーヴィル提督は満々たる自信にみちていた。彼が坐乗する旗艦ウォースパイトは艦齢二七年、英国海軍最初の高速戦艦である。だが、この弩《ど》級戦艦一隻で強力な南雲艦隊の四隻の戦艦部隊と対抗するには、提督の自信をもってしても無謀にすぎた。

一方、四日夜、コロンボ港を抜け出した英重巡コーンウォール、ドーセットシャー二隻は、アッヅ環礁を出撃した主隊と合流すべく高速航行中であった。

両艦は、セイロン島の南西海面から針路を一八〇度にとり、二七ノット半の全速力でインド洋を南下する。南雲艦隊は第一次攻撃隊を放ったあとコロンボ港にむけて北上し、一時間後に反転した。ちょうど二隻の英重巡と約二二〇カイリ離れて同航する形となった。

先頭にドーセットシャーが立ち、コーンウォールがその後を追っている。重巡洋艦二隻のみの航行で、彼らは陽光にむき出しとなったままだ。遠くに積乱雲が張り出しているが、二隻を隠すなにものもない。

ドーセットシャーは艦齢一二年、コーンウォールは同一四年である。ワシントン軍縮下の、いわゆる条約型巡洋艦の一典型で、日本でいえば制限下ぎりぎり一杯に設計された一万トン級重巡妙高型に該当する。

前者はノーフォーク級に属し、排水量九、九七五トン。後者はケント級で一〇、〇〇〇トン。重巡部隊の中核ともいうべき戦力である。

それぞれ八インチ主砲連装八門、四インチ高角砲八門を有し、改装後はカタパルトなどの設置で強化した。三本の傾斜した煙突が外見上の特徴をあたえ、低位置にある艦橋と乾舷の高い平甲板型の船体がいかにも英国巡洋艦らしい重厚さを感じさせた。

この朝、南雲艦隊から七機の水上偵察機が西方海面にむけて射出されている。九四式水偵の進出距離三〇〇カイリ。三〇度の角度をひらいて、英国艦隊をもとめて扇形にインド洋を西にむかう。

「情報が何か、はいってきませんかね」

早朝から艦橋につめかけている飛行隊長嶋崎少佐が、じらされた思いで大谷通信参謀に声をかけた。

「そうだなあ……」

大谷少佐が、小柄な背をさらにかがめるようにして北の空を見やった。索敵機からの英国艦隊発見の報告は未だなく、上空には何事もなかったように一、二、五航戦あて三機の直衛機がそれぞれさだめられた高度を保って、二三隻の艦隊直上を場周している。

「この状況で、今日もまた基地攻撃だけで終わるのか」

同じ艦橋にいた若い艦攻隊分隊士佐藤善一中尉が、ボソリとつぶやいた。ハワイ、ラバウル空襲と地上にむなしく土煙を立てさせるだけの攻撃行を重ねた佐藤中尉は、こみあげてくる若い戦意をもてあましていたのだ。

こうした空気を一変させたのは、第一次攻撃隊の艦爆隊を収容して坂本明大尉が報告のため艦橋に駆け上がってきた瞬間である。

「味方が五機やられました」

戦闘状況を大づかみで報告したあと、色白い表情が一層血の気が失われて言葉が途切れ、ようやくのことで坂本大尉が重い唇を開いた。

「氏木《うじき》も……、斎藤も……」

「氏木がやられたのか！」

下田飛行長がおどろいて、報告の途中で口を差しはさんだ。

「氏木平槌は、この一日付で特務少尉に昇進したばかりなのに……」

かたわらに立つ江間保大尉も、部下の一機を自爆させている。第一、第二中隊あわせて五機喪失、一〇名戦死という大被害である。

コロンボ上空で坂本機より「ワレ空戦中」とのみ報告があったのだが、一挙に真珠湾いらいの搭乗員一〇名の未帰還者が出るという不測の事態に艦長横川大佐も声をのんだ。五航戦飛行機隊にとっても、はじめての深刻な経験だ。

この重苦しい空気に、さらに追い打ちをかけるような緊迫した事態が発生した。重巡利根索敵機から発せられた敵発見の緊急信である。

坂本明隊の九九艦爆収容をおえた午前九時三〇分、索敵線を折り返し帰途についた利根の九四式二号水偵機が、洋上に浮かぶ二条の白いウェーキを発見した。

針路一六〇度、この洋上に日本艦艇が航行しているはずはなく、相手はコロンボ港を脱出した英国艦艇の一群にまぎれもない。

偵察席からただちに無線報告が送られる。

「敵巡洋艦ラシキモノ二隻見ユ　出発点ヨリノ方位二六八度一五〇浬、針路一六〇度、速力二〇節《ノット》」

この発見電を受けとった機動部隊各艦では騒然となった。

五航戦司令部でまっ先に反応したのは強気の山岡先任参謀で、「いよいよ敵サン、出て来おったわい」と味方機損害の衝撃をふり払うかのように眉《び》宇《う》に決意をにじませて、幕僚たちを見まわしながらいった。

艦橋背後にある海図台では、三重野航空参謀と航海士田中少尉があわただしく定規を当てて英国艦隊の位置をさぐり、大谷参謀が電信用紙をにぎりしめながら、艦橋内をせかせかと歩きまわった。旗艦赤城からの指示を待ちわびているのである。

赤城からの攻撃命令はすぐに来た。

「第三編制ハ敵巡洋艦攻撃予定　艦攻ハ出来得ル限リ雷装トス」

この新たな兵装転換命令により、艦内ではさらに蜂の巣を突ついたような騒動となった。

各艦の格納庫内では、コロンボ陸上基地再攻撃のために陸用爆弾に取り換え中であり、この作業をいったん中止し、ふたたび対艦船用八〇〇キロ航空魚雷を装着せねばならない。

「これは、困った事態になったたな」

横川艦長が渋面をつくって、山崎整備長の表情を見やった。山崎機関少佐の表情にありありと困惑の色が浮かんだ。格納庫内での混乱がすぐさま想起されたからである。

「雷装再装備が完成するまでに、どれくらいの時間がかかるかね」

司令官用の〝猿の腰かけ〟に座っていた原少将が、猪首をねじって三重野参謀を見た。少佐にうながされて、山崎整備長が代わって答える。

「そうですねえ……。庫内の爆装転換が全部完了していない段階ですから、それを中止して新たに雷装するには合わせて三時間、余裕をみて四時間というところでしょうか。とにかく、いそがせましょう」

庫内の混乱に拍車をかけているのは、第一次艦爆隊を収容した直後のことであったからである。

まず第一に、整備員たちの作業として被弾個所のめだつこれら各機を修理整備し、ふたたび出撃させるために爆弾装備を完成しておかなければならない。と同時に、艦攻隊の陸用を雷装にもどす厄介な作業をも、庫内で並行して実施せねばならない。

その作業とはこんな具合である。まず、重い八〇〇キロ陸用爆弾を取り外し、兵器員が倉庫にしまいこんである航空魚雷を弾庫より運び上げて、各機に配る。そこで投下器を外し、魚雷吊下用のものと取り換える。装着が終わると、偵察員が乗りこみ、慎重に投下試験をくり返す。投下器が故障していれば水の泡だからだ。

再取り換えにかかった直後、一航艦司令部より作業をいそがせる指示がきた。

「第三編制ノ発進可能時期知ラセ」

原少将から南雲長官あて、ただちに以下の返信をする。

「出発準備ノ完成ハ一六〇〇（注、現地時間午後一二時三〇分）ノ予定」

利根からの第一報より、約三時間後の発艦予定となる。英PBY飛行艇の接触時からすれば、約五時間四五分後という計算になる。

いくら英国艦部隊の存在未発見であったにせよ、これだけの時間を日本艦隊が洋上で身をさらしたままでいるのは、あまりに無警戒、無防備とはいえまいか。

さすがに海戦後、この事態が問題視された。残された翔鶴の戦訓所見には、つぎの記述がある。

「兵装転換ニ要スル費消時ヲ精細ニ考慮シ、作戦指導ノ要アリ

四月五日五航戦艦攻隊ハ終日雷装ヨリ爆装ニ、爆装ヨリ雷装ノ連続転換ヲ命ゼラレタリ斯《かく》ノ如キ場合ニ於テハ、運搬車数及庫内余積或ハ上空直衛機ノ発着等ノタメ、予期セル単装装備ニ比シ費消時ヲ著《いちじる》シク増大スルヲ常トス」

そして、

「八〇番通常爆弾→雷装　所要三時間一五分

雷装→八〇番通常爆弾　同一時間一〇分」

注記として、雷装転換作業では、

「作業員、雷爆員二九名、艦攻隊搭乗員総員、弾庫員三〇名、但シ本作業中飛行機ハ入換及

ビ昇降機使用出来ザリシコトアリタリ　実際ハ二時間半ニテ充分タリ」

とし、後者の爆装転換作業では、

「但シ一九本ノ魚雷ヲ格納シ六機爆装転換完了迄ノ時間ナリ　全機転換ニ二時間ヲ要スルモノト認ム」

そして、軍艦翔鶴戦訓所見の結語とは――。

「而シテ、敵情不明ニシテ各攻撃隊全部ニ適応セル兵装ヲ準備セシメ得ザル場合ハ、各攻撃隊毎ニ別個ノ兵装ヲ為サシメ以テ攻撃準備ヲ簡易ニシ攻撃時機ヲ失スル等ノ不利ヲ防止スル要アリト認ム」（傍点筆者）

瑞鶴艦攻隊の保有機数は九七艦攻二七機、予備機三機である。搭乗員は二七組、八一名。そのうち三機が帰投線を構成するために派出され、一八機が庫内待機となっている。艦攻隊分隊士金沢卓一飛曹長も、愛機にふたたび八〇〇キロ航空魚雷が装着されていくのを胸はずむ思いで見つめていた。

艦上から、味方戦闘機によって英大型飛行艇が大火災を起こし撃墜されて行くのをながめながら、「私はこの有様を見て実に胸のすく思いがした」と、日記に書きつけたこの古参搭乗員は、はじめての雷撃戦で魚雷の投下レバーを引く自分の姿を想像して胸をときめかせていた。

いま英国二重巡との距離は二〇〇カイリ（三七〇キロ）、攻撃隊の飛行時間にして一時間たらずである。

赤城の南雲司令部では、源田航空参謀が艦上待機の全機発進を主張し、雷爆撃同時攻撃による正攻法の航空戦実現にはやり立っていた。

その強い意志をうけて、南雲中将はさらなる具体的指示を加える。

「第二編制ハ第三編制（注、両方とも制空隊欠）発進後庫内待機トナセ艦攻ハ雷撃トス　調定深度三米」

第二編制――つまり、帰投してきた艦爆隊は爆装し庫内待機せよとの命令だが、これをコロンボ港への陸用であるのか、英重巡部隊への対艦船用なのかの指示がない。一航艦司令部にも冷静な判断を欠き、混乱が生じている。

それより二〇分後、彼らをまたしてもおどろかせる事態が起こった。もう一本の索敵線に出ていた軽巡阿武隈の水偵から、新発見電がとどいたのである。

「駆逐艦二隻基点ヨリノ方位二五〇度、二〇〇浬《カイリ》」

英重巡二隻の他に、別の駆逐艦グループが存在していると報じられたのである。まことに、戦争とは意外性の連続というほかはない。

西方海面で二つの英艦艇群が南下しているとすれば、彼らはそれぞれ何をめざしているのか。その矢先に、英国主力艦隊が進撃しているのではないだろうか？

「いや、そうではあるまい」

と、先任参謀大石保大佐が断定するようにいった。

「発見位置からみて、両機とも同じ艦を見ているのではないか。出発点よりの方位、距離は少しズレているが、この快晴の状況では目標を見誤ることはあるまい」

快晴のインド洋では、視界が四〇～五〇カイリにおよぶことがある。利根機の英重巡発見位置は北緯三度一分、東経七七度五八分である。彼らが発見されてからすでに一時間余を経過しているが、速力二〇ノットで南下しているとしても阿武隈機の視界内にあるはずである。当然のことながら、警戒隊の阿武隈艦長村山清六大佐も同じ疑問を抱き、付近海上をさらに捜索せよとの命令が発せられた。阿武隈水偵からの回答は、明快である。

「ソノ他敵ヲ見ズ」

南雲司令部では、これらのやりとりの傍受から、さきの利根機が二隻の英駆逐艦を見誤ったものと判断した。

「敵が駆逐艦二隻ぐらいなら、放っておきましょう」

大石大佐が淵田中佐からの要請電を思い起こしながら、草鹿参謀長にむかっていった。

「まず、コロンボ港で討ちもらした商船群を徹底的にたたいておく必要があります。インド洋の通商破壊作戦には、それが第一だ」

「いや、それはなりません。参謀長、駆逐艦を攻撃しましょう！」

源田参謀がきっぱりした口調で、先任参謀の発言をさえぎった。

「なぜかね？」

草鹿少将はたじろいだように、航空参謀の炯々《けいけい》とした眼光を見返した。この人物は強い意志をあらわすとき、猛禽《もうきん》を思わせる鋭い眼差しとなる。

「商船は多少残っているかも知れませんが、これは丸腰の町人です。小なりといえども駆逐艦は両刀を帯した武士です。これを見逃すとは、日ごろ武士道精神をやかましくいわれる参謀長には似合わしからぬことです」

源田参謀は痛いところを突いていた。草鹿少将は剣道の一刀流を能《よ》くし、自他ともに達人と標榜《ひょうぼう》してはばからない。その得意ぶりを巧みにつかれたのだ。

「長官、どうしましょう」

弱ったな、という風に草鹿参謀長は苦笑しながら南雲中将の表情を見た。結論は同じであった。いつものように、南雲中将はこの少壮参謀の強気の主張にしたがった。

各艦あて発光信号が点滅する。

「第三編制一五〇〇発進、敵巡洋艦ヲ攻撃セヨ　進撃針路二〇〇度速力二四節　右ニ間ニ合ハザルモノハ後ヨリ行ケ」

九分後、追いかけるようにつぎの攻撃命令がきた。

「先ノ巡洋艦ハ駆逐艦ノ誤り　第三編制艦爆隊ノミ発進セヨ」

午前一一時一九分、江草隆繁少佐を指揮官として一航戦から赤城艦爆隊一七機、二航戦から蒼龍隊一八機、飛龍隊一八機、合計五三機が各艦ごとに、それぞれ英二重巡をめざして発艦した。

空は晴れ、風速六メートル。微風で、急降下のさい機体が流される心配はない。理想的な攻撃日和であった。

江草隊が発進して約三〇分、艦橋内がふたたびざわめき立った。利根機の第一報いらい確認のため派出されていた同艦の零式水上偵察機から新たな触接報告が打電されてきたのである。

「敵巡洋艦二隻見ユ　針路二〇〇度、速力二六節」

こんどは、駆逐艦ではなく巡洋艦だという。

どちらが正しいのか。利根艦長岡田為次大佐は、報告の確認をいそいだ。

「敵ノ艦種確メ　駆逐艦ニ非ズヤ」

利根から出された零式水偵の偵察員たちは、南雲司令部を騒がせた阿武隈機による駆逐艦騒動を知らないのである。

しばらくしてから、返事がきた。

「敵巡洋艦ハ『ケント』型ナリ、敵巡洋艦付近ニ敵ヲ見ズ」

江草隊がめざす相手は、英国海軍の重巡洋艦二隻なのである。

三重野参謀が英ジェーン海軍年鑑を艦橋に持ちこんできて、重巡のケント型の項目を読み上げた。

「ケント型。一九二四年度、オーストラリア海軍むけ二隻をふくむ同型七隻。コーンウォール、カンバーランド、ケント……」

「駆逐艦でなく大巡か、大物だな」

山岡先任参謀が昂《たかぶ》った口調で、大きくうなずいた。

午後一二時二四分、江草隆繁少佐から待望の第一電がきた。

「敵見ユ」

つづいて第二電がとどく。

「突撃セヨ　突撃法第二法　爆撃方向五〇度、風二三〇度六米」

さらに、矢つぎ早やの報告電がとどく。

「突撃セヨ」

「一航戦ハ一番艦ヲヤレ」

「二航戦ハ二番艦ヲヤレ」

「一番艦停止、大火災」

「二番艦火災……」

電信室からの通報は、艦内スピーカーで全艦につたえられる。配置の各科から、「ワァー」という大歓声がわき上がってくるのがきこえた。英海軍とのはじめての洋上海空戦がはじまったのだ。

4 「敵大巡二隻沈没！」

インド洋上における英重巡ドーセットシャー、コーンウォール二隻の沈没は、圧倒的な航空戦力を前にしての水上艦艇の悲劇を物語ってあまりある。

南雲機動部隊の飛行機隊総指揮官淵田美津雄中佐は、

「私は航空威力を誇る前に、水上艦艇の悲哀を感じた」

と率直に評している。

洋上が快晴であった、という条件のせいでもあったろう。直衛の戦闘機を持たず、いわば両艦が丸裸の状態で南下をつづけていた要因もある。

しかし、南雲艦隊が用意した艦爆隊全力五三機という攻撃の量的威力をまず成功の理由の第一にあげておかねばならない。

指揮官江草隆繁少佐の艦爆隊が発進するさい、旗艦赤城の艦橋内で、

「たかが駆逐艦二隻に全力攻撃か」

と自嘲する声がきかれたが、重巡利根機の再確認報告により、相手は駆逐艦などの小兵力ではなく、「敵巡洋艦ハ『ケント』型ナリ」とわかった瞬間に、強硬に全機派出を主張した源田実航空参謀も大いに面目をほどこすことになった。

九九艦爆一番機が突入してから重巡ドーセットシャーが沈没するまでに、所要時間はわずか一〇分という戦闘報告がある。この卓抜した攻撃力の成果は、日本海軍航空史に残る歴史的な成果として記録しておかねばなるまい。

太陽はまばゆく洋上に照り返り、風速六メートル。微風で、急降下爆撃のさいには、日本側にとって機体が風に流される心配はない、理想的な攻撃日和であった。

急降下爆撃の直前、江草少佐は首をねじって、警戒のため晴れあがった上空を見まわした。四周に英軍戦闘機の姿は見当たらなかった。

「石井少尉！　旗艦あて発信」

と、彼は後部偵察席の石井樹特務少尉に命じた。

「敵見ユ」

洋上は波が立たず、油を流したようになめらかだった。日本側の第二次攻撃隊の先陣に蒼龍艦爆隊一八機が立ち、赤城隊一七機の阿部善次大尉、飛龍隊一八機がそれぞれグループとなって追いかける。総計五三機。コロンボ空襲に参加せず、艦上待機していた一、二航戦艦爆隊全機である。

江草少佐の矢つぎ早やの指示により攻撃隊全機が英「ケント」型重巡の直上に達したのは、最初の発見電報より二八分後である。それだけに視界が良く、絶好の攻撃条件であった。

眼下にある英二重巡は、先頭にドーセットシャーが往き、その後方をコーンウォールがしたがう。航行速力二七・五ノット。彼らは日本機の好餌《こうじ》から逃れるべく、必死になって南方への遁走をはかる。

「いそげ！」

ドーセットシャーの艦橋にいた艦長アガー大佐は、日本機の急接近を知って落着かないときをすごしていた。

各員を配置につけ、対空砲火の準備をいそがねばならない。午前一一時、すでに左舷遠方に日本側偵察機を発見しており、被空襲は時間の問題であったからだ。

頼りになるのは四インチ高角砲八、四七ミリ高射砲四、四〇ミリ高射砲一六門——一艦あて、これだけの貧弱な装備で彼らの猛攻をしのぐことができるのか。

マレー沖での英国二戦艦沈没の悲劇を知るアガー大佐は、いま水上艦艇の無力さを身にしみて感じている。とにかく、この危険な海面から逃れ、一刻も早く西進するソマーヴィル提督の主力艦隊の懐に飛びこむことだ。

アガー艦長以下七百六十名余の乗員たちは、不安に駆られながら南東の空を見上げた。そこには、無数の日本機の黒点が浮かんでいた。

「飛龍ハ一番艦ヲヤレ」

「赤城ハ二番艦ヲヤレ」

戦況を見て、江草少佐から各空母部隊あて新たな無電が発せられる。一番艦とは先頭を往くドーセットシャーであり、二番艦はコーンウォールである。

午後一時八分、小林道雄大尉を先頭に飛龍隊は単縦陣となり、先頭の英重巡にむけて高速突入を開始する。風は南東方向から吹いており、太陽を背にして一八機の九九艦爆は、つぎつぎと降下を開始する。

小林大尉の第一弾は三番煙突後部に命中し、二番機はその少し右舷寄り、三番機は二、三番煙突中央に投弾した。その爆弾の散布界は一〇メートルをこえない。

飛龍隊の攻撃は五分間で終わり、投下弾数一八のうち一七発命中。命中率九四パーセントという驚異的な数字をあげている。

小林隊がドーセットシャーに攻撃を加えてから二分後、江草隊自身はコーンウォールに急降下を開始した。二隻の英重巡は南西方向にむけ、必死になって日本機の投弾を回避しようとしている。

アガー艦長は艦尾方向から降下してくる飛龍隊を面舵でかわしたため、後続のコーンウォール艦長マンウォリング大佐もこれにならって右に転舵した。「く」の字型の二条の白いウエーキが、海上をざわめかせる。

江草少佐の第一弾は、コーンウォールの艦尾に命中した。つづく二番機も同じ個所に閃光と白煙を立てさせる、投下弾数一八、うち命中弾一四発。命中率七八パーセントという高精度である。

江草隊の攻撃がおこなわれている間にも、飛龍第二中隊山下途二大尉以下の九機がつぎつぎとドーセットシャーに命中弾を炸裂させていた。

アガー艦長は、これを面舵から取舵へと転舵でかわしたが、第二中隊が投弾をおえるころには二番艦との位置はバラバラになっていた。

凄絶《せいぜつ》としか言いようのない光景であった。二七・五ノットの高速を維持するドーセットシャーは艦尾から褐色の爆煙を曳きずり、舵を破壊されたコーンウォールは面舵のまま右に回頭しつづける。

閃光のきらめく海面から視線を上げると、そこにはふだんと変わりのないインド洋の平穏な空がひろがっている……。

まさしく、一方的な勝利であった。被弾機は皆無で、まるで爆撃演習のように一機ずつ降下して行く。

「緩徐《かんじょ》ナル防禦砲火ヲ受ク」と江草少佐の戦闘報告にあるように、両艦の対空砲火は弱まっている。

これは、江草隊が対艦船用の通常（徹甲）爆弾と陸用爆弾の両方を併用したためである。南雲司令部の指示とは資料にないから、おそらくは即時発進のために江草少佐の提案を受けた二航戦司令官独自の判断でなされたものか。

江草、山下両中隊長以下三機が、最初にまず陸用爆弾を投下する。瞬発性の陸用爆弾は弾着と同時に、艦上にある高角砲、高角砲員、機銃手たちを吹き飛ばした。

飛龍戦闘詳報の記述によれば、その効果のほどはこうである。

「九九式二十五番陸用爆弾ハ敵高角砲機銃制圧上有効ナリト認ム　大巡空母攻撃ニ際シ各中隊ノ先頭ヨリ三機ハ陸用爆弾ヲ使用セルニ弾着後ノ敵防禦砲火ハ直チニ沈黙爾後ノ爆撃ヲ容易ナラシメタリ　雷爆同時攻撃ニ於テモ艦爆隊ニ陸用爆弾ヲ使用セシムルハ有効ナルモノト認ム」

敵防禦砲火の沈黙——おそらくは、この瞬間、艦上には鮮血が飛び散り、戦死者の山が築かれていたにちがいない。

赤城隊をひきいる阿部善次大尉は、三人の指揮官のなかで最後の艦爆隊長となった。彼は、第二中隊長山田昇平大尉とともに二番艦コーンウォール突入をめざす。

先頭のドーセットシャーは左にかたむきはじめていた。機関部には被弾がなく、速力が衰えないまま急速に傾斜の度合いを深めて行く。高速走行が、かえって艦内の浸水量をふやしたようである。面舵を取ったまま、艦尾から海面下に没して行く。

コーンウォールは、まだ健在のように思われた。赤城隊がこれにむかったのは江草隊の突入が開始されてより一分後、午後一時一一分からである。第一中隊九機が二五〇キロ通常爆弾を投下し、命中弾七発をかぞえた（注、赤城隊では九四パーセント）。

阿部隊の第二小隊長大淵珪三中尉は投弾後、隊長機とともに戦場上空を一巡した。ドーセットシャーは完全に横倒しとなり、艦体の三分の一が海面下にある。三本煙突から海水が浸入したのであろう。傾斜が急激にひどくなった。甲板から、われがちに乗員たちが海に飛びこむのが見える。

大淵中尉の回想記には、この一軍艦の死に勝利感よりもむしろ痛ましさを感じた――とある。というのも、この英国巡洋艦は彼らにとって格別の存在であったからだ。

英重巡ドーセットシャーは昭和十一年、江田島の海軍兵学校を訪問したことがある。その折、兵学校六十六期の在校生として日英交歓行事に参加したが、彼らがボクシングに興じ、また案内役となって艦内旅行の先導役をつとめてくれた想い出がある。

英国司令官が江田島を訪問し、校長出光万兵衛少将が代わって艦に答札に出かけるなど、なごやかな触れ合いの日々が重ねられた。

単なる儀礼訪問ではなく、かつて同盟関係にあった両国海軍だけに交歓の日々は温かく、六十六期生たちにとって兵学校時代の青春とともに懐かしい出来事として記憶された。後年、彼らが沈めたのはこの英国巡洋艦と知って、ますます哀切の気持がつのったようである。

「五、六年前の友人たちを沈めるのですから」

と、眼下の鉄屑化したドーセットシャーの艦姿を思い起こし、大淵中尉は英艦への哀悼の気持を胸に固く刻んだ。

午後一時四八分、この九、九七五トンの英国巡洋艦は艦首を海上に突き出し、あっけなくインド洋に消えた。

海上には、コーンウォール一隻となった。速力がしだいに衰え、これもゆっくり左舷方向にかたむきかけている。一番煙突からはもはや煙が出なくなり、残る二本がまだ機関の健在をつげていた。それも、わずかな生の証しにすぎない。

江草少佐の指揮官機が、低空をゆるゆる飛びつづける。

「一番艦沈没」

すでに、旗艦赤城あて第一電が打たれている。

機関が停止し、ついに艦首を海水に洗われるようになった。そのコーンウォールの周囲を、日本機の群れが取りかこんでいる。

対空砲火がまったくとだえ、一、二番砲は左舷にむけられたまま波の洗うにまかされている。救命ボートが降ろされ、先をあらそって乗り移る水兵たちの姿が手にとるようにながめられた。

一番艦が沈没してより一〇分後、コーンウォールもまたインド洋の深い海に姿を消した。両艦乗員一、五三六名のうち戦死四二四名。残った彼らは三〇時間後、救出にきた英国艦艇によってサメの多い海面から救い上げられた。


「敵大巡二隻沈没」

江草少佐からの報告電がとどくと、瑞鶴艦橋は一瞬虚をつかれたような雰囲気となった。

「もう沈んだのか！」

三重野航空参謀がおどろきの声を放った。日本海軍が範とした英国海軍の巡洋艦がこれほど簡単に海の藻屑になるなどとは、夢にも思わなかったのだ。

砲術科出身で、主力艦同士の決戦を夢見る山岡先任参謀も、航空戦の瞬時の決着にとまどいの表情を見せていた。

「発艦は、しばらく待て」

原少将の同意を得た三重野参謀が艦橋から飛び出し、発着艦指揮所にいる下田飛行長にいそぎ声をかけた。

発艦命令をいったん中止し、旗艦赤城からの新たな指示を待とうというのである。

「よかった！　間一髪のところでしたな」

二人のあわただしいやりとりを耳にしていた山崎整備長が、一安堵したように太い息をついた。

眼下の飛行甲板には、嶋崎少佐機を先頭に一八機の九七艦攻が八〇〇キロ航空魚雷を抱いて発進準備をおえている。異変に気づいた嶋崎少佐が「何事か」という風に操縦席から立ち上がり、耳に手をあてて首をかしげている。

この突然の発艦中止の指示は、僚艦翔鶴の艦橋も混乱させているようである。両艦には五航戦司令官名で、「攻撃隊は一七〇〇（現地時間午後一時三〇分）発艦　攻撃目標『ケント』型巡洋艦」の命令がすでに発せられている。

もし雷撃隊が発進し、途中で攻撃中止となれば、再着艦に危険をともなう航空魚雷三六本を空しく海中に投棄しなければならない。

「攻撃隊ハ第一待機トナセ」

旗艦赤城から取りあえず攻撃中止命令がとどいたのは、その直前のことである。江草少佐の報告電発信は午後一時二八分のことだったから、きわどい時間帯であったということになる。

「よかった、よかった」

雷装から陸用へ、陸用から雷装へと目まぐるしい兵装転換作業に明け暮れた山崎整備長が、その疲れも忘れて、だれかれとなく喜びの声をかけた。


これで、この日のすべての攻撃は終了したと思われた。英二重巡の上空にあって偵察報告を送りつづけた利根機から「敵巡洋艦ノ南西六五〇浬進出スルモ敵ヲ見ズ」との通報が入り、英国艦隊の主力も同海域に出現していないことが確実となった。

——このとき、不意に南雲艦隊を震撼させる出来事が起こった。

「敵発見！」

直衛の駆逐艦から対空砲火の発射音が海上を渡る。またしても英軍機が南雲艦隊の触接に成功したのである。

上空直衛の飛龍隊零戦六機がいそいで対空砲火の閃光をたどって、北西の空にむかう。

低空を這うように接近する英軍雷撃機二機――コロンボ上空で日本機の攻撃を逃れた〝撃墜不確実、二機〟がそのまま生き残り、果敢にも南雲機動部隊めざして攻撃をかけてきたのだ。

「量的威力」と淵田中佐が評しているように、圧倒的な日本空母部隊相手に、逆に二機の雷撃機ではどれほどの効果を期待できよう。

上空直衛の飛龍隊全機がこれにかかり、野口毅次郎一飛曹の小隊、日野正人一飛曹の小隊それぞれが一機ずつを屠った。

この日朝、蒼龍隊がてこずったように、低速の複葉機相手の交戦では勝手がちがったようである。

こうして英国側の反撃は、避退中の南雲機動部隊にわずかな波紋を投じただけで終わった。しかしながら、英国人魂《ジョン・ブル》ともいうべき彼らの闘志は特筆すべきものがある。

陽が落ち、空は急速に色あせはじめていた。明るい陽光を照り返していた海の色は一変して鉛をのんだようになり、それにつれ星がしだいに輝きをまして行く。

コロンボ港の再攻撃は淵田中佐の進言で中止と決まり、五隻の空母部隊はそのまま南東方向に下り、セイロン島からの距離をひろげて行く。

発着器先任班長溝部兵曹は最後の上空直衛機の収容作業をおえると、長い戦闘の一日の幕が下りたのを知った。早朝から飛行甲板に身をさらし、飛行機隊の離着艦作業に夢中になっていたため、整備長から声をかけられるまで、まだ甲板横のポケットで飛び出せるよう身がまえていたのだ。

どっと疲れが全身を襲ってきた。それは艦爆隊収容後、坂本隊の列機から同年兵の最期をつぶさに聞かされたせいであるかも知れない。

明日はダメだ、と蒼白な表情で自分を見つめた松本兵曹の虚《うつ》ろな眼の色が思い起こされた。

(運命の予知というものがあるのだろうか)

と、彼はあらためて考えこむ。

「飛行科、整備科員、飛行甲板に集合!」

艦内スピーカーから呼びかけの声が流れている。急に空腹をおぼえ、居住区にもどろうとした溝部兵曹は足を止め、飛行甲板へのラッタルを駆けあがった。

艦橋下に下田飛行長が立っていた。いつものおだやかな表情が一変して、唇が真一文字に引きしぼられている。

「本日の戦闘では、思いがけず多数の戦死者を出した。本艦就役いらい最大の不幸といわねばならぬ。しかし、それぞれは己の本分を尽して戦ったものと思う。いたずらに嘆くのはよそう。これら戦死者の御霊《みたま》にたいし、黙禱をささげる」

集まった整備科員のなかには、古参の稲葉兵曹長の顔も見えた。彼もまた、一〇名の戦死者のなかに同年兵の未帰還者を出している。

遠いインド洋上で、呉海兵団の教班長時代、同じ下宿で暮らした三十二歳の飛行兵が戦死した。そのことを、いま内地にいる彼の両親や妻、弟妹たちは何も知らない。内地からの便りで、同年兵は子供が生まれたと喜んでいた。四月初旬の長門の春を、家族たちはきっと楽しげに迎えているだろう……。そう思うと、稲葉兵曹長の眼から涙がどっとあふれ出た。

四月五日の日が暮れた。夜になって赤城から各艦あての戦果報告が発信された。闇に飛びかう点滅信号は、勝者の誇りと自負を物語っているようである。

「ソ……ウ……ゴ……ウ……セ……ン……カ」

報告された内容は、つぎの通りであった。

◇総合戦果（四日～五日）

一、触接中ノPBY二機「フェアリーアルバコア」一機撃墜

二、「コロンボ」ニ於テ

1　飛行機「スピットファイア」一九機

「ハリケーン」二七機

「スウォードフィッシュ」一〇機

「デファイアント」一機

2　格納庫一棟炎上、二破壊　修理工場一棟大破

3　商船大型五隻大破炎上、小型十数隻爆破

4 「コロンボ」港ニ一部爆破
三、艦爆ハ水偵触接誘導ノモトニ敵「カンバーランド」型大巡二隻ヲ忽ニシテ撃沈セリ
四、「コロンボ」ニ於テ
蒼龍艦戦一、瑞鶴艦爆五、翔鶴艦爆一機壮烈ナル自爆ヲ遂ゲタリ

英国東方艦隊は南雲機動部隊をもとめて、そのまま北上をつづけていた。五日午後二時には二七〇カイリ（五〇〇キロ）の距離に接近し、夕刻にはさらにその間隔をせばめた。

ソマーヴィル提督は日本艦隊との会敵をのぞんでいたが、それは相手方の海上航空戦力を正確につかんでいなかったせいといってよい。二隻の英重巡の短時間の喪失は提督をおどろかせたが、それでも北進を中止する弱気は芽ばえていない。

二時間後、攻撃にむかったスウォードフィシュ雷撃機から新たな確認報告がとどき、彼ははじめて南雲機動部隊の強大な戦力の全貌を知ることができた。

午後五時になって、提督はこれら日本の機動部隊が艦隊根拠地アッヅ環礁にむかうかも知れないと懸念して、セイロン島三三〇カイリの地点で反転を決意した。取りあえず、日本艦隊との衝突を避け、〝兵力温存〟の守勢に入ったのである。

この慎重さが、英国東方艦隊壊滅の危機を救った。もしそのまま北上をつづけ、南西方面

索敵をつづける利根水偵の視界内にとらえられていたら、英空母インドミタブル、同フォーミダブル両艦と南雲機動部隊五隻の空母部隊とのあいだで、史上初の航空母艦戦が戦われていたことだろう。

一、二航戦の艦攻隊員たちは、夜間雷撃にも耐えうる技倆を持っていた。もし、日英両空母部隊が会敵していれば……。その戦慄する事態の結果について、〝元海軍軍人〟英首相ウインストン・チャーチルは率直にこう告白している。

「現在、われわれは真珠湾攻撃を行なった南雲提督が航空母艦五隻、高速戦艦四隻、巡洋艦、駆逐艦、それに油槽船数隻を指揮していたことを知っている。四月二日まで、わが艦隊があれほど熱心に待っていた敵はこれだったのである。われわれは危機一髪のところで、惨憺たる艦隊戦を免れたのである」（傍点筆者）

この日、二隻の英空母から昼夜をとわず索敵機が飛び立ったが、新たに何も発見することができなかった。

翌六日午前七時、ようやくR級戦艦部隊が主力に追いついた。これで空母二、戦艦五隻をふくむ東方艦隊の全力が集結し、ソマーヴィル提督はふたたび日本艦隊との対決をもとめて、北上することを決意した。

一方、南雲司令部ではコロンボ港空襲が戦術的にも不首尾におわったために、もう一つの艦隊泊地トリンコマリー港攻撃に踏み切ることにした。

英国ソマーヴィル艦隊の出動は諜報により把握していたが、連日の南西海域への索敵によってもその位置を発見することができず、戦国時代の武将武田信玄流「啄木鳥《キツツキ》の戦法」よろしく、相手側の盲点（トリンコマリー）を衝《と》き、驚いて主力が飛び出してきた所を撃つという攻略法を採ったのである。

この古来の戦法を発案したのは草鹿参謀長である。

今次出撃の作戦目的は、セイロン島方面「敵艦隊奇襲撃滅」（機動部隊電令作第八六号）であったから、その目的にかなう行動と言うべきだが、さらにこの後、南西海面に深く歩を進めていればソマーヴィル艦隊と出会ったはずである。

草鹿少将の無難な基地攻撃案にたいして、さすがに赤城艦橋内で異論が出た。味方位置が英国側に知られ、それを承知の上でふたたびセイロン島基地を強襲するのは危険すぎるのではないか。

反対の急先鋒、源田航空参謀の不安はこうだ。

「（敵は）その後、各地の兵力をセイロン方面に集中している算も大であり、すでに敵の航空母艦が少なくも一隻、近傍にあることは確実である。敵にはコロンボや大巡二隻の仇討をやろうという企図もあるであろう。明日敵機が来襲し、また新しい敵が出現することは略々確実である」

この異論にたいし、草鹿参謀長は「味方は一層の警戒と緊張を必要とするが」と、あくまでトリンコマリー港への空爆に固執した。

「取りあえず艦隊を東北方向に大迂回して、敵の警戒心をゆるめさせる。そして燃料を充分補給した上で、四日後の九日早朝、トリンコマリーを急襲する。この案では、どうか」

この草鹿提案にたいして、大石先任参謀もことさら意見をのべていない。肝心の南雲長官にしても、空母集中方式による航空作戦の口火を真珠湾で切っていながら、英国主力艦隊をもとめての洋上決戦をいどむ大いなる企てがない。

南雲機動部隊がわざわざインド洋まで出撃してきた作戦目的は「敵艦隊の奇襲撃滅」である。その目的を達成するために英国艦隊をもとめて果敢に索敵機を派出するのではなく、もっとも無難な基地空襲という〝据《す》えもの斬り〟が草鹿参謀長の意図である。

結局、インド洋機動作戦の第二回は南雲長官の裁断で、トリンコマリー港攻撃と決まった。——これで英国主力艦隊との洋上決戦という〝太平洋戦争での日本海海戦〟ともいうべき千載一遇の機会は永遠に失われたのである。

南雲長官は、この決定により機動部隊をいったんセイロン島四五〇カイリ圏外に避退させ、八日正午から針路を西北西にむけた。艦隊針路二九五度、速力二〇ノット。空は薄曇で、海上にスコールが走った。

第四章　英空母ハーミスを追え！

1　トリンコマリー空襲

四月八日未明、五隻の空母から、つぎつぎと交代で索敵機が飛び立って行く。金沢飛曹長も、そのうちの一機だ。

「今日は対潜哨戒の当直日なので、私は艦隊前方を哨戒飛行する。異常なし。着艦後、格納庫で爆弾装着を手伝う」

明朝のトリンコマリー出撃にそなえての攻撃準備作業のことである。第一編制——五隻の空母から全機発進の予定である。

格納庫では、艦攻用八〇〇キロ（対艦船用）通常爆弾、艦爆用二五〇キロ陸用爆弾の搭載がおこなわれている。コロンボ空襲時と同じ攻撃要領である。

そのさなか、警戒隊の軽巡阿武隈がとつぜん、発砲した。午後三時二〇分、前方三五、〇〇〇メートルに小さな黒点が見える。艦隊の北西方向にはところどころ断雲があり、その雲の切れ間に一機の機影がのぞいている。トリンコマリーよりの距離四〇〇カイリ（七四〇キロ）、またしてもPBY飛行艇に発見されたのだ。甲板待機の飛龍零戦三機がただちに発艦。これを追いかけたが、スコールのなかで見失った。

PBYカタリナ機から、セイロン島防備の海軍司令官レイトン大将あてに発見報告が打電される。

「戦艦三隻、空母一隻発見。方位九〇度二六〇浬、敵針三五〇度」

同じ報告電は、日本側の高雄通信隊でも受信し、これを旗艦赤城に転電してきた（午後四時三〇分）。

コロンボ空襲時と同じ緊急事態が生じたのである。このため、トリンコマリー攻撃隊は水平爆撃隊のみとし、艦爆隊全機を格納庫待機として不意の英国艦隊の出現にそなえた。

南雲機動部隊はいったん針路を北東方向にとって迂回し、セイロン島より遠ざかる擬装路を選んだ。未明とともに西進し、トリンコマリーに突進するのである。だが、明朝には確実に英軍機の来襲を覚悟しなければならない。

機動部隊のしんがり役をつとめる五航戦旗艦瑞鶴では、もともと空母部隊による基地攻撃に不満を抱いている原忠一少将が、落着かない表情でいた。

「こんなに敵に、味方の手の内を知られて大丈夫なのかな」

相手方の英国艦隊の行方は、いまだに杳《よう》としてつかめない。しかるに、南雲機動部隊の行動は執拗なPBY飛行艇の偵察により、逐一報告されている。

〝キングコング〟原提督は不安そうに首をすくめた。


嶋崎重和少佐がインド洋に来て、瑞鶴艦攻隊一八機をひきいて出撃するのははじめてのことである。翌九日、午前六時発艦。

四日前のコロンボ港空襲では、艦攻隊は艦上待機となり、途中英国艦艇発見で陸用爆弾から雷装、雷装からふたたび陸用爆弾と取り換え作業を重ね、天手古舞《てんてこまい》の忙しさとなった。

それだけで終日を費して、おまけに出撃は取り止めとなったのだから、血気にはやる若い搭乗員たちの欲求不満は爆発点に達した。

「何で、俺たちを出してくれないんだ」

と嶋崎少佐に食ってかかった佐藤善一中尉は、しかしいまは何ごともなかったかのように第二中隊の小隊長の位置を飛んでいる。偵察員はベテランの金沢卓一飛曹長、後席の電信員(機銃手)は吉田湊二飛曹というお馴染みのトリオである。

嶋崎少佐の二番機は新野多喜男飛曹長、第二小隊長金田数正飛行特務少尉。第二中隊長石見丈三大尉、第二小隊長八重樫春造飛曹長と〝嶋崎一家〟ともいうべき顔ぶれがそろっている。

(そろそろ〝勝って兜の緒をしめ〟直さないと……)

飛行隊長嶋崎少佐としては、それだけ気がかりである。ラバウル、ラエ、コロンボと瑞鶴飛行機隊としては三度の陸上基地空爆をかけているが、コロンボでは艦爆隊に一〇名の戦死者が出た。七・七ミリ機銃一梃の九七艦攻隊では英軍戦闘機の迎撃にどれほどの被害機を出すのか、予期しがたい危険がある。

指揮官機の不安をよそに、一方の若い佐藤中尉は、味方の雷爆撃転換作業の混乱にすっかり腹を立てていた。

当時、格納庫内では相つぐ命令変更に混乱をきわめていたのは当然のこととして、さらに事態を深刻化させたのは各分隊長がわれがちに独断の命令を下し、現場の整備科員たちを迷走させたことである。

山崎整備長の命令一下、一糸乱れずという作業の進行状況などではなく、庫内はぶざまな右往左往ぶりである。

これは、いったん緩急あるときは艦の一大事として意見具申しようと思ったが、コロンボ空襲が無事終わったのでそのまま肚《はら》におさめることにした。

その嶋崎少佐隊の直上には、牧野正敏大尉の制空隊零戦一〇機が警戒にあたっている。第二中隊は塚本祐造中尉以下の五機。

牧野機の出撃前の整備には、いつものように飛行班のベテラン川上秀一二整曹があたり、エンジン、ブレーキとも何ら異常なし、との太鼓判を押している。

機に乗りこむとき、「牧野大尉！　よろしく頼みましたよ」と声をかけると、ふりむいてニヤッと笑い返すのもいつもの通りであったが、これが整備員たちあこがれの分隊長の姿を見た最後となった。

牧野大尉の二番機に、松本達一等飛行兵が喜びの色を顔いっぱいにあらわして乗りこんでいる。

発艦前、整備科の兵器員若杉雅清一整が機首の七・七ミリ機銃、両翼の二〇ミリ機銃の点検をおえて操縦席を入れかわると、「しっかりやってこいよ」というはげましの声がエンジンの騒音にかき消されたのか、左手を耳にあてて「聞こえん！」という仕草をした。

それにかまわず、若杉一整は彼の肩を叩き、いそいで機翼から飛び下りた。

それだけで充分だった。二人は昭和十三年、海兵団入りした同年兵で、昨夜も泣きじゃくった松本一飛を激励して、一升ビンを抱えてともに痛飲した間柄であったからだ。

――事のいきさつは、こうである。前日の夕食後、格納庫で搭載兵器の点検をおえ居住区にもどって一息ついていると、松本一飛がやってきて悄然《しょうぜん》としている。

「どうしたんか？」

と若杉一整が不審に思ってたずねると、「今回もまた、出撃編成からおれははずされた」と、目に涙をいっぱいためている。

「コロンボ攻撃のときも、分隊長はおれを列機にえらんでくれなかった。もうダメだ」

阿波の徳島生まれの二十二歳である。生一本で、酒も強いが、俠気《おとこぎ》のあるまじめな性格だ。

よほど口惜しかったのか、うなだれた頬に涙がしたたり落ちた。あまりの意気消沈ぶりにさすがに気の毒になって若杉一整はこう声をかけた。

「そんなに行きたい気持があるのなら、分隊長にお願いしてみたらどうだ」

牧野大尉なら部下の熱意を受けとめてくれるにちがいないと、彼は気さくに若い整備兵たちにも話しかける分隊長の姿を思い浮かべながら、同年兵にすすめた。

「今さら、どうもならん」

松本一飛は、あきらめたように首を振った。彼は操練五十期の若輩《ジャク》である。昭和十五年六月に半年間の訓練をおえ、戦闘機の実用機訓練は大分航空隊で受けた。瑞鶴へは、大村航空隊で基地訓練中に赴任してきている。

実戦経験は一月二十一日、ラエ飛行場攻撃にむかった坂本明艦爆隊の直掩で、牧野大尉の三番機をつとめている。激戦を予想されていない任務であったから、実戦経験をつむための初陣の意味があったのだろう。まだまだ搭乗員としてはヒヨコの部類だ。

「そんな弱気でどうするんか！」

思わず怒りの声が出た。「これから何度も激戦の渦中に飛びこんで行かなきゃならんのに、そんな根性じゃ一人前の搭乗員になれんぞ」

思いがけない友の剣幕に、おどろいたように松本一飛は涙にぬれた顔をあげ、まじまじと彼の表情を見つめた。そして、友の一喝にあわてて立ち上がると、士官室に走って行った。

その結果が、牧野大尉の二番機となったのである。「君のおかげだ。ありがとう」と松本一飛は一升ビンを下げてもどってくると、昨夜は心おきなく二人だけの酒をくみかわした。そのまま深酔いし、二人で抱きあったまま寝床にもぐりこんだことまではおぼえていたが、若杉一整がめざめたときには彼はすでに起きあがって飛行服に着替えて、搭乗員待機室に出かけたあとだった。

牧野大尉に引きつづき、松本一飛の二番機が飛行甲板を滑走しはじめたとき、若杉一整は力いっぱい激励の帽振れをした。

(松本よ、よかったなあ……。しっかり頑張ってこいや!)

南雲機動部隊五隻の空母から放たれた第一次攻撃隊は、こうしてセイロン島北東岸トリンコマリー港をめざして進撃する。

総指揮官は旗艦赤城の淵田美津雄中佐で、総数は水平爆撃隊のみの九一機。制空、直掩の零戦は四一機。

空は晴れており、雲量三〜四。雲高二、〇〇〇〜三、〇〇〇メートル、ほとんど風が吹かず、海に表情がない。

南雲忠一中将がトリンコマリー港攻撃を決意したのは、ここがコロンボ港と同様に英国東方艦隊の根拠地であるからである。司令官はレーサム英海軍少将。麾下兵力は巡洋艦三、護衛艦七隻(うち五隻はインド海軍所属)とあるが、出発してより一時間二〇分後、同港上空に達したときには軽巡一、駆逐艦数隻、商船一〇隻ていどが在泊しているにすぎなかった。

嶋崎少佐が、高度四、〇〇〇メートルからファウル岬を右に見て進入を開始すると、入江にかこまれた中心にトリンコマリー飛行場があり、その周囲に無数の高射砲陣地が散りばめられて、防備を固めていた。

上空に数多くの玉がキラキラと光っている。日出は午前五時四五分、すでに陽はのぼり、港内に陽光が照り返して鏡のようにまばゆい。

「隊長！　防塞気球のようです」

偵察席の松永寿夫特務少尉がめざとく見つけて、操縦席に声をかけた。

「おうい」

嶋崎少佐のノンビリとした声が返ってきた。

トリンコマリー基地が近づくにつれ、雲が多くなってきた。港内は日差しで明るいが、台地には雲の影が落ち、薄暗くなっている。この季節は天候の移ろいがはげしいのだ。

総指揮官淵田中佐指揮の水平爆撃隊は赤城隊（目標は海軍工廠付近）を中心に、二航戦楠美正少佐ひきいる飛龍隊艦攻一八機（長官官舎、南方兵舎、高角砲台）、蒼龍艦攻一八機（海軍工廠付近）の第二群、嶋崎少佐の瑞鶴隊（岬砲台兵舎、他官舎施設）、翔鶴隊一九機（陸上飛行場及び水上基地付近）の第三群より成っている。

予期していた通り、上空にキラリ、キラリと陽光を照り返す小さな点の集団が見える。二つの英軍戦闘機グループが待ち受けていたのだ。その総数は二二機（ハリケーン戦闘機一六、フルマー戦闘機六機)。

高度五、〇〇〇メートル、五航戦の制空隊零戦一九機をひきいる翔鶴の兼子正少佐がまっさきにこれに気づき、上空にあるハリケーングループの右翼側の集団に突入した。瑞鶴隊の牧野正敏大尉は、そのまま左翼側のグループにむかう。一九対二二——。英軍第一線戦闘機と零式戦闘機の、セイロン島上空二度目の格闘戦がはじまる。数において日本側はわずかに劣り、高度においても不利である。

だがしかし、奇妙なことにハリケーン戦闘機隊は一撃でバラバラに散開してしまった。彼らはコロンボ上空での教訓を身にしみて知っていたのか、明らかに零戦との空中戦闘を避けていた。

牧野正敏大尉は松本達一飛、第二小隊長岩本徹三一飛曹以下小隊三機とともに水平爆撃隊の上空をななめに横切って、ハリケーン戦闘機群をめざした。

岩本一飛曹は彼らの三〇メートルの距離にまで接近し、両翼の二〇ミリ機銃の銃弾を放った。

彼の手記は、戦闘の詳細をこうつたえている。

——射弾にたしかに手ごたえがあった。敵機すれすれに上昇避退、切りかえしてみると、敵機は多量のガソリンを噴き出しながら機首を下げ、墜落して行く。撃墜はほぼ確実だと思われたが、最後まで見とどけるわけにはいかない。(中略)敵一番機は、四番機がやられたと見ると、反撃態勢をとった。まだ十分な体勢にならないうちに、私は第二撃にはいった。

こんどはみごとにエンジン部に命中したらしい。見る見るうちに、火だるまとなって墜落して行く……。

牧野隊の第二中隊長塚本祐造中尉も、この空中戦の渦に巻きこまれた。彼らとハリケーン隊との戦闘は三〇分間にわたり、瑞鶴隊の綜合戦果を撃墜一九機と報じている。

二航戦の制空隊一二機は、彼らより五分おくれて戦場に達した。指揮官である蒼龍の菅波政治大尉はハリケーン隊の阻止を五航戦にゆだね、トリンコマリー港内警戒の任務についた。

上空での熾烈な空中戦がはじまって間もなく、淵田中佐の赤城隊第一中隊は目標の海軍工廠にむかい、工廠付近の施設および岸壁に横づけられた商船二隻に八〇〇キロ爆弾を投下した。逆三角形のすさまじい爆煙が投弾の跡を形どる。

第二中隊をひきいる村田重治少佐は南西方面の、第三中隊を指揮する布留川泉大尉は北東方面の工廠施設を、それぞれ目標にした。

飛龍隊の楠美正少佐が目標に選んだのは、海軍工廠以外の施設——長官官舎、南方兵舎および繋留中のレアンダー型軽巡一隻（注、海防艦エレバス）であった。その目標に長官官舎が入っているのは、東インド艦隊をひきいる将官の頭脳中枢であり、現地イギリス海軍の象徴でもあったからだ。

嶋崎少佐の五航戦水平爆撃隊は、最後に基地上空に進入した。楠美隊が投弾を終了して五分後である。

すでに港湾一帯は爆煙におおわれていた。まだ火薬庫の誘爆がつづいており、バラバラになった屋根の破片が中空に噴き上げられていた。雲がしだいに張り出していて、空は薄暗くなって行く。

市原辰雄大尉の翔鶴隊は、三群にわかれてトリンコマリー港上空にせまった。同隊の戦闘行動調書によれば――。

「第一中隊（市原辰雄大尉）

陸上大型格納庫二棟爆破。『ホーカーハリケーン』型戦闘機二機ト空戦、内一機ハ白煙ヲ上ゲ避退

第二中隊（萩原努大尉）

油槽群爆撃、内二ハ爆破炎上

第三中隊（岩村勝夫中尉）

飛行場付属兵舎四棟及ビ付近ノ諸施設爆破。『ホーカーハリケーン』型戦闘機二機ト交戦避退」

彼らもまた、迎撃のハリケーン戦闘機に追われたことがわかる。前掲の行動調書に七・七ミリ機銃弾消耗二、一二〇発とあり、翔鶴隊が必死でこれらを撃退した事実を証明している。

嶋崎少佐の瑞鶴隊は、フレデリック要塞砲台を目標に選んだ。彼は二個中隊をこれにあて、残る一個中隊に港内の商船を爆撃させることにした。

坪田義明大尉の第三中隊六機は、陸上要塞を攻撃することになった。金沢飛曹長の日記。

「……私達の隊は敵砲台を攻撃した。軍港周辺の小高い山々から高角砲を射ってくる有様が、はっきり見える。港内は炎上する黒煙で様子がみえない。投弾終了。敵機はくるか、と眼を皿のようにして見張ったが、出てこない」

操縦席の佐藤善一中尉も、味方零戦が一機も視界に見当たらないので不安げな面持ちでいる。投弾終了までは目標に命中させることだけに夢中となるが、「任務をおえてしまうとホッとするせいか、妙にお尻がモゾモゾして心細くなるものだ」と、彼は語っている。

水平爆撃隊一五個中隊にたいし、戦闘機の直衛は一個中隊——すなわち、九一機の九七艦攻隊を護衛するのは赤城の板谷少佐隊零戦六機にすぎない。しかも各中隊ごとに目標がちがい、一五グループそれぞれが分散攻撃に入ったとすれば、六機の直衛機では護り切れるはずがない。

他の制空隊全機は個別に目標をもとめて、彼らの上空にはいない。

圧倒的に戦闘機の母艦への搭載機数が少ないのである。これは、日本海軍の伝統である攻撃第一主義の思想のせいといってしまえばそれまでだが、事実はその発想ばかりではない。このことは、いずれふれる機会がある。

金沢飛曹長が恐れていた事態は、とつぜんやってきた。「あっ、敵戦闘機近づいてくる！」

と電信席の吉田二飛曹のおどろきの声が聞こえ、それと気づいた坪田大尉が小きざみにバンクを振った。

「集マレ、集マレ」

編隊を緊密に組み、密集隊形でハリケーン機から防禦しようという試みである。

首をねじって接近してくる二機を見た佐藤中尉が、安堵したように伝声管にどなりつけた。

「安心しろ！　あれは味方機だ」

列機の電信席から機銃手の手を振る笑顔がのぞいた。吉田二飛曹も白い歯をみせて、味方識別のバンクを送る零式戦闘機をむかえている。燃料タンクに被弾したらしく、白くガソリンの尾を曳いている。

「よし、一緒に連れて帰ろう」

佐藤中尉のはずんだ声に、これで英軍戦闘機の襲撃をおそれる心配はなくなったと金沢飛曹長はいくぶん心が安まるのをおぼえた。

淵田中佐は、各隊がトリンコマリー上空から引き上げてくるのを待っていた。スコールが港外の高台をつつんでいるのが見えた。

空は黒煙におおわれ、港内の見通しがきかなくなっていた。陸上施設はほぼ潰滅したが、在泊中の船舶はほぼ無傷のままで残っていた。

淵田中佐はコロンボ攻撃時と同様、旗艦あてつぎの報告を打電した。

「在泊艦船ニ対シ、第二次攻撃ノ要アリ」


第一次攻撃隊が全機帰途についたころ、南雲機動部隊ではまたしても敵艦隊発見の報告に色めき立っていた。セイロン島バッチカロア北西沖で、戦艦榛名から飛び立った水上偵察機が英空母を発見したからである。

この日未明、攻撃隊発艦と同時に六機の偵察機が水上部隊各艦から放たれたが、その三号機が午前七時二五分、索敵線上に艦影を認めたのである。ただちに暗号電報が打たれる。

「敵空母『ハーメス』、駆逐艦三隻見ユ　ワレ出発点ヨリノ方位二五〇度、一五五浬」


この一通の電報は、瑞鶴艦橋の空気を一変させた。

「すぐ発艦準備にかかります！」

早朝から艦橋につめかけていた坂本、江間両艦爆分隊長が駆け出して行き、三重野航空参謀と田中航海士が背後の海図台にむかった。

旗艦からの発光信号がチカチカと海上をわたり、戦闘艦橋に待機中の信号員が受信し、信号長からあわただしい報告が艦橋にとどけられる。

「艦爆隊及ビ艦戦隊出発準備ヲナセ、空母攻撃」

騒然とする艦橋内で、原少将は水雷戦の戦術家らしく、はじめての海上戦闘に意気ごんでいた。坂本大尉に「今日は面白いいくさができるぞ」といってはげまして送り出した後、細心な性格をあらわして、山岡先任参謀に問いかける。

「味方位置は発見されているが、こちらは大丈夫かね？」

強気の山岡中佐は、昂然と答える。

「もちろん、大丈夫に決まっていますよ」

英国ＰＢＹ飛行艇に味方機動部隊の位置を知られたのは、つい一時間前のことだ。この日も味方機動部隊が発見され、空母飛龍の上空直衛機がこれを追撃し撃墜した。だが、その時間帯で発見位置が報じられたとすれば、英空母の搭載する雷爆撃機群はすでに味方上空に達していたとしても良いはずだ。

格納庫に待機中の九九艦爆隊は昨日の混乱時とちがい、すでに爆弾搭載をおえているが、これをリフトで飛行甲板に運び上げ戦闘機ともども整列し発艦させるには、少なからぬ時間を必要とする。

そのさなかに急襲されれば、飛行甲板は搭載した爆弾の誘発で火の海となる。その危険はないのだろうか？

原少将の不安は、的中した。セイロン島防備司令官レイトン提督は手元に残されていた英ブレニム爆撃機九機全機を、日本空母攻撃に差しむけていたのである。

2　誇り高き英海軍魂

南雲機動部隊五隻の空母は攻撃隊収容のための北上をやめ、取舵をとって左舷方向に向首し、セイロン島東岸にそって南下をはじめた。英空母ハーミスとの一定の間合いをとるためである。

トリンコマリー基地上空とは異なり、洋上おだやかで、波は低くうねりをくり返しているのみだ。雲量は三～四、視界は約三〇キロ。風速二メートル、飛行甲板には相変わらず暑い日差しが落ちている。

格納庫では、二五〇キロ爆弾の投下テストをおえた九九艦爆が整備されて、一機ずつリフトに運ばれている。参加機数は一四機。通常は一九機の二個中隊編成だが、コロンボ空襲時の被害で、坂本隊は六機、江間隊は八機というクシの歯が欠けたような、妙に空隙のある編成となっている。

全艦あて八五機。これを直衛するのは、蒼龍、飛龍から零戦三機ずつ。またしても、英軍戦闘機が出現すれば護り切れない、というわずかな機数である。

「気になったのは戦闘機がわずか九機（注、六機の誤り）であったことである」

と、一航艦の航空作戦の責任者である源田実航空参謀が回顧録に記している。

「敵は航空母艦であるから、かならず戦闘機の直衛を配するだろう。八五機の艦爆にたいして、九機の掩護戦闘機は、どうみても不足である。何とか数を増したいと考えたが、トリンコマリー攻撃にむかった制空隊が帰って来るには間があるし、部隊上空にも若干残して置かなければならなかった」

どうみても不足——とは、機動部隊編成時から予想されていたことである。

真珠湾攻撃実施にあたって、攻撃の主力を艦攻、艦爆隊として搭載機数をそれぞれ二七機（補用三機）、一八機とした。五航戦の瑞鶴、翔鶴にいたっては二七機同数である。その分、戦闘機の搭載機数は減らされ、各艦一八機となった。

この攻撃機重視は、源田参謀自慢の思想である。彼の判断にしたがって、機動部隊の飛行機隊構成は決められた。だが、源田参謀の脳裡をよぎった航空参謀としての不安は、まさしく本物となった。

ハーミス攻撃の帰途、蒼龍の江草少佐のひきいる艦爆隊は、ハリケーン戦闘機群との空戦で兵力の約四分の一を喪う結果となるのである。

英空母ハーミスは、セイロン島トリンコマリーの東、七〇カイリの洋上を北上しつつあった。速力二〇ノット。前方に駆逐艦ヴァンパイヤーが航行している。南雲機動部隊がトリンコマリー攻撃にむかっているあいだ南下し、午前八時になって帰港するために反転したのである。

八日夜、セイロン島防備のレイトン提督は英PBY飛行艇による日本空母部隊発見の報により、トリンコマリー港に在泊する艦船をすべて外洋に脱出させることにした。英空母ハーミスと護衛駆逐艦ヴァンパイヤー、商船数隻および艦隊付艦艇すべてを沿岸ぞいに南下し逃れるよう命じたのである。

英空母『Hermes《ハーミス》』は、一九二四年（大正十三年）に完成した英国海軍はじめての制式空母である。排水量一〇、八五〇トン、全長一八二メートル。一九一八年から建造がはじまったが、第一次大戦にはついに間にあわなかった。

最大速力二五ノット、搭載機数一五機——旧式空母ではあったが、今次大戦初期、アフリカ西海岸ダカールに碇泊中のフランス戦艦リシュリューをスウォードフィッシュ雷撃機六機が攻撃し、魚雷一本を命中させ、同艦を一年間行動不能にさせている。

ハーミスは英シナ方面艦隊に四回転属され、日本にも一度訪れたことがある。

だが、現在インド洋方面においてこの小型空母一隻では、圧倒的な日本空母兵力にたいして何の役に立たないことは明らかであった。

そのためレイトン提督は、翌日朝に予想される空襲をさけるためにハーミスをトリンコマリー港から一時脱出させ、搭載のスウォードフィッシュ一二機（当時）全機を陸揚げし、これをセイロン島防備のために使おうと決意したのである。

——英本国では、ようやくインド洋での事態の深刻さに気づいた。日本側の攻勢をさけるために、英軍令部総長バウンド卿はソマーヴィル大将あてに訓電を送り、〝足手まとい〟のR級戦艦をアフリカに後退させ、残る主力艦隊もセイロン島から遠ざけるよう命じた。

これは英首相チャーチルの強い指示によるものでもあった。この〝元海軍大臣〟は、日本艦隊の意図をはかりかねている。彼らは単にインド洋で示威行動《デモンストレーション》をしているだけなのか、それともこれは強力なセイロン進攻作戦の前奏曲なのか……。

チャーチルの戦略的視野に、独ヒトラー総統によるアフリカ侵攻への阻止が企《くわだ》てられていることは言うまでもない。

巨視的にいえば、これは北アフリカにおける英独覇権《はけん》の争いである。すなわち地中海に面したリビア北東のトリポリ基地（注、イタリア領だが、オーストラリア軍が占領）をめぐって、これを手中にしようと攻勢をかける独伊枢軸国と、死守しようとする連合軍との血みどろの争奪戦である。

この地を、もしドイツ軍が攻略すれば、エジプト国内からスエズ運河一帯の覇権を確立することができ、インド洋に進出してくる日本軍と手を握ることがあれば、中近東を支配する一大勢力圏を確立することができる。

一九四一年、その目的のために独エルウィン・ロンメル将軍が派遣され、連合国側を包囲する大戦車戦が展開された。いったんはドイツ側が占領に成功したが、四二年にはイギリス軍が奪還している。

チャーチルがセイロン島防衛線に固執するのは、こうした北アフリカ情勢と密接に関係しているのである。彼の回顧録を引けば――。

「海軍省はソマーヴィル提督に、艦隊を二千マイル西方の東アフリカに撤退させる権限をあたえた。ここで同艦隊は、少なくとも中東への重要航路を護ることができる。ソマーヴィル自身は『（戦艦）ウォースパイト』と二隻の航空母艦で、インド洋とペルシャ湾への交通路を防備するため、インド洋での行動を継続する。この目的で、同提督はボンベイを根拠地にすることを企てた。過去数日間の重大事で、ソマーヴィル提督と海軍省の考え方は、ほとんど同一の線をたどっていた」

南雲機動部隊の首脳に、果たしてこの英国側が追いこまれている戦略的窮地を正しく理解していた者がいただろうか。

新方策はただちに実行に移された。四月八日、ソマーヴィル大将はR級戦艦四隻を英領東アフリカのキリンジニにむかわせ、同日午前一一時、アッヅ環礁にもどってきた英主力部隊に燃料補給をいそがせた。

南雲機動部隊五隻の空母では、すでに発艦準備が完了していた。第一警戒航行序列をとっていた各艦はいっせいに風上にむかい、飛行甲板では整備員が車輪止めのチョーク外しの位置にある。

瑞鶴では、坂本明大尉が先頭の位置に立ち、スロットルを全開にしブレーキをいっぱいに踏んでいた。第二小隊長は葛原丘中尉以下三機だが、本来第三小隊長としてつづくはずの氏木平槌特務少尉の姿はない。やはり、コロンボ上空での被害は手痛いのだ。

一方、第二中隊長江間保大尉の列機堀建二二飛曹は味方被害の甚大さをよそに、はじめての水上艦艇の攻撃に身を固くしていた。しかも、相手は英空母だ。

予想されていたこととはいえ、とつぜんの事態に艦長訓辞などの儀式はなく、下田飛行長の出撃前の打ち合わせもあわただしい。

戦艦榛名三号機からの敵発見電報の詳細、母艦との通信方法、送受信の周波数などの指示がつたえられ、最後に下田中佐が気合いをこめてしめくくった。

「いいか、敵空母との距離は一五五カイリ（二四九キロ）、飛んでも一時間ほどだ。おそらく敵は周辺に直衛の戦闘機を配して待ち伏せていることだろう。警戒を存分にし、しっかりやれ！」

午前八時一五分、坂本大尉が交叉した両手を小きざみにふった。

「チョーク外せ！」

轟音とともに、腹下に二五〇キロ爆弾を抱いた九九式艦上爆撃機が飛行甲板を突っ走る。巡航速力二九六キロ／時、最大速力三八一キロ／時。二五番通常爆弾は対艦船用で、信管内――〇・二秒の遅動がかけられており、命中後、艦中央部で炸裂するようになっている。

総指揮官は僚艦翔鶴の飛行隊長髙橋赫一少佐である。蒼龍隊一八機は江草隆繁少佐、飛龍隊一八機は小林道雄大尉、赤城隊一七機は阿部善次大尉がそれぞれ指揮官となって先頭の位置に立つ。総計八五機。

攻撃隊が発艦をおえるまでに一〇分とはかからなかった。英空母との初対決に、どれだけ全乗員がはやり立っていたか。これで知られよう。

八五機の大編隊は、髙橋少佐を中心として左右に大きく翼をひろげたように展開している。その一翼にある江間大尉は、見なれている隊形とはいえ、あまりに物々しい九九艦爆隊のそろい踏みに、吹き出しそうになりながらつぶやいた。

「まるで、大名行列みたいだな」

先頭を往く髙橋赫一少佐は、最初の触接報告から一時間を経過していることから、英空母部隊がさらに二〇カイリ南に下っていると判断した。そのために針路を南西にとり、セイロン島東岸沖をめざした。髙橋少佐は、ハーミスがふたたび反転し、北上しつつあることに気づいていない。

——第二次攻撃隊が英空母をめざして飛び立ってから四七分後、トリンコマリー空襲隊が母艦上空に帰りついた。傷ついている機体もあり、無傷のまま帰投した分隊もあった。真珠湾作戦後、出撃のたびに少しずつ被弾機がふえて行く。

嶋崎少佐隊は全機無事にもどった。艦橋下に下田飛行長が待ち受けていて、「敵サン、防禦砲火がスゴイもんでしたわ」と例によってニヤリと笑いながら報告すると、

「いや、皆が無事でよかった」

と、相好をくずした。

瑞鶴の制空隊はバラバラになってもどってきた。はじめての英戦闘機ハリケーンとの空戦に気持が昻《たかぶ》っているのか、第二中隊長塚本中尉は身ぶり手ぶりでその戦闘を語っていた。

上空警戒の任務についていた先任の岡嶋清熊大尉は、肝心の牧野大尉が帰投していないのに気づいて、いぶしかげに塚本中尉にたずねた。

「ところで、牧野君はどうした?」

「天候が悪くて、見失いました。スコールがあって、編隊が乱れました」

牧野大尉の二番機、松本達一飛も姿が見えなかった。二機のペアでいまも行動をともにしているのだろうか。

英軍戦闘機との交戦で、岩本徹三一飛曹も帰投に苦労していた。機位を失して彼らは小隊単独となり、集合地点にむかったがすでに予定時間をすぎ、味方機のいずれも見当たらなかった。

「ワレ帰艦不能」

岩本一飛曹が母艦あてに打電すると、無線封止を解いている瑞鶴から、帰投中の艦攻隊を集合地点にむかわせる旨の返事がきた。彼らを誘導させるつもりらしい。

旋回中に、さらに二個小隊の零戦が集まってきた。各機とも、やはり英戦闘機群の手強い反撃にあって手古《てこ》ずったものだろう。上空で旋回をつづけること数十分、水平線に味方艦攻の機影を発見して合流し、ようやく帰途についた。この帰投の輪にも、牧野機はふくまれていない。

瑞鶴艦橋では、横川艦長がさすがに大尉の安否を気づかっていた。

「牧野に何かあったんじゃないか。帰りがおそすぎる」

「いや、かならず帰ってきますよ」

真珠湾攻撃でも、予定時間を一時間もオーバーして帰ってきた彼の意気込みを思い起こしながら、下田中佐も苦笑まじりにいう。

「たぶん、例によって欲張って、トリンコマリーに居残っているんでしょう」

旗艦赤城では、淵田総隊長以下、全機無事だった。淵田中佐が艦橋に上がって行くと、源田参謀が目ざとく彼を見つけていった。

「いま、高橋が出て行ったところだ。ご苦労だが――」

と、同期生をいたわりながらつづけた。「貴様に、もう一度出てもらうかも知れないよ」

「よしきた」

淵田中佐はあっさり答えた。

「今度は雷撃だな」

五航戦司令部では、髙橋少佐が出発して一時間を経過しているにもかかわらず、空母発見の報告電がとどかないのをいぶかっていた。時間的に見て、彼らはもう英空母上空にたどりついているはずである。

「トツレ、トツレ（突撃準備隊形作レ）……」

午前九時近くなって、髙橋少佐からの第一電がとどいた。ざわめいていた僚艦翔鶴の艦橋が一瞬静かになり、全員が固唾《かたず》をのんでつぎの報告電を待った。飛行長和田鉄二郎中佐が城島高次艦長に、はずんだ声でいった。

「そろそろはじまりますぞ」

戦況が眼に見えぬもどかしさは、だれの胸にもあった。これが航空戦闘の宿命である。敵信班からの報告は、艦内スピーカーで全乗員に中継されることになっていた。五航戦旗艦瑞鶴でも、その思いは同じであった。

一〇分が経過した。艦内の拡声器は沈黙したままである。さらに一〇分……一五分と時がすぎて行く。待機している嶋崎少佐の額に油汗がにじんだ。

（赫サン、敵は見つからんのだろうか？）

洋上に目標を求めてさすらう義兄の苦渋にみちた表情が思われ、胸がつまる気持に駆られた。

「どうしたのか」

原司令官が落着かない、いらだったような声を出した。

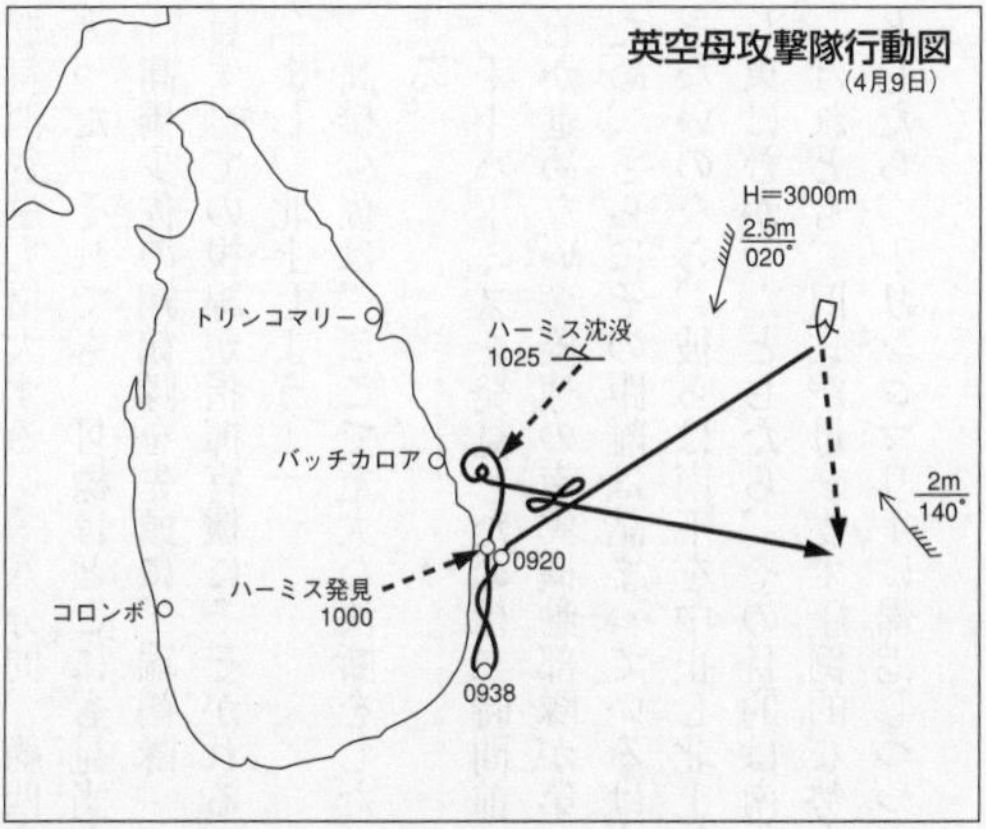

「妙ですな」三重野航空参謀も、表情をくもらせてつぶやく。

「もう、突撃命令が入ってきてもよさそうな時刻だが」

高橋赫一少佐は、ハーミスの推定位置から南下をつづけ、姿の見えない英空母を必死に追っていた。

彼らがセイロン島南東海上にたどりついたのは午前九時二〇分である。ハーミスはすでに反転北上し、その位置は視界外にある。榛名三号機は触接を止め帰投しつつあったため、攻撃隊はそのことを知らない。

セイロン島の灯台にくだける波を英空母と錯覚し、突撃準備を命じた誤ちも、指揮官の心の重荷を倍加させた。

高橋少佐は全機をひきいて機首を南にむけ、ハーミスと反対方向をたどっている。距離はますます離れて行き、捜索に時間がかかればかかるほど、燃料消費量も増大する。一八分間、約四〇カイリ南下したところで、セイロン島南端が眼に入った。それでも、目標はどこにも見当たらない。ハーミスはどこに消えてしまったのか？ 髙橋少佐の翔鶴隊を先頭に、瑞鶴隊、二航戦、一航戦とそれぞれ後につづいている。搭乗員すべての視線が指揮官機にそそがれる。

「よし、北上しよう！」

髙橋少佐は、ここで重大な決断をした。その判断の根拠となったのは、以下の情勢分析による。

——ハーミスを発見したのは二時間前。もし二〇ノットで南下しても、約四六キロていどしか進めない。優速の南雲機動部隊が第一報を受けとってからただちに同航南下をはかったため、さらにその距離は詰まっているはずである。セイロン島南岸までたどりついて発見できないのなら、彼らは南下を中止し北上したか、あるいは東にむかっているはずである。もし東にむかったとしたら、その目的は南雲部隊への攻撃だろう。

けれども、旧式空母一隻で圧倒的な勢力を誇る日本艦隊に刃向うであろうか。そうでないとしたら、トリンコマリーに帰港しつつあると考えるほかはない……。

この冷静な判断が、英空母の運命を決定した。

「北ニ反転セヨ」

野津保衛特務少尉が、微弱な隊内無線で各機あて指揮官の命をつたえた。

九九艦爆全機があらためて北上を開始する。約二〇分たって、セイロン島バッチカロア沖に小さな黒点を発見した。もはや、確認する必要もなかった。

英空母部隊――はじめに輸送船二、駆逐艦一、病院船一隻（注、じっさいは旧式海防艦ホリホック、艦隊補給艦、商船、病院船一隻）が見え、さらにその北に空母の艦影がのぞまれた。英空母ハーミスである。

この旧式空母は波をくだいて北に走り、その前方を駆逐艦ヴァンパイヤーが先導している。

髙橋少佐は、旗艦あてつぎの緊急信を打電した。

「『ハーメス』型空母一隻見ユ　一三三〇」

英空母部隊は針路北、速力二四ノットで、一路トリンコマリー港をめざしていた。地点、北緯七度二六分、東経八一度五二分。天候は晴、雲量は三～四、視界三〇キロで、海上は平穏であった。

「トツレ、トツレ……」

髙橋少佐から、ふたたび全機あて突撃符号が打電される。高度四、〇〇〇メートル、どこにも英国戦闘機が待ち受けている気配はなく、空はあくまでも青い。

全軍突撃が下令されたのは午前一〇時五分。髙橋少佐がまっ先に突入して行くと、ハーミスはぐんぐんと迫り、飛行甲板に描かれた三本の白線があざやかに映った。

第一弾はハーミスの甲板中央に命中した。第二弾がつづいて同じ甲板を貫通する。破口は小さいが、〇・二秒の遅動がかけてあるため、艦内での大爆発は想像に難《かた》くない。投下弾数一八発のうち、一三弾命中。命中率七二パーセントという精度の高さだ。

風がないため、各機とも降下角度を深めるのに苦労したようである。

ふつう急降下爆撃では、風を真後ろに受けて二〇度の角度で進入する。風を受けてしだいに角度を深めて行き、投下地点で五〇～六〇度の深さとなる。ところが無風だと、その角度が深まらないのだ。

瑞鶴の坂本隊が二番手となった。艦爆隊の航行を〝まるで大名行列みたい〟と皮肉った江間大尉は、翔鶴隊が単縦陣となり一機ずつ突入して行くのを見やりながら、この調子ではグズグズしていると自分たちにお鉢がまわってこないぞ、と焦りに似た気持を味わっていた。

高橋隊は爆撃演習のように二五〇キロ徹甲弾を命中させていくからである。

（ハーミスは、なぜ一機も直衛機を持たずに航行しているのか？）

江間大尉は、四周に見張りの眼を走らせながら、一機のハリケーン戦闘機も姿をあらわさない奇妙な事態をいぶかしく思っていた。彼らは、いったいどこに隠れているのだろうか？

日本機の攻撃がはじまって間もなく、ハーミスでは全砲火をあげてこれの撃退につとめた。五・五インチ（一四センチ）砲が早目に射ち出され、日本機が直上にせまるといっせいに四インチ（一〇・二センチ）高角砲三門、四・五インチ砲四門の火ぶたが切られた。

だが、レイトン提督がすべての搭載機をトリンコマリーに陸揚げし、セイロン島防衛に集中させるという方針をとったため、ハーミスは手足をもがれた空船となってしまった。

「ハリケーン出発せしや！」

電信員からは、基地あてに切迫した声で救援がもとめられる。緊急事態であり、電文は平文のままである。この救援依頼は旗艦赤城でも傍受され、その電文は艦内スピーカーで紹介された。

高橋隊に五分おくれて、瑞鶴隊一四機がハーミスに突入した。すでに英空母は左舷にかたむきつつあり、速力はしだいに衰えている。江間大尉につづいて七番目に急降下に入った堀二飛曹は、すでに左舷艦首付近から海水が飛行甲板を洗いはじめているのを目撃した。

瑞鶴隊は一四発の投下弾のうち一三発命中――九三パーセントという驚異的な命中率である。

「あのような見事な光景は、訓練時でも経験したことのない出来事だった」

と、堀二飛曹の回想談にある。

前部エレベーターは吹き飛び、地獄をのぞかせるような黒い穴がぽっかりと空いている。いたるところに破孔があり、その中から火山の噴火口のようにもくもくと爆煙が立ちのぼっている。後部エレベーター付近は被害がないように見えたが、遅動爆発のため艦内はおそらく無残な破壊が進んでいたにちがいない。

隊長機につづいて周囲を旋回していた堀二飛曹は、戦果を確かめようと低空に舞いおりた。

ハーミスの直上付近に接近した彼は、後部偵察員席にいる甲飛三期の同期生、上谷睦夫二飛曹に声をかけた。

「おい、写真を撮ってくれや!」

飛行甲板には、逃げまどう英国水兵の姿がはっきりと目撃できる。左舷のほぼ中央までが海面に没し、対空砲火も散発的となっていた。

「もっと近づけよう」

同期生に声をかけて、さらに超低空を這う。もはや被弾を恐れる気持はなくなっていた。そこで彼は、おどろくべき光景を眼にした。英国人魂と呼ぶべき闘志である。

「私たちが超低空でハーミスに接近したとき、左舷の半分近くが波に洗われていた。高角砲座のほとんどが海没していたにもかかわらず、彼らは砲座にしがみついて射撃をつづけていた。おそるべき闘志といわなければならない」

堀二飛曹は、感動に身を熱くしていた。

ハーミスの後方に、点々と浮遊物が流れ出している。ひと固まりになった水兵たちが三々五々、角材などにしがみついて泳いでいる。彼らに敬意を表するつもりで、機銃掃射に入ろうとする上谷二飛曹を押しとどめていった。

「射つな。——武士の情でいこうや」

また、ハーミスの右舷に閃光がきらめいた。瑞鶴隊に引きつづき、小林道雄大尉による二航戦飛龍隊の攻撃がはじまった。容赦のない攻撃がつづく……。

午前一〇時二〇分、小林大尉の第一弾が艦橋前方の左舷甲板をつらぬき、第一中隊の後続七機の二五〇キロ爆弾が前甲板に集中した。小隊長機の位置にいた土屋孝美三飛曹の一弾は左舷後部の舷側すれすれで爆発し、つづく三番機がその後方に至近弾をあびせた。

おそらく破口からどっと海水が流れこんだのであろう。ハーミスの傾斜がさらにひどくなった。

艦尾から点々と浮遊物が流れ出し、噴き出す白煙が海をおおった。艦内で誘爆が起こっているのか、身を震わせるように一〇、八五〇トンの艦体が揺さぶられた。

飛龍の第二中隊長山下途二大尉は、これ以上の攻撃続行は意味をなさないことに気づき、目標を前方の駆逐艦ヴァンパイヤーに変更することにした。

豪州海軍に所属する同艦は排水量一、〇九〇トン、三連装魚雷発射管二基をそなえ、速力三四ノット。備砲四インチ砲、四〇ミリ高角砲、対空機銃各四門を装備している。

マレー沖で戦艦プリンス・オブ・ウェールズの悲劇を眼前に見たこの直衛駆逐艦も、最後のときをむかえる。

蒼龍隊の江草隆繁少佐も、列機に攻撃中止を命じた。彼は突撃開始の態勢でいる赤城隊にヴァンパイヤーと七、〇〇〇トン級商船をゆだね、一八機の九九艦爆をひきいて北上する。

この朝、索敵にむかっていた重巡阿武隈の水上偵察機が北方二〇カイリにもう一隻の空母がいる、と打電してきたからである。

この誤認報告が、江草隊に思わぬ犠牲を強いることになった。

小林隊の投弾終了を待っていた赤城の阿部善次大尉は、ハーミスに最後の一弾を投下したいとはやり立っていた。二番機の秋元保二飛曹がこれにつづいた。命中弾二――この無駄な投弾は、彼らの猛《たけ》り狂った闘志のせいといえるかも知れない。

これが、英空母ハーミスにたいする艦爆隊の最後となった。午前一〇時二五分、同艦沈没。艦爆隊の投弾が全長一八二メートルの艦体にまんべんなくおこなわれ、艦腹の浸水が左右からほぼ均等にはじまったためであろう。

その地点、カルクダ沖一〇五度、一五カイリ。浸水とともに爆煙も薄れ、大きな渦が一〇、八五〇トンの艦体をのみ込んだときは、海上にわずかな白煙がただよっているのみであった。直衛の駆逐艦ヴァンパイヤーが主を失ったしもべのように、孤独な航海をつづける。

あっけない英空母の最後であった。その原因を、当時の資料『大東亜戦争戦訓（航空）』はこうのべている。


「一、天候快晴、風力微弱、気流良好ニシテ天候状況爆撃ニ好適ナリシコト
二、指揮官ノ指揮極メテ適切ニシテ接敵竝ニ攻撃運動巧妙ナリシコト（以下略）」

赤城隊の残機がこぞってヴァンパイヤーにむかったため、もはやこの艦にも逃れるすべはなかった。戦訓にものべてあるように、微風で爆撃照準が容易であった。

だれの一弾であったかはわからない。艦中央に投弾された二五〇キロ徹甲弾は火薬庫で炸裂した。一瞬、真っ赤な火柱が噴き上がると、ヴァンパイヤーの姿はどこにも見えなかった。

ハーミス沈没よりわずか四分後、文字通りの〝轟沈〟であった。

まだ、二航戦の艦爆隊二四機が爆弾を腹下に抱いたままである。彼らは、落武者狩りのようにさらに南に進み、七、〇〇〇トン級商船（注、実際は艦隊補給艦）に照準を合わせた。

3　江草艦爆隊の悲劇

インド洋上に英空母ハーミスを屠《ほふ》ったあと、こんどは日本側が手痛い反撃を受けることになった。それは、思いがけない形であらわれた。

午前一〇時三五分、南雲機動部隊から英空母部隊攻撃にむかった艦爆隊は、ハーミス以下各艦を撃沈後、それぞれ母艦をめざして帰投の途についた。

「集マレ、集マレ」

総指揮官高橋赫一少佐機は翼を振り、自隊の翔鶴隊の集合を命じた。瑞鶴の坂本明隊もかすかに爆煙のたなびく洋上を反転し、そのあとを空母飛龍、赤城の各艦爆隊が、三々五々、列機をまとめて追いかけている。

わずか六機にすぎなかった直掩戦闘機群も、集合地点から帰途につこうと反転していた。

英空母の護衛機との交戦もなく、拍子ぬけするような、あっけない戦場であった。

だが、彼らのほとんどはこのとき空母蒼龍の江草隆繁少佐が一八機の九九艦爆をひきいて北上しつつあったことに気づいていない。そしてこんどは、日本側が英国軍戦闘機群の反撃にさらされる番だ。


南雲機動部隊の五隻の空母は、トリンコマリー港攻撃隊を収容後、そのまま南下をつづけていた。引きつづき、髙橋赫一少佐の英空母降爆隊との戦闘の模様は全乗員につたえられ、攻撃成果が報じられるたびに、艦内にどっと歓声がわいた。

瑞鶴艦橋の最上部、防空指揮所（戦闘艦橋）には艦橋と同じ設備――艦内通信室から直接報告がつたえられる「テレトーク」があり、小川砲術長のかたわらで待機する伝令西村肇二水も、同じように報告を耳にすることができる。

「ハーミス傾斜！」の報が入ったときは、思わず見張員も肩を叩きあったものだ。そしていま、飛行甲板を見下ろすと未明から飛び立った上空直衛機がもどってきて、甲板待機中の第二直が交代に上空警戒にむかう発艦準備をととのえている。

インド洋上に陽が映え、防空指揮所の鋼板は灼《や》けつくように熱い。連日の猛暑で、対空警戒に当たる見張員の防暑服は汗まみれで、背中に塩が噴いている。

午前一〇時一八分、ちょうどハーミスに日本側急降下爆撃隊が殺到しているころ、突然前衛の重巡利根の周辺からむくむくと海水が立ちのぼるのが見えた。

「利根方向水柱！」

一二センチ高角双眼望遠鏡に張りついていた見張員が、絶叫した。みると、はるか前方に水柱が林立するのが見え、その直上に小粒のような黒点が動いているのが望見された。英軍爆撃機が姿をあらわしたのだ。

「対空戦闘！」

「射ち方はじめ！」

小川砲術長が顔を真っ赤にしながら、矢つぎ早やに命令を下している。防空指揮所の見張員のだれ一人として――各艦ともに――英軍ブレニム双発爆撃機九機編隊が機動部隊直上に達するまで、発見することができなかったのだ。

おそれていた事態が現実のものとなった。どうやら、利根に被弾はなかったらしい。

旗艦赤城の艦首をはさんだ両側から、すさまじい水柱が立ちのぼっている。と見えたのは後々のことで、後方の瑞鶴の位置から望むと、赤城の艦首部分が水柱につつまれて姿が消えた。

（あ、赤城がやられた）

と西村二水は驚愕して、思わず心の中でさけんだ。

レイトン提督がセイロン島から放った唯一の切り札が、この空爆なのであった。

英『ブレニム』双発爆撃機は一九三六年（昭和十一年）初飛行し、英本土防空戦では夜間戦闘機としても活躍した。ブレニム一型は最大速力四一八キロ／時、航続力一、八一〇キロ、武装七・七ミリ機銃×二梃。このとき英本土ではモスキートにその座をゆずっていたが、極東ではまだ第一線爆撃機として通用していた。

瑞鶴艦橋でも、完全に不意をつかれた。

「赤城の被害はどうか」

とっさに原少将が横川艦長の表情を見たが、さすがに司令官の表情に動揺の色は隠せなかった。

「高い水柱のせいで、赤城被弾！　と覚悟を決めましたね」

と、横川大佐も同じ回想をする。連日にわたって味方位置が英PBY飛行艇の接触によって発見報告され、セイロン島にいくたびも近接しながら、いままで空爆を受けなかったことが幸運すぎたのだ。

対空戦闘のラッパが鳴りひびき、両舷の高角砲が高空を移り行くブレニム爆撃機をめがけて射ち出されている。

「赤城より信号！　ワレ被害ナシ」

すぐさま旗艦からの発光信号がきて瑞鶴艦橋を安堵させたが、しかしながら、この投弾の不意打ちは南雲司令部を震撼《しんかん》させるに十分であった。

当初、草鹿参謀長は利根周辺の水柱を、のどかにも味方飛行機の残弾投下と見誤まったのである。その不注意をたしかめようと艦橋の窓ガラスに顔を押しつけようとしたとき、眼前を爆発の水柱につつまれたのだ。

攻撃から帰投したばかりの淵田総隊長は発着艦指揮所で空腹のため乾パンを頬ばっており、源田参謀は海図台にむかっていた。その彼らが、空気を摩擦するような音――〝昔どこかで聞きなれた音〟の大爆発に身体ごと吹き飛ばされたのである。まさしく、大油断であったといえよう。

この突然の空爆は、被空襲には脆弱な航空母艦の弱点をさらけ出した。日本海軍ご自慢の夜戦重視、鉄壁の見張りも、天候の良し悪しによっては物の役にも立たないのだ。

この日、部隊上空の雲量は三～四。むしろ、強烈なインド洋の陽光が差しこんでいた。しかしながら、この光をさえぎって点在する断雲は、ちょうど英軍爆撃機を隠すようにして北側に連なり、この状態ではどんな優秀な見張員がいたとしても、触接機を発見することはむずかしい。

〔大東亜戦争戦訓（航空）錫蘭《セイロン》作戦之部〕は、「見張能力の強化増強」と同時に、ようやくつぎの科学配備を要求した。

「電波探信儀

機動部隊各艦船竝《ならび》ニ飛行機ノ一部ニ至急装備之ヲ活用スルヲ急務トシ多少精度ニ不満足ノ点アルモ之ヲ実用ニ帰スルヲ要ス」

日本の電波探信儀《レーダー》については、昭和八年に基礎研究がはじまり、同十六年九月には一通り完成をみた。飛行機見張用の二一号電探と水上見張用の二二号電探がそれで、ミッドウェー作戦直前の十七年四月に戦艦伊勢、日向にそれぞれ実験搭載された。

このレーダー装備については、当時蒼龍艦長であった柳本柳作大佐が艦政本部部員時代にその画期的役割に着目。彼の先見性に富んだ性格から東奔西走して実現にこぎつけたものだ。

源田航空参謀は、反省の弁をこう記す。

「これは幸いにも敵が攻撃法を誤ったためと、その技倆が拙劣であったためである。こんな奇襲を食うようでは今後よほど警戒しなければならない」

草鹿参謀長も、「正に心の間隙に打ち込まれた一刀であった」と書くが、果たしてそれが両者にとって深刻な反省点となったものかどうか。

これは真珠湾攻撃いらい源田参謀が主唱する空母集団使用方式にたいする重大な警告であった。一固まりとなった五隻の空母は、不意の航空攻撃にまったく無防備であることをさらけ出した。のちのミッドウェー海戦時に、その結果が出る……。

しかしながら、この貴重な教訓にたいして源田参謀はいま、一顧《いっこ》だにしない。その発想は攻撃思想一本槍で、防禦のことは眼中にないのである。

甲板待機中の上空直衛機がつぎつぎと飛び立って行く。飛龍からは能野《のうの》澄夫大尉以下三機、赤城からは田中克美飛曹長の小隊三機、蒼龍、五航戦の両空母からも直衛零戦が離艦して行く。各空母は風上に立ち、あわただしい緊迫の時が刻まれた。

高度四、〇〇〇メートル。ブレニム爆撃機は三機ずつの三個小隊、計九機の編隊を組んでいる。この追撃戦は二五分間にわたっておこなわれた。

まっ先に取りついたのは能野隊であった。能野澄夫大尉は山口県徳山中学出身。水上偵察機の出身で、翔鶴の兼子正と兵学校同期生。三十歳。二番機児玉義美飛曹長は瑞鶴から転じたベテラン搭乗員だ。

ブレニム爆撃機、撃墜六機（注、実際は五機）。味方、自爆一機。もっとも果敢に挑んだのは飛龍隊で、消耗弾数二〇ミリ機銃弾五九〇、七・七ミリ機銃弾二、九九〇発とある。この数字をみていると、対大型機戦闘がいかに難事であったかがわかる。

この一機の自爆機が、飛龍の戦闘機分隊長能野澄夫大尉であった。


同じころ、江草隆繁少佐はまだセイロン島東方海上にある。

責任感に富み、勇猛果敢な指揮官として知られていた彼は、阿武隈機からの報告をもとに、さらにもう一隻の英空母を求めて北上をつづけていた。

江草隊は約二〇カイリ北にむかい、付近の海上を捜索したが、それらしい艦影は何も見出すことができなかった。索敵機の報告がハーミスを誤認したのではないか、との疑念がめばえはじめたのは、無意味な捜索を一時間七分にもわたってつづけた後のことである。

江草少佐はこれ以上の捜索を断念し、列機とともにふたたびハーミスの沈没海面に反転した。彼らはセイロン島沖を、南北に無駄に往復しただけで終わったのである。

午前一〇時三〇分、江草少佐はさきに飛龍隊が攻撃した商船二、哨戒艦一隻（注、実際は艦隊補給艦一、旧式海防艦一、二、〇〇〇トン級商船一隻）がいまだ健在なのに気づき、列機にこの残敵掃射を命じた。

三隻は、いずれも「数分ニテ沈没」と戦闘報告にある。

インド洋は日盛りであった。相変わらずの断雲をぬけ上空に出ると、直射日光が風防を灼《や》く。海はのたりとして、風はない。

攻撃命令を下してより一五分後、後部偵察席の石井樹特務少尉から、「敵戦闘機！」とさけぶ声がした。英フルマー戦闘機が八機、北西上空から翼をひるがえして降下してくる姿が瞬時に眼に入った。

英空母ハーミスがトリンコマリー基地あて、「ハリケーン出発せしや」と必死になって救援をもとめ、それにこたえてレイトン提督が残存機を集めて放った英第八〇六中隊の戦闘機が、いまようやく戦場にたどりついたのだ。

一八対八――。数において日本機は優り、九九艦爆隊は格闘戦を得意としていたが、所詮は中国大陸戦線での圧倒的な戦力優位上でのこと。一機あて七・七ミリ機銃八梃の多銃多弾方式の英戦闘機と互角に戦うことはむりだった。圧倒的な火箭が九九艦爆をつつみ、防弾、防火装置のない燃料タンクからいきなり火が噴き出して行く。一機、また一機……。

江草少佐の第一中隊から朝倉暢一飛曹、菅原進飛曹長の二機が火だるまとなった。さらに第二中隊長池田正偉大尉の列機から、土屋庚道一飛曹、寺元英巳二飛曹の二機がガソリンの尾を長く引き、翼を振りながら海上に墜ちて行った。合計四機。いずれも真珠湾いらいのベテランパイロットたちである。

空戦は二五分間にわたっておこなわれ、江草少佐機の消耗弾数は二〇〇発とある。彼自身もまた英戦闘機に果敢に立ちむかったのであろう。撃墜七機、内不確実二機（注、英国側資料には、フルマー戦闘機二機喪失とある）。

午後近くになって、フルマー戦闘機群は北に反転した。戦場には、撃墜された敵味方の機数だけ小さな油の輪が浮かんでいた。一つ、二つ、三つ……。日英両国の搭乗員たちにとって、これははるかに遠い、インド洋の彼らの白い墓標であった。

江草少佐は残存一四機をまとめ、母艦の位置をめざした。この朝、機動部隊上空を発進してより三時間四七分を経過していた。さらにこれから、約一時間におよぶ飛行が待っている。蒼龍隊の彼らには、ハーミス撃沈の勝利感とはほど遠い、冷めた疲れ切った表情がただよっていた。

――江草少佐隊が帰途についたころ、機動部隊上空では英空母攻撃隊の収容がはじまっていた。

阿部善次大尉のひきいる赤城艦爆隊一七機も、全機無事に帰還した。飛龍の小林道雄隊一八機、瑞鶴の坂本明隊一四機も相ついで母艦上空にたどりついた。
総指揮官髙橋赫一少佐隊は、彼らより二〇分おくれて帰投した。途中、機動部隊を空襲したブレニム爆撃隊の残機とすれちがい、闘志旺盛な彼らはそのまま追いすがって攻撃に加わったのだ。日本側記録には、

「敵双発爆撃機『ブレーンニム』四機発見、飛龍隊ト共ニ之ヲ追フ」

とあり、撃墜二機の戦果をあげている。
飛龍隊とは、ハーミス攻撃から反転帰投しつつある松山次男飛曹長の直掩零戦三機のことで、高橋隊の九九艦爆が約二〇分間の空戦に入っているさなかに到着し、彼らも攻撃の渦中に飛びこんで来たのである。
この日、一弾も機銃弾を放たないまま帰投しつつある彼らは、欲求不満のもどかしい思いに駆られていたのかも知れない。飛龍の行動調書には、こんな結果が報じられている。

「敵一機ヲ撃墜、他ノ一機ニ相当ノ被害ヲ与ヘタルモ敵ハ燃料ヲ噴出シツツ遁走ス

本空戦ニテ二番機ハ被弾自爆ス」

南雲艦隊上空から逃れ出たブレニム爆撃機四機は、この戦闘で撃墜されたのではなかった。
彼らは日本機の爆戦隊それぞれの攻撃からかろうじて遁走し、必死になってセイロン島基地をめざした。

「――ブレニム隊は最悪の被害《ダメージ》を受けながら、困難と戦って基地にたどりついた」

との英国側戦史の報告は、日本側の勝利がかならずしも一方的なものでなかったことを証

撤立てていよう。

飛龍では、能野大尉と同様に、松山飛曹長の二番機牧野田俊夫一飛曹機が被弾し、インド洋上に突入自爆した。

江草少佐隊は、高橋隊よりもさらに二〇分おくれて母艦上空にたどりついた。

瑞鶴の牧野正敏大尉は、結局母艦上空にもどってくることはなかった。二番機松本達一飛も未帰還のままである。

戦闘機整備飛行班の川上秀一二整曹は、自分が担当整備した零戦二一型が未帰還となっているので、いったいどうしたことかといぶかしんでいた。

（事故などありえない）

という確信からである。では、空戦で撃墜されたのか？　そんなことは、（牧野大尉にかぎってはありえない）のである。

下田飛行長からも愛され、ほとんどの指揮官機を牧野大尉が代わってつとめている。いつもニコニコと快活で、部下をどなりつけたこともない戦闘機分隊長は飛行科整備員たちの誇りであった。

攻撃隊が帰投し、直掩隊の塚本中尉以下が瑞鶴にもどってきたとき、居住区で飛行兵たちが「牧野大尉はどうしたんですか」と質問ぜめにあっている。

無事帰投してきた一等飛行兵は前七次郎、藤井孝一、倉田信高の三人で、彼らは口ぐちに、

「集合予定地点では牧野大尉の姿を見かけたが……」

と語った。小隊長の岩本徹三一飛曹も加わって、「そういえば二番機の松本の姿が見当たらなかった。隊長機は彼を捜しに反転したのではないか」と首をかしげる。

この小さな騒ぎはすぐ艦橋に伝播して、「牧野大尉が帰って来ない」との騒動になった。

「他の母艦に不時着したという連絡はないか」

横川大佐が燃料の残量を気にして腕時計を見やりながら、信号長に声をかける。真珠湾攻撃のさいには一時間もおくれて赤城に帰還してきたという前歴があるからだ。

「いえ、何もいってきません」

代わって下田飛行長が気ぜわしげに答えた。その表情にありありと不安の色が浮かんでいる。あれほど深追いしてはならないと口を酸っぱくして注意したのに……という後悔の気持が顔色に浮かんでいた。

相つぐ味方機の急速収容で、右足を負傷した若杉雅清一整は医務室のベッドに横たわりながら、松本一飛の未帰還にやきもきしていた。

(二機とも敵を深追いして誘導の艦攻機とはぐれてしまい、洋上をさすらったのか)

と思い、また牧野大尉との出撃前のやりとりから、集合予定地点に姿をあらわさない二番機の姿に気づいて、大尉機がわざわざ捜索に反転してくれたのかとも考えてみる。

重い沈黙のときがすぎた。やがて帰投予定時間をはるかに過ぎ、牧野大尉以下二機の未帰還機は自爆と判定された。

南雲機動部隊は東方にただちに避退をはじめる。まだ日盛りのインド洋を反転し、ふたたび内地にむかうのである。

旗艦赤城から各艦あて、南雲長官名で戦闘概報第九号が報じられる。

「九日一〇三〇艦攻全力艦戦三七機『ツリンコマリ』攻撃『レアンダー』型軽巡一隻大破（原注＝多分沈没）、商船大二小一撃沈　海軍工廠及桟橋施設付近施設、高角砲台、長官官舎、兵舎三棟、油槽船一爆破炎上概ネ潰滅　陸上飛行場大型格納庫二棟爆破炎上、火薬庫大爆発ヲ誘起シ飛行場施設潰滅ス　空戦ニ依リ『ハリケン』三八、『ブレニム』二、『スーパーマリンウォラス』一撃墜（原注＝内三機最後不確実）　地上機中型一、小型三銃撃炎上　被害艦攻飛龍自爆一、機上戦死二、重傷一、艦戦自爆瑞鶴二、翔鶴一」

「錫蘭《セイロン》島東方海面捜索中ノ水偵ハ九日一〇五五『ツリンコマリ』ノ一四七度七〇浬ヲ南下中ノ敵航空母艦『ハーメス』及駆逐艦ヲ発見触接艦爆全力、艦戦九ハ一四〇〇之ヲ攻撃　二隻共撃沈　余剰兵力ヲ以テ付近行動中ノ大型商船三ヲ撃沈ス　水偵ハ別ニ小型商船一隻撃破帰投中ノ艦爆ハ『スピットファイヤー』九機ト交戦其ノ七機（原注＝内二機不確認）ヲ撃墜セリ　被害蒼龍艦爆四機『スピットファイヤー』トノ交戦ニ依リ自爆」

「九日一〇一六触接中ノ敵飛行艇一機撃墜　一三五〇敵『ブレニム』型九機来襲　空戦ニ依リ其ノ七機ヲ撃墜（原注＝一五機ハ上空直衛機、二機ハ帰投中ノ『ハーメス』攻撃隊ニ依ル）赤城、利根爆撃ヲ受ケシモ被害ナシ（以下略）」

そして、コロンボ、トリンコマリー両方面攻撃の綜合成果とは、以下のようなものであった。

「小型空母一、重巡二、駆逐艦二撃沈『レアンダー』型軽巡一大破 大型商船五、小型商船一撃沈、同大小一六撃破 飛行機撃墜一一二」――。

日本側被害

赤城　艦戦一　艦爆四

蒼龍　艦戦三　艦攻一

飛龍　艦戦二　艦爆五

瑞鶴　艦戦一　艦爆一

翔鶴　合計一七機

日本側の戦果報告が、英国側のそれと食いちがっていることは文中に記した。とくに航空戦の結果に差がいちじるしい。誇大発表というより、誤認が多かったのだろう。

南雲艦隊側の撃墜一一二機にたいして、英国側記録は三八機の喪失をあげている。その内訳はハリケーン、フルマー両戦闘機計二五、スウォードフィッシュ雷撃機八、ブレニム爆撃機五機。その他、地上撃破一三（注、トリンコマリー上空ではハリケーン八、フルマー戦闘機一機喪失）。

しかしながら、水上艦艇にたいしては南雲艦隊側が戦闘概報であげた戦果よりは、英国側被害ははるかに上まわっている。ハーミス攻撃より帰投した髙橋赫一少佐の報告は、むしろ控え目にすぎたようである。


四月九日午後二時、南雲中将麾下の五隻の空母は第七警戒航行序列をとり、針路を東にむけた。行先は、四ヵ月ぶりの日本内地である。

各母艦から対潜警戒機が飛び立ち、暑熱のインド洋を扇形にたどる。出撃準備時と異なり、リフトでの上げ降ろしにも一転してのどかな雰囲気がただよう。

だが、コロンボ攻撃に引きつづき、この日のトリンコマリー空爆で、各艦から未帰還機を出していた。それが飛行機隊指揮官たちであっただけに、以後の機動作戦展開に一縷《いちる》の不安を抱かせた。

赤城こそ全機無事であったものの、二航戦では飛龍戦闘機隊分隊長能野澄夫大尉が帰らなかった。蒼龍では艦爆隊分隊士菅原隆飛曹長、翔鶴では艦攻分隊長藤田久良大尉の未帰還が、英空母ハーミス撃沈にわく艦内の熱気を冷やかなものにした。

瑞鶴では、牧野正敏大尉の死をまだ信じかねるように、整備員たちが飛行甲板に立って西の空を見上げていた。

コロンボ港空襲時に氏木平槌特務少尉以下五機の未帰還機を出しているだけに、さらなる犠牲者の存在を信じたくなかったのである。

「手空き総員、飛行甲板に集合!」

陽がかげり、夕暮どきの風が海を渡るころあいになって、艦内スピーカーから呼集の声が流れた。

艦内から乗員が駆けあがってきて、機体整備に取りかかっていた整備班、飛行班の下士官兵たちもいそぎ格納庫での持ち場を離れ、艦橋下に顔をそろえた。遠ざかって行く艦尾方向にむかって整列し、その乗員の群れのなかに庶務主任門司主計中尉の姿もある。

門司中尉はコロンボ空襲の前日、軍歌演習のあと艦攻隊の坪田大尉と連れ立って飛行甲板を散策する牧野大尉の姿を記憶にとどめていた。相性が良かったのか二人連れ立って散歩する姿がよく見られた。その牧野大尉が、今は亡い。

——これが航空戦の死というものだろうか。

無惨な遺体を見るわけではなく、海か空か、どこかに消えていった死である。「あの人は、今どこにいるのだろう。戦死の実感はわかず、牧野さんは空のどこかに生きているような気がした」と、門司主計中尉はこの夕暮どきの不思議な感覚を記憶している。

艦橋から下田飛行長が降りてきて、乗員たちの集団の前に立った。いつになくけわしい表情であった。

「コロンボ空襲に引きつづき、本日もまた忠勇なる本艦の勇士を南溟の洋上に喪った。まことに痛恨のきわみといわねばならぬ。彼らの冥福を祈り、はるかインド洋にむけて黙禱を命ずる。

黙禱！」

下田飛行長が言葉をおえると、遠ざかって行くインド洋の夕空にむけ頭を垂れている若い整備兵たちの肩が小さくふるえているのに気づいた。戦闘機整備科分隊士松本忠兵曹長以下の飛行班員たちにとっても、はじめての戦死者なのである。

そのなかに、川上二整曹の姿もあり、さすがに老練者らしく涙の色は見せなかったが、その妙にしんと静まりかえった空気にかえって哀惜の気持を強く感じていた。

「不思議なことがあるもんですねえ」

応急治療室から居住区にもどってきた若杉一整が、沈黙にたえかねたように先任班長の川上二整曹に思わず話しかけた。

「今朝《けさ》は勇み立って元気よく出て行ったと思ってたんですが、今日にかぎって衣嚢《いのう》が整理され、遺書も書いてあった。覚悟していたんでしょうかねえ……」

若杉一整にとっては、思いがけない松本達一飛の行動なのである。戦死者の遺品整理は同年兵の仕事で、未帰還と決まってから彼の居住区で片づけをはじめてみたが、あらかじめ他人に迷惑をかけまいとする気配りで、見事に身辺整理がすまされていたのだ。

昨夜、一喝したために結果的には彼を戦死に追いやってしまったのではないか。右足の古傷を見るたびに痛恨の思いが、こののち若杉一整の心を苦しめることになる。

日が暮れ、洋上に風が渡りはじめた。インド洋特有の底深い濃紺の海はすでに漆黒と変わり、色あせた黄昏《たそがれ》の空を急速に星の数が増して行く。

午後五時、機動部隊は東経八六度線を通過した。

このとき、はるか西のバッチカロア岬沖では六〇〇名を越す英国将兵たちが海上をただよいながら救助のときを待っていた。彼らが付近を航行中の英国病院船に救い上げられたとき、三一五名の英水兵が海に消えていた。

4　第二段作戦へ

英国東方艦隊と南雲機動部隊との戦いは、日本側の圧倒的な勝利におわった。

英国はいくたのセイロン島陸上基地施設や要塞砲台を壊滅させられながらも、一矢も報いることはできなかった。彼らの東方艦隊も、小型空母と重巡二隻を犠牲に供した。それは日本側にとって、鎧袖《がいしゅう》一触と呼ぶにふさわしい勝利であった。

当時、世界最強と謳《うた》われた南雲忠一中将麾下の機動部隊にたいする米戦史家の評とは、つぎのようなものである。

「南雲中将が彼の業績に誇りを感じるのはもっともであった。彼はハワイ島からセイロン島にわたって経度差にして一二〇度、すなわち世界一周の三分の一に相当する遠距離を馳駆して作戦をやってきた。

……これらの作戦において、彼は戦艦五隻、航空母艦一隻、巡洋艦二隻、および駆逐艦七隻を撃沈したほか、他の数隻の主力艦に損傷をあたえ、さらに膨大なトン数にのぼる海軍補助艦艇や商船を片づけるという輝かしい戦果をあげたのであった。……実にこの部隊こそ神出鬼没で、決して効果的な反撃を受けなかった」（サミュエル・E・モリソン著『太平洋の旭日』）

旗艦赤城の一航艦司令部では、南雲司令長官はじめ草鹿参謀長、大石先任参謀、源田航空参謀たち首脳陣が自信にみちていた。

真珠湾攻撃でしめされた航空母艦集中使用の実力が、またしてもインド洋で証明されたのだ。

だれもが戦勝になれ、むしろそのことを当然と考えていた。南雲機動部隊は一度も敗れたことはなく、つねに〝勝利の女神〟は――あれほどの怠慢や失策があったにもかかわらず――つねに日本側に微笑《ほほえ》んだ。

空母作戦について貴重な数々の戦訓が得られたが、果たしてそれを次期作戦に生かす知恵がはかられたのか。また戦闘の勝敗は単に勇気や破壊力だけでなく、その背後にある文明や大いなる戦略の戦いであるということが、実際に意識されていたのだろうか？

連合国の立場からすれば、インド洋から日本側機動部隊がさっと引き上げてしまったのは、真珠湾攻撃のあっけない退却につづく第二の謎であった。

ハワイ作戦では、四五〇万バーレルの石油タンク群と海軍工廠施設を無傷で残し、わずか半歳で米太平洋艦隊が立ち直る機会をあたえたが、インド洋でもチャーチル首相がおそれたように、英国側が二世紀にわたって支配してきたインド、中東方面の覇権にふれることなく、あっさりと東へ立ち去った。

セイロン島およびベンガル湾での制空、制海権の喪失は、英国の中東方面への重要航路が断絶されることを意味する。まして、アッヅ環礁にある英ソマーヴィル艦隊との対決の戦略目的は、どこに消えてしまったのか?

この時期、英国チャーチル首相は絶望の淵に立たされていた。日本の圧倒的な機動力を有する南雲艦隊にたいして、いかにセイロン島およびインド洋の権益を守りぬくか。

一方の海軍提督ソマーヴィルは、悲観的であった。彼は低速のR級戦艦部隊（戦艦四、軽巡三、駆逐艦五隻）を二、〇〇〇カイリ西のアフリカ、キリンジニ基地に後退させ、自身はアッヅ基地にあった高速部隊（空母二、戦艦一、軽巡二、駆逐艦六隻）をボンベイに下げ、ここで「インド洋での行動を継続する」とした。

この処置について、チャーチルが怒りをこめて書いた一文が残されている。

「われわれはセイロン保持のためにあらゆる努力をはらわねばならぬ。このところソマーヴィル提督はボンベイで安全である。ボンベイが間もなく危険になるなどと考えねばならぬほど、そんなに早くセイロンと南インドが失われると推測すべき理由が何かあるのか」

チャーチルは、当時米ルーズベルト大統領あての手紙で、「われわれに加えられるかくも多大な日本の重圧は、われわれとして耐え忍びうる以上のものです」と訴えかけている。この悲痛な一文は、当時英国指導者が抱いていた苦悩を如実に物語っていよう。

しかしながら、コロンボ、トリンコマリー両基地を攻撃して後の南雲機動部隊の所在をつかめない以上、英国にとって日本の意図は相変わらず謎のままであった。

彼らはセイロン島に単なる航空攻撃を加えたのみなのか。それとも〝マドラス州（注、インド南東部）をうろつきまわる〟ために、四、五個師団の兵力を送るつもりなのか？

チャーチル首相のルーズベルト依存は、米国の最新鋭戦艦ワシントン、ノースカロライナ二隻をインド洋に配備させ、あらたに制式空母三隻を加えて防衛態勢をかためるという点にあった。だが、その準備を完成させるには五月以降まで待たねばならなかった。

英国首相の必死の抵抗は、しかし自国の三軍の参謀たちによって否定された。セイロン島は主要艦隊基地として保持するが、東方艦隊の高速部隊をキリンジニに移す、というのが彼らの結論である。

この決定により、ソマーヴィル提督はボンベイを去り、英国はしばらくのあいだインド洋の制空、制海権を放棄することになった。

巨視的にみれば、英国の危機を救ったのはむしろ日本側であった、といえよう。南雲艦隊の使命は「英国艦隊ノ奇襲撃滅」であり、その目的を果たした（と思われた）以上、セイロン島海域に固執する必要はなかった。日本軍の作戦目的は太平洋であり、目前にせまった第二段作戦開始（注、ミッドウェー作戦）にあわせて本国に帰投することが、あらかじめ決定されていたからである。

こうして英国は、戦史家ロスキル大佐の指摘するように〝自分の努力ではなく、幸運の賜物によって〟インド洋上の崩壊から救われたのだ。

南雲機動部隊五隻の空母は、一路東進をつづける。

四月十日、補給部隊と合流して、航行しながら各艦の燃料補給をおこなう。十三日朝にはマラッカ海峡を通過し、東シナ海へ出る予定である。この日は日出九時三〇分、日没午後九時（日本時間）。

翌日も、一日中燃料補給で終わった。むし暑い艦内である。戦闘がなくなってみれば、のたりとした海原のつづく平穏な航海で、またしても退屈な一日のくり返しがはじまる。

艦攻整備班山本治夫二整曹の回想メモによれば──。

「印度洋に凪はないが、波のうねりは大きく、想像以上に暑い航海がつづいた。（飛行甲板の）木甲板上でも、ゴム底の靴では足ぶみをつづけねばならぬほど熱くて、立って居られなかった。夜、就寝のときには艦内では寝て居られず、格納庫の扉を開けゴザを敷いて寝た」

二日後、機動部隊はマラッカ海峡に入り、この日もせまい海峡を通っての航海がつづいた。

軽巡阿武隈を先頭に、マレー半島を左舷に見ての単縦陣がつづく。

五航戦司令官原忠一少将は、航空戦隊司令官として満々たる自信にみちていた。今や彼および司令部参謀たちは赫々《かつかく》たる戦果を重ねて得意の頂点にある。

その気分は、艦長横川市平大佐にも伝播して彼もまた米英艦隊何するものぞ、との気概にあふれていた。

こうした昂揚した艦内の空気のなかで、宮尾軍医中尉は作戦中のほとんどを機銃甲板の応急配置所ですごしたが、その気配りは幸いにも無為に終わった。彼の日記。

「……海岸には赤い屋根、青い屋根或は白砂波に洗わるるの景、点々として夏の内地の海を思い出させた。夕刻にはシンガポール通過、遠くビルが櫛比し都会らしき風貌を十分眺め得た」

同じ日の出来事である。格納庫にいた川上二整曹を見つけた整備科飛行班のひとりが、「班長、飛行甲板へ、早く！」と息せき切った口調で、彼の腕を引っ張った。

「何事だ！」

牧野大尉の戦死がまだ信じられず、不機嫌な口調のまま仕方なく飛行甲板に連れ出された彼は、思いがけない光景に眼をうばわれた。

十数隻におよぶ日本陸軍の輸送船団が二列航行となって、いままさに機動部隊とすれちがおうとしている瞬間であった。ビルマのラングーンが三月八日に陥落し、この飯田祥二郎中将麾下の第十五軍に加えて、さらなる増援部隊が奥地をめざして進撃すべく駆けつけてきたのだ。

二列となった輸送船団の左舷側に、鈴なりとなった日本兵が手を振り、日の丸の旗がいたるところで振られている。暑い船旅のせいか上半身裸の兵もいて、遠く内地を離れての孤独な航海が思われて、彼らの狂喜ぶりが胸にしみ入った。

「あれだけの数の日章旗を見たのは、はじめての体験でした」

と川上二整曹は回想する。

長い航海の果てに、マラッカ海峡で鈍足の輸送船団が史上最強の日本海軍機動部隊と出会ったのである。

味方機の掩護のない洋上で、陸軍兵士たちはさぞ心細い思いをしていたにちがいない。左舷に船がかたむくかと思われるほど鈴なりになって手を振り、狂喜乱舞する彼らの姿を見て、よくぞ海軍兵になったという思いで川上兵曹は胸がつまり、涙があふれた。

味方は機動部隊の先頭に阿武隈が立ち、つづいて南雲機動部隊の旗艦が赤城、二航戦の蒼龍、飛龍、戦艦比叡、霧島、金剛、榛名の四隻、さらに五航戦の瑞鶴、翔鶴、重巡利根、筑摩、その前後に警戒隊の駆逐艦群が配されているという堂々たる単縦陣である。

輸送船団の列はえんえんとつづいた。飛行甲板で同じように陸兵たちを見送っていた発着器係の清水三代彦一整は、部下たちのこんなささやき声を耳にした。

「おい、前方から後列まで、おれたちの艦隊は七里の隊列らしいぞ。陸サン、おどろいているだろうなあ……」

七里とは、約二八キロもの長蛇の列を指す。マラッカ海峡もせまいが、沿岸の島民たちもさすがに「帝国海軍の威容にびっくりしているだろうなあ……」と、清水一整も誇らしげに思ったことだった。

夕刻五時、シンガポール沖を通過した。当初は入港予定であったが、陥落直後（注、二月十五日）の機雷除去作業が進捗せず、通過することになった。

つぎの寄港地は澎湖諸島の馬公《まこう》である。

四月十六日午後二時、総員集合がかかり、上部一番格納庫で「今次大戦ノ戦死者故牧野大尉他十二英霊ノ告別式」がおこなわれた。前日にハワイ作戦成功の感状が山本連合艦隊司令長官名で機動部隊に授与され、それを機に戦死者の慰霊式が挙行されたのである。

一航艦資料によれば、この第一段作戦での、

戦死者　一一四名

戦病死　　三名

公務死亡　四名

とあり、搭乗員戦死者として、一〇二名（注、内士官六、特務・准士官八名）、戦傷者三四名を数える。開戦前には予想もされなかった軽微な戦死者数である。

この日は生憎《あいにく》の小波が立つ、雨模様の一日であった。

告別式は戦時下の航海中とあって、警戒を厳にし粛々とした雰囲気のなかでおこなわれた。僧侶二人が入ってきて静かに経を読みはじめ、横川艦長が弔辞を読み、牧野大尉の同期生、他の下士官兵たちの同期生が、代わるがわる短い追悼の辞をのべた。

「荘厳の気満っ」

と、はじめての戦死者の現場に立ち会って――しかも遺体のない、奇妙な葬儀を体験しながらも――宮尾軍医中尉は緊張に身を固くしていた。

それも一瞬のことで、少し雰囲気になれてみると思わず吹き出しそうになった。僧侶とみたのは工作長とその部下で、念の入ったことに工作長は防暑服の上に袈裟《けさ》までかけていた……。

彼の出身はお寺なのであろうか。そんな感慨も去ると、新任の軍医中尉にはじめて体験する出来事がつづく。

二日前、医務科病室で亡くなった下士官の水葬があった。飛行機隊の機上戦死ではなかったが、作戦行動中に缶室で当直に立っているさい、彼は気温五〇度の熱気に痙攣《けいれん》を起こし意識を失った。ふだんから胃弱気味なので、周囲もそのまま放置したのが症状を早めた原因らしい。

水葬は後部錨甲板で、艦長以下首脳部が出席しておこなわれた。

棺は工作科でつくり、重りとして一二・七センチの高角砲弾一発。真新しい軍艦旗につつまれて、柩《ひつぎ》は後部舷門から下ろされた舷梯下におかれる。まず衛兵司令の号令で儀仗隊員が放つ三発の弔銃、ついで信号兵の吹奏するラッパの葬送曲が流れる。哀切な、悲しい調べである。

下士官が応急治療所に運びこまれたときには、すでに手おくれだった。

「早く気づけば、手当てして助かったものを……」と、臨戦態勢にあったため周囲も容態の急変に気を配らなかったことが死因を早めたものと、軍医中尉としては心残りが先に立つ。

「頭《かしら》、右！」

艦長の声が飛ぶ。海上に落とされた柩はしばらく浮いたまま、スクリューの渦のなかでもまれて後落して行く。

瑞鶴は航行序列の左側最後尾に位置していたから、後方にさえぎる艦影はなく、広がるのは夕陽にはえる海ばかりである。

横川大佐のかたわらで、このとき目送の礼で見送っていた庶務主任門司親徳主計中尉は、哀悼の気持よりも、むしろ（美しい葬式だな）との感慨にとらわれていた。

それは、この日が自分にとって特別の意味をもっていたせいなのかも知れない。朝、従兵が来て、「副長がおよびです」といわれて駆け上がって行くと、一枚の電信紙を見せられた。それは彼自身の人事異動の内示で、「呉鎮守府付ヲ命ズ」とあった。

他に艦爆隊の坂本明大尉、山崎整備長の加賀転勤の辞令が出ていた。

新任の整備長は、原田栄治機関中佐。京都出身で、三十九歳。山崎整備長の一期下にあたる。

予期していたこととはいえ、とつぜんの人事異動には大いにおどろかされたが、門司主計中尉にとってもっとも意外だったのは、内示の場所が航海中のインド洋上であったことである。

真珠湾攻撃からインド洋機動作戦へ——。わずか八ヵ月余の乗艦にすぎなかったが、艦との惜別の思いが重なって、スクリューの渦に乱されて流れ去って行く棺の行方をじっとながめていた。

瑞鶴では、牧野大尉以下一二名の戦死者を数えている。

コロンボ空襲で艦爆隊に一挙に五機喪失という被害が出た夜は、艦内の空気もしめりがちで、ガンルームではケプガンの塚本中尉が気を利かせて夕食にビールを持ちこませたが、牧野大尉未帰還の日はもはやそんな気配りもおよばない、沈鬱な空気が艦内を支配していた。

南方作戦の成功とともに第一段作戦が終了し、一九四二年（昭和十七年）四月十日付をもって第二段作戦第一期兵力部署が予報されることになった。

ここで、五航戦の瑞鶴、翔鶴両空母はポートモレスビー攻略作戦に参加予定の空母加賀と入れ替わることになり、十二日付で南洋部隊の第四艦隊司令長官井上成美中将（旗艦鹿島・在トラック）の指揮下に入った。

この発令は、マラッカ海峡を東航中の五航戦司令部にとどいた。ポートモレスビーはニューギニア東南岸の要衝で、米豪交通連絡線の強化によって対日反攻の拠点となり、第一段作戦で攻略完了を予定されていたものであった。

攻略船団の主体は、在ラバウルの陸軍南海支隊将兵約二、〇〇〇名。歩兵第百四十四連隊を基幹とし、支隊長は掘井富太郎陸軍少将。彼らは三月十日のニューギニア北東岸ラエ、サラモア攻略時に米ウィルソン・ブラウン中将指揮下のヨークタウン、レキシントン両空母部隊の急襲を受け、沈没艦船四隻、小中破一四隻の大被害を受けた。

このため同地の攻略は成功したが、四月に予定されていたツラギ、ポートモレスビー攻略を一ヵ月先にくりのべたのである。

五航戦両空母の増派は、鈍足の輸送船団でサンゴ海を一一日にわたって往く陸軍側の強い要請によっておこなわれ、当初はインド洋作戦帰りに二航戦蒼龍、飛龍二隻の参加が検討されたが、第二段作戦のミッドウェー島攻略が六月上旬に予定されていたため、五航戦と差し替えられることになった。

この場合、ポートモレスビー攻略阻止に出てくる米機動部隊との会敵は想定されていず、五航戦の両空母は機動部隊のなかでもっとも練度が不十分な部隊であったので、「その訓練を兼ねるという意味もあった」と、戦史叢書の記述にある。

連合艦隊司令部の判断はいつもながら甘かった、といわねばならない。米国はこの米豪交通連絡線確保のために必死になって空母部隊全力を派遣することを決意し、ここにサンゴ海海戦が生起する。また、五航戦搭乗員たちもたえず未熟とのそしりを受けながらも果敢に彼らと戦い、互角の勝負をいどむ。

さて、機動部隊本隊は十四日に南シナ海に入り、ここで五航戦両空母と分離した。本隊はそのまま内地にむかいミッドウェー作戦出撃にそなえ、一方の瑞鶴、翔鶴は補給のため台湾馬公をめざす。

澎湖《ほうこ》諸島とは、現在でいえば中国福建省と台湾の中間にある島々で、台湾海峡が通じている。良湾にめぐまれ、沿岸にサンゴ礁が多い。

澎湖、白沙、漁翁の三島がいちばん大きく、馬公は澎湖の良港で、元々は漢人が居住をはじめたのだが、日清戦争の結果、日本の統治下におかれた。

ただし、風の強い風土で年間の平均六・八メートル／秒というから、農作物は石やサンゴ礁の破片で築かれた防風壁の内側で栽培されるという、きびしい気象条件が特徴だ。

十八日午後一時半、馬公に入港。山崎整備長と門司親徳主計中尉は、ここで退艦する。インド洋機動作戦の戦果が大々的に報道されているとの情報もあり、馬公に上陸すれば、「町をあげての大歓迎をやってくれる」とのうわさ話もにぎやかだったが、退艦して行く身にとっては、やはり最後の入港作業は切なくさびしいものである。

横川艦長、池田副長へのあいさつをすませ、主計科幹部や士官室、ガンルームに別れの言葉をつげる。

門司主計中尉が舷梯から内火艇に乗りこむと、前甲板には短い期間ではあったが苦楽をともにした主計科員たちが、一列になって見送りの位置につく。

「帽振れ」

艇が動き出すと、甲板上から声が飛んだ。

門司中尉は艇外に出たまま敬礼し、ゆったりと帽を振る。見送りの者もそれにおうじて、ゆるゆると帽を振る。

（あまりに長く別れを惜しむものではない）

との「海軍士官心得」の注意を思い出し、あっさりと敬礼を返し、帽をかぶって内火艇に入った。

そして、あらためて感慨にふける。

（華々しい戦果とともに、気持のいい勤務だった）と——。

馬公での補給品積みこみ作業は、主食、副食のほか、生鮮食料品がとくに留意して運びこまれた。長い航海では、すぐ不足しがちになるからである。

乗員たちを喜ばせたのは台湾産のバナナ、パイナップルのほかに積みこまれた大量のスイカである。暑熱のうだるような日々の航海をへてきただけに、岸壁に山づみされたスイカの群れは想像しただけで、乗員たちののどの乾きがいやされた。

「日本内地のスイカとちがい小ぶりの形でしたが、うまい。生鮮食料品にはとくに飢えていましたから、大事に食べた。スイカの皮なんかも、捨てずに漬けものにして食事に添えました」

と、乗員の回想談にある。

もう一つ、乗員たちを楽しみにさせたのは、馬公の港湾特有の歓楽街である。だれが聞きこんできたのか、飲食街のほかに遊廓が一一軒あり、娼妓の数は一〇〇名におよぶという。居住区の独身長老などは、「大いに羽根を伸ばしてやるぞ」と大張り切りである。

乗員たちの期待とは別に、飛行機隊は一足先に母艦を飛び立ち、台中飛行場へ訓練のため艦を留守にしている。

といって、久しぶりの基地上陸とあって嶋崎重和、髙橋赫一少佐はそれぞれ部下士官を引きつれての台中料亭泊りである。江間大尉をはじめ岡嶋大尉の暴れん坊をまじえて、夜を徹しての酒宴となった。

このつかの間の休暇が、一瞬のうちに吹き飛ぶ出来事が起こった。米ジミー・ドウリットル中佐にひきいられたB25型爆撃機一六機による東京空襲である。

この攻撃は日本の東方近海にまでせまった米空母部隊の飛行甲板から陸軍双発爆撃機を発艦させるという奇想天外の方法をとったため、日本側は完全に不意をつかれた。

乗員の上陸は中止となり、翌日正午、五航戦両空母は馬公を出撃した。台湾海峡で飛行機隊を収容したが、夕刻になって中止命令がとどいたので、そのままトラック泊地に進出することになった（二十五日、到着予定）。

僚艦翔鶴では、艦爆隊偵察員小泉精三中尉が、「このままトラックなんかに行かずに、本隊と一緒に真っすぐ内地に帰ればよいのに……」とガンルームで渡辺軍医中尉にボヤいていたが、彼ら兵学校六十六期の同期生は五月一日付で海軍大尉に進級だ。

これで、ガンルーム士官はレッキとして士官室士官入りとなり、分隊士から分隊長に昇格する。艦攻隊の佐藤善一中尉はそのうちのひとりで、同期生は両艦あわせて合計一〇名。部屋も二人部屋から個室へ、従兵も一人ずつという海軍大尉《だいい》（と呼ぶ）にふさわしい待遇と一変するのだが、といっていきなり貫禄がつくわけでもなく、長い航海と死の緊張のなかでやせ衰え、眼ばかりギョロリとしていた。

ラバウル攻略作戦についで暑熱のインド洋へ。三ヵ月余の作戦行動で、搭乗員全体に疲労感が芽ばえている。

一方で、だれもが戦勝に慣れ、むしろそのことを当然と思う空気がある。

そして、機動部隊を指揮する旗艦赤城の航空参謀源田実中佐は、手記にこんな気がかりな一文を書いている。

「成功を続けるには反省が必要である。私はそれをいつしか忘れていた。今にして考えると、私は自分の成功に自己陶酔していたのではないかと思う」

けれども、勝利の美酒に酔っていたのは源田参謀一人ではなかった。参謀長草鹿龍之介少将も「多少にかかわらず全員に驕慢《きょうまん》心が起きていた」と語ったように、南雲機動部隊の将兵に真珠湾をめざしたときの決意、未来への不安、自戒の心が失われていた。驕慢心——すなわち、驕《おご》りである。

甲板横のポケットから手を振る戦友たちに見送られ、機体下に航空魚雷を懸吊した九七式艦上攻撃機は敵艦隊をもとめて出撃した。日本側は、レキシントン撃沈、ヨークタウン撃破の戦果をあげた

1航戦、2航戦の空母につづき単縦陣で進撃する日本艦隊。瑞鶴からの撮影

中段写真右から、原忠一少将、瑞鶴艦長の横川市平大佐、攻撃隊総指揮官の高橋赫一少佐

攻略下のラバウル（シンプソン湾）

上空から見たトラック基地

火焔につつまれ沈没寸前の空母ハーミス

トリンコマリー
攻撃を終えて帰
投する飛龍艦攻

ドーセットシャー（手前）の左舷側の至近弾が巨大な水柱を上げる

帽振れに見送られ翔鶴から発艦する零戦

白波を蹴立てて航行する米空母レキシントン

攻撃を受ける油槽艦ネオショー

機体下に250キロ爆弾を抱いて敵艦隊攻撃に向かう翔鶴搭載の九九式艦上爆撃機

被弾炎上する九七式艦上攻撃機

米空母機の攻撃をかわすため全速で回避運動中の翔鶴

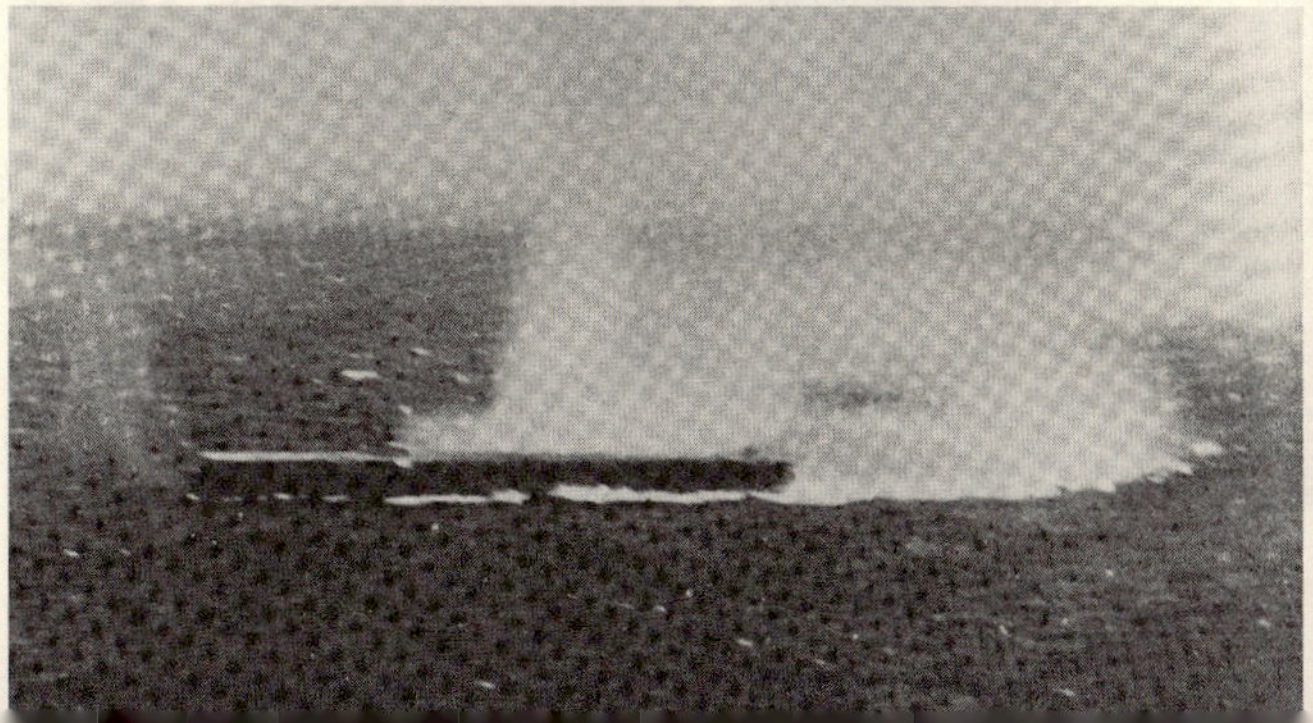

日本機の執拗な攻撃を受ける米空母レキシントン

中段写真の人物は、右からハルゼー中将とニミッツ大将、フレッチャー少将

多数の命中弾を受けて航行を停止したレキシントン（中央）

沈没を目前にしてレキシントンから脱出する乗員たち

大爆発を起こし沈没するレキシントン

翔鶴の左舷側の被害箇所。木板張りの飛行甲板の被害は甚大だった

牧野正敏大尉（左）
と塚本中尉

サンゴ海海戦後の
5月10日、黙禱
を捧げる乗員たち

昭和17年4月17日におこなわれた戦没者告別式

第二部　日米空母対決

第五章　勝者の驕《おご》り

1　消耗戦のはじまり

驕《おご》り——とは何であったか。

一九四二年（昭和十七年）四月末の段階で、日本海軍、いな連合艦隊司令部は戦勝の絶頂期にいた。

戦えば勝つ。この勝利の方程式にはかならず綻《ほころ》びがあり、欠点も内在していたのだが、怒濤のような戦勝の拡大によって、いつのまにかその反省点が忘れさられ、なおざりにされた。

ポートモレスビー攻略作戦（注、MO作戦と略称。モレスビーの地名の頭文字を使った）実施にあたって、当初軽空母祥鳳一隻増派、ついでそれに替えて空母加賀、最終的には五航戦空母瑞鶴、翔鶴二隻派遣と方針を転々とさせたのも、同司令部が第二段作戦の策定に躍起《やつき》となっていて、このMO作戦実施を第一段作戦の後始末のように片手間な処理をはかろうとしたためである。

第一に、敵情判断が甘すぎた。

海軍側の作戦指揮にあたる第四艦隊司令部（司令長官・井上成美中将）では、太平洋上に米正規空母は三隻あり、エンタープライズ、ホーネット、サラトガの存在は確実だが、ほかにレキシントンは（日本潜水艦により）撃沈されたようだが、米西岸で修理中の疑いありとし、空母ワスプは所在不明とみた。

その後、米機動部隊による東京空襲があり、南東方面には「強力ナルモノ存在スル算大ナラズ」（四月二十三日付）としたが、四日後には「空母一隻、甲巡又ハ、乙巡三隻乃至二隻、駆逐艦九隻程度ヲ主体トシ」豪州南方あるいは東岸にあるものの如し、とした。

これは、大いなる誤判断といわざるをえない。

日本潜水艦によるレキシントン雷撃は誤報で、実際の目標は米空母サラトガであり（伊六潜による）、同艦は米西岸にて修理を余儀なくされている。当然、サンゴ海で行動中なのはヨークタウン一隻のみで、それ自体の予測は正しいが、残る洋上の三隻――レキシントン、東京空襲から真珠湾に帰港してきたエンタープライズ、ホーネットは、日本側のポートモレスビー攻略阻止のためにいっせいにサンゴ海にむかっていた。

米太平洋艦隊司令長官チェスター・W・ニミッツ大将は、洋上の持てる航空兵力のすべてをサンゴ海に投入しようとはかった。

米国は重大な岐路に立たされていた。欧州戦線に目を転じれば、ドイツ軍はウクライナを突破してコーカサス地方に進撃を開始しようと企図していたし、西アフリカに上陸したロンメル将軍はトルコを突破してスエズ運河にせまる勢いである。

開戦当初、ヨーロッパ戦線を第一とし、太平洋方面は戦略的守勢をとると防禦態勢に甘んじていた米ルーズベルト大統領は、このままの守勢をつづければソロモン群島よりビルマ方面へのあらゆる地域、豪州防衛の要衝ニューギニアの南東岸（ポートモレスビー）をのぞく同島の全域を喪失し、将来の反攻の拠点たるべき豪州を完全孤立させてしまうという恐れを抱いた。そのために、日本軍の新たなニューギニア南東岸攻略は何としてでも阻止しなければならなかった。

ニミッツ大将の航空母艦全力投入は、その危急の要請にこたえるものであった。

これにたいし、連合艦隊司令部は次期ミッドウェー作戦を重んじるあまり、機動部隊のもっとも未成熟な第五航空戦隊を対抗させた。

あえていえば、このとき米空母との日米洋上対決すら予想せず、次善の作戦をとって事態を凌《しの》ごうとした。これが第一の油断だ。

少し、説明を加えねばなるまい。

ＭＯ作戦——すなわち、ニューギニア島南東岸ポートモレスビー豪軍基地の攻略は、もともと日本側の第一段作戦終了期に区切りをつける大がかりな作戦計画であった。

この年一月、日本側は南東方面の要衝ニューブリテン島ラバウルを攻略した。さらにこの最前線基地を確保するために、南に対峙する豪軍の一大反攻基地ポートモレスビーを手中にし、それによって連合国軍の一大反攻基地オーストラリアとこれを支援する米国の交通連絡線を遮断する必要にせまられた。

この攻略成就によって、南東方面から豪州を孤立させることができる。日米開戦前には予想もされなかった壮大な計画だが、その分だけ戦線は果てしなく拡大をつづける……。

作戦計画によれば、基地攻略には陸軍部隊があたり、五航戦の両空母は誘出されてサンゴ海に出撃してくるはずの米機動部隊を邀《むか》え撃つという段取りだ。

しかしながら、この目的達成のために陸軍部隊二、〇〇〇名の将兵は約一日間にわたって制空、制海権のないサンゴ海を米豪軍の偵察機に身をさらしながら航行しなければならない。

この渡航作戦実施にあたって、まず陸軍部隊から異論が出た。ほかならぬ陸軍側の主役、南海支隊長掘井富太郎少将からである。

掘井少将は、つぎの三つの作戦任務を負わされていた。すなわち五月三日、海軍の呉第三特別陸戦隊（呉三特）の一部をもってソロモン群島ツラギ港を攻略する。ついで同月十日、陸軍南海支隊の歩兵第百四十四連隊、呉三特全力をもってポートモレスビーへの上陸を果たす。同十五日、第六根拠地隊陸戦隊、鹿島陸戦隊をもってナウル、オーシャン両島攻略をめざす。

机上の作戦プランでは簡単なようだが、実際の上陸作戦実施にあたる陸軍部隊将兵にとっては難題山積であった。というより、開戦いらい上陸作戦ではじめて米機動部隊の手痛い空襲の反撃をうけた唯一の部隊が、この南海支隊であったのである。

三月十日、ラバウル基地の南西、ニューギニア島の北東岸ラエ、サラモア両基地攻略（SR作戦）のさい、掘井支隊長以下の上陸部隊はレキシントン、ヨークタウン両空母艦上機による奇襲攻撃を受けた。米側指揮官はウィルソン・ブラウン中将。

米軍機一〇四機による波状攻撃により、日本側は沈没艦船四、小中破一四隻、戦死一三〇、重軽傷二四五名という開戦いらい最大の被害を出した。米軍機の損失は、一機にすぎない。

このため、南洋部隊（注、第四艦隊）は四月に予定していたポートモレスビー、ツラギ両攻略作戦を一ヵ月延期せざるをえなくなった。損傷艦艇を内地に帰投させ、修理整備する必要があったからである。

支隊長掘井少将はラバウルに帰還し、MO作戦再興のためにふたたび攻略準備をすすめているのだが、同少将の表情からは開戦前にみられた楽観的な表情は消えている。

「もし、サンゴ海の途中で飛行機につかまったら、部隊はたちまち全滅だ」

陸軍部隊のなかでただひとり、米機動部隊による空襲を経験したこの将官は、沈痛な表情でよくグチをこぼした。

「陸地にたどりつきさえしたら、私たちはやってみせるんだが……」

海軍側から作戦打ち合わせに出席していた第四艦隊の航海参謀土肥一夫少佐は、いかにも弱りはてた風情の掘井少将の表情をよく記憶している。

「いや、大丈夫ですよ」

と、土肥少佐がなぐさめ顔でいった。

「むこうの機動部隊が出てくれれば大変だけれども、いまのところはその徴候《しるし》がありませんし……」

掘井支隊長が不安を抱くのは、だれの眼からみても当然であった。輸送船団一二隻の平均速力八ノット。陸上でいえば、時速一五キロという鈍足である。

これら攻略船団は五月四日にラバウルを出撃。ブーゲンビル島の西方海域を南下して、ムルア島東方で南西に変針。X-3日(攻略X日は五月十日)、ジョマード水道をへてサンゴ海に進出する。

サンゴ海にはいってからは、豪州北東岸のタウンスビル、クックタウンなどの連合軍基地(注、主として米豪軍)の脅威にさらされながら、二昼夜にわたって西へのノロノロ航行をつづけなければならない。

もっとも危険なのはX-1日、全船団が湾内に侵入し、陸海軍主力が舟艇に移乗し、サンゴ礁を突破して上陸作戦を開始する瞬間であった。ここを米豪軍機に奇襲されれば、舟艇もろとも全攻略船団は一挙に海没してしまうおそれがある。

全航程七七〇カイリ(一、四二六キロ)。果たしてMO主隊一二隻の攻略船団は、サンゴ海を渡り切ることができるだろうか。

また、旗艦瑞鶴の艦橋にある司令官原忠一少将にとっては、麾下の二空母が便利屋的あつかいを受けるのは我慢のならないことであった。次期作戦(ミッドウェー攻略)をひかえているとはいえ、南雲中将麾下の主力の精鋭部隊がなぜあっさり内地へ引き揚げてしまうのか。インド洋機動作戦の帰途、洋上で南洋部隊への編入命令を受けたとき、直接指揮官が井上成美中将であることにも抵抗があった。

井上中将は兵学校三十七期出身で、原少将の二期先輩だが、海軍中央の軍令部畑勤務が長く、いわゆる〝赤レンガ組〟である。しかも日独伊三国同盟反対の英米派の旗頭格であったから、日米開戦となってからは何となく疎《うと》んじられる傾向にある。

原少将は水雷畑出身の、いわゆる艦隊派。その中心的存在が旗艦赤城の南雲長官で、その大御所は軍令部総長の永野修身大将であったから、ハワイ作戦大勝後は海軍部内で威勢が良い。

したがって、〝赤レンガ組〟の指揮下に入ることは、はなはだ面白くない――のである。

井上長官にしても、一航艦部内での反発が強いことは弁《わきま》えている。しかしながら、理論家肌で歯に衣を着せぬ一言居士で鳴らしている井上中将は、東北宮城の人らしく、こうと決め

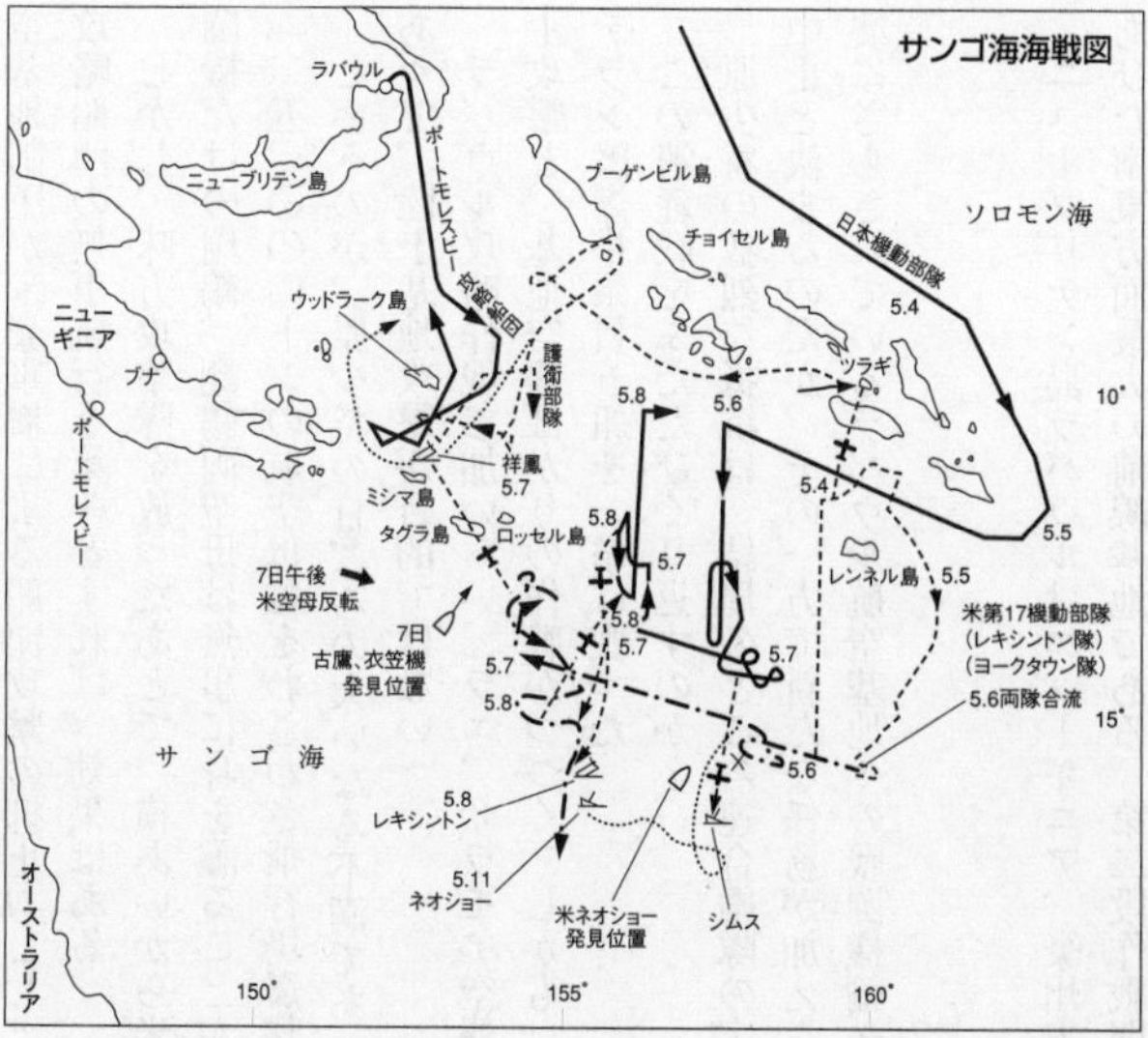

たら一歩も引かない頑固さがある。
五航戦両空母が指揮下に入ると知って、井上中将はさっそくMO作戦実施にあたって機動部隊による豪軍航空基地の制圧を企図した。母艦機全力をあげて、攻略前に在地の豪軍機を叩くのだ。

このオーストラリア北東部基地攻撃案が井上長官直々の作戦計画と知って、原少将は反論にますます闘志を燃やした。「〝赤レンガ組〟に何がわかるか」との日ごろの思いが強くあってのことだろう。

といって、井上中将の豪州タウンスビル、クックタウン両基地制圧案が強引な作戦というわけではない。

南海支隊長があれほどおびえていたように、X-2日の五航戦による航空基地制圧が米豪軍機による船団攻撃の抑止力として大きく作用することはいうまでもなく、攻略船団の無事航行を第一とすれば、効果はある。

しかし、味方攻撃隊を放ったあとで、横あいから米機動部隊の空襲をうけた場合、直衛戦闘機だけの瑞鶴、翔鶴両空母は無事に身を護ることができるか。

「二五、〇〇〇トンの航空母艦をわざわざ飛行場爆撃に持って行く必要がどこにあるのか」

というのが、原少将の日ごろの大いなる不満であった。「われわれの相手は米機動部隊であって、陸上基地攻撃が目的ではない」

ラバウル攻略作戦参加いらい、ラエ、サラモア空襲、セイロン島コロンボ、トリンコマリー攻撃と、基地空襲ばかりの作戦がつづく。しかもコロンボ上空ではハワイ作戦いらいのベテラン艦爆搭乗員五組を一挙に喪った。

この消耗戦をふたたびくり返すのか？

原少将の猛烈な抵抗は、結局のところ連合艦隊の宇垣参謀長を動かして豪軍両基地空爆は中止と決まるのだが、その一方で新たな任務が加えられた。豪軍ポートモレスビーからの空襲にさらされているラバウル航空基地への戦闘機輸送である。

ニューブリテン島ラバウルはニューギニア、豪州方面制覇の拠点として、にわかに脚光をあびた南東方面最大の前線基地である。第二段作戦開始にともなってこの地に第二十五航空戦隊が新編成され、四月一日、司令官として山田定義少将が着任した。

だが、対豪州の第一線基地でありながら機材不足で、ポートモレスビー空襲への稼動機数はつねに二〇〜三〇機。しかも戦闘機は九六艦戦、陸攻機は九六陸攻と、いまだ日華事変いらいの旧式機も混在配備されている。

ちなみに、五月一日の稼動機数は、

「零戦一八（修理中六）九六艦戦四　搭乗員三〇組
陸攻一七（一三）　〃二四組
大艇一四（二）　〃一三組
陸偵　三（八）」

というありさまで、所在約三〇〇機と予想される豪軍第一線機にたいして寡兵《かへい》よく戦い、現在もかろうじて勢力の均衡を保っている。

五月一日、山田少将は上級の第十一航空艦隊参謀長あて、つぎの悲痛な電報を打電している。

「五月以降、向フ三カ月間、毎月零戦三〇機、陸攻一五機ヲ補充スルニ非ザレバ、所定兵力充実ノ望ミナシ」

早くも、ポートモレスビーをめぐる熾烈《しれつ》な攻防戦は消耗戦の兆をみせはじめているのだ。

増援の零戦はわずか一個中隊分九機にすぎない。これも日本側の生産能力が追いつかず補充がきかないためだが、前線の山田少将にとっては干天《かんてん》の慈雨であることにまちがいない。

トラック島の竹島基地には、ラバウルに進出予定の零戦九機がすでに到着している。これをサンゴ海に南下する途次、五航戦の瑞鶴に四機、翔鶴に五機搭載して行きがけの駄賃とばかりに運ぼうというのである。

予定日は五月二日、すでにツラギ港をめざして呉三特の海軍陸戦隊員四三〇名がサボ島北方沖を進撃しはじめている頃あいなのである（四月三十日、ラバウル港出撃）。

彼らを護衛するはずのMO機動部隊がこんな悠長な体《てい》たらくで良いのだろうか。案の定、この気軽なはずの任務が海戦を前にして、五航戦両空母の行動をいちじるしく制約することになる。

五航戦司令部に新たな人事異動がある。航空参謀として、三重野武少佐に代わって翔鶴飛行隊長髙橋赫一少佐が発令され、五月一日付で瑞鶴の同司令部に転任してくることになった。内命は両空母がマラッカ海峡をすぎ、南シナ海を北上中につたえられた。航海途中ではあったが、髙橋少佐は愛機に飛び乗って離艦し、旗艦瑞鶴にやってきた。三重野参謀と引きつぎのためである。

「願います」

いつものように艦橋に駆け上がると、軽く横川艦長に挙手をし、かたわらの原少将に参謀の内命を受けたことをつげた。

「突然のことで、おどろきました」

案内された司令官室で髙橋少佐は率直に言い、「引きつぎはやりますが、参謀職の交代は少し待っていただきたい」とあらたまった口調でいった。

「ほう、どうしてかね」

原少将は意外な表情をした。この人事は、髙橋少佐の立場を慮《おもんぱか》って企てたものであったからである。

原少将は、髙橋少佐と瑞鶴飛行隊長嶋崎少佐が妻同士が姉妹で、義理の兄弟関係にあることを知っている。兵学校は髙橋少佐が一期上だが、ハワイ作戦の第二次攻撃隊総隊長は嶋崎で、宮中への戦況奏上も期下の義弟がえらばれた。

その順逆《じゅんぎゃく》を正そうというのが、海軍人事局の参謀人事であった。直接的な誘因は、今回の印度洋機動作戦における総指揮官としての英空母ハーミスの撃沈の功績にあることは確かだが、背後にあって支援したのが原少将、そして航空屋の先輩格草鹿参謀長であったこともまちがいない。

海軍といえども官僚社会で、戦時下にあってもその弊は変わらない。

「長州の陸軍、薩摩の海軍」

という門閥もあったし、閨閥《けいばつ》、派閥のたぐいの例も枚挙にいとまがない。

高橋少佐の昇進がおくれた理由は、第一に昭和七年、五・一五事件の首謀者の一人、中村義雄海軍中尉の特別弁護人を買って出たことにある。海軍当局にとっては、彼はいわば危険な青年将校の一分子とみなされていたわけだ。

五・一五事件について、要をいえば昭和前期の経済恐慌のなかにあって、政党政治、財閥の腐敗、経済混乱にともなう社会不安、とくに全国を襲った深刻な農村不況がこの事件の起爆剤となった事実はいなめない。

高橋少佐は徳島県三好郡池田町の出身である。近郊近在の農家は小作農が多く、一握りの大地主と極貧にあえぐ農民たちとの極端な階級格差がいたるところにみられ、凶作によって一家離散、娘の身売り、嬰児《えいじ》殺しといった農家の悲惨な暮しが頻発した。

この状況に立ち上がったのが妻マツエの兄、高橋長太郎である。

彼は、若くして東京に出て無産大衆党運動に参加し、足尾銅山の争議や農民運動を麻生久、浅沼稲次郎らとともに闘った。戦後、その縁で長男晴樹が社会党委員長となった浅沼の初代秘書となっている。

兵学校を卒業して霞ヶ浦の飛行学生となった高橋赫一は、たびたび東京杉並の義兄宅を訪ね、よく議論を闘わせた。その結果、この義兄の感化を受けたことは容易に想像できる。

中村義雄中尉は小倉中学出身で、兵学校五十六期。犬養毅首相暗殺を実行した三上卓海軍中尉らとともに行動を起こし、政友会本部を襲撃。手榴弾二個を投げ、ついで警視庁を襲撃し、逮捕された。軍法会議で禁錮十年の判決を受ける。

これが血盟団事件を発端とし、五・一五事件、二・二六事件へとつづく軍部ファッシズムの潮流となる事件なのだが、当の陸軍当局はこれら青年将校の「昭和維新」についてはむしろ同情的で、逆に海軍側では、これら革新運動を「認識不足」として国法による処断を要求した。

こうした風潮のなかで、兵学校クラス会は全員が中村中尉の弁護にあたる動きをみせたが、実際に特別弁護人を買って出たのは髙橋赫一中尉（当時）である。この前歴が後に影響し、彼は参謀昇進の条件である海軍大学校甲種学生への志願を断念している。

第二は、一航艦航空参謀源田中佐との確執である。〝源田艦隊〟にあっては、その評価の下落は致命的であった。

その理由をさぐってみると、源田実という人物の意外と狷狭《けんきょう》な人物像に突きあたる。天才肌で、カミソリのような鋭い舌峰の持ち主だが、源田中佐には同時に両論をあわせ呑む度量の広さに欠けている。

彼の攻撃第一主義は、当時の風潮にあって評価が高く、最高指揮官山本長官のおぼえもめでたいのだが、一方で守勢に立てば意外ともろさを露呈する。

ハワイ作戦では奇襲であったために攻撃第一主義が効を奏したが、互角の勝負となった場合、攻撃一本槍の方針で果たして彼の作戦指揮が成就するだろうか？

一方の髙橋少佐は、上官といえども歯に衣を着せず堂々と意見具申をする直情径行型の熱血漢。前掲の特別弁護人を買って出た件などはその好例だが、その自負心の裏側には日華事変の南京航空攻防戦などの豊富な実戦体験がある。

同少佐の「戦線日記」は中国大陸の広大さ、事変に動じない民衆の営み、悠久の歴史をきざむ揚子江の壮大さにふれて感慨深いものがあるが、その戦場体験から当時の「米英恐るるにたらず」の風潮にたえず一石を投じた。

「支那《シナ》という大国と戦争をして片づけきれない日本が、こんどは世界で一番強力な英米と戦争をすることになった。容易なことではない」

土佐高知に〝いごっそう〟という言葉がある。徳島では〝えごっそ〟ともいうが、頑固者、一徹者という意味である。徳島生まれの高橋少佐もその流れをくみ、また豪快ともいえる酒豪ぶりで、その奔放磊落《らいらく》さが優等生好みの源田参謀にとっては苦手であったのかも知れない。

台中基地からの引き揚げのさいにも、高橋少佐にこんな逸話がある。

印度洋機動作戦が終わり、台中の料亭で士官搭乗員が三月春の横須賀出港いらいの休養日とあって、慰労の宴をひらいた。

翔鶴士官室一一名、とくに艦攻偵察の萩原努大尉も鹿児島一中出身で、大酒豪である。隊長高橋と萩原大尉の二人が主に盃をかわしながら、夜十二時まで痛飲した。

翌朝、米軍大型機東京空襲の報がはいり、飛行訓練は中止。正午に基地を発進し、台湾海峡にて母艦に収容されることになった。若年士官連はさすがに緊張の色が走っていたが、二人はどこ吹く風と飲みつづける。

艦爆隊の分隊士三福岩吉中尉が基地に行き、部下搭乗員たちと列線に整列して待っていると、高橋隊長がやってきて、その様子は文字通りの千鳥足である。

「下向きかげんに、あっちにフラリ、こっちにフラリと大きくしかもゆっくりと、ジグザグ歩きで指揮官機に向かわれた」

指揮小隊三機はすでに整備完了。高橋小隊が発進し、ついで四番目に三福中尉機が基地を離れた。

母艦に着艦し、隊長の様子が心配になって艦橋に駆け上がってみると、さきほどの酩酊状態はどこへやら、何事もなかったように毅然と着艦指揮所に立って旗をふっている隊長の姿がそこにある。

「その精神力の強さに圧倒される思いでした」

と三福中尉の回想にあるが、そんな高橋少佐に五航戦航空参謀が任命されたのである。

さて、高橋少佐の言い分とはこうであった。五航戦の飛行機隊はいまだ練成途中にある。次期作戦をひかえ、肝心の飛行隊長が途中交代では自分の責任が果たせないし、隊員たちの士気にもかかわるのではないか。

「ポートモレスビー攻略作戦の指揮官だけは、ぜひ自分にやらせて下さい。私には責任があります」

「弱ったな……」

原少将は微苦笑した。言い出せば一歩も引かない隊長の気質を知っていたからだ。

「次席指揮官もいることだし、君が航空作戦の指揮をとったらどうだ？」

三重野航空参謀も他部隊への転出が決まっている。一度、決定した人事を引きのばすのは中央の人事局との交渉も必要なのだ。

「嶋崎隊長もいることだし、総隊長の指揮は彼にまかせたらどうだ」

横川艦長も口をはさんだ。義弟の嶋崎少佐なら、つらい総指揮官機の役割を気やすく引き受けてくれるはずだ。

「いや、ぜひ私にやらせて下さい」

高橋少佐はきっぱりとした口調でいった。これで、航空参謀としてのＭＯ作戦指揮はお預けとなった。

司令官との話し合いをおえると、来艦を聞きつけて捜しに来ていた嶋崎少佐と艦橋下でバッタリと出会った。参謀昇進の話はすでに彼の耳につたわっていたらしい。

「おめでとうございます。さぞかし義姉《ねえ》さんも喜ばれることでしょう」

嶋崎少佐がそう声をかけると、「おう」と面映ゆそうな表情となった。源田参謀との軋轢《あつれき》は妻の耳にもとどいていて、「主人とは相性が悪いのかしら……」とつねづねこぼしていたからである。

この人事で源田中佐と同格の航空参謀同士となる。

高橋少佐は、いつものように軽く手をあげて母艦にもどって行ったが、このときが二人の永遠の訣《わか》れとなった。

2　のどかな空輸計画

瑞鶴、翔鶴両空母がトラック泊地入りしたのは四月二十五日のことだが、六日後には早くも出撃することになった。

五月一日午前四時総員起こし。飛行機隊は竹島飛行場にあり、哨戒機二機を残し港外に出た母艦をめざして全機発進。午前六時には収容をおえ、南下を開始した。

随伴するのは第五戦隊の重巡妙高、羽黒、第二十七駆逐隊の駆逐艦時雨《しぐれ》、夕暮、有明、白露四隻と給油船一隻である。

第五戦隊の旗艦は妙高で、司令官は高木武雄中将。原少将とは兵学校同期生だが、スバラヤ沖海戦の勝利でこの一日、海軍中将に昇進し、先任となっている。すなわち、航空母艦戦の指揮を原少将ではなく重巡戦隊司令官がとる、といういびつな関係となっているのだ。

翌二日、この日がラバウル基地への洋上輸送の当日であった。発艦予定は午後一時で、瑞鶴からは零戦四機、翔鶴からは五機が飛び立つことになっている。空輸誘導機は偵察機のベテラン、金沢卓一飛曹長の当番だ。

「いいか。搭乗員といってもまだ戦地に出てきたばかりの若い連中ばかりだ。母艦からの離着艦訓練も十分とはいえない。注意して、先導してやれ」

出発前、下田飛行長から呼び出されてとくに注意があった。

トラック基地に進出してきた九名の戦闘機搭乗員は、ラバウルの台南航空隊に配属される予定である。陸上基地専門だから離着艦は不得手《えて》でもかまわないが、今回の母艦輸送ではそうは行かない。

両艦から不測の事故が起こったときのために九七艦攻一個小隊三機ずつの掩護がつくが、瑞鶴甲板上の零戦四機搭乗の若者たちはさすがに緊張に身を固くしている。何一つ目標のない洋上を、一路南に飛ぶ心細さ……。

「何も心配することはないさ。だまって俺の後についてこい！」

金沢飛曹長は日華事変いらいの長い戦歴の持ち主である。口ではそう元気づけるが、気がかりなのは南方特有の気候の激変である。

じつは、昨日にもその予兆はあった。夕方出発した哨戒機が豪雨に見舞われ帰艦できず、夜間になってようやく竹島基地にもどってきたが、最後の九七艦攻一機は環礁内の小島に不時着してしまった。

この時期、カロリン諸島方面は南東恒風が吹き、風向不定の風があるのが通例である。また、しばしば突風や豪雨にさらされる。

案の定、この日出発したラバウル空輸隊は悪天候に遭遇し、母艦に引き返してきた。

翌五月三日は、夜明け前からはげしい雨となった。雲も厚く、艦の動揺もおさまらない。

「飛行長、困ったことになったな。また悪天候で空輸ができないとなると……」

横川艦長が腕組みをした。

「やむをえんでしょう。とにかく戦闘機は空輸しておかなければなりません」

下田中佐は、三重野参謀に同意をもとめるようにしていった。三重野少佐が返事をする間もなく、山岡先任参謀がこう断言した。

「空輸を断念することはできない。ラバウルの航空兵力不足は深刻な状況だし、第四艦隊側からも強い要請がある。ポートモレスビー攻略成功のためには、ぜひとも基地航空部隊の強化をはからねばならん」

午前一〇時、小止みになった降雨のあいまをぬって空輸隊がふたたびラバウル基地にむけ発艦する。

同日付、金沢飛曹長の日記。

「朝から豪雨。それも凄いスコールである。だいたい南方では午後に天候が変りやすく、朝には雨の心配がないものだが……。昨日は失敗した零戦空輸を今日は是非とも行わねばならない」

同じころ、米国は日本側のＭＯ作戦実施を知ってサンゴ海に空母部隊を急行させていた。

指揮官はフランク・ジャック・フレッチャー少将。原少将よりは四歳年上の五十七歳。真珠湾攻撃を受けた後の十二月、新編成された第十七機動部隊指揮官として旗艦ヨークタウンに乗りこんできた将官である。

第十七機動部隊は同艦と空母レシキントン、巡洋艦一一、駆逐艦一三隻、油槽艦二隻より成り立っており、合計二八隻。

彼らは日本海軍の暗号解読により、MO作戦の概要と攻略開始日を五月三日と予測していた。この進撃を阻止するため、米太平洋艦隊のニミッツ大将は東京空襲から帰投したばかりのハルゼー中将麾下のエンタープライズ、ホーネットまでもサンゴ海に投入しようと試みる。米空母部隊の総力投入である。

それと知らず、瑞鶴艦橋ではこんなのどかなやりとりがかわされている。

「敵の機動部隊は出てきてくれるかな」

原少将が〝猿の腰かけ〟に巨躯を余すようにして腰を下ろし、いつものゆったりとした口調で声をかける。

「出てくれれば、こっちのものですよ」

通信参謀大谷藤之助少佐が陽気な声でおうじた。

「四つに組めば相打ちだが、失敗しなければ圧倒的に勝てますよ」

このとき、瑞鶴は戦闘機空輸のためにラバウルの北東二四〇カイリ（四四四キロ）の海域にとどまって丸一日を空費している。その間、ツラギ攻略作戦が開始され、これを護衛する

えない。

のは軽空母祥鳳、第六戦隊の重巡部隊のみである。

だが、米空母の出現を望みなしと考えている五航戦司令部には、張りつめた緊張の色はみ

驕り——である。

第五航空戦隊の瑞鶴、翔鶴両空母は、ポートモレスビー攻略作戦を前にして洋上で足踏みをつづけている。

トラック泊地を出撃して三日目、前日にはラバウルの北一五〇カイリの地点に達したが、悪天候にはばまれて戦闘機九機を空輪に失敗。この日も、午後一二時三五分になって豪雨のなかを反転帰投してきた。

これが、日本側にとって海戦の勝敗を分ける第一の誤算となった。

サンゴ海のきらびやかで温和な水域とは異なって、ソロモン群島北方の海洋では、いったん天候が荒れると波が甲板を食《は》むようになる。南東貿易風が強くなるのはちょうど五月のころで、彼らはもっとも不安定な気象の時期にめぐりあったのである。

午後の発艦予定時刻になって、果たして荒天のなかで事故が起こった。当時の気象条件は南東の風、風速二一メートルと波浪はげしく、気温二九度。

「あっ、翔鶴の戦闘機一機、海中に転落！」

瑞鶴艦橋の直上、防空指揮所の見張員から絶叫するような声が聞こえた。下田飛行長がい

そいで視線を転じる。艦橋の窓ガラスがはげしい雨に叩きつけられて、見通しが悪い。

「三重野君、今日もラバウルへの空輸はむりらしいな」

慎重型の原少将が、決断するようにして航空参謀にいった。

「とりあえず、戦闘機輸送は一日くりのべにして、明日一日は給油作業にあてよう」

翔鶴では、随伴駆逐艦のあわただしい動きがみられる。どうやら、上空直衛機の着艦失敗らしい。この荒天では、五航戦の搭乗員でさえ失敗するのだから、未熟練の基地搭乗員には離着艦は至難の作業といえた。

「直チニ搭乗員ノ救出ニ向フ」

雨の中を、チカチカと発光信号が送られてきた。搭乗員は無事に救出されるらしい。

原少将の気がかりは、五航戦の両空母がサンゴ海に進出し、もし米機動部隊と会敵するようなことがあれば、最大戦速三四ノットの出力に耐えるだけの燃料を確保しておかねばならないことであった。そのために、いまこそ十分な洋上補給が必要だ。

新任の髙橋赫一少佐の代役となった三重野航空参謀は、三日午後のラバウル空輸隊出発を中止し、翌日は終日、燃料補給にあてることにした。

そして五日には、ニューアイルランド島とブカ島の中間地点まで接近してラバウルへの戦闘機空輸をおこない、これも不可能とあれば、翌日に再延期する。

ずいぶん、のどかな空輸計画といわねばならない。すでにポートモレスビー攻略作戦が発動しているというにもかかわらず、まるで通常航海と同じ対応である。

これも、米機動部隊の出現を想定していないための油断というほかはないが、一方でこの日未明、ツラギ攻略戦があっけなく成功してしまったことへの気持の弛《ゆる》みも大いにあずかってのせいであるかも知れない。

三日午前一時、月明の下にツラギおよびガブツ島に上陸した呉第三特別陸戦隊四三〇名は、まず桟橋付近でもいっさいの抵抗を受けず、夜明けに入泊した哨戒部隊も気がつけば町はもぬけの殻という状態で、拍子ぬけの感にとらわれていた。

ツラギといえば、豪州の統治政庁がおかれている拠点である。ガダルカナルの北、フロリダ島に隣接する小島を指し、元はドイツの委任統治領。第一次大戦後、オーストラリアに移管され、豪軍はこの地に守備部隊をおいていた。

彼らの兵力は微弱で、日本軍の占領まぢかと知っていち早く遁走してしまったのだ。

「七日には、ツラギの南西海面に進出する予定です」

海図台からもどってきた三重野少佐が報告すると、原少将は満足そうに大きくうなずいた。

しかしながら、これで五航戦司令部の抱えていた懸案がすべて解決したわけではなかった。原少将の頭を悩ませている問題はもう一つ、空母祥鳳より二日いらい寄せられている戦闘機増派要請である。

「零戦三機、搭乗員ト共ニ移乗サレタシ」

重巡青葉に坐乗する第六戦隊司令官五藤存知少将は、祥鳳を護衛する指揮官である。五藤少将が見かねて打電してきた内容は、わずか三機というひかえ目な要求だけに悲鳴に近いひびきがある。

空母祥鳳と重巡四隻のMO主隊はガダルカナル島の南八〇〇カイリの洋上にあってツラギ攻略部隊の支援に任じ、いまはブーゲンビル島クインカロラにむけて反転北上。燃料補給のうえ、五月四日、ラバウル港より南下するポートモレスビー攻略船団と合流することになっている。

これにたいして、肝心のMO機動部隊は、予定通り、

「ツラギ西方三〇〇浬《カイリ》付近ヲ機宜行動、敵有力部隊ニ備ヘ」

というつもりなのだが、空母部隊が二つのグループに分かれて、もし一群の軽空母祥鳳部隊のみが米機動部隊の空襲にさらされた場合、一艦の航空兵力だけではまともに太刀打ちできないだろう。

軽空母祥鳳は潜水母艦剣埼を改装した補助空母で、基準排水量一一、二〇〇トン。搭載機は零戦九、九六艦戦四、九七艦攻六機の合計一九機だが、零戦は二日の発艦時に海没し、八機に減じている。

一方、正規空母としての瑞鶴の搭載機数は定数で零戦一八、九九艦爆二七、九七艦攻二七機で、合計七二機（補用一二機）である。艦爆、艦攻の攻撃機が中心の編成で、もし米機動部隊と遭遇した場合、雷爆撃にむかう攻撃隊を直衛し、また制空する戦闘機隊は一個中隊九

機にすぎず、また味方上空を護る防空戦闘機の数も同数でしかない。

もし日本側が守勢に立った場合、五航戦両空母を直衛するのは零戦一八機で、これだけで東西南北いずれの方向から殺到するやも知れぬ米軍攻撃隊機のすべてから、果たして母艦を護ることができるだろうか。

3　原忠一vs.フレッチャー

なぜ、こんなことが起こってしまったのか？

海戦後、米海軍大学校では『サンゴ海海戦〈戦略と戦術の分析〉』（以下、『米海軍大学校研究』と略記する）を著したが、そのなかで痛烈に批判しているのは日本側戦術の兵力分散である。〝あまりにもいろいろな部隊がからみあってサンゴ海に入ってくるために〟個々の部隊が孤立し、兵力がとぼしいために、米側の攻撃を受ければ〝ひとたまりもない〟……。

これは、日本海軍戦略の根本的欠陥——とまで米海軍史家は酷評するのだが、極論すれば、これは日本人組織にありがちな貪欲《どんよく》さに由来するものであろう。あれも欲しい、これも欲しいとばかりに、本来の目的はポートモレスビーの航空拠点のみを攻略すべきものなのに、ついでにツラギ攻略、欲張ってナウル、オーシャン作戦の二作戦を同時におこなってしまう。

そのためにわずかな兵力は分散し、これを成功させるために作戦は巧緻に、しかも複雑になってしまう。

五月七日といえば、南海支隊二、〇〇〇名の攻略船団がニューギニア東端のデボイネに到達し、ジョマード水道を通過する予定である。ここでサンゴ海を西へ変針すれば、ポートモレスビー港までは一直線だ。

きらびやかな海原のもとで、これら攻略部隊一二隻の船団を、祥鳳一艦の航空兵力で護りうるのか。

両部隊のやりとりをみていた第四艦隊司令長官井上成美中将は、祥鳳への戦闘機移乗は不要とし、特令として五航戦両空母に、

「X-3日（注、五月七日の意）又ハX-2日黎明同地ノ南東海面ニ進出『ポートモレスビー』方面基地攻撃ヲ令セラレル内意ニ付キ、予《あらかじ》メ計画シ置カレタシ」

と、打電してきた。

祥鳳部隊へは、彼らの不安をなだめるように、MO機動部隊は「必要に応じ、攻撃船団の上空警戒に当たり」、また「モレスビー方面の残存敵機制圧にむかう」むねの慰留電報が発信されているのだが、これによって、五航戦両空母部隊はツラギ沖からサンゴ海にむけて急速南下せねばならなくなった。

午後になって、雲の切れ間が見えるようになった。風速一三メートル。雨は小降りになり、艦の揺れもいくぶんおさまりかけている。

「この機会をのがさず、空輸隊を出発させましょう」

三重野少佐の意見具申にしたがって、原少将はすぐさまラバウルへの戦闘機輸送を強行することにした。

飛行長下田中佐があわただしく艦橋から下りてきて、発着甲板に整列した空輸隊員たちに気象状況、ラバウルへの針路、母艦の行動などの指示をした。ついで空輸隊指揮官金沢卓一飛曹長が細かい注意をあたえる。

距離にして往復四八〇カイリ、九七艦攻の巡航速力を一四二ノット（二六三キロ／時）としても、三時間で帰艦することができよう。

金沢機が先導となって、いったん雲上に出る。ところどころに立ちふさがる厚い雲の隙間をぬって、一五機の編隊は一路南西にむかう。


この日、ようやくのことでラバウルへの戦闘機空輸が成功した。出迎えたのは台南空副長小園安名中佐で、空輸隊がラバウル湾ぞいの東飛行場に到着すると指揮所から飛び出し、「よく来てくれた」と金沢飛曹長を抱きかかえんばかりに出迎えてくれた。

ポートモレスビー攻略をひかえ、ラバウルの実動機数は常時二〇機前後にすぎず、これだけのわずかな零戦部隊で彼らは豪軍第一線基地と対峙していたのである。

ラバウル東飛行場は、着陸するともうもうたる火山灰が巻き起こり、シンプソン湾を抱く花吹山からはたえず噴煙が立ちのぼっていた。荒っぽい最前線基地の灰の洗礼にへきえきしながらも、金沢飛曹長たちはいそいで基地を離れ、洋上の母艦への帰途につく。

着艦して甲板に降り立つと、艦橋下にいた艦攻隊の八重樫飛曹長がやって来て、爆音のなかで耳元に口をよせ、

「おい、金田さんが負傷したよ」

と教えてくれた。前々日、前路哨戒に出た小山鶏喜飛曹長の九九艦爆ペアがローソップ島で不時着して殉職し、九七艦攻ではベテランの金田数正特務少尉が同じく事故で負傷し、救助されたことが電報連絡でわかったというのだ。

金田特務少尉は下士官上がりのベテランで、偵察練習生十二期出身。嶋崎隊長の右腕とも頼む古参搭乗員だった。

大事な攻略作戦を前にして、最右翼の小隊長格のベテラン搭乗員を欠く。

(攻撃隊の編成はむずかしくなるな)

金沢飛曹長は、いやな気分になった。

五月四日午前五時、各艦は随伴タンカー東邦丸からの洋上補給を開始する。この作業が終わり次第、MO機動部隊はサンゴ海にむけ急速南下しなければならない。特令により攻略日の二日、あるいは三日前までにはポートモレスビー基地をとらえる地点にまで進出していなければならないのだ。

午前八時一五分(注、以下現地時間に統一する。したがって、日本時間はこれに二時間を減

じたものである）になって、突然ツラギ沖の第十九戦隊旗艦沖島から緊急信が打電されてきた。

通信参謀大谷少佐から電報文を受けとった山岡先任参謀が、緊張した表情で原少将につげた。

「司令官、ツラギが空襲されました」

沖島の司令官志摩清英少将からは、つぎつぎと至急電報がとどく。

「敵艦上機五機来襲」

第一電につづき、

「更ニ雷撃機五機来襲ス」

とあり、一五分後に決定的な内容電となった。

「敵機動部隊近接スルモノノ如シ」

この緊急信を受けとった段階で、原少将以下五航戦司令部は、衝撃よりもむしろ僥倖《ぎょうこう》と受けとったようだ。

ツラギの被害は不明だが、待望の米機動部隊が出現した。幸い味方空母部隊の存在は気どられておらず、ツラギ空襲にホコ先をむけている米海軍部隊の横あいから、インド洋帰りの精鋭母艦搭乗員が殺到すればよいのだ。

――真珠湾は奇襲が成功し天佑神助があったが、こんども米空母を不意打ちにできる絶好の機会だ。

大谷通信参謀は満々たる自信で、小柄な身体に大きく期待をふくらませている。

原少将の対応ぶりも、素早いものがあった。タンカー東邦丸から重巡妙高、羽黒にむけて即刻洋上補給を中止することを命じ、随伴の駆逐艦六隻のうち燃料不足を訴えていた時雨のみに実施する。

ついで索敵機六機を南の空に放ち、米機動部隊の捜索にあてることにした。発艦予定時刻は午前一〇時。索敵線一三〇度から一五〇度までの三本線。進出距離二五〇カイリ。側程右二〇度である。

ＭＯ機動部隊の指揮官は原少将ではなく、既述の通り旗艦妙高坐乗の同期生で先任の高木武雄中将である。さっそく、瑞鶴あて指示がとどいた。

「駆逐艦ノ補給ヲ行ヒ敵機動部隊出現ノ方向ニ向ハントス」

どちらが航空戦の指揮をとるのか。こんなさなかに、指揮官の序列などうんぬんしている場合ではなかった。背後の海図台にいて距離をはかっていた航海士田中少尉が無念の声をあげた。

「ツラギまでの距離三六〇カイリか！」

約六六七キロの遠さである。いまただちに攻撃隊が発進したとしても、掩護戦闘機の派遣にはむりがある。

もし五月二日の戦闘機空輪が順調におこなわれていれば、この日早朝にはツラギの北二二〇カイリまで進出できたはずである。とすれば、米機動部隊は指呼《しこ》の間なのだ。

「ラバウルの空輸さえうまくいっていればなあ……。一日のむだ足が惜しい」

司令部のやりとりを耳にしていた横川艦長が、珍しくぐちをこぼした。

「いやあ、勝機はこっちのもんですよ」

大谷通信参謀が相変わらずの強気で、屈託なく笑った。

「まだまだ、敵が気づいていないあいだにこっそり近づくんですな」

五航戦司令部は満々たる自信である。


フランク・J《ジャック》・フレッチャー少将は、暗号解読により日本軍が五月第一週の日曜日（注、五月三日と推定）にポートモレスビー、あるいはソロモン諸島南部攻略にむかうであろうことを知っていた。

そして米海軍は、四月十二日付日本海軍の暗号解読により、五航戦および第五戦隊の重巡妙高、羽黒が機動部隊から分派されてトラック泊地に進出を命じられていること、他に龍鶴（注、祥鳳の誤認）一隻と駆逐艦とが同じ泊地にあり、つぎの作戦目的地はニューギニアであることなどを割り出した。

ハワイの米太平洋艦隊司令長官ニミッツ大将は、彼の最大の目的――ハワイ諸島の防衛と、米豪連絡交通線の確保――のための、すべての機動部隊兵力を投入する決意でいた。

しかしながら、東京空襲をおえたハルゼー部隊は四月十五日までに真珠湾にもどらず、急速出動を命じてもサンゴ海到着は五月第二週になってしまう。何としてでも、空母ホーネットとエンタープライズをサンゴ海に投入しなければならない。

だが、取りあえず日本側のMO作戦阻止に間に合うのはレキシントンとヨークタウン二空母、ジョン・クレース英海軍少将の重巡二、軽巡一、駆逐艦二隻の連合国部隊でしかない。

ニミッツ提督にとっては、ハルゼー部隊がサンゴ海に進出する五月第二週までに、日本軍がポートモレスビー作戦に〝三隻以上の空母投入の必要を最後まで認めないよう、ひたすら祈る〟しかなかったのだ。

米第十七機動部隊総指揮官としてのフレッチャーは、日本側のツラギ攻略作戦の成功を知らず、そのために日本軍占領後になってから単独で反撃に出ることになった。

フィッチ少将のレキシントン隊は、彼らの南約二五〇カイリもの離れた位置にあったため、応援の航空兵力を派出することができない。

ヨークタウン隊の攻撃は第一波から第四波までくり返しおこなわれ、旗艦沖島よりの報告によれば、被害は以下の通りであった。

駆逐艦菊月、第一、第三号掃海特務艇、玉丸　沈没

沖島、駆逐艦夕月　小破

吾妻山丸　乗員数名、陸戦隊員二十数名　重軽傷

五月五日未明、まだ明けきらぬ空のもと艦橋下には六機、一八名の搭乗員が飛行服に身を固め、航空図を片手に整列をおえている。

索敵線は二機ずつのペアで、小隊長は佐藤善一大尉と村上喜人大尉。彼ら兵学校六十六期生たちは五月一日付で海軍大尉に昇進し、いまやレッキとした士官室士官である。

下士官側の小隊長は牛島静人一飛曹。乙飛七期生出身。金沢飛曹長と肩をならべる偵察員のベテランで、この日は彼の交代員として指名されたのである。

飛行長訓示のあと、牛島一飛曹は列機の大西久夫二飛曹を呼びよせて、三〇〇カイリ（五五六ロ）におよぶ長距離索敵行への細かい注意をあたえた。帰投予定時刻は午前一〇時五〇分、四時間五〇分もの長旅である。

曇がちの空だが、夜が明けると気温が上昇し、昼前には二九度にも達するだろう。風速一五メートル、波は高いが視界は二〇、〇〇〇メートル。索敵に不自由はない。

先頭の佐藤大尉が九七艦攻の操縦席に乗りこむと、牛島一飛曹も不時着時の自決用拳銃をライフジャケットのひもに差しこみ、航空図板をかかえて自機の偵察席に足をかけた。午前六時、発艦である。

ツラギ空襲のフレッチャー部隊は攻撃直後、反転南下し、フィッチ少将のレキシントン部隊と合流すべくサンゴ海中央にいそいでいた。

五日朝には南緯一五度、一六〇度の合同予定地点に達し、ヨークタウンは油槽艦ネオショーからの給油作業に入っている。この洋上補給は、翌日になってもつづけられた。

慎重型のフレッチャー少将にとっては空母部隊の燃料不足が気がかりであったが、日本側の原少将にも同じ心配がうず巻いている。

四日朝のツラギ空襲で洋上補給を打ち切った第五戦隊の重巡群は急速南下して、さらに燃料を消費していた。随伴の第七、第二十七駆逐隊の駆逐艦群四隻も燃料不足を訴えている。

いずれにしても、洋上補給をいそがねばならない。

日本側の第二の誤算は、この日も洋上補給に心をうばわれて、米機動部隊の索敵を実施しなかったことである。

五日の索敵行は失敗におわったが、午後の捜索はおこなわれていない。六日も終日、東邦丸による第五戦隊の第二次補給に専心して、米フレッチャー提督同様、空母対空母会敵の機会を逃すことになったのだ。

六日朝、MO機動部隊はツラギの西一八〇カイリの洋上に達し、第二次補給を開始したが、このさなかに横浜航空隊の九七大艇による「敵発見」の報告電がはいった。午前一〇時五一分のことである。

「敵ラシキ大部隊見ユ　基地ヨリノ方位一九二度、四二〇浬《カイリ》」

基地とは、ツラギ泊地のことである。横浜空大艇部隊は呉三特のツラギ上陸と同時に進出。当日早朝から九七大艇四機により哨戒飛行を実施していたのだ。

「付近天候晴、視界五粁《キロ》、雲量四―五、雲高一〇〇〇米《メートル》」

さらに、詳細報が入電した。

「敵母艦一、戦艦一、巡洋艦二、駆逐艦五『ツラギ』ノ一九二度、四二〇浬　針路一九〇度、速力二〇節《ノット》」

この突然の米艦隊発見電は、原少将を困惑させた。このとき第五戦隊の二重巡、随伴駆逐艦にたいして、東邦丸よりの第二次補給を実施中であり、ふたたびこの給油作業中止の必要にせまられたからである。

「ＭＯ機動部隊ハ直チニ南下進撃、之ヲ撃滅セントス」

発見位置までの距離三六〇カイリ。空母部隊は第五戦隊の重巡妙高、羽黒、すでに洋上補給をおえた駆逐艦有明、夕暮とともに南下して、果たして米艦隊と会敵できるだろうか。

結局のところ、原少将は米空母部隊捜索のために索敵機を出さず、南下進撃するだけにとどめた。その理由について同少将は戦後回想で、「被発見を避けたのと基地航空部隊の索敵を信頼したため」と釈明しているが、実際は翌日に決戦をのばす慎重策をとったのである。

このため、日本側は油槽艦を横づけにして給油中の米第十七機動部隊を横あいから急襲する千載一遇のチャンスを失った。フレッチャー少将も日本空母部隊の存在をつかめず、油断をしていたのである。

この日、ソロモン諸島南方海域では天候が悪く、不連続線が張り出し停滞していた。五航戦の両空母はこの前線におおわれて存在を隠すことができたが、フレッチャー部隊はその南側に脱《ぬ》け出して、陽光のなかにむき出しになったままである。

好天のもと、両者の距離は九〇カイリ（一六七キロ）、もっとも接近した場合で七〇カイリにまで近づいていた。

だが、ＭＯ機動部隊指揮官高木武雄中将も燃料の不足を第一の問題ととらえていた。「明七日早朝、敵を発見すれば先制攻撃の好機である」との情況判断をしめし（同戦闘詳報）、六日中は重巡部隊と随伴駆逐艦の燃料補給にあてることにした。

第五戦隊の高木部隊は五航戦の両空母から離れて、東邦丸と合同する地点まで北上を開始する。夕刻には、両者の距離は一六〇カイリまでひらいた。これでは、機動部隊掩護の役割を果たすことはできない。

瑞鶴、翔鶴両空母は駆逐艦有明、夕暮二隻を引きつれただけで、南下進撃中である。

思うに、高木武雄中将は同期生の空母部隊を護衛するというより、日本海海戦の再現、すなわち米国艦隊との艦隊決戦を夢見ていたのではないか。何しろ彼らは水上部隊の主役であり、スラバヤ沖海戦の勇者なのだ。

五月七日、翔鶴索敵機はついに目標を発見、「敵航空部隊見ユ」との電報を発するが、これにも思いがけない陥穽《かんせい》が待ちうけていた。

第六章　サンゴ海海戦

1　「敵航空部隊見ユ!」

それはいくつかの前哨戦ではじまり、日米両空母部隊はたがいの失敗と錯誤のおかげでその事実のもたらす重大な意味を深く理解することはなかった。そのために、日米両軍ともいたずらに時を重ねた。

サンゴ海海戦の発端は、日米両軍が相手艦隊の位置がわからず、たがいに索敵機を放つことからはじまった。日本側は一二機、米軍側は一〇機。

索敵計画は五航戦航空参謀三重野武少佐が立て、搭乗員の人選は飛行長下田久夫中佐の役割である。索敵線は一七〇度より二七〇度、サンゴ海の南半分を六本。その東側を瑞鶴隊六機、西よりを翔鶴隊六機が受けもつことになっている。

「少し雲が出ているようだが、見張りをしっかりやってくれ」

前夜、下田飛行長に呼び出された艦攻隊の佐藤善一大尉は、索敵機の指揮官として念入りに、いつになく細かい注意を受けた。すでに米空母部隊は前日、横浜空大艇によってはるか西のサンゴ海洋上に発見され、その位置を確定できれば史上初の航空母艦同士の対決が待っていたからである。

日出《にっしゅつ》予定時刻は午前六時三六分、発艦はまだ日の射さぬ午前六時未明である。

旗艦瑞鶴の二層に分かれた格納庫内では、徹夜の整備作業がつづいていた。攻撃隊は第一編制で、零戦九、九九艦爆一八(注、実際は一七)、九七艦攻一二機(同一一機)。艦爆隊は対艦船攻撃用二五〇キロ徹甲弾、艦攻隊は九一式改二型航空魚雷を装備している。

戦闘機飛行班の川上秀一二整曹は、制空隊の零戦九機の「栄」型エンジン最終チェックに忙殺されていた。難物の空冷星形一四気筒の調子も上々で、あとは飛行甲板に押し上げての脚のブレーキ調整が残されているのみだ。

――牧野大尉の仇を討ってくれ!

先任、後任両分隊長機の整備は彼の独壇場で、額からしたたり落ちる汗をぬぐいながら川上二整曹は、胸の底にたぎる復讐の思いを押さえかねていた。

艦尾部分の格納庫では、雷撃隊編成の九七艦攻の最終整備がいそがれていた。

艦底の弾庫から運搬車で揚げてきた航空魚雷は、兵器員たちの手で機体下に運びこまれるが、投下器の装着、魚雷の投下試験は搭乗員ペアの役割である。この日、索敵任務のない金沢飛曹長は、操縦員石原久一飛曹、電信員西沢十一郎二飛曹（昇進）とともに、三人で最終の投下テストにあたっていた。

「発射ようい、撃《て》っ！」

するどい声で投下索のチェックに取りかかっているのは、金沢飛曹長の二番機の偵察員牛島静人一飛曹である。彼も偵察任務からはずされて、本来の雷撃隊編成の一員にもどっている。

「ハワイ作戦では、ヒッカム飛行場爆撃行で演習のような他愛ないものだった。成果も感じられず、飛行場は健在のまま。がっかりして帰途についた。こんどの雷撃行ははじめての経験なので緊張もしたし、張り切ってもいました」

牛島兵曹の乙七期同期生といえば、同じ第二中隊の新野多喜男飛曹長機の操縦員杉本諭一飛曹のことを指す。

杉本一飛曹は大正九年、静岡県田方《たがた》郡生まれ、二十二歳。昭和十一年、飛行予科練習生となり、同十四年、飛練卒。操縦技術にすぐれ、偵察新野飛曹長、電信員長谷川清松一飛とのトリオは水平爆撃の嚮導《きょうどう》機として、瑞鶴一とうたわれた。

前夜の攻撃隊編成にあたって、飛行隊長嶋崎少佐は第二中隊長石見丈三大尉を外して自機の偵察席におくという、大胆な編成替えをおこなっている。これはベテラン偵察員金田数正特務少尉の負傷が原因で、代わって第二中隊長には石見大尉の同期生だが後任の分隊長、坪田義明大尉をあてることにした。

これは、先任―後任の指揮序列がきびしく定められている海軍では異例のことであった。そのために、抜擢された坪田大尉は待機室に書き出された編成表をみるや、緊張に頰を赤く染めていた。

艦爆隊指揮官は坂本明大尉が退艦して、江間保大尉の専任である。第二中隊長は五月一日付で海軍大尉に進級した大塚礼治郎。戦闘機隊では岡嶋清熊大尉が先任で、塚本祐造大尉が後任である。これで分隊長格は全員が士官室士官となった。

午前六時、ようやく明るみをおびた水平線をめざして、瑞鶴、翔鶴両空母からそれぞれ六機ずつの索敵機が飛び立った。

風は南東方向から吹いており、風速一四メートル。気温は上昇をはじめていて、日がのぼればたちまち連日の二八度の暑熱がぶり返すだろう。

防空指揮所で索敵機の発進を見送っていた西村肇二水は、海戦にそなえて戦闘配置についていたため、早朝から目のまわるいそがしさとなった。

問題は食事である。ふだんの航海なら第三分隊の伝令五名は下部甲板の居住区で食事をとるが、戦闘配置では艦橋の上、戦闘艦橋（防空指揮所）で三食を手早くすませることになる。

砲術長伝令は一名が艦橋配置で、残る四名は防空指揮所で小川少佐のかたわらに待機して、電話機、伝声管の持ち場につく。そのうち三名が一等水兵、二等水兵は二名である。

他科の分隊では、その下に三等水兵たちがいて烹炊所からの配食にあたるが、西村たちの場合、彼ら下級の二等水兵が運悪く食卓番となった。そのために二人は、海戦第一日から最上層の防空指揮所を駆け降りて、三番機銃横の烹炊所《ほうすい》で食缶と味噌汁を受けとり、またラッタルを駆けのぼる。

これが日に三度、艦橋横をコマねずみのようにのぼり降りするつらさは、戦闘配置よりも「何とも重労働で閉口した」ことであった。

防空指揮所の下、羅針艦橋では司令官原忠一少将が〝キングコング〟の異名をもつ巨軀をもてあましながら、満々たる自信で索敵機からの報告を待っていた。

索敵海面を、三重野航空参謀の主張する西方案をしりぞけて南方扇形案に変更させたのは、原少将の独断である。

米機動部隊はサンゴ海の西正面からの正攻法ではなく、間隙《かんげき》をついて南よりの攻撃を仕かけてくるであろうし、西方海面は日本側基地航空隊の索敵圏内にあって彼らの警戒で十分であろうというのが、原少将の心づもりであった。

索敵を基地航空隊にゆだねた分だけ、味方艦攻機の派出は少なくてすむという日本海軍の攻撃第一主義の発想がここにもみられる。

原少将のねらい通り、ツラギから横浜空大艇四機が南方海面を、ロッセル島海面からは第六戦隊の水偵四機がその北西を、占領したばかりのデボイネ基地からは第十八戦隊の水偵隊が西よりの海面を、さらにラバウルからは一式陸攻がその中央海面を捜索するために発進していた。

これで、MO機動部隊の進攻方面全域は索敵機がすべてカバーしうるはずであった。少なくとも理論上は——。


「敵航空部隊見ユ」

待望の第一電がとどいたのは、午前七時三五分のことである。南方一八〇度線を索敵中の翔鶴機からのもので、発見者は機長柴田正信飛曹長、操縦斎藤義雄一飛曹、電信員堂前清作三飛曹のペアである。

さらに、電文がつづく。

「……地点、南緯一五度五五分、東経一五七度五五分、針路一五度、速力二〇節《ノット》」

防空指揮所で思わず歓声がわいたのを、西村二水は記憶している。艦橋と同じように据えつけられた「テレトーク」から、通信室よりの報告がつぎつぎとつたえられている。

「いいか、見張りは厳重にしろ！」

緊迫した空気のなかで、指揮台上の小川砲術長から気合いをこめた叱声が飛んだ。

「見張員は五名、味方がいつ敵索敵機に発見されるやも知れん！　伝令も、一緒になって四周を見張っておけ！」

ふり返ると、随航する翔鶴へ攻撃隊の発艦予定がチカチカと発光信号で知らされている。

午前八時一五分、発進。——針路一七〇度、進出距離一七〇カイリ。攻撃目標、敵空母。

飛行甲板へは、格納庫で整備をおえた各機が三基のリフトをフル稼動して運びあげられて行く。最先頭の岡嶋大尉機を引き出すのは、整備科飛行班川上二整曹の仕事である。

翼端に二人ずつ、尾翼に一人、計五人が取りついて、「ワッショイ、ワッショイ」のかけ声とともに艦橋の真下、制止索の位置にまで運び出す。艦首までは約八〇メートル、発艦助走ぎりぎりの位置だ。

エンジンの試運転をおえ、川上二整曹と入れ替りに岡嶋大尉が小柄な身体を操縦席にすべり込ませる。エンジンを全開にし、左右の脚ブレーキの利きをたしかめる。両翼下の車輪には、チョーク（車輪止め）が噛んでいる。

「岡嶋大尉、がんばって下さい！」

耳もとでさけぶと、岡嶋大尉はうん、うんとうなずくそぶりをした。

第二小隊長は住田剛飛曹長、第三小隊長は岩本徹三一飛曹である。任務は「敵機動部隊上空ノ制空」だが、隊長として気がかりなことがあった。

零戦二一型に搭載の隊内無線「三式空一号無線電話機」の通信能力である。超短波隊内用電話として飛行機の編隊間、飛行機同士の局所通信用として搭載されているが、雑音が多く、通信性能も不良で、まるで役立たずのシロモノであった。

「米海軍のグラマンＦ４Ｆ型戦闘機とはウェーク島上陸戦で交戦したが、手強い相手だった。もし圧倒的な米艦上機と空戦になった場合、隊内無線を使わずに、味方機がたがいの連係プレーをどうするか。それが唯一の気がかりだった」

というのが、出撃直前の岡嶋大尉の心境である。

戦闘機につづく飛行甲板中央には、九九艦爆隊一七機がならべられている。先頭機の操縦席に乗りこんだ江間保大尉も、いつも通り電信席の東藤一飛曹長から「後席、出発準備よろし」の声を、伝声管で力強く聞いた。

——こんどは、ハーミスのように簡単に行くまい。

相手は真珠湾攻撃で見逃した宿敵の米空母部隊である。彼らの実力がどれほどのものか、南雲機動部隊のだれもが知らない。しかしながら、とくに不安の感情もなかった。

開戦前、艦爆隊は猛訓練を実施する余裕はあたえられなかったが、実戦では数々の武勲を重ねている。何しろインド洋では、命中率九三パーセントの成果をあげているではないか。

江間大尉は出撃前、部下たちとかわした短いやりとりを思い出している。第二中隊六機をひきいるのは新任の分隊長大塚礼治郎大尉で、彼もまた五月一日付で海軍大尉に進級した兵学校六十六期組のひとりである。

「いいか、われわれは風上側に占位して、高度四、〇〇〇メートルから接敵を開始する。艦攻隊が展開しているあいだに、天象、気象、地象を利用して隠密迅速に肉薄攻撃せよ」

艦攻隊が雷撃する場合、艦爆隊の急降下とほぼ同時刻の雷爆撃攻撃がのぞましい。しかも相手側の反撃を分散するためには、ややおくれて攻撃するか、従来の単縦陣ではなく「各機、異方向より突入するのが有利だ」と、大塚大尉が口添えした。

その的確な助言ぶりを聞いて江間大尉は、

（これで、彼も一人前になった）

と、胸をなで下ろしたことだった。

飛行隊長嶋崎少佐も、第二中隊長に抜擢した坪田義明大尉が全機未帰還になるやも知れぬ米空母への雷撃戦に悠揚《ゆうよう》せまらざる風情で落着いているのをみて、わが意を得たという満足感でいっぱいだった。

米空母を雷撃する場合、艦首方向、あるいは艦尾方向から接近して、左右に分かれて魚雷を投下する。米艦艇が急激な操作で転舵して味方攻撃隊が後落する場合、とっさに左右入れかわって挟撃しなければならない。対空砲火の弾幕のなか、瞬時にこの判断ができるのは坪田大尉の冷静な判断力と胆力に負うところが大きい。

ところで、格納庫内で艦攻整備の指揮をとる分隊士稲葉喜佐三兵曹長は、この武骨な坪田大尉の若者らしい結婚秘話を知ってはいない。

知っていれば、彼の分隊長にたいする愛惜はいや増しただろうが、このとき彼はむしろはじめての雷撃機出動に頰が火照《ほて》るように上気しているのを感じていた。英空母ハーミス攻撃のさいには雷装準備を完成したが、結局は艦上待機でおわってしまった。こんどこそ、自分が手塩にかけた雷撃機が実際に出撃するのである。

隊長機に引きつづき、二番機の八重樫春造飛曹長の九七艦攻がリフトで運び上げられて行く。三番機は川原信男一飛曹機。いつもの指揮小隊トリオである。第二中隊長坪田大尉の九七艦攻につづいて、二番機新野多喜男飛曹長機。第二小隊長は金沢飛曹長機で、その二番機には牛島一飛曹。これら雷装なった九七艦攻各機は、つぎつぎと飛行甲板に押しあげられて行く。

一一機の九七艦攻を見渡しながら、稲葉兵曹長は祈るような気持でいた。二人の指揮官とも、瑞鶴完成いらい宇佐基地で黎明期から猛訓練に明けくれた運命共同体のような存在である。坪田大尉は分隊長として部下を親身になって育て、艦攻整備はすべてを信頼して彼にまかせてくれている。

「寡黙だが、良き上官だった」

というのが、稲葉兵曹長の坪田大尉評である。

新野飛曹長は海兵団では三年後輩。彼自身は呉だが、新野多喜男は昭和六年、横須賀海兵団入り。海軍四等機関兵をふり出しに偵察練習生となり、昭和十六年、海軍兵曹長となった。その新野飛曹長が九七艦攻の偵察席に乗りこむのを見ると稲葉兵曹長は翼端から駆けのぼり、落下傘バンドを固縛するのを手つだった。そして激励のため肩を叩くと、新野飛曹長はふり返って大きくうなずいた。もはや言葉は不必要なのである。

発艦時間がきた。原少将以下司令部幕僚は期待に大きく胸をふくらませている。雲量三〜四、雲高二、〇〇〇メートル。視界二〇キロ。昨日まで日本艦隊をおおっていた寒冷前線が北西にのびていて、半晴である。

「発艦はじめ！」

僚艦翔鶴の発進準備に注意をはらっていた横川艦長が裂帛《れつぱく》の口調でさけんだ。発着艦指揮所に出ていた新任の整備長原田栄治機関中佐が、下田飛行長に代わって大きく信号灯をまわした。

先頭の岡嶋清熊大尉が一気に飛行甲板を突っ走って母艦を離れた。江間大尉の艦爆隊、嶋崎少佐の雷撃隊、合計三七機。翔鶴隊と合わせて七八機がいっせいに南下をはじめた。針路一七〇度、はじめての対米航空母艦戦の幕開けである。

フレッチャー少将の米第十七機動部隊は原少将が捜索した南方海面ではなく、そのはるか西方二〇〇カイリの位置にあり、針路を北西にむけていた。

その地点、ニューギニア東端沖合にあるルイジアード諸島の南。ここより放たれた索敵機一〇機は、サンゴ海の北方海域ほぼすべてを捜索するものである。

午前六時二五分、フレッチャー少将はこの海戦を左右するかも知れない重要な決定を下した。麾下部隊を二つに分け、英海軍のJ・G・クレース少将の重巡部隊（巡洋艦三隻、駆逐艦二隻）を日本攻略船団攻撃のため分派し、空母部隊は北にむかったのである。

米側戦史にはこの決断を、「米空母の運命とかかわりあいなく日本軍のポートモレスビー上陸部隊を阻止するにあった」と説明しているが、『米海軍大学校研究』がのちに指摘しているように、フレッチャー提督も日本側指揮官と同様に〝兵力を分散〟し、〝劣勢であった空母の対空威力をさらに弱める〟結果を招いたのだ。

だが、この悪天候のさなかに、フレッチャー少将も「日本空母発見！」の朗報を受けとっていた。彼らの北東海域は厚い雲間におおわれていたが、北西海面は不連続線からぬけ出して好天で、ルイジアード諸島のミシマ島北方に、「日本空母二隻、重巡二隻を発見」したのである。時刻は八時一五分、嶋崎少佐隊が母艦を進発したほぼ同時刻にあたる。

ただちに、ヨークタウン、レキシントンから攻撃隊が発艦する。グラマンF4F戦闘機三五、SBD『ドーントレス』急降下爆撃機七一、TBD『デヴァステーター』雷撃機二二機、合計一二八機。

日米両軍の航空兵力はほぼ同じで、相手艦隊の発見も同一条件下——のように思われる。まさに空母対空母の互角の戦いがはじまったというべきだが、フレッチャー、原両少将の前途には恐るべき陥穽《かんせい》が待ち受けていた。

まず第一は、日本側索敵機の致命的な誤認である。「敵航空部隊見ユ」との殊勲電を打ってきた翔鶴索敵機から、意外な第二電が報じられてきたのだ。

「敵油槽船一隻見ユ」

これが八時一〇分打電のもの。その一〇分後に、「敵空母一五〇度ニ変針ス」との第三電が打たれてきた。すなわち、目的地には米航空部隊と油槽船の二グループが存在しているとの報告なのである。

のちに、追加報告もとどいている。

「敵油槽船ハ重巡一ヲ伴フ」

攻撃目標は事欠かない。艦橋内が喜びの声にわき立つなかで、さらに吉報がとどいた。八時四五分、MO主隊の五藤存知少将が放った重巡古鷹水上偵察機からの報告で、

「敵機動部隊ラシキ艦影ヲ認ム『デボイネ』ヨリノ方位一五二度、一五〇浬」

という発見電である。五分後、こんどは重巡衣笠機からの報告電が来た。

「敵ラシキモノ見ユ『ロッセル』島ヨリノ方位一七〇度　戦艦一、巡洋艦一、駆逐艦七、空母ラシキモノ一　針路三〇度、敵速二〇節」

現に嶋崎少佐たちがむかっている南方の米空母とは別に、もう二群の航空部隊が彼らの西方海域に存在することになる。古鷹機、衣笠機の米空母発見位置は四〇カイリずれているが、誤差の範囲内でいえば同一群と考えても差しつかえあるまい。

いずれにしても、味方の位置はまだ米軍側に知られていず、日本側は圧倒的な優位に立っている。

「まず一刀で空母一隻を血祭りにし、返す刀でこの二隻の空母をたたきつぶすか。行き先よきかな」

と原少将が自信ありげにうそぶいた表情を、下田飛行長は強烈に記憶している。

五航戦司令部の昂揚《こうよう》感は頂点に達していた。

嶋崎少佐ひきいる瑞鶴艦攻隊一一機は針路を一九〇度にとり、南下をつづけていた。続行するのは市原辰雄大尉の翔鶴艦攻隊一三機。そのはるか後方上空に高橋赫一少佐の翔鶴九九艦爆隊一九機、瑞鶴一七機の江間隊がつづく。

直掩戦闘機隊は岡嶋大尉の瑞鶴隊九機。帆足工大尉の翔鶴隊九機。合計七八機の五航戦はじめての雷爆撃隊である。

金沢飛曹長は三座の九七艦攻中央にある偵察席で、膝上においた航法板に南下中の針路を書きこんでいた。進出距離一四〇カイリ(二五九キロ)、そろそろ米空母部隊が見えるころである。

寒冷前線の南側は好天で、南に下るにつれ雲が切れた。戦場付近は天候にめぐまれ、雲量二、雲高二、〇〇〇メートル、視界五〇キロ。

二番機の位置で、牛島一飛曹が双眼鏡を眼にあてている姿が見えた。ベテラン偵察員らしい用意周到な仕草だ。

(とにかく、まず敵を発見することだ)

米側が先に日本機を発見して、迎撃戦闘機が待ち伏せているかも知れない。金沢飛曹長は眼を皿のようにして、四周をぐるぐる見まわした。

母艦を離れて五七分後、彼らは北西にむかう小さな艦影を発見した。指揮官機につづいてぐんぐん接敵を開始すると、これが報告の第二電にあった「敵油槽船」であることをすぐに識別した。では、もう一群の「敵空母」はどこに消えたのか？

嶋崎少佐の二番機、八重樫飛曹長がいつものように偵察席のベテラン姫石一飛曹に声をかけた。

「おうい、姫石兵曹。敵空母は発見したか」

「いえ、どこにも見当たりません。おかしいな」

伝声管から、生まじめな返答がかえってきた。視界五〇キロであれば、当然のことながら米空母は水平線上に発見できるはずだ。索敵機の発見電はまちがっていたのだろうか。

艦爆隊の総指揮官機、高橋赫一少佐から問い合わせの至急電が打電される。

「敵空母ノ位置、敵油槽船ヨリノ方位知ラセ」（一〇時五分）

高度五、〇〇〇メートルに占位しながら接敵中の江間保大尉は、遠目に見えた米空母の艦影が近づくにつれ、平甲板にマストの立つ大型タンカーと見まちがったことに気づいた。随伴する重巡洋艦一隻とあるのは、これも駆逐艦一隻の見誤まりらしい。

これが前夜、フレッチャー少将の分離した油槽艦ネオショー（七、二五六トン）と駆逐艦シムスと判明したのは後の話で、彼らはサンゴ海を南に下り、会合点にむかっている最中なのだった。

高橋少佐は窮地に立たされていた。ちょうどインド洋作戦で、英空母ハーミスを捜索しまわった同じ事態が起こったのである。

その場合、英空母が突如北上したためにみずから一時間にわたる洋上捜索でついにハーミスを捕捉することができたのだが、今回は味方索敵機が発見し、そのまま触接をつづけているはずである。彼らが発見した米空母が付近海上にいないとなれば、どんな異変が起こったというのか。

「集マレ、集マレ……」

総指揮官機から「トツレ（突撃準備隊形作レ）」の命令で散開しつつあった各隊にふたたび集合が下令され、全機が密集隊形にもどった。

母艦からは、すぐさま返電がとどいている。

「米空母ノ位置ハ発見油槽船ノ三三〇度、二五浬《カイリ》」

攻撃隊の位置からみて、北北西四六キロの先である。重い八〇〇キロ航空魚雷を抱いた九七艦攻でもほんの一飛びの距離のはずだが、はるか彼方には艦影もなく渺茫《びょうぼう》たる海原ばかりである。

『軍艦瑞鶴戦闘詳報』は、五航戦攻撃隊の洋上での捜索を淡々とこう記している。

「……〇七二二（注、日本時間）敵駆逐艦一隻油槽船一隻ヲ発見シ其後二時間ニ亙《わた》リテ敵航空母艦ヲ捜索セシモ遂ニ発見スルヲ得ズ、艦戦隊艦攻隊ハ〇九二〇帰艦ニ就《つ》キ」（以下略＝傍点筆者）

なぜ、このような錯誤が起こってしまったのか？

軍艦翔鶴の戦闘詳報は、「誤報ノ絶無ヲ期セザルベカラズ」として、索敵機搭乗員の選定は慎重に考慮決定の要あり、とまず人選に難があったことを記し、また高度四、〇〇〇メートル以上からの艦型識別は困難との考察をしめしている。

つまり、翔鶴索敵機の機長は高々度からの視認——あるいは七倍望遠鏡だけで——米油槽船を空母と見誤まったというのである。

雲間を利用して出入りしているうちに、同一目標を別個のものと判断したという可能性もあるが、最初の目標発見から誤認に気づくまで翔鶴の索敵機二機のペアはいかなる偵察行動をとっていたのか。

戦場上空には、日本機ばかりがあふれている。米機動部隊の迎撃戦闘機の襲撃をおそれて雲間に遠く身をひそめている翔鶴索敵機は、ようやく事態の深刻さに気づいた。

あるいは、髙橋隊長機から米油槽船と米空母の位置関係を問い合わせる照会電報を傍受して、はじめて誤認に気づいたのか。

旗艦瑞鶴で攻撃隊からの朗報を待つ原忠一少将は、総指揮官機から「トトト（全軍突撃セヨ）……」の突撃命令がとどかないのをいぶかしく思っていた。

午前一〇時五一分、索敵機から思いがけない報告がとどいた。

「ワガ接触セルハ油槽船ノ誤リ、ワレ今ヨリ帰途ニツク」

米空母発見の第一電から三時間二九分もの時間が経過している。この偵察機の誤認のために五航戦の攻撃隊全機は南方にむかい、北西方の肝心の米機動部隊は無傷のままである。

原少将の楽観論は、奈落《ならく》の底に突き落とされた。

2　最初の体当たり

海戦の第一日、翔鶴索敵機の失敗が、サンゴ海海戦の最初の勝利を日本側から遠ざけた。そのために五航戦瑞鶴、翔鶴から放たれた攻撃隊は目標を失い、むなしく母艦に帰投した。いや、第一の戦場上空には、五航戦の艦爆隊三六機のみがとどまっている。目標は、米空母と誤認したネオショーと駆逐艦シムスである。

翔鶴索敵機の誤認の原因について、同艦運用長福地周夫少佐は「正規の偵察員は、この朝腹痛を起こして艦内で寝ていた。出て行ったのは補欠の偵察員であった」と説明している。

つまり、こういう理由なのだ。――台湾馬公で食料を補給したとき、現地産のパイナップルの缶詰を多量に搭載した。正規の偵察員はその缶詰の食べすぎで腹痛を起こし、大切な索敵に飛べなかったというのである。

正規の偵察員とはだれであったのか、それを解明する資料はない。実際に飛んで行ったのは、戦闘詳報によると機長柴田正信飛曹長以下のペアであったから、彼らが補欠の偵察員という意味なのだろう。

艦爆隊総指揮官は翔鶴の高橋赫一少佐である。その列機操縦員鈴木敏夫一飛曹によれば、

「相手は一万トンか二万トンのすごく大きいタンカーで、空母と見まちがえるのは無理もな

かった」と、同情的である。

遠目で見れば、平らな甲板が広がっていて空母の飛行甲板と見まがう大きさであった。近づくにつれ、甲板に幾つかの櫓《やぐら》が組まれ、多量の油を積んでいるためか吃水が深く沈んでいて、飛行甲板が高くなっている空母とは形状がちがうことに気づいた。

「空母じゃないようだな」

後席の国分豊美飛曹長が、東北人らしいノンビリとした口調で声をかけてきた。福島県出身の古参偵察員で、二人は真珠湾いらいのコンビである。

「陸軍の斥候《せっこう》とちがって、物陰からこっそり相手をのぞき見るという具合にはいかない。近づくと身を空中にさらすわけだから、たちまち撃墜される恐れがある。その危険のなかで、どれだけ相手に近づくことができるか。また、偵察員も艦型などをよく勉強し、どれだけ深く知識や経験を積んでいるかが、大事となるでしょう」

索敵機の任務について、鈴木一飛曹はその困難さをこう指摘している。

だがしかし、この誤認問題に関しては、米軍戦史が「日本側の索敵機訓練が幼稚であった」ときびしく指弾しているように、翔鶴索敵機はその後、任務の基本である航法を誤って、帰途インデスペンサブル礁に不時着。駆逐艦有明が救出にむかうという失態を演じているから、やはり偵察技術は低いレベルにあったと指摘せざるを得ない。

瑞鶴艦橋の原少将はこの朝の楽観的気分を一掃されて、内心の動揺を隠しきれないでいた。三重野航空参謀の進言によれば、攻撃隊は午前九時三〇分から一〇時までのあいだに「敵空母撃沈」の報を打電してくるはずなのだが、発艦後二時間、いまだにその朗報はとどいてこない。

MO機動部隊の先任指揮官高木武雄中将は重巡妙高の艦橋にあって、原少将が南方の「敵空母」に心を奪われて、西方で第六戦隊水偵新発見の「敵機動部隊」に攻撃隊を指向しないことにいらだっていた。

先任参謀長澤浩中佐は、五航戦司令部側からのこんな信号を受け取っている。

「敵空母撃沈ノ報ヲ得バ南下進撃ヲ可ト認ム、尚《なお》付近ニ敵戦艦、巡洋艦存在ノ疑アルニ付、第一次索敵機帰リ次第索敵セントス」

あくまでも、サンゴ海の南方海域を捜索しようと試みるのである。これにたいし、長澤参謀名で、五航戦司令部あて念を押すように注意を喚起する信号が発せられている。

「其ノ後『デボイネ』ノ一五〇度、一五〇浬ニ敵機動部隊出現ノ報アルニ付再検討ヲ要ス」

（傍点筆者）

とりあえずは、米機動部隊の航空攻撃を食い止めなければならない。「敵戦艦、巡洋艦存在」とあらば、われら水上部隊で邀え撃つ。スラバヤ、バタビア沖両海戦の昼間、夜間戦闘で連合国艦隊を撃滅した味方第五戦隊の実績をみよ、と背後に満々たる自信の裏打ちされた発光信号である。

この同期生高木司令官からの注意で、原少将は自制を取りもどしたようである。

「よし、攻撃隊を収容しだい西方の敵空母にむかおう」

と、原少将は語気を強めていった。三重野少佐がうなずいて、すぐさま僚艦翔鶴あてに第二次攻撃の準備にあたるよう指示を出す。

「一二〇〇（注、日本時間）攻撃隊発進『デボイネ』南東方ノ敵機動部隊ヲ攻撃ノ予定」

現地時間午後三時発進の予定——の意味である。だが、実際に攻撃隊最後の艦爆機が収容されたのは午後三時一五分。果たして、米空母への総力攻撃が間にあうだろうか？

米第十七機動部隊をひきいるフレッチャー少将も、日本側と同じように索敵機のミスに見舞われた。

当日の索敵隊は空母ヨークタウン担当一〇機による北方海域全周にわたるものであったが、既述のように、そのうちの一機がルイジアード諸島ミシマ島北西に「日本空母二隻、重巡二隻」の発見を報じた。

フレッチャー少将はただちに米空母ヨークタウン、レキシントン二隻から攻撃隊全力を発進させたが、索敵機がヨークタウンに帰投してきたところで、これがとんでもない誤報だとわかったのである。

実際に彼らが発見したのは「巡洋艦二隻、駆逐艦二隻」であり、これはMO主隊の攻略船団を掩護する第十八戦隊丸茂邦則少将麾下の軽巡天龍、龍田二隻と特設砲艦二隻を指す。米軍索敵機では、発見電報を打電するさいに二枚の暗号盤の操作によって艦種指定するのだが、やはり偵察員の技倆不足のせいもあったのだろう。「重巡」と略号符を引き出すところを誤まって「空母」としてしまった。

慎重な性格のフレッチャーはただちに攻撃隊を引き揚げることを決意したが、航空戦の指揮官は同期生のレキシントン艦上にあるフィッチ少将である。

フィッチ少将はアナポリス海軍兵学校の卒業成績こそフレッチャーより下位だが、航空母艦の艦長を三度経験し、空母部隊指揮の実績もある。航空機の機動力を理解し、機先を制する決断こそ航空戦の勝利をみちびくものと確信していた。

何しろ論争の相手は正攻法型の、〝戦艦の艦橋しか知らない〟フレッチャーなのだ。遠慮する気持は毫《ごう》もなかった。

フィッチ少将は、進撃中の指揮官レキシントン隊ウィリアム・B・オールト中佐にむけて指示を出す。――「任務を続行せよ」

むなしく全機引き揚げてくるか、取りあえず日本軍の「重巡二隻、駆逐艦二隻」を片づけてくるか。そのどちらかといえば、五〇〇ポンド爆弾で攻撃を加え、それを無駄にしないだけでも価値ある行動ではないか。

この決断が、海戦第一日の勝利を米側にもたらすことになった。

フィッチ少将の手もとには、ダグラス・マッカーサー大将麾下の南西方面司令部のB17型爆撃機よりの偵察報告が新たにとどいており、「日本空母一、艦艇一六、輸送船一〇隻」がヨークタウン索敵機の報告位置より南東三五カイリ（六五キロ）の地点を航行中であることを報じていた。

これこそ、彼らが捜しもとめていた日本軍のポートモレスビー攻略船団にちがいない。

B17機の新発見報告は、ただちにヨークタウン隊最先頭を行くウェルドン・L・ハミルトン少佐の急降下爆撃隊にもつたえられ、オールト中佐隊と同様に全機が捜索範囲を南東方向にずらせることにした。

ヨークタウン急降下爆撃隊はM13型一、〇〇〇ポンド（四五四キロ）爆弾と重装備で、倍の爆弾を搭載しているため、レキシントン隊よりは進撃がおくれ気味になる。

米軍は日本側のように整然たる大編隊を組むのではなく、各艦、各隊バラバラに発進するため雷爆撃同時攻撃のような連携プレーを欠くことになるが、逆に攻撃を受ける側にとっては数次にわたる波状攻撃のくり返しで、天手古舞《てんてこまい》となる。

その混乱が、軽空母祥鳳の運命を決した。

最初に日本空母を発見したのはハミルトン少佐隊である。

午前一一時一〇分、彼らは眼下に五藤存知少将のひきいるMO主隊の祥鳳、重巡四（青葉・加古・古鷹・衣笠）、駆逐艦漣《さざなみ》を発見した。高度四、五〇〇メートルを進撃中のオールト中佐も、ほぼ同時に日本空母部隊を視界内にとらえた。

断雲のあいまから両指揮官は引きつづき攻略船団を眼で追ったが、この日ジョマード水道をめざして航行中の南海支隊はラバウルからの命令によりすでに北西海面に避退しており、彼らの視界には入らなかった。

オールト中佐のひきいるSBD三機の指揮小隊が、まっ先に軽空母祥鳳の飛行甲板に突入する。


五航戦攻撃隊は二手に分かれて、艦爆隊三六機が油槽艦ネオショー攻撃に、艦攻隊二四機が母艦にもどることになった。午前一一時一五分、祥鳳に米オールト中佐隊が殺到し、周辺に爆弾投下による水柱が林立している頃あいである。

最初に翔鶴艦爆隊をひきいる高橋少佐の指揮小隊三機が突入した。高橋少佐は残る一六機をさらに二分し、第一中隊山口正夫隊を駆逐艦シムス攻撃に、第二中隊長三福岩吉隊をネオショーに振りむけた。

瑞鶴の江間隊は三、五〇〇メートルの上空にあって、彼らの攻撃終了を待つ。防衛する米軍戦闘機の姿も見えず、インド洋作戦時につづく一方的な勝利である(と思われた)。

指揮小隊三機が二五〇キロ爆弾を投下した。第一弾はネオショーの右舷から一〇〇ヤード(九一メートル)の海中に、二弾は同じ右舷二五ヤードの至近距離で爆発した。艦長ジョン・S・フィリップス大佐の必死の転舵が成功したのだ。

同時に、山口中隊の連続攻撃を受けた駆逐艦シムスは、小艦艇のもろさと悲惨な運命を青空の下にくりひろげることになった。

山口正夫大尉に引きつづき、二番機上島初一飛曹、三番機元俊三郎二飛曹の九九艦爆が単縦陣となって突入を開始する。さらに第二小隊長小泉精三大尉以下の三機が、一本の棒状に連なって降下して行く。

駆逐艦シムスは一九三六年度計画で建造された一二隻のうちの一艦である。マハン級に匹敵する性能を有し、排水量一、五七〇トン。兵装は一二・七センチ単装砲五基、四連装魚雷発射管三基だが、途中改造されて艦橋前面に二〇ミリ対空機銃三基、四番砲直前に一基が増設された。乗員二五〇名。

最初の一弾が二〇ミリ機銃一基を破壊し、たちまち動かなくなり、つづく三弾が立てつづけに艦の中央部、機関室に命中した。単装砲二門が機能を失い、対空砲火の威力も急速に衰えて行く。

全長一〇六・一メートル、幅一一メートルの細長い艦体は、数分のうちに瓦礫《がれき》の山と化した。W・M・ハイマン艦長は、彼にとって最初の屈辱的な命令を下す。

「総員退去せよ」

ハイマン中佐は艦橋を動かず、艦体は二つに折れ、瞬時に艦尾より海中に没した。艦長はアメリカ人らしい「開拓者魂《フロンテイア・スピリット》」を発揮して、シスムと運命をともにした。

艦の生存者はわずかに五名という無残な結果となったが、彼らの闘志は当時の日本側の予想を上まわる強靱《きょうじん》なものだった。

高橋少佐の列機鈴木敏夫一飛曹は眼前のシムスが断末魔の状態と見て、目標を後方の油槽艦ネオショーに変えた。
三、〇〇〇メートルの高度から徐々に角度を深めて急降下の態勢に入り、後席の国分飛曹長の指示を耳にしながら突入をつづける。
「高度四五〇、撃《テ》ッ！」

恐るべき対空砲火の集中であった。

（こんなはずはない）

と心で思いながら、なぜタンカーがこれほどまでに武装しているのか。さすがに物量を誇る米国は日本とちがうなと、さまざまな思いが瞬時に脳裡をかけめぐった。

「ボーン」という機体を揺るがす振動があった。急降下して引き起こす直前なのか、その直後に避退に移ってからのことなのかは判然としない。投弾も命中したのか、はずれたかも確認していない。

鈴木一飛曹は被弾が気がかりで機内を見まわしたが、機体に損傷はなかった。だが、機速が落ちて二〇ノットは他機よりおくれている。よくよく計器類をチェックしてみると、操縦席の垂下レバーが効かず、グラグラと頼りない。

「こりゃ、いかん。被弾で着艦フックが取れかかっている。帰るのは大変だぞ」

国分飛曹長の舌打ちする声が伝声管から聞こえてきた。鈴木一飛曹が、心配げに、

「大丈夫でしょうか」

とたずねると、東北人の大先輩は落着いた声で答えた。

「尾輪に引っかけて着艦すれば、何とかなる。とにかく帰ろうや」

第二中隊をひきいる三福大尉も、油槽艦ネオショーの正確な対空砲火で被弾している。指揮小隊に引きつづき四番目に急降下に入ったとき、機の正横に無数の高角砲弾が炸裂するのが眼に映った。

——投下前に、当たらないでくれ！

一瞬、不安な気持が頭をかすめたが、かまわず急降下をつづける。高度一、五〇〇メートルだったろうか。「ガン！」と身体を震わせるような衝撃があり、爆弾を投下後、右斜めに引き起こしながら投弾効果を確認しようと左方のタンカーに眼を走らせると、左翼の翼端に三〇センチほどの穴が空いていた。

「分隊長、直撃弾にやられましたね。どうやら貫通ですんだらしい。助かりました！」

後部電信席から、今田徹一飛曹のホッと一息つく声が聞こえた。あるいは不発弾だったものか、命拾いしたなと三福大尉は思った。

上空から見下ろしていた江間大尉は、翔鶴隊の投弾成功にもかかわらず、油槽にブスッと吸いこまれるだけで炎上しないことを、不思議に感じていた。二五〇キロ通常爆弾は対艦船用に命中後〇・二秒の遅動がかけてある。投弾成功後、艦の中央部で炸裂しているはずなの

だが——。

米側のモリソン戦史は瑞鶴隊の攻撃について、つぎのように記録している。

「……かくして数分以内に、日本機は『ネオショー』に直撃弾七発と至近弾八発を与えた。その中の一発は特攻機の体当たりによるもので、四番砲の砲側に激突して自爆した。ガソリンが同機の油槽より破裂して、忽《たちま》ち甲板一面は火の海と化した」

特攻機の体当たり——と書かれているが、正確な表現とはいえない。これは江間隊の列機石塚重男二飛曹（操縦）、川添正義二飛曹（偵察）のペアを指し、第二中隊長大塚礼二郎大尉に引きつづき四番目に急降下に入ったとき、対空砲火が命中し、いきなり機体から紅蓮《ぐれん》の炎を噴き出したものだ。

すでに投弾をおえて避退中の堀建二一飛曹（昇進）は、火だるまとなった石塚機が必死になって火勢をふせごうと機をすべらせているのを眼の端にとらえた。

（あっ、やられたな）

と思った瞬間、機は急反転し、長い火の尾を曳きながらネオショーの四番砲側に体当たりした。

噴きあげる爆煙が艦体をおおう。ほんの数秒間の出来事である。

江間大尉は、「これは私の見たはじめての自爆であり、その壮烈さに強い感動をおぼえた」と回想している。

堀一飛曹も広大な甲板に爆弾が吸いこまれて行くのを視認したが、ネオショーは右舷に三〇度の傾斜をしたまま巨体を海に横たえていた。石塚機の体当たりも上部構造を破壊しただけで、致命傷とはなっていない。

彼もまた、はじめて目前に見た同僚の苛烈な自爆行に衝撃を受け、「俺たちも神様に見放されるまで、大いに暴れてやろう」と若者らしく心に誓ったことだった。

石塚二飛曹は新潟県北蒲原郡の生まれで、二十歳、偵察員の川添二飛曹は鹿児島出身。まだ十九歳という若さであった。

ネオショーは沈没せず、サンゴ海に漂流をつづけた。五月十一日、救助にむかった駆逐艦ヘンレーによって処分されるまで、艦橋構造物をほとんど破壊されたものの、かろうじて生き残ったのである。

嶋崎少佐のひきいる五航戦艦攻隊は重い魚雷を腹下に抱いたまま、一刻も早い母艦への帰投をいそいでいた。

その理由は、米空母の存在をもとめて二時間あまりも南方洋上を捜索し、無駄に時間をついやした失敗と思いがけない機内での異変のためである。

米空母を捜索中に、嶋崎少佐は偵察席での意外な出来事に遭遇した。石見大尉の〝拳銃暴発事件〟である。

それが、なぜ起こったのか、機中でなぜ拳銃を取り出し、引き金に手をかけたのか。安全装置をかけてあるはずの拳銃がなぜ暴発したのか、すべては謎である。

ふつう搭乗員は、出撃のさい拳銃を一梃ずつ携行することになっている。敵地に不時着した場合の緊急時にそなえて、護身用に――というより捕虜にならないための自決用として――携帯して行くのだが、主としてホルスター入りで十四年式拳銃（弾倉八発）が救命胴衣の紐《ひも》にはさんでひとりずつ持ちこまれた。

それが機内で暴発した、というのである。太腿に負傷し、出血がはげしい。痛みを訴える声とともに、操縦席に懸命な声がかかる。――どうか私を、早く母艦に連れて帰ってほしい、と。

嶋崎少佐は窮地に立たされていた。米空母部隊はサンゴ海に出現している。味方はその位置を発見できず、いま攻撃隊は魚雷を抱いたまま洋上を彷徨《ほうこう》している。それとも、すでに、味方は米とにかく一刻も早く、米機動部隊を撃滅しなければならない。それともすでに、味方は米艦上機の攻撃にさらされているのだろうか？

訴えを無視して捜索をつづけるにも、難点があった。偵察員の航法を欠いては目標のない洋上では手さぐりの不確かさでしかない。取りあえず今は先任分隊長を母艦に連れて帰り、代わりの偵察員を乗せて再出撃をはかることだ。

「よし、反転しよう」

嶋崎少佐は伝声管で決断をつたえ、最後部電信席の吉永正夫一飛曹に母艦あて打電するように命じた。

「ワレ今ヨリ帰途ニツク」

嶋崎少佐の二番機八重樫飛曹長は、隊長機の機内で起こった出来事に気づいていない。いつもの左正横の位置に見える少佐が、いそがしく何度か後方をふりむいて話しかけているのを望見して、隊長機に何か異変が起こったのを知った。

「姫石よ、何か起こったらしいぞ」

彼は気づかわしげに、後部座席に語りかけた。

坪田大尉の第二中隊にいる金沢飛曹長も、隊長機が妙にいそぎがちに母艦にもどろうとしているのを不思議に思っていた。もっと現場にとどまって、米機動部隊を発見すべきではないかというのが、古参搭乗員としての彼の判断であった。

金沢飛曹長は帰投後、すぐさま索敵任務に駆り出されたため、隊長機の変事を知ったのはその夜おそくなってからのことで、事の真相は謎のままでいる。

――嶋崎少佐、市原大尉の五航戦両艦雷撃隊が母艦上空に姿をあらわしたのは、午前一一時三〇分のことである。

「攻撃隊が帰ってきます！」

防空指揮所にいた西村二水は、見張員が喜びの声をあげるのをきいた。先頭に岡嶋大尉の直掩零戦九機、つづいて嶋崎少佐の九七艦攻一一機が徐々に高度を落として近づいてくる。風は東南方向から吹いている。風速一三メートル、不運なことに彼らを収容するためには、原少将の決断で西方にむかっていた航路をいったん東に後もどりさせる必要があった。艦は、南東貿易風帯に入っていたのである。

「風上に立て！」

露口航海長の緊迫した声が飛んだ。事態は一刻をあらそう修羅場《しゅらば》と変わっていた。攻撃隊が発艦してから四時間二二分、第二次攻撃隊を編成し、すぐさま第六戦隊水偵の発見した米機動部隊の位置にむかわねばならない。

――ちょうど同じころ、MO主隊の空母祥鳳は米SBD急降下爆撃隊二七機の集中攻撃にさらされていた。

空母祥鳳を中心に、一、五〇〇メートルの距離をへだてて右舷前方に旗艦青葉、その左舷に衣笠、後方に加古、古鷹と四隻の重巡群が緊密な隊形を組んでいる。

オールト中佐の先陣が急降下をはじめると、これらの対空砲火がいっせいに火を噴いた。

軍艦祥鳳戦闘詳報の記述によれば、事の経過はこうである。

午前一一時一〇分、まずオールト中佐の指揮小隊三機が艦尾方向八、五〇〇メートルから突入を開始した。高度三、五〇〇メートルで降下態勢に入る。

「高度一、〇〇〇！　敵急降下！」

寺崎航海長が裂帛《れっぱく》の気合いをこめてさけぶ。

「取舵一杯！」

艦が急激に左に大きく回頭する。初弾は右舷はるかに水柱を立てた。

「敵機一機撃墜！」の声が飛ぶ。対空砲火の一弾が命中したらしい。海面に飛沫が走る。

右舷側につづけざまに水柱が立った。「概《おおむ》ネ四、五十米（内二十米以内数発）ニ弾着シ何等ノ被害ナク回避撃攘《げきじょう》セリ」と、戦闘詳報はつたえている。

わずかな戦闘の空白時に、伊沢石之介艦長は艦首を風上にむけ、甲板待機の直衛零戦三機を空中に上げる。その直後に、レキシントンを発進した第二雷撃機中隊のＴＢＤ雷撃機一二機が左舷側よりせまってきた。

彼らが射点を逸し、祥鳳上空を飛び越え右舷側からまわり込んで魚雷を投下する。この投下魚雷を避けるために「面舵一杯！」で右舷側に向首したとき、小型空母の運命がさだまった。直上からおくれて到着したビル・バーチ少佐のヨークタウン急降下爆撃隊一七機が降ってきたのである。

米軍の各隊バラバラの発進が効を奏したのだ。

初弾は飛行甲板の後部リフトに命中し、甲板は大破し上部格納庫内に火災が生じた。ついで右舷後部に魚雷が命中し、動力電源が破壊され操舵装置が動かなくなった。

もはや、艦の生命も途絶えようとしている。――戦闘詳報の記述も悲惨である。

「……人力操舵行ハントスルモ続発スル爆弾魚雷ノ被害ニ依リ人力操舵モ不能トナリ、艦内通信装置亦《また》殆ンド不能トナル」

午前一一時三一分、総員退去が下令され、空母祥鳳は四分後、サンゴ海に沈んだ。その地点、デボイネ島の五九度、五三カイリ。

駆逐艦漣が乗員の救助にむかい、海上にいた約三〇〇名の生存者のうち、二〇三名を救助した。

祥鳳沈没の報が、原少将にどれだけの衝撃をあたえたかは想像に難《かた》くない。軽空母とはいえ、日本海軍にとって虎の子の空母を喪ったのである。

ラバウルの第四艦隊司令長官井上成美中将にとっても、その事態の深刻さは同じだ。しかも、米空母部隊は無傷で、いまだ健在なのである。

横川艦長はじりじりとした思いで、艦橋の〝猿の腰かけ〟に坐っている。砲術科出身の彼は失意のなかで、いまさらながら航空戦の迅速な展開におどろかされていた。

一機の索敵機の誤認が作戦全般を左右する。そして、この日早朝まで、味方は所在を隠したまま相手に位置をさとられず、一気に決戦に持ちこもうとした優位がくずれ去ったのである。

相手は先手で勝利を得て、味方はすべて後手にまわっている。攻略船団二、〇〇〇名の将兵の命運は風前の灯であった。

「日本海軍は攻撃一本槍で、偵察を軽んじていた」

というのが、下田飛行長にとっての、緒戦をかえりみての反省の弁である。

米海軍は偵察任務に士官をあて、情報戦を第一とした。日本側では、飛行学生となった海軍士官は操縦志望に殺到するが、優秀な人材であればむしろ偵察席で全体の偵察任務、情勢分析に当たるのが肝要ではなかったのかと、下田中佐は考えている。日本海軍では、その体制づくりが成っていなかった。

その飛行長は発着艦指揮所に飛び出して、第一次攻撃隊の収容作業をいそがせる。原田整備長もかたわらで、岡嶋隊の零戦がつぎつぎと着艦態勢に入ってくるのを見つめていた。防空指揮所の見張員たちは、はるか後方につづく僚艦翔鶴上空で着艦態勢に入った市原隊各機から魚雷がつぎつぎと投棄されているのをながめていた。(惜しいな)と、西村二水は思わずつぶやく。九一式改二型八〇〇キロ航空魚雷ははるばる呉軍港から運ばれてきて、空しくサンゴ海に小さく飛沫を上げるだけである。

「おや、魚雷を抱いたまま着艦するぞ!」

眼の前に立つ小川少佐が素っ頓狂《すっとんきょう》な声をあげた。嶋崎少佐機を先頭に瑞鶴隊一一機が魚雷を投棄せず、全機着艦コースに進入してきたのである。

突然に発した小川砲術長のおどろきの声は、いかにその行為が危険かをあらわしていた。油槽艦ネオショーを米空母と誤認した索敵機の失敗は、ボタンをかけちがえたかのように少しずつ日本側の錯誤の輪を広げて行く。もし魚雷が外れて飛行甲板を転がるようなことがあれば——安全装置は掛けられているが——あるいは魚雷を抱いたまま着艦に失敗すれば、どんな大事故を招くか知れないのだ。

発着器の溝部二整曹は飛行甲板の左舷八番索横の定位置で、いつものように腰をかがめて収容作業の態勢に入っていた。

「発着配置よろし！」

それを見て、見張員が伝声管で声を張り上げた。発着艦指揮所に出ていた下田飛行長が、さすがに緊張した面持ちでその声におうじた。

「飛行機収容はじめ！」

まず、嶋崎少佐の九七艦攻が第四旋回で艦尾からまわり込んできた。

九一式改二型航空魚雷は重量八三八キロ、炸薬量二〇四キロである。頭部に起爆装置が内蔵され、一定距離を駛走《しそう》したあと安全装置が解け、命中時の衝撃により爆発する仕掛けとなっている。これが投下器によって胴体下に固着されている。

「魚雷ヲ投棄セヨ」

翔鶴では、城島艦長の命令で、帰投した九七艦攻の腹下からつぎつぎと魚雷が海面に捨てられていたが、やはり飛行隊長市原辰雄大尉だけは魚雷を抱いたまま着艦したらしい。雷撃隊指揮官の意地といったものであろうか。

「艦攻、近づきます！」

嶋崎少佐機は脚を降ろし、着艦フックを下げて一直線に進んでくる。

「ドーン」と地ひびきを立てるような重い音がして機が後部リフト上に降り立つと、溝部兵曹の前を疾走して七番索あたりに着艦フックを引っかけた。鋭い軋《きし》り音を上げてワイヤーが弓なりに伸び、急激に嶋崎機の行き足が止まる。

（ドンピシャだ！）

両脚と尾輪が一面にそろっての、見事な三点着艦である。魚雷もそのままで異状はなく、さすがに隊長らしいと嘆声を発する間もなく、ポケットから走り出た整備員が着艦フックからワイヤーをはずす。

機はふたたびエンジン音をひびかせて、艦首めざして走り出す。後続の二番機の着艦のため、すぐさま飛行甲板を空けねばならないからだ。

機が停止するのを待ちかねたように操縦席から立ち上がった嶋崎少佐が、

「医務科の看護兵！　担架を持って来い！」

と声高にさけんでいる。急速収容のため、整備科飛行班員たちは飛行甲板上をあわただしく駆けめぐる。

小山益雄二等整備兵も、そのうちの一人である。彼は、隊長機に取りついて艦橋横まで押し上げながら、何事が起こったのだろうかといぶかしく思っていた。

取りあえず、バリケードのある前部リフトまで運ばねばならない。ここまでくれば、後続機が暴走しても制止索が食い止めてくれる。

彼ら飛行班員たちが見守るなかで、いつもは威勢よく偵察席の風防を開けて立ち上がる石見大尉はうずくまったままで、操縦席の嶋崎少佐は表情がけわしく機から降りずに仁王《におう》立ちである。

やがて、応急治療室から担架が運ばれて来て、数人がかりで石見大尉を機から抱え下ろした。

右太腿貫通銃創——士官病室に運び込まれた大尉は、宮尾軍医中尉の手当てを受けた。

「三十八度の発熱下らぬが、ガスブランド（壊疽《えそ》の意）その他の恐れはないようである」との所見である。

これで、その後の偵察分隊長の雷撃参加は不可能となった。


二番機の八重樫飛曹長は、はじめての魚雷を抱いたままの着艦なので、張りつめた緊張感のなかにいた。降下態勢に入り、艦尾の着艦標識の直上で赤灯（照門灯）と緑灯（照星灯）が一致しない場合、着艦指揮で赤旗を振ってやり直しをさせられるのだ。

ベテラン操縦員としては屈辱的な仕打ちである。

この進入を、艦橋真下の三番高角砲座にいた羽生津兵曹は息を殺して見つめていた。

「エライこっちゃ！」

彼は上空を見上げて口走った。

「ワイヤーに脚を取られただけでも、大爆発や！」

中国戦線で陸戦隊員としての白兵戦を経験した羽生津兵曹にしても、「あんなに胆《きも》を冷やした、恐い体験はなかった」のである。そして、固唾《かたず》をのんで、艦尾にまわり込んで行く九七艦攻の機影をながめた。

溝部兵曹は、二番機もピタリと定位置に進入してくるのを見て、胸を撫で下ろす気持になっていた。

後続の各機も、不安なく着艦コースに入っている。〝マルチン航空兵〟と蔑称された若輩《ジャク》たちも、よくぞここまで上達したなという思いがこの先任班長の胸にきざしていた。

だが、飛行甲板下の制動機室では思いがけない珍事が起こっていた。着艦フックが制動索を引っ掛けるとワイヤーが伸び、巻きこみドラムが回転する。このドラムの反発力でワイヤーの伸びが止まるのだが、これに異常な力が加わった。と同時に、着艦時の震動も相当にひびいているらしい。

整備班で発動機の点検、調整作業に取りかかっている榊原重雄一等整備兵にとっても、飛行甲板上の騒音は腹にひびいた。

「いったいどうしたんだ？」

不審に思われて、彼は大声を上げた。格納庫内では一騒動となった。

「溝部兵曹！　下から何が起こっているんだと、しきりに訊いています！」

甲板上では、整備科の作業員控所から走ってきた部下の一人が耳もとでさけんだ。

「見た通りだ。そのまま言ってやれ！」

彼はふりむきざまにそう答え、またつぎの雷撃機の進入にそなえた。

3 予期せぬ悲報

原忠一少将は焦りの頂点にいた。

空母祥鳳の沈没は彼の誇りを傷つけたが、それは米国の真珠湾攻撃への報復の成就と同時に、味方の存在を知られていない、という日本側の戦術的優位の喪失を意味していた。油槽艦ネオショー、駆逐艦シムスへの艦爆隊の攻撃により、機動部隊がサンゴ海に出現し、北東海面に日本の空母が存在していることを米国側は知り得たはずである。彼らは、第二波の攻撃隊をすでに放っているのではないか?

事実からいえば、米第十七機動部隊指揮官フレッチャー少将は原艦隊の位置を知らないいま、この一日をすごした。

日本の空母機の攻撃を受けたさい、ネオショーの艦長フィリップス大佐はただちに提督あてに戦闘報告を送るよう航海士に指示したが、この若い将校は〝興奮の極にあったために〟部下にまかせ切りにした。報告は被爆の混乱に巻きこまれて、打電されないままで終わったのである。

シムスが攻撃を受けたさいにも、同じ失敗が重ねられた。戦闘報告はネオショーに乗艦の先任将校の役割であったが、彼もまた〝何らかの理由で〟フレッチャー少将への打電を怠った。これで米国側はその夜、最短で七〇カイリという近距離にありながら、日本艦隊の位置を知ることはできなかったのである。

日本側では、原少将の気持ははやり立っていたが、最大の難点はデボイネ南東方向に発見の米機動部隊までは距離が遠すぎることであった。

ラバウルの南洋部隊総指揮官井上中将からは、「航空攻撃ヲ反覆スベシ」との命令がとどき、先任の第五戦隊司令官高木中将からも再三にわたって近接攻撃が督促されている。

索敵機の報告も、「五航戦の航空部隊は何をモタモタしているんだ」といわんばかりに矢つぎ早やに打電されてくる。

午後一二時二〇分には、デボイネよりの方位一七〇度八五カイリに「敵艦隊ヲ発見」、一〇分後にその兵力は戦艦一、巡洋艦二、駆逐艦三隻と報じてきた（神川丸水偵）。また午後一時一五分には、「敵空母ノ位置『デボイネ』ノ二〇五度一一五浬」（ラバウル基地よりの一式陸攻機）と追加電報がよせられる。

原少将は針路を西に転じた段階で、雷爆撃による全力攻撃を決意していた。油槽艦を目標に選んだ髙橋少佐隊にも「直チニ引キ返セ」とたびたび指示を送ったことが、そのあらわれである。

だが、この緊急信は通信混乱のせいもあって、的確に受信されたとはいいがたい。油槽艦発見後、嶋崎隊は主として南方を、髙橋隊は北西を二時間、約五〇カイリにわたって空しく捜索をつづけたのである。

「何としてでも敵空母を沈めてやる！」

艦橋内で、強気の山岡先任参謀が声をはげましていったが、航空参謀三重野少佐だけは専門家らしく冷静な判断を下していた。

「司令官、敵機動部隊までの距離が遠すぎて、槍の穂先がとどきません。それに、発艦時刻を午後二時半としても、帰途は夜間になる。搭乗員の技倆からみて、夜間着艦はとてもムリでしょう」

「では、夜間攻撃、夜間着艦のできる者ばかりを選んで出したらどうか」

それなら攻撃隊は出せるだろう、と原少将は強気の姿勢をくずさない。なるほど分隊長、分隊士クラスを核として古参搭乗員と技倆優秀な若手だけを組み合わせれば、一、二航戦なみの雷爆撃分隊が編成できる。

「場合によってはこれを捨てる覚悟で、何としてでも発進させよう」

慎重型の将官としては、珍しく己の決意をはっきりと口に出した。司令官がそれだけの覚悟をしているのなら、もはや航空参謀として反対を口にすることはできなかった。

このやりとりを聞いていた大谷通信参謀は、「薄暮《はくぼ》に出撃して、米空母の横あいから忍びよって奇襲をかければ成算がある」と、むしろ積極的に支持する気持だった。

「夜間攻撃ができるという技倆の者は、搭乗員のなかでもエリート中のエリート。腕前は米国よりは上、という自信があった。幸い味方の位置は知られていない。彼らが結束して不意の攻撃をかければ一たまりもない、と当時は思いこんでいた。

もちろん、相手がレーダーを装備しているなどとは知らなかった。危険は承知の上だ。失敗すれば、幹部を一挙に失って、残りは若い搭乗員ばかりですからね。翌日の戦闘をどうするか。

だが、戦争とはこんなものです。〝皮を切らせて、骨を斬る〟――それぐらいの覚悟でないと、勝利は得られない」

嶋崎少佐が帰艦してきたとき、艦橋の空気はこのようなものであった。

「夜間攻撃のできる者ばかりを選んでくれ。どれだけ出せるか、よく検討してほしい」

下田飛行長が背後にいた江間大尉にも声をかけた。

「艦攻、艦爆隊の一個分隊は、出せるだろう」

「取りあえず人選をいそぎます。だが……」

といいかけて、嶋崎少佐はつぎの言葉を呑みこんだ。編成に気がかりなことがあったからである。

魚雷を抱いたまま着艦したあと、金沢飛曹長が昼食で空腹をいやし搭乗員待機室で攻撃準備に取りかかっていると、下田飛行長が足早に入ってきて、

「金沢飛曹長、索敵に出てくれ」

と、声がかかった。(また索敵か)と、正直そんな思いがした。

索敵とは地味な任務である。進出距離二〇〇〜三〇〇カイリ、三時間ないし四時間ものあいだ洋上を黙々と飛びつづけて行かなければならない。

雷撃出動といわれれば、これは死の危険と隣りあわせの苛酷な任務だが、昼夜間を問わず猛訓練に明け暮れた半歳を思うと、一度は米空母に突撃してみたいという旺盛な闘志に駆られていた。

だが、日華事変いらいの古参搭乗員としての自負と誇りもある。やれやれといった不満の表情を消して、「承知しました」と格納庫にむかおうとすると、

「いや、今朝の飛行機は攻撃隊に使う。予備機で行ってくれ」

と、下田中佐が手で制した。

予備機とは、上下二層の格納庫の下、最下層に搭載されている補用機のことで、艦攻、艦爆隊の被害にそなえてそれぞれ三機ずつ搭載されている。

金沢飛曹長は、ふと不安な気持に駆られた。自分の愛機なら、整備も行きとどいて機体も磨きあげ、一キロでも飛行距離を伸ばすよう抵抗を少なく仕上げてある。予備機とはどんな整備がしてあるのか、気がかりだった。

さすがにムッと腹立つ思いがしたが、その怒りもぐっと呑みこんだ。

操縦員は石原久一飛曹で乙飛六期出身。電信員は操練五十二期出身の西沢十一郎二飛曹で、この日早朝からの同じペアである。

「われわれが索敵する西方海面に、敵機動部隊が出現した、との情報がある。厳に四周を警戒して飛ぼう」

機数は両艦あて四機ずつ、合計八機。索敵線は西方二三〇度から二九〇度まで八本、進出距離二〇〇カイリ、側程二〇カイリ。

金沢飛曹長が「敵空母発見」より「前路警戒」を指示したのには、理由があった。あれほど攻撃隊派出に固執していた原司令官が、第二次出撃を断念したのである。

その原因は、三重野航空参謀の慎重な判断によるものであった。

嶋崎少佐がもどってきた午後二時の段階で、米機動部隊との推定距離は四三〇カイリ（七九六キロ）、米戦艦部隊との距離三八〇カイリ（七〇四キロ）。しかも、彼らは二〇ノットの速力で西方にむかっている。両者の距離はひらくばかりである。

日没は午後六時一四分。午後おそくに出撃し、どんなに攻撃隊が彼らを追いかけてもとらえることができず、帰投は夜間で、攻撃隊を収容するためには厳重に守られてきた無線封止を破らざるを得ない。

第二次攻撃隊の出撃にたいし、嶋崎少佐が真っ先に問いただしたのは、

「――戦闘機の護衛はどうなりますか」

という点であった。

相手は、はじめて会敵する米機動部隊である。米海軍の直衛戦闘機グラマンＦ４Ｆ『ワイルドキャット』は手強く、英国海軍の比ではないという情報だ。

重い魚雷を抱いた九七艦攻が事前に彼らに攻撃を受けた場合、結果は火を見るよりも明らかである。丸裸の雷撃隊は無謀で、危険にすぎる。

「岡嶋大尉の意見はどうか」

艦橋内での打ち合わせで、三重野少佐がほこ先を転じてきいた。さすがに、日ごろは張り切り屋の戦闘機隊長も、表情は重く沈みがちである。

「帰途は夜間になるというのは、どうも……」

と、口をにごす。雷爆撃隊を直掩して途中で空戦となった場合、編隊はくずれてバラバラになる。各機が個別に母艦をめざして三〇〇〜四〇〇カイリの距離を帰ってくることになるが、頼りはクルシー式方位測定機である。

だが、試作段階では各機に設置されるはずのものが、米国が輸出制限を加えたため、生産にあたっては分隊長機にしか積みこまれていない限定配分なのだ。

編隊がくずれれば、部下の各機は暗闇に手さぐり状態で帰ってこなければならない。

（無理をしなくても良いのに）

というのが、岡嶋大尉の本音である。だが、第一線の戦闘機隊長として、それを口に出せる雰囲気ではなかった。もし言えば、当時の攻撃第一主義の空気からいって「卑怯者！」の一言で片づけられたであろう。

岡嶋大尉の沈黙は、無言の拒否をしめしていた。暗夜の単独帰投は無意味な犠牲を意味していた。

「艦長は、どう思われますか」

嶋崎少佐が同意をもとめるように、横川大佐の表情を見た。

横川大佐は砲術科出身で、夜間雷爆撃の成果がどのていどのものか、判断がつかない。むしろ、夜間攻撃となった場合、出撃機数、戦法によって戦果の多寡《たか》は決まるはずで、それは飛行隊長自身が判断することではないのか。

「…………」

横川艦長も沈黙している。

嶋崎少佐は、薄暮雷撃の困難を承知している。この場合、相手は待ちかまえている敵である。インド洋作戦で、英海軍のスウォードフィッシュ雷撃機が南雲艦隊をめざして出現したさい、直衛の零戦隊によってさんざん蹴散らされていた現場に立ち会ってきただけに、それと同じ目に遭《あ》うのではないか、という危惧がある。

また、雷撃隊一個分隊という小編成で攻撃をかけるよりも、明朝になって全攻撃隊あげて突入すべきではないか。

「戦闘機の護衛なし、というのはどうもなあ……」

直衛機なしで行け、と言われれば行かぬでもないと覚悟を決めて、嶋崎少佐は三重野参謀にむかって不得要領にいった。

「やむを得ん。午後の発進は中止しよう」

幹部たちのやりとりを聞きながら、苦渋の色を表情ににじませて原少将は決断した。米空母部隊は遠距離にすぎ、もし攻撃隊が失敗した場合、明早朝ふたたび彼らが飛び立って行かねばならない。無理はできない、と祥鳳沈没の報を聞き〝弥猛《やたけ》にはやった〟勇猛心を冷やす心のゆとりができたのである。

午後三時、原少将の意見具申を受けてMO機動部隊指揮官高木中将から、各隊あて電報が打たれた。

「距離ノ関係上本日五航戦ノ飛行機ヲ以テスル攻撃ハ遺憾ナガラ見込ナシ(以下略)」

遺憾ナガラ——と書く文意に、第五戦隊司令部の無念さが読みとれるようである。

金沢飛曹長はいつものように弁当、熱糧食、サイダーなどとともに、常備の時計三個——航空時計、秒針の大きなストップ・ウォッチ、自分の腕時計——を携行し、飛行甲板の九七艦攻予備機に乗りこんだ。

素早く計器類を点検する。整備は充分だろうなと、ふと疑念が一瞬頭をかすめたが、整備を見直す時間の余裕はない。

「途中、敵戦闘機が待ちかまえているかも知れん。見張りを厳重にしろ」

伝声管で操縦席の石原一飛曹に声をかけると、腕時計で発艦時刻をたしかめた。午後三時一五分、機は母艦を離れた。

旗艦瑞鶴では、新たな事態が生じていた。

翔鶴からも四機、合計八機の索敵機が扇形になって前路警戒に飛び立ったころ、艦橋でふたたび薄暮攻撃が争点となって浮上していたのだ。

艦橋下の電信室から、MO主隊重巡青葉の触接機よりの緊急信「敵ハ反転セリ」（午後二時七分発信）が報告され、ついで同機からの「敵針一二〇度」が新たに打電されてきた。米機動部隊は西行をやめ、味方艦隊にむけて反転してきたというのである。

原少将の表情に生気がよみがえった。いったんは断念した薄暮攻撃隊をふたたび発進させることが可能となったのだ。

中止命令が出される直前に、「各艦ノ艦爆六、艦攻六、夜間着艦可能者発進セヨ」の発光信号が高木中将から出された。その命令を復活させれば良いだけである。

だが、主務参謀の三重野少佐はまだためらっている。首をかしげながら、原田整備長にたずねた。

「整備完了して、発艦できるのは何時になるかね」

ネオショー攻撃の艦爆隊すべてが母艦に収容されたのは翔鶴隊が午後一時一〇分、瑞鶴がおくれて同三時一五分である。搭乗機を点検、整備して再出撃の準備を完了するためには小一時間はかかる。

「午後四時一五分なら発進できます」

「——おそいな。いずれにしても、敵空母に取っかかるのは薄暮になるか」

その後の嶋崎少佐の人選で、艦攻は小隊三機が追加され、九機編成となっている。両艦の艦爆一二機、艦攻一五機、合計二七機——これだけの兵力で、果たして米戦艦部隊と二群に分かれた空母部隊（推定）と太刀打ちできるのだろうか？

三重野航空参謀は決断をせまられていた。原少将も「場合によってはこれを捨てる覚悟で」とまで言い切ったが、強気の山岡先任参謀と同様に、他の日本型指揮官と同じく配下の三十八歳の少壮参謀に最後の判断をゆだねた。

最悪の場合を想定すると、たしかに恐ろしい地獄図絵が待ちかまえていた。

もし、味方攻撃隊が直衛のグラマン戦闘機隊によって待ち伏せされていた場合、不意を襲われて全滅する可能性がある。その結果、翌日の空母決戦では来襲する米軍攻撃隊により惨敗。瑞鶴、翔鶴とも大被害を受ける。

祥鳳を喪い、丸裸となったポートモレスビー攻略船団は空襲を受け、二、〇〇〇名の将兵は海没し、海戦は日本側の致命的敗北に終わる……。

三重野少佐が「どうしようかな」とつぶやきながら艦橋に出てきた姿を、発着艦指揮所にいた下田中佐が目撃している。

発着艦指揮所には、状況を知った分隊長が集まって来ていた。嶋崎少佐や江間大尉、艦攻隊の坪田義明、村上喜人、佐藤善一、艦爆隊の大塚礼治郎の新参大尉、艦戦隊の岡嶋大尉の姿が見えた。

「戦闘機の掩護なしでも攻撃するか」

三重野参謀は決めかねている。見敵必殺は、日本海軍のモットーである。これに異をとなえる指揮官はいない。しかし、重い爆弾を抱えて丸裸のような状態で米空母に雷爆撃をかけるのは放胆にすぎよう。いな、むしろ蛮勇《ばんゆう》というべきか。

下田中佐も迷っていた。瑞鶴就役時から飛行機隊の練成にあたってきた彼は、初代の佐藤正夫大尉いらい戦闘機隊の薄暮訓練が出来上がっておらず、夜間飛行を要求する練度にないことをよく知っていた。

一、二航戦のベテラン搭乗員は実施部隊に勤務ののち、艦隊勤務に二年、夜間飛行を完成するために二年を要した。これでこそ、世界一流の技倆の持ち主となった。瑞鶴隊の練成は、わずか半年にすぎない。

こうした分隊長たちの議論を制したのは、坪田大尉のつぎの一言である。

「征《ゆ》きましょう」

と、彼は決然とした口調でいった。

「敵を見て攻撃せぬ法はない。戦闘機の直掩は不要だ。これが見敵必殺の精神だ」

嶋崎少佐がおや？　という風に、彼の表情をみた。広島県出身のふだんは目立たない、寡黙な性格の人物が思いがけないはげしい闘志をむき出しにしたからである。

坪田大尉は言葉をついだ。――われわれがトリンコマリー攻撃にむかったさい、英国海軍機は白昼堂々と掩護戦闘機もつけずに味方機動部隊に攻撃を敢行してきたではないか。この〝英国人魂《ジョン・ブル》〟をわれわれは学ぶべきだ。

嶋崎少佐は、坪田大尉の一言で目が覚めたようになった。彼は意を決したように、一同の顔を見渡して言った。

「よし、やろう。薄暮攻撃だ」

事態は、坪田大尉の進言通りなのである。航空戦は一刻を争う大事で、この日早朝から米側に先手を取られている味方の立場からいえば即刻一矢を報いたいところだ。

三重野参謀はただちに艦橋に引き返し、原少将に各指揮官たちの熱意をつげた。これで、五航戦攻撃隊二七機による薄暮攻撃が決まった。

下田飛行長も、坪田大尉の決意の一言で迷いをふっ切った。その折の心境とはこうである。

「まさか坪田があんなことをいい出すとは思わなかった。意外でした。しかし、行くか行かないかは搭乗員の気持次第ですから、私も納得した。ちょうど日の暮れかかる薄暮攻撃なら何とか成功する、という気持もありましたからね」

坪田大尉の決断は正しかったのか。その回答は、ほかならぬ彼自身がのちに知ることになる。

嶋崎少佐は、さっそく艦攻隊の編成に取りかかった。まず〝拳銃暴発事件〟の石見大尉に代えて、偵察員として特練出身の新野多喜男飛曹長を第二中隊から引きぬいた。

第一小隊はいつもの三機で、二番機は八重樫春造、姫石忠男、大内公威のペアである。第二小隊長に村上喜人大尉、二番機横枕秀綱三飛曹。

第二中隊長は坪田大尉で、第一小隊を彼が直率し、第二小隊二機を早朝の索敵任務から帰った一番機佐藤善一大尉、二番機田原幸男一飛曹のベテランコンビに入れ替えた。これで夜間飛行のできる雷撃チームが出来上がった。

江間大尉は、艦爆隊メンバーを厳選することにした。彼の輩下には他科からの転向組や若輩者《ジャク》が多く、上級訓練がまだ完成していなかったからである。

江間大尉の第一小隊は二番機稲垣富士夫一飛曹（昇進）、三番機江種繁樹一飛のいつものトリオ、第二小隊は大塚礼治郎大尉以下、二番機福永政登飛曹長、三番機酒巻秀明二飛曹のベテランである。

出発は午後四時三〇分と決まった。日没まではあと二時間たらずである。米機動部隊までの推定距離二八〇カイリ、ぎりぎりにたどりついても残照の三〇～四〇分間が勝負どころであった。

「搭乗員整列！」

艦内スピーカーの呼びかけに応じて、待機室にいた嶋崎少佐以下三九名の攻撃隊員たちが三々五々艦橋下に集まってきた。

攻撃参加の八重樫飛曹長は、「初陣とは、よくぞ名づけたものだな」と後になって思うことがある。

――五月八日のレキシントン雷撃戦、十月二十六日の南太平洋海戦と二度の死地をくぐりぬけた体験を持つ彼は、何も知らず輪型陣の業火《ごうか》の恐ろしさにも気づかず、魚雷命中を夢見て胸をときめかせていた初陣の稚さを思うのである。

せめてもの腹ごなしと主計科心づくしのお握りをムシャムシャと頬張りながら、彼は威勢よく振舞っている指揮官のひとりが何も手をつけずに「俺の魚雷を命中させてやる！」と意気まいているのに気づいた。

（あの人も、やはり雷撃戦は怖いのかな）

そんな感想が、ふと頭をよぎった。

金沢飛曹長は二七〇度の索敵線にそって、真西に飛行をつづけていた。発艦地点の雲量八～九、雲高二〇〇～五〇〇メートル。視界一〇キロ、スコール多シ、と記録にある。

「視界が悪いから、しっかり見張ってくれ」

操縦席の石原一飛曹に声をかけた。時折、スコールが風防を叩きつけ、一寸先も見えなくなる。快晴の日和なら高度を上げ、四周をくまなく見張る余裕が生じるが、雲が低いために低空を這《は》うように飛行しつづけなければならない。

この日、サンゴ海に張り出した寒冷前線はそのまま北西にのびて、雲の切れ間がなかった。三人の索敵機搭乗員たちは目を凝《こ》らすようにして、左右はるかな洋上に視線を投げかける。

往程二〇〇カイリ、右に折れて側程二〇カイリ。計画通りに飛行したところで、金沢飛曹長は操縦席に声をかけた。

「敵空母はいないようだ。引き返そう」

発艦より一時間一五分を経過していた。

帰途は雲上に出てさらに同時間、折り返して飛行をつづけたところで思いがけないことが起こった。帰艦推定位置に瑞鶴の姿が見当たらないのである。

「機長！　母艦が見えません」

伝声管から石原一飛曹の切迫した声がした。

「そんなはずはない！　しっかりさがせ」

「いや、どこにも見えんのです！」

金沢飛曹長も眼を皿のようにして、四周に視線をくばる。

雲の下に出ると、日没直後の洋上は予想外に暗く、漆黒の闇がせまっていた。電信席の西沢十一郎二飛曹も、必死になって視線を走らせる。

「こりゃ、いかん。針路が五度ずれている！」

金沢飛曹長は呆然《あぜん》となった。発艦前の不安が的中したのである。

九七艦攻の操縦席には羅針儀、定針儀、水平儀などの航法計器が備えつけられ、偵察席にも羅針儀、的針測定器が装備されているが、予備機のためその両方の整合がおこなわれないまま飛び立ってしまったのだ。

思いがけない失策であった。ふだんなら愛機の手入れをし、計器類も念入りに調整して、航法の誤りがないことを期している。〝偵察の金沢〟と飛行長からの信用が篤《あつ》いのも、そのためだ。

しかしながら、今はその失敗をなげている場合ではなかった。混乱した頭の中で、さまざまな対策を考える。

出発点から五度ずれていたとすれば、二〇〇カイリ飛行したところで距離の誤差がさらに大きくなる。そのズレがどれほどのものかを知るために、自席の時差修正、風向、風速を計算に入れた偏流修正を図板に記入する。同じ作業を操縦席の分もくり返し、誤差の範囲を知る。

太陽や星の位置から機位を測定するには、六分儀を使っての天測航法があるが、あいにくの曇天で天象からそれを割り出すことができない。

もっとも確実な方法は長波を出し、母艦に方位を測定してもらうことだが、果たして厳重に守られている無線封止を破ってくれるかどうか。

九七艦攻には三種の無線兵器が搭載されている。母艦との交信用の九六式空三号無線電信機と各飛行機間の一式空三号隊内無線電話機、そして帰投用の一式空三号無線帰投方位測定機、俗にいうクルシー式帰投方位測定機である。

「ズイ（瑞鶴の意）位置知ラセ」

後部座席の西沢二飛曹は、夢中で無線電信機のキイを叩く。案の定、返事は来ない。額に汗がにじむ。あせった彼は、再度催促の無電を打つ。

「燃料は、あとどれぐらいあるか」

金沢飛曹長が声をかけた。

「まず二〇分、精一杯がんばっても三〇分というところでしょうか」

「それじゃ、レンネル島まで行って不時着するか、自爆するか。それ以外に途はないな」

「レンネル島まで行きましょう！」

石原一飛曹が切羽つまった口調で答えた。西沢二飛曹は操縦席と機長とのやりとりの声を聞きながら、これで自分の搭乗員生活もお終《しま》いなのか、と思った。

この時点で、彼ら三人は薄暮攻撃隊が母艦を発進していたことには気づいていない。瑞鶴と飛び立った各機との交信は、どの機からも同じ周波数を使っておこなわれる。

耳をすませば、とつぜんレシーバーに何通かの発信音が聞こえた。西沢二飛曹は、何らかの変事が起こったのではないかとふと気がかりになって、傍受した一本を暗号書と照らし合わせて解読してみた。

その中身には、おどろくべき内容が報じられていた。午後六時三分、瑞鶴機から母艦あてに打電されたもので、電文には衝撃的な出来事が報じられていた。

「攻撃隊敵戦闘機ノタメ全滅」

とすれば、攻撃隊とは彼ら索敵機が発艦した後に、米空母めざして五航戦飛行機隊が出撃したのだろうか？ 西沢二飛曹は思わず、伝声管にさけび声をあげた。

「機長、大変な電報が来ました！」

4 海戦史上の珍事

五航戦の瑞鶴、翔鶴両空母から放たれた薄暮攻撃隊は、待ちうけていた米第十七機動部隊のグラマン戦闘機群の急襲を受けた。この事態は彼らの予期せぬものであったから、完全に不意をつかれた。

米空母に装備されたＣＸＡＭ長距離レーダーがこの海戦で使用され、効力を発揮した。実際に装備されたのは一九四二年（昭和十六年）からで、日本側はその事実にまったく気づいていなかったのだ。

――午後六時五分のことである。出発後、一時間三五分たっていた。

厚い雲が低くつづき、雲高五〇〇メートル。この雲の連なりの下、高度三〇〇メートルで進撃してきた五航戦攻撃隊は、ぽっかりと青空ののぞく隙間に出た。

日没直前のまばゆい空が雲間にのぞいて見える。その上空から、突如グラマン戦闘機の一群が降ってきたのである。

嶋崎少佐のひきいる瑞鶴艦攻隊九機を中心として、左翼側に市原辰雄大尉の翔鶴艦攻隊六機。そのはるか後上方に髙橋赫一少佐の翔鶴艦爆隊六機、右翼に江間保大尉の瑞鶴艦爆隊六機——合計二七機、四つの集団が西方にむけて進撃していた。

重い魚雷を抱いた九七艦攻は、どうしても艦爆隊より機速がおくれがちになる。大づかみな状況でいえば、艦攻隊グループは後方に大きく取り残された形になる。その嶋崎隊がねらわれたのだ。

日本側の敵情判断に、まず大きな狂いがあったことを指摘しなければならない。第一は、神川丸の米機動部隊索敵位置報告が正確さを欠き、第六戦隊の衣笠、古鷹両水偵の触接報告も位置がバラバラで、米側兵力も全体像をとらえていない。そのために、第四艦隊司令部情報にもとづいて算出した五航戦司令部の米空母の推定位置は、実際よりも一一〇カイリ遠方とされていた。

第二は、出発前の敵情判断で、下田飛行長から薄暮攻撃の利点が強調されたきらいがある。日没前後の三〇〜四〇分間、視界差を利用して米空母に接敵し忍びよれば、「米空母艦内に納《おさ》まった飛行機はバスケットに入れた卵同様」で、奇襲成功のチャンスがまったくないとは言い切れまい。薄暮攻撃となれば逆に米戦闘機群の妨害も少なく、「むしろゆっくりと攻撃できると安心していた」と、攻撃隊の一員であった佐藤善一大尉の回想にある。

レーダーの存在を意識しない指揮官たちのこうした判断で、日本機搭乗員たちに油断が生じた。急襲された江間大尉も、「それにしても、敵戦闘機はいかにして、洋上のわが攻撃部隊を発見したのであろうか」と、当時は首をかしげたものである。

一方、米海軍の初期レーダーは、半径八〇マイル（一二九キロ）の範囲内で目標をとらえることができ、艦内の戦闘指揮班ＣＡＰ（Combat airpatrol）の指示によって防空戦闘機が急速発進し、これに立ちむかうというシステムになっていた。

だが、相手機の高度までは判定できず、また高速移動する目標がスクリーン上から消えたりする未成熟のものであったから、完璧なレーダー防御網とはいいがたい。

日本側にとって不運なことは、曇天のなかに不意に空けられた自然のいたずらともいうべき雲の切れ間が、偶然日本機の存在を彼らの眼前にさらすことになったのだ。

午後五時四五分、米空母両艦のレーダーは南東一四五度方向、距離八三キロ付近に未確認機の一群をとらえた。ただちにレキシントン艦上の戦闘指揮班トーマス・Ｍ・ギル大尉に緊急連絡がつたえられる。

レキシントン艦上からポール・Ｈ・ラムゼー少佐がグラマン戦闘機四機をひきいて迎撃に飛び立ち、ヨークタウンからはジェームス・Ｈ・フラットレー少佐が一一機を指揮して緊急発艦する。合計一五機が〝未確認機〟の方向をめざして飛び立った。

〝未確認機〟と記したのは、ギル大尉がレーダー性能が不備のために哨戒中の米軍機との可能性をも否定しえなかったためである。このために、フラットレー少佐も同様の疑念を抱いて日本機の迎撃に消極的となった。結局、彼らは会敵に失敗したのだが、その反転は、結果的にいえば日本側攻撃隊にとっては不幸中の幸いであったといえる。

最初に嶋崎隊を発見したのはラムゼー少佐隊のグラマン戦闘機四機であった。日本機を破壊するには、この機数で充分であった。彼らはあの恐るべき戦闘機〝ゼロ・ファイター〟の護衛をともなっていなかったからである。

少佐は米海軍の対日本機の新戦法――ヒット・エンド・ラン戦法を採《と》ることを、部下のジョージ・A・ホッパー少尉に命じた。

「ジョージ、君は中央の二機をねらえ。おれは後方の二機をやっつけるから」

嶋崎少佐の第一中隊と右翼側坪田大尉の第二中隊は、約二〇〇メートルほどの距離をひらいて飛行していた。

第一撃で、坪田隊の最後尾にいた田原幸男一飛曹機が火を噴いた。ついで嶋崎隊の横枕秀綱三飛曹機にグラマン戦闘機の火箭《かせん》が走ったが、横枕機は機体をすべらせてこれを逃れた。つづく第二撃で、杉本諭一飛曹の九七艦攻が火だるまとなった。

重い八〇〇キロ航空魚雷を抱いて鈍重な飛行をつづけてきた艦攻隊は、防弾、防火装置を持たない日本機特有の脆弱さのために、燃料タンクに一撃を加えられれば機体がたちまち炎上した。

後方の翔鶴艦攻隊二機が火を噴き、海上に墜ちて行くのが嶋崎機から望見された。これも瞬時の出来事である。第一撃を放ったラムゼー少佐隊は態勢を立て直し、翼をひるがえして村上喜人大尉機に襲いかかる。

嶋崎少佐の二番機の位置にいた八重樫飛曹長は、グラマン戦闘機二機が後上方から機銃弾を乱射しながら前方に駆けぬけて行くのを見た。とっさのことで、嶋崎機は左に急旋回し、自分は右に急旋回して空中で交叉する形で射弾を逃れた。

これが、機体炎上を避けた最大の理由だったらしい。機は無事だったが、尾部が破損し無線機に被弾したため受信が不可能となっていたことが、後でわかった。

電信席の大内公威一飛が夢中で七・七ミリ機銃を射っている。グラマン機と対抗するのは、この旋回銃一梃にすぎない。続航する村上大尉機が焔につつまれるのを眼の端にとらえながら、追尾をつづけてくるグラマン一機をふり払うために、彼は前方にあるスコール帯に逃げこもうとした。

村上大尉機はグラマン戦闘機の第二撃をさけることができなかった。偵察員馬場常一飛曹長、電信員宮田長喜三飛曹。

八重樫機は射弾をさけるために海面に下り、白波が立つくらいの超低空で飛ぶ。ところが、機速がなかなか出ないのだ。

「分隊士！　早く魚雷を捨てて下さい！」

偵察席の姫石忠男一飛曹の絶叫するような声がきこえた。夢中で避退行動をつづけたために、重い魚雷を抱えていることを忘れてしまっていたのだ。すぐさま投下レバーを引いて、切り離す。

右になり左になり、巧みにグラマン戦闘機の射弾を逃れるが、相手は一向にあきらめる気配がない。グラマンの武装は一二・七ミリ機銃六梃。執拗に追躡《ついじょう》をつづけて来る。さすがに、容易ならぬ敵だ。

（しつこい奴だ！）

恐怖と絶望感に駆られて舌打ちしながら、八重樫飛曹長は中国戦線でついぞ経験しなかった米海軍パイロットの逞《たくま》しさと底力を感じていた。

ようやくのことで、スコールのなかに飛びこむ。一瞬のうちに雨が風防を叩きつけ、周囲が見えなくなった。追いかけてくるグラマン戦闘機の姿は消え、どうやらふり切ったようだ。

スコールを突き切って、雲の上に出る。高度計は一、五〇〇メートル。日は落ち、深い闇がひろがっていた。見上げると月はなく、満天の星空である。南十字星は輝いていたはずだが、気持は動転していたせいか記憶にない。

またしても絶望感が全身をとらえた。無我夢中で空中操作をくり返したため、針路を見失い、どこがどうやら、どちらの方向をめざして帰投すればよいのか、皆目見当がつかない。おまけに、受信機までもが使用不能だ。

「姫石よ！　このまま燃料のあるかぎり飛びつづけて、母艦を探すが……」と、偵察席に声をかけた。

「それで燃料がなくなったら、自爆だ！」

「分隊士、大丈夫です！」

力強い声が返ってきた。「航法は、私にまかせて下さい！　何としてでも帰ってみせます！」

「ありがたい！」

思わず、腹の底から喜びの声が出た。機位は失したが、幸い星が出ていて六分儀を使って天測航法で方位と高度を図板に記入し、位置を割り出すつもりらしい。さすがは恩賜の特練組だと、彼は天に感謝をしたい気持になった。

「このときほど、姫石を頼もしく思ったことはない」

と、八重樫飛曹長はのちに語っている。姫石一飛曹とは奇しき因縁話があり、准士官室で同室の新野飛曹長は特別練習生時代の彼の教員で、偵察員としての優秀ぶりをよくきかされていたものだ。

姫石忠男一飛曹は乙飛五期出身。その後、各地を転戦し、この大戦中を生きのびたが、昭和二十年八月十四日、内地で戦病死している。

一方、江間大尉の艦爆隊は彼らの前方上空の位置にあったために、グラマン戦闘機群の第一撃を受けずにすんだ。

「敵の戦闘機、艦攻にかかってきます！」

後部座席の東藤一飛曹長から、おどろきの声がした。嶋崎少佐の艦攻隊ははるか後方にあって、その双方の動きは手に取るように見えた。東飛曹長の悲痛なさけび声が伝声管から飛ぶ。

「一機、火を噴いています」

「また一機、やられました」

紅蓮の炎を出して編隊から墜ちて行く九七艦攻の姿が遠目にもよく見える。燃料タンクに被弾すれば、一瞬のうちに全機火だるまと化すのである。

「集マレ、集マレ」

江間大尉は小きざみなバンクをして、編隊六機が緊密な隊形を組んでグラマン戦闘機の来襲にそなえるよう指示を出す。第二小隊長大塚礼治郎大尉が指揮官機との間あいをつめる。

九九艦爆は機首に七・七ミリ固定銃二梃、後部電信席に旋回銃一梃の装備がある。空戦に巻きこまれれば、格闘戦も可能である。

だが、追尾してきたグラマン戦闘機群は、接近戦を挑んできたが深追いせず、すぐに反転した。江間隊がふたたび雲の下にもぐりこんだのと、陽が沈み、急速に夜の闇がせまってきたからだ。

彼らも帰投する母艦を見失う恐れがあった。

被害機を出さなかった高橋、江間両艦爆隊はひるむことなく、西行をつづける。市原大尉の艦攻隊も二機を喪ったまま、魚雷を投棄せず密集隊形でその後を追う。米機動部隊は迎撃戦闘機の出現でその存在が明らかになったように、確実にこの近海で航行しているはずなのだ。

嶋崎少佐の瑞鶴艦攻隊は四散していた。少佐機自身もエンジンに被弾し、二番機の八重樫飛曹長は単機となって雲上に逃れた。

第二中隊長坪田大尉は海面に低く舞い下り、グラマンの追撃から逃れようとした。右翼側に列機を撃墜され、単機となった小隊長佐藤善一大尉機がぴったりとついてくる。

第三撃目、二機それぞれにグラマン戦闘機が射弾を放った。佐藤機が右に、左に――二・七ミリ機銃弾をさけようと回避運動をつづけていると、後部電信席から「あたった、あたった!」とさけぶ声がした。とっさに振りむくと、グラマン戦闘機から白煙が噴き出している。

(やれやれ、助かったか……)

と一息ついたつぎの瞬間、グラマン戦闘機が態勢を立て直し、ふたたび後上方から攻撃をかけてきた。かろうじてこれをかわし、前方のスコールに飛びこんだとき、左翼側に被弾し、ガソリンの尾を曳きながら低空で逃れて行く坪田大尉機を目撃した。これを追って、米軍機はさらに射弾をあびせかける。

坪田大尉の最期は、以下のようなものである。佐藤大尉の回想メモ。

「……私は夢中で目前にあったスコールに飛びこみ、全速で雲中に避退せんとす。その時、坪田大尉機は他のグラマンにやられ、油を曳きながら五〇〇メートルぐらい横を低空で飛行する。助かったのかな、と思ったとき、水中に突っこむのを望見した」

坪田機の最期は、米戦史にも記録されている。その日本機は、火の塊となり「時にはバスケットボールのような塊となり、あるいは手榴弾が爆発したようになった」——。

彼と運命をともにしたのは偵察員小坂田登飛曹長、電信員遠藤多作一飛曹。

坪田大尉の死は佐藤大尉に衝撃をあたえたが、彼を打ちのめしたのはそれだけではなかった。視界内に味方機が一機も見当たらなかったのだ。

佐藤大尉は、いよいよ自分も最後のときがきたことを自覚した。

「母艦あて、発信！」

と、彼は電信席の大谷良一一飛曹に命じた。

「攻撃隊敵戦闘機のために全滅」

江間保大尉は夕闇のなかを、西方にむけて索敵飛行をつづけていた。日没と同時に北に折れ、側程二〇カイリ。雲が低く、闇がひろがるなかをひたすら飛びつづける。

後続機とは、翼端灯のみが頼りである。

「敵ヲ見ズ、帰途ニツク」

午後六時二〇分、ついに米空母部隊捜索をあきらめた。スコールの多い悪天候と深い闇が、これ以上の索敵攻撃行を断念させたのである。反転途中で、せっかくの爆弾も投棄する。第一次攻撃では魚雷を抱いて母艦にもどった翔鶴の市原大尉機も、同様にそれにならった。暗夜の着艦ではそんな荒わざも不可能であったからだ。

この帰途の最中で、奇想天外な出来事が起こったのである。帰投線上に二隻の空母が明かりを点《とも》し、飛行甲板では収容作業に取りかかっている。

（味方母艦が迎えにきてくれた）

と、江間大尉は思った。午後七時ちょうど、反転を決意してから四〇分を経過している。距離にして一七〇〜一八〇カイリ。味方空母が西行をつづけていたとすれば、ほぼ予想していた通りの位置である。

先頭の位置にいた艦爆隊総指揮官髙橋少佐はみずからの航空灯、編隊灯を点火した。そして、母艦に向って「着艦ヨロシキヤ」の信号を送った。すると母艦からも応答があって、「着艦ヨロシイ」の許可が出た。これが、偶然にも味方信号と一致していたらしい。高橋少佐は高度二〇〇メートルまで下り、解散の信号をし、着艦すべく誘導コースに入った。

江間大尉も翔鶴隊六機と分かれて着艦すべく、後方の母艦へむかった。飛行甲板にそって小さな明りが点じられ、矩形の電灯が闇に浮かんでいる。

そのときのことだった。後部座席の東飛曹長がおどろきの声を発した。

「あっ、籠《かご》マストだ！」

籠マスト——とは、米太平洋艦隊の戦艦群の艦橋構造物を指し、米空母の大型艦橋を見てそれを連想したのだろう。

仰天した江間大尉はあわててエンジンを全開し、飛行甲板を飛びぬけた。異変に気づいた母艦甲板では一瞬のうちに照明灯が消され、周辺の護衛艦艇群からいっせいに対空砲火の火ぶたが切られた。

後になって気づいたことだが、米空母を中心として重巡、駆逐艦群の輪型陣の部隊が闇夜にひろがっていて、その真ん中に飛びこんでいたのだった。

米側のフレッチャー提督も、暗夜に不意の日本機の出現に度胆をぬかれたにちがいない。最初に異変に気づいたのは空母レキシントンの艦長フレデリック・C・シャーマン大佐である。彼は収容中の戦闘機の数が予定機数を上まわっている、との報告を受けた。だが、そのうちの三機が何のためらいも見せずに着艦態勢に入っている。あまりにも大胆で、自然な動作であったために一瞬の隙が生じた。

輪型陣の外側にいた直衛駆逐艦モリスが素早く日本機と見破り、対空砲火をあびせかけた。重巡ミネアポリス、駆逐艦モリス、ラッセルが狂ったように射弾を射ち上げる。「着艦を企てた三機のうち、一機を撃墜した」と米戦闘報告にあるのは、江間大尉の二番機稲垣富士夫一飛曹機のことを指す。

江間大尉は、編隊がバラバラになって、各機とも思いおもいの方向に避退した——と回想しているが、それは着艦収容中の米軍戦闘機からも同時に攻撃を受けたためである。後上方から曳光弾をあびせかけられて、稲垣機もグラマン戦闘機の火箭に火だるまとなったのかも知れない。

悲劇は、収容中の米軍機にも起こっていた。対空砲火の一斉射撃は旋回中の彼らの一群にもむけられたため、同士討ちの結果を生むことになった。「何でおれたちをねらうんだ!」とさけぶ機上無線の怒り声が、艦上で傍受された。

この戦闘で米側はグラマン戦闘機一機が未帰還となり、途中の邀撃戦で二機を喪った。被害は合計三機。

5 決戦前夜

瑞鶴艦上では、稲葉兵曹長がひたすら攻撃隊の帰りを待ちわびていた。後部甲板の所定位置からは、深い闇のなかで、右舷艦橋は遠く小さなコブシ状の塊にしか見えない。「攻撃隊全滅」の報は艦橋内を一時騒然とさせたが、その詳細は後部甲板にまでつたわってこない。

雲が低くたれ込めて星はみえず、闇が遠くひろがっている。灯火管制のため、明かりは何一つ見えない暗夜である。聞こえるのは波のざわめきだけであった。

（無事でいてくれればよいが……）

インド洋作戦時と同じ、相手の位置がわからないままの索敵攻撃行である。しかも悪天候の薄暮攻撃という不利な条件下、夜間着艦作業経験も数少ないために、彼らを無事収容できるかどうかに不安があった。果たして、事故を起こさずに作業が完了できるだろうか？

艦橋の直上、防空指揮所にいた西村二水は砲術長の背後で、西方の夜の闇にじっと目を注いでいる。攻撃隊が帰ってくるとすれば、爆音よりも先にその方角に機の航空灯の明かりが見えるはずだ。

一二センチ高角双眼望遠鏡に必死にしがみついている見張員たちにまじって、彼も懸命に夜の闇を見つめた。

ふだんより防空指揮所に一段と緊張感が張りつめているのは、横川艦長がのぼってきてけわしい表情で小川砲術長の前に立ち、艦の指揮をとっているためである。艦長が艦橋の最上階に来るのは珍しく、それだけでも事態の異変を感じさせた。

悲報は艦橋からテレトークを通じて、逐一砲術長につたえられた。小川少佐から「しっかり見張れ！」とふたたび大声で叱咤の声が飛んだのは、午後七時二〇分、帰投中の嶋崎少佐機からの第二電が到着したときのことである。

「ワレ受信機故障、一七二五頃（注、日本時間）二七〇度方向ヨリ帰投ノ予定、探照灯ヲ点ジ上空ヲ照射サレタシ」

嶋崎機の帰着まで、あと五分の余裕しかない。横川艦長から即座に第五戦隊司令官高木少将あて要請指示の声が飛んだ。「妙高あて発光信号!」と命令がつづく。

「探照灯ヲ照ラサレタシ」

収容隊形は重巡妙高、羽黒の第五戦隊を先頭に、五キロ後方に瑞鶴、翔鶴の両空母、その二キロ後方に駆逐艦二隻、左右に離れて七キロ後方の位置に同じく駆逐艦二隻が配されている。

先頭の二重巡から左舷方向直角に照明灯が点じられ、最後方の二駆逐艦からも真正面に光が照射され、コの字形に海面が浮かびあがった。

「――帰ってきたぞォ!」

見張員の発見報告が、口々につたえられて、たちまち飛行甲板後部の整備員たちの耳にもつたわってきた。午後七時四五分、西の深い闇から途切れとぎれの爆音が聞こえてきた。航空灯が二つ、三つ。雲の切れ間に見え隠れしている。

真っ先に帰投してきたのは、嶋崎少佐機だった。まとまった編隊ではなく単機バラバラに帰ってくるのは、途中で激戦がかわされたものと思われた。

「夜間着艦用意!」

下田飛行長からの指示が飛び、ただちに甲板灯が点じられた。着艦照明灯、風速信号灯がつぎつぎと明るくなる。嶋崎機が接近し、そのまま艦尾方向にまわり込むのではなく、あわただしく発光信号が点滅する。

「ワレ脚故障、不時着水スルヤモ知レズ」

小川少佐がとっさに横川艦長の表情を見た。暗夜に不時着水するのはきわめて危険な行為である。トンボ釣りの駆逐艦が、この不測の事態に対応できるかどうか。

「無事に着艦せよ！」

横川大佐の緊迫した声が防空指揮所にひびきわたった。即座に信号員が発光信号で嶋崎機につたえる。脚故障のまま胴体着艦せよ、とこれも瑞鶴では前代未聞の出来事である。

「了解」

オルジス信号で、返事がかえってきた。

西村二水は固唾《かたず》をのんで、この一部始終を見まもっている。

「艦攻、むかいました！」

見張員が飛行長に報告する。嶋崎機はフラップを出し、着艦フックを下ろし、艦尾から近づいてくる。つづくはずの「脚よろし」の声が出ない。

嶋崎機がいつもより低い位置ですべり込んできた。「ギギィッ！」とすさまじい轟音を立てて飛行甲板に走り込む。胴体下から火花が上がり、火の粉が尾を曳いた。

（燃料に引火すれば爆発するぞ）

と、西村二水は背筋が凍りつく思いがした。

後部甲板上にいた溝部二整曹は、嶋崎機のプロペラが飛行甲板を鋭く叩きつけるのを見た。瞬間的に甲板表面のチーク材に食いこみ、プロペラが折れ曲がったまま滑走をする。着艦フックが制動索によって食い止められ、急激に機の行き足がとまった。

「かかれ！」

稲葉兵曹長は懸命になって、飛行班員たちに嶋崎機を飛行甲板前方に押しあげるよう指示を出す。「ワッショイ！」「ワッショイ！」のかけ声とともに、機がバリケード前まで運ばれる。

「隊長機の着艦場所を見ると、木製の飛行甲板がプロペラの強い力に割られて格納庫の中がのぞいてみえた。案外もろい構造なので、翌日の海戦当日、爆弾を一発でも食らったらおダブツだなと正直ぞっとしました」

というのが、溝部二整曹の率直な感想である。


行き足が止まった機から飛び出すと、嶋崎少佐は艦橋に駆け上がってきた。艦長の居場所を確かめたのであろう、すぐさま防空指揮所にのぼってきた。

通常の場合は下田飛行長への報告ですむのだが、飛行隊長では直接艦長に申告することになるのである。

西村二水は、嶋崎少佐が防空指揮所に駆けこんでくると、はげしい勢いで横川艦長につめよる姿をみた。ふだんの温厚な表情が一変し、血相が変わっている。

「何で、戦闘機を出してくれなかったのですか！」

戦闘機の直掩がなかったために、味方攻撃隊は惨憺《さんたん》たる被害を出した。その怒りで、嶋崎少佐の両肩がふるえていた。

艦長はどう応じるのか。不安になって、西村二水は横川艦長の表情を見つめた。

横川大佐は何も答えられなかった。いや、返答に窮したといった方が正確な心情であっただろう。

「何で、戦闘機を出してくれなかったのですか！」という嶋崎少佐の血を吐くような叫びは、いったんは出撃を承諾したものの、眼前に部下の機がつぎつぎと火を噴いて墜ちて行く修羅場を目撃した隊長でなければ発しえない、肺腑《はいふ》をえぐる一言であった。

「………」

西村二水は、物言いたげに黙って立つ艦長の眼に、うっすらと涙がにじんでいるのに気づいた。

艦長もつらかったのだろうなと思うのは、海戦後はるか遠く離れてからのことで、瞬間的には嶋崎少佐の恐ろしいまでの剣幕と黙りこんだままの艦長のこわばった表情だけが眼に残った。

言うだけのことはいったためなのか、嶋崎少佐はさっと身をひるがえして、防空指揮所から降りて行った。

真下の発着艦指揮所で、待ちかまえていた下田飛行長の前に姿をあらわしたときには、いつもの飛行隊長の表情にもどっていて、「いやあ、やられた。やられた」と嶋崎少佐は頭をかいて、苦笑いしてみせた。

送信機を破壊された艦爆隊の江間保大尉は、推測航法で暗夜を母艦へたどっているうちにかすかな光芒をみとめた。護衛の重巡部隊が探照灯で位置を照らしてくれているらしい。

「おい、助かったぞ！」

と、はずんだ声で後部電信席の東飛曹長に呼びかけた。

燃料計はほぼ零に近くなっており、このままでは夜のサンゴ海洋上に不時着水するしか途がなかった。帰途の途中で、「燃料がなくなれば自爆するぞ」と、江間大尉はあらかじめ自分の決意をつたえようと声をかけている。

すると、「もう少し待って下さい！」と悲壮な返事がかえってきた。

「もうしばらく待って下さい！　送信機がなおりますから……」

後席で、必死の思いで修理にかかっているらしい。

思いが通じたのか、しばらくたって修理成功の息せき切った声が、伝声管のむこう側からつたわってきた。

「いま三番機の方位測定が成功して、これを傍受しました！」

帰投中の藤岡寅雄二飛曹と母艦との交信をかろうじてキャッチし、方位測定が成功した様子なのである。その方向を逆にたどって行けば、かならず帰投できる。

藤岡二飛曹は偵察練習生三十九期出身、昭和十三年十二月卒業の優秀なベテラン搭乗員である。彼は、方位測定をもとめて各機の送信電波が錯綜する空間のわずかな隙をぬって、母艦からの電波受信に成功したのだ。

江間大尉機が着艦するのを確かめると、後部甲板上の整備員たちも駆けよって行き、いつもの〝エンマ大王〟が疲れ切った表情で操縦席から降り立つのを手つだった。

「敵空母にまちがえて着艦しそうになったよ。あわてて引き起こしたが、背後から曳光弾が追いかけてきてね。危うく命拾いさ」

昂奮しているせいなのか、艦橋下の機に集まった彼らを前に、江間大尉は早口でしゃべった。「爆弾を事前に投下していたのが口惜しかった」といい、そのまま艦橋へ駆け上がって行った。

そして、発着艦指揮所に飛行長の姿を見出すと、江間大尉はせき込んだ口調でこうつげた。

「敵空母は、すぐ近くにいます！」

金沢卓一飛曹長の索敵機も、まだ母艦上空にたどりつけないでいる。

彼の機が味方位置への針路を推測し、帰投予定地点にたどりついたのは午後六時三〇分のことである。

だが、相変わらず母艦からの返事は来ない。

「だれか、煙草を持っていないか」

金沢飛曹長は覚悟を決めて、伝声管に声をかけた。

「ハイ、私が二本だけ持っています」

電信席の西沢二飛曹が飛行服をさぐって、ポケットから吸い残しを取り出して、前席に手渡した。

「ありがとう。三人で吸い合おう」

と、機長席から前後席の二人の部下に最後の言葉をつたえた。

「吸い終わったら、お別れだ。燃料ぎりぎりまで飛んで、自爆する」

しばらくの沈黙があった。西沢二飛曹の記憶によると、吸いかけの煙草が回わされてきたが、どんな味がしたのか、味わう心のゆとりがなかった。そして、これが本当に最後なのだ
と、二十三歳の若い電信員は胸の底で思った。

——そのときのことだった。耳に当てたレシーバーからかすかな通信音が聞こえてきた。

母艦からの呼び出し符号である。

「機長、待って下さい！　瑞鶴が呼んでいます！」

ようやくのことで、瑞鶴電信室から方位測定の返事がかろうじて一本とどいたのである。

無事瑞鶴に着艦し、機が格納庫に収容されて行くのを目で確かめると、金沢飛曹長は艦橋下で待ち受けていた下田飛行長に「異状ナシ」との偵察報告をした。

「ご苦労」

とのねぎらいの言葉があったが、彼はそのまま艦橋下で攻撃隊の帰投を待つことにした。

一機、また一機と攻撃隊の夜間収容がつづくが、その数は寥々《りょうりょう》たるものである。第二中

隊長坪田大尉還らず、分隊長村上喜人大尉も未帰還となった。

瑞鶴艦攻隊は出撃九機のうち五機が還らなかった。

しばらくたって八重樫飛曹長がもどってきて、下田飛行長への報告のあと、居室で攻撃隊壊滅の状況をつぶさに語ってくれた。

「やられた、やられた……」

と、くり返す同僚の沈んだ声に、これが自分の身に起こっていたらと考えて、金沢飛曹長は慄然となった。索敵任務を命じられなければ攻撃隊参加となり、死は紙一重である。思わぬ命拾いをした、というのが正直な気持であった。

金沢機の電信員西沢二飛曹は、居住区にもどってくると艦全体の空気がしめりがちなのに気づいた。攻撃隊惨敗の詳細を知ったは、ポツリ、ポツリと帰投してきた機の搭乗員がこもごも語る話の内容を聞いてわかったものだ。

「坪田さんがやられた……」

第二中隊長坪田義明大尉の死は、彼にも信じられないことであった。今朝のタンカー攻撃時には、彼らの指揮官として元気な姿を見せていたのである。

最若年の電信員長谷川清松一飛の未帰還もつらい現実であった。新潟県中魚沼郡の出身で、第二人、妹二人の農家の長男坊。偵察練習生第五十三期。昭和十五年八月に練習生課程を卒業した〝若輩《ジャク》〟である。

還って来ない十九歳の若さを思って、西沢二飛曹はひとり涙を流した。

――敗残兵とはこのようなものか。

と、心の中で彼を思う。「待ち伏せにあって、やられたよ」と、肩を落とし泣きながら苦衷を訴える同期生がいる。明日の決戦に勝てるだろうかと、不安の黒雲が胸の底からわき上がってくるのを感じながら、西沢二飛曹は眠れぬ夜をすごした。

攻撃隊のうち、最後に母艦にたどりついたのは横枕秀綱三飛曹の機であった。燃料計がほとんど零を指し、もはや生還の見込みはないだろうと思いさだめた段階で、機長の貴志億一飛曹から「おい、左三〇度方向に光が見えるぞ!」と声をかけられた。

「しっかり確認して下さい! もしまちがいだとしたら、大変なことになります」

「まちがいない! あれは味方だ」

操縦席にかがみ込んで計器飛行に夢中になっていた彼は、顔をあげるとたしかに暗夜にかすかに探照灯の光芒が見えた。その光をたよりに距離を近づけると、随伴駆逐艦の艦影が洋上に浮かんでいた。

「母艦ハ何処《いずこ》ナリヤ」

発光信号で瑞鶴の位置を確かめると、進入態勢に入った。艦橋はいつもの馴染んだアイランド型だが、その位置は左舷側にある。どうもおかしいといぶかしく思いながら接艦して行くと、何と正面から逆行して着艦態勢にはいっているではないか!

あわてて切り返し、着艦指導灯の見える艦尾からまわり込んだ。

居住区にもどり、主計科心づくしの食事が用意されていたが口にする気になれず、もっぱら羊羹《ようかん》やシロップに手を出した。

「申し訳なかった。皆を死なせてしまった。今夜はゆっくり休んでくれ」

と、肩をたたいた下田飛行長の声が耳に残っている。明日は、米機動部隊との決戦だ。そのためにも、少しでも長く眠りについていなければならない。疲労は重なっていても頭の芯が冴えて、なかなか寝つけなかった。

右舷三番高角砲の陣地にいた羽生津兵曹は、ひとり射手の位置についたまま西の空を見つづけていた。部下の水兵たちは明朝の決戦にそなえて、すでに配置を離れている。最後の悲報がとどいてから二時間後、もはや爆音もとだえて、一機も帰ってくる気配がない。

「坪田大尉がやられたらしいぞ」

早耳の当番兵が耳打ちし、艦攻隊第二中隊長の死に陣地はざわめいたが、いまやその昂奮状態もさめ、夜気がしのびよっていた。

背後に羅針艦橋が見える。一時、詰人のざわめきが感じられたが、あわただしい出入りもとだえ、しんと静まり返った黒々とした鉄塊だけがそびえていた。

原忠一少将は、自分の下した決断が最悪の結果を招いたことを知った。「場合によっては、これを捨てる覚悟で」とまでいい切った薄暮攻撃隊が、その言葉通りの敗北を招いたのである。

一瞬のうちに決まる航空戦のすさまじさを、水雷畑出身のこの将官は身にしみて味わったのだ。

時に司令官室に閉じこもり、水雷戦術の研究に明け暮れていた原少将は、場ちがいの航空戦指揮に立てつづけに失敗を重ね、弱気になっている。

強気の山岡先任参謀も、いまや言葉を失った。

通信参謀大谷少佐は、いつもの調子で「天運われに幸いせず、明日は双方ともサンゴ海で土左ヱ門じゃあ……」と軽口を叩いてみせたが、だれも笑う者がいなかった。

「この一週間、敵の所在をもとめて、やっと早朝になって位置がわかり、攻撃隊を出した。これが大失敗で、つづいて出した薄暮攻撃でまたやられた。味方は身を隠して一方的な勝利を目論《もくろ》んだが、やはり相手のあることだし、旨くいかないのはあたり前だ。

司令部としては大いにショックを受けたが、しかし明日がある。早朝攻撃で米国より一歩先んじるのは日本側の得意だったから、とにかく黎明発進を心がけるよう必死になりましたね」

未帰還機は瑞鶴艦攻五、艦爆一、翔鶴艦攻三、合計九機。五航戦両空母二七機の出撃機数のうち三分の一を喪失したのである。

指揮官クラスでは分隊長二名、小隊長としては飛曹長三名の飛行幹部が失われた。明朝に予想される攻撃隊編成には手痛い被害である。

航空参謀としての三重野少佐は、原司令官の落胆ぶりに調子を合わせているわけにはいかなかった。嶋崎少佐の報告は艦橋内に衝撃をあたえたが、江間大尉の「敵空母が近くにいます」との証言は、水雷戦隊による夜戦決行の可能性をさらに増幅させた。

すでに空母祥鳳沈没直後、ラバウルの第四艦隊井上司令長官よりMO攻略部隊指揮官五藤存知少将にたいし、攻略船団を一時分離し、第六戦隊、第六水雷戦隊をもって「今夜夜戦ヲ決行スベク行動セヨ」との命令が下されていたからである（午前一〇時一〇分）。

MO攻略部隊は、第六戦隊の重巡四隻よりなるMO主隊（司令官五藤少将）と第十八戦隊の軽巡二隻による掩護部隊（丸茂邦則少将）、軽巡一、駆逐艦五隻、船団一二隻によるポートモレスビー攻略部隊（梶岡定道少将）の三つのグループより成っていた。

前二隊はツラギ攻略部隊支援のため別行動をとり、七日夕刻には相前後してジョマード水道を通過し、合同。サンゴ海に入る予定であった。これら二隊のうち六戦隊と六水戦に夜戦命令が下っていたのである。

味方の航空撃滅戦ののち戦果拡大につとめる――五航戦両空母によるMO機動部隊の勝利が前提であったことは、まちがいない。そのために、「爾《じ》余ノ部隊ハ極力北方ニ避退セヨ」とのMO主隊命令により、六水戦はいったん反転北上した。ところが、事態は急変。ふたたび合流点をめざして南下したが、米機動部隊との距離三〇〇カイリはちぢまらず、作戦決行の機会を失したのである。

この状況をみて、ラバウルの井上成美中将から、「今夜ノ夜戦決行ヲ取止ム」との中止命令が出された。すなわち、ポートモレスビー攻略日を二日くり下げ、第六戦隊の二重巡（加古、古鷹）をMO機動部隊に加え、翌八日の航空決戦にそなえることにした。

第四艦隊機密第三七八番電は、こう指示している。

「MO機動部隊ハ機宜《きぎ》行動、明八日黎明敵空母ヲ捕捉撃滅スベシ（以下略）」

午後八時四〇分発のこの命令は、攻撃隊収容のさなかにとどけられた。

この段階で、MO機動部隊指揮官高木武雄中将が判断していた米軍兵力は以下の通り。

一、戦艦一、巡洋艦二、駆逐艦四

二、空母一、巡洋艦二、駆逐艦四

三、戦艦二、空母二、巡洋艦三、駆逐艦六

これら三つのグループのうち、前二者はデボイネの一八〇度線以西を行動中であり、第三グループはMO機動部隊にもっとも近い。

なぜ、このような索敵機による誤断がいくたびも起こってしまったのか？

米フレッチャー少将が慎重さを期すばかりに英クレース部隊を分派し、二群に分けたことが索敵報告を混乱させる誘因であり、また日本側が米機動部隊の全容を把握していなかったために混乱を招いたことが、その誤判断の主原因としてあげられる。

また前記神川丸機の敵情報告、ラバウル発一式陸攻の索敵報告により第四艦隊司令部が判断した位置が実際に五航戦側の推定位置より一一〇カイリも西側にズレていたことが、薄暮攻撃隊が不意に奇襲攻撃を受ける原因となり、また帰途にフレッチャー部隊と遭遇することになった。

のちに編纂された『大東亜戦争戦訓（航空）』のうち「サンゴ海海戦之部」では、索敵機技倆について、こう記されている。

「本海戦ニ於ケル捜索偵察ノ成績ハ概《おおむ》ネ不良ニシテ……敵ノ位置兵力行動等ニ関スル報告値ハ千差万別ニシテ、当時ニ在リテハ勿論今日ニ於《おい》テモ其適確ナル判定困難ナリ」

こうした偵察報告の錯誤は、「大東亜戦争開始以来常ニ認メラルル所ニシテ」まことに寒《かん》心《しん》堪えざるもの、と断じている。つまり、索敵機偵察員のレベルの低さをなげいているのである。

また、とくに戦場がデボイネなどの陸標からわずかに一〇カイリ付近の洋上であるにもかかわらず、各機の報告、敵艦位はバラバラであってその判定に苦しむがごとき状況は、「注目スベキ事象ナリト云フベシ」

攻撃第一主義で、偵察すなわち情報をおろそかにする思想が、肝心の海戦の舞台で露呈《ろてい》されたのである。

その情報の混乱は、こんなやりとりにもあらわれた。MO機動部隊指揮官高木中将は、旗艦妙高の艦上で、五航戦側からの「敵空母発見」の新たな位置報告に疑問を抱いた。ただちに発光信号が送られる。

「ソノ位置ニ誤ナキヤ」

瑞鶴艦橋からは、原少将名でいらだったような返答が送られる。

「敵ノ位置ニ誤リナシ、位置確実、敵空母ハ『サラトガ』型一及『ヨークタウン』型一、其ノ他艦船数隻ニシテ、他隊発見ノモノト別個ノモノトハ認メ難キ」

旗艦瑞鶴から上級司令部の第四艦隊にたいして、MO機動部隊戦闘概報が打電される。そのなかで、戦果および翌日の使用可能機数がこう報じられた。

「戦果　敵戦闘機三（内一不確実）撃墜
被害　未帰還　瑞鶴艦爆一、艦攻五、翔鶴艦攻三
明日使用可能機数（艦戦、艦爆、艦攻ノ順）
瑞鶴　一九、一四、一二
翔鶴　一八、一九、一四
敵ハ我航空機用電波ヲ以テ盛ニ偽電妨害ヲ行ヘリ」

五航戦の使用可能機数は、海戦当初の一一七機から九六機に減じている。

しかも、艦橋の原少将を悩ませていたのは出撃機数の減少だけでなく、翌朝の索敵計画に随伴の各艦水偵が一機も使用できないことであった。第五戦隊の重巡妙高、羽黒はそれぞれ水上偵察機三機を搭載していたが、荒天着水時に二機破損し、翌朝の天候状況では波が荒く離水の見込みがない、との報告を受けていた。

では、索敵機としての九七艦攻をどれだけ割《さ》きうるか。高木中将からしめされた翌日の作戦計画では、索敵開始地点は攻撃隊が発見した米空母の位置よりわずか東二〇カイリ（三七キロ）の近距離である。彼らは当然のことながら日本空母の位置に気づいており、米機動部隊は被発見をさけるために北上するか、南に下るか。その方向がいずれかはわからない。

予定の作戦計画通りであれば、念のため全周三六〇度の広範囲に索敵機を放たねばならないが、そうなれば、一艦あて六機、合計一二機もの機数を必要とする。

「司令官、索敵開始点を北に上げましょう」

しきりに考えこんでいた三重野航空参謀が巧妙なアイデアをひねり出した。その方策とはこうである。

「味方を夜陰に乗じて北上させ、索敵開始点を北よりに一二〇カイリ上げれば、南よりに索敵範囲をしぼることができる。そうすれば、索敵機数も少なくてすむでしょう」

「よろしい、それで行こう」

原少将は、即座に決断した。その改められた索敵計画は以下の通りである。

「行動予定ヲ変更シ、八日〇五〇〇（略）南乃至南西ノ索敵ヲ行フコトニ改ム」とし、つぎの範囲を指定した（発電八日〇二二〇）。

「一　索敵区分

「瑞鶴」一四〇度、一五五度、一七〇度

「翔鶴」一八五度、二〇〇度、二一五度、二三〇度、進出二二五〇浬、側程三〇浬、発艦〇四〇〇

二　母艦ノ行動

〇五〇〇以後針路二一五度」

格納庫内では、艦攻隊整備分隊が二日目の不眠不休の整備作業をつづけていた。

明朝にひかえた攻撃隊では、主役が八〇〇キロ航空魚雷を抱いた九七艦攻隊である。ソロモン海を南下している段階では艦攻隊の出撃可能機数は一二機であったものが一一機に減じている。索敵機は三機の予定であったから、雷撃機は九機を派出するにすぎない。

「しっかり整備してくれ！」

原田整備長は艦外に光が洩れないように厳重に締め切った庫内で、汗まみれになりながら機体にむらがっている飛行班の整備員たちを督励してまわっていた。

胴体着陸した嶋崎少佐機は運搬車に乗せられて後甲板の整備科修理工場に運ばれていたが、プロペラが破損し、機腹に亀裂が生じて飛行不能となっていた。

艦戦隊は二〇機が一九機に、艦爆隊は二二機が一四機に減じている。その整備科の中心にあって、川上二整曹は二日つづきの徹夜作業に疲労困憊《こんぱい》した身体をむち打っていた。明日は

米空母への攻撃隊を掩護するために、零戦二一型が存分に働いてもらわねばならない。

——一ノットでも速く飛んでくれ！

とひそかに念じながら、彼は機体のすみずみまでを丁寧に磨き上げた。

嶋崎少佐は自室にもどり、明朝の攻撃隊編成に余念がなかった。第一中隊長は自分がつとめ、二番機が八重樫飛曹長。第二小隊長は金沢飛曹長とし、第二中隊はこの五月に大尉に進級したばかりの佐藤善一大尉をあてることにした。第二小隊長は新野多喜男飛曹長である。

艦爆隊は江間保大尉の申告通り、指揮官は江間大尉がつとめ、第二中隊長は大塚礼治郎大尉とした。第二小隊長はそれぞれ、葛原丘大尉と福永政登飛曹長がつとめる。

戦闘機隊は母艦直衛が岡嶋清熊大尉、制空隊が新任分隊長の塚本祐造大尉である。

この夜、攻撃隊の編成に余念がない飛行隊長嶋崎少佐の後姿を見て、下田飛行長はこんな感懐をもらしている。

「ずいぶん芯の強い隊長だと、心から感じ入った。早朝と薄暮と二度にわたる長時間の攻撃行だから、疲れ切っているはずだ。しかし、不平もいわず黙って任務を果たす。だれにも真似のできないことだと感嘆していました」

こうして日米両国は、「たがいに相手の姿を見ることなく」水上艦艇が一発も砲弾を射たないままに、史上初の航空母艦同士の海戦を戦うことになった。一九四二年（昭和十七年）五月八日、サンゴ海海戦が幕を開けた。

日出《にっしゅつ》予定時刻は午前六時三七分である。

第七章　史上初の空母対空母

1　攻撃隊発進せよ

一九四二年（昭和十七年）五月八日は、海戦史上永久に記録されるべき日となるだろう。彼我《ひが》の艦隊は〝たがいに相手の姿を見ることなく〟戦い、水上艦隊が〝一発も砲弾を発射しないうちに〟海戦の帰趨が決まった。これが空母対空母の新しい戦闘の形となった。

日本軍の真珠湾攻撃作戦は近代航空戦のさきがけとなったが、サンゴ海ではさらに一歩進んで新しい空母戦闘の形式が生みだされた。

両軍から索敵機が発進したのは、ほとんど同時刻である。原少将は午前六時二五分に七機を、米フレッチャー少将は一八機を、それぞれまだ夜の明けきらぬ空に放った。

濃密な下層積雲が行手をさえぎっている。雲量八〜一〇、空はようやく明るみをおびていたが、波立つ海も闇にのまれてまだ暗い。

前日、米空母部隊を視界から閉ざした寒冷前線の帯に、五航戦側は逆に突入していたのである。

一方、夜戦をさけて南に下がったフレッチャー少将の米第十七機動部隊はこの前線の帯をぬけ、雲のない天候の下にさらされている。

陽がのぼれば、彼らの艦影は白日の下に明らかとなり、サンゴ海洋上にむき出しとなるであろう。前夜は米空母をまもった雲の保護幕が、今日は日本側を隠すヴェールとなってはたらくのである。

艦長横川市平大佐は〝猿の腰かけ〟で軽いまどろみのあと、夜明けとともに艦橋の最上階、防空指揮所にのぼっている。この露天艦橋で二日つづけて艦の指揮をとるつもりである。

――米国は容易ならぬ敵だ。

という思いが、この四十九歳の艦長の胸にきざしている。

日華事変勃発時、上海で重砲隊指揮官をつとめた折のこと。南寧攻略作戦では相手の国民政府軍は指呼《しこ》の間にいた。手元の望遠鏡を眼にあてれば、蔣介石軍の兵士が見えかくれする近距離の戦闘であったのである。

あれからわずかに四年余、一発の砲弾も射たないままに洋上で戦いの帰趨《きすう》が決まって行く。海戦の第一日は、日本側の打つ手はすべて後手にまわった。今日こそ決戦の勝盃を手中にしなければならないと、薄暮攻撃で空しく海上に肉体を四散させた坪田大尉以下の面影を心に浮かべながら、横川大佐は復讐の思いを固く誓った。

昨夜、薄暮攻撃隊に参加し最後に帰艦してきた横枕三飛曹は、機長の貴志億一飛曹から、「横枕兵曹！　おれたちは、索敵機要員として選ばれたぞ、早く起きろ」と声をかけられて、素早く飛び起きた。身体は疲れきっていたが、頭の芯がさえてなかなか寝つかれず寝床のなかで悶々《もんもん》としているうちに、夜が明けた。気持が昂《たかぶ》っていたせいか、眠気は感じなかった。機数はわずか七機。何としても昨日は見逃した米機動部隊を発見しなければならない、と彼は決意を新たにした。

横枕三飛曹が飛行甲板に上がって行くと、すでに索敵用の九七艦攻が発動機の試運転をおえ、甲板にならべられていた。

操縦席に身体をすべり込ませると、機長の貴志一飛曹から「見張りをしっかりやってくれ！」ときびしい声をかけられた。

「はあーい」

電信席の佐藤敏雄二飛曹と同時に返事をした。はじめて耳にする貴志一飛曹の意気込みに身の引きしまる思いがした。

発着艦指揮所から下田飛行長の見送りをうけて、三機の索敵機が南の空に飛び立って行く。僚艦翔鶴からは四機。一四〇度から二三〇度までの扇形索敵海面を、東よりの部分を瑞鶴隊が、西よりの部分を翔鶴隊が受けもつことになっている。

索敵機が暗い夜明けの空に消えて行くのを見送りながら、整備科分隊士稲葉兵曹長は、（今日は長い一日になるぞ）と胸のうちでつぶやいた。

——あれから、二時間を経過している。

索敵機はすでに米機動部隊上空に達しているはずなのに、いまだ敵発見の報告がこない。羅針艦橋の原忠一少将は、落着かないときをすごしていた。豪快のようでいて細心な性格の、この〝キングコング〟司令官は、あれを思いこれを案じて心は千々《ちぢ》に乱れている。司令部幕僚たちにも重い沈黙がある。五航戦両空母は午前零時を期して針路を南西方向に転じ、米空母との会敵をもとめて針路二一五度、速力一八ノットで進撃をつづけている。咳《しわぶき》ひとつない、緊迫した空気である。

艦橋下の搭乗員待機室では、攻撃隊員のほとんどが集まってきていて、じりじりしながら索敵機からの第一報を待っている。

最後任の分隊長佐藤善一大尉は、一夜にして第二中隊長の重責をになう立場について、緊張のあまり身を固くしていた。（坪田大尉の仇を取ってやる！）と、心のなかで怒りがうず巻いていたが、一方で死はあっけなく身近にせまってくるものだとの恐怖感もめばえていた。「搭乗員の死は紙一重のもの。その人の持って生まれた運、天命なのでしょう。ですから、突きつめて考えまい。考えると、どうしても凡人には不安が生じてくるから、誠実に任務を履行《りこう》することと、責任感のみを一心不乱に考えることにした。そうすると、恐怖感などはわいてこない。その努力につとめていたと思う」

彼は、海軍士官として部下たちの前で恥ずかしくない指揮官でいたい、と痛切に思った。

昨夜帰艦したとき、艦橋で「お前、生きていたのか！」とおどろかれ、士官室でも同様の言葉をかけられた。その原因として、出撃直前になって各機の機番号が変更され、彼の機と坪田機が混同されたのだと思われる。

――俺は、なかなか死なないように出来ているぞ。

ハワイ作戦の帰途、豊後水道での行方不明事件などを思い起こし、妙な自信らしきものも生まれてきた。そして、案外夜も眠ることができ、寝起きの頭は冴えている。よしやるぞ、と佐藤大尉は意気込みを新たにした。

嶋崎少佐の二番機八重樫春造飛曹長は、偵察員の姫石一飛曹に「帰りの航法をしっかりたのむぞ」と、念を押すのを忘れなかった。

薄暮攻撃行でも、彼の特練育ちの手腕で無事に帰投することができたのである。雷撃戦では自爆戦死はあたり前だといわれてきたが、なあに無事に帰ってきてまた隊長と祝杯をあげるさ、と気負いなく考えていた。

索敵機から嶋崎隊第二小隊長の位置に組みこまれた金沢卓一飛曹長も、日華事変いらいのベテランらしく戦争はどちらが殺《や》るか殺られるかだと、考えている。死ねば、それが自分の寿命だと、出撃回数二六三回の経験からしてそう悟る以外にない。そんな覚悟を決めると夜はぐっすり眠ることができた。

金沢機の電信員西沢十一郎二飛曹は、充分な戦場経験がないだけに昨夜は一睡もできていなかった。居住区で、泣きながら同僚の通夜をする若い搭乗員たちを眼の端にとらえ、眠らなければと思いながら一瞬のまどろみの余裕もないのである。

こうして、静まり返った搭乗員待機室で重い沈黙が流れるなか、それぞれが各様の思いにひたっていた。

午前八時三〇分、ついにそのときが来た。

「敵航空部隊見ユ」

二〇〇度線を飛行中の翔鶴索敵機からのもので、三重野航空参謀が予測していた通り、扇形索敵海面の西よりの位置であった。

「まちがいないだろうな」

油槽艦ネオショーの誤認事件を想起して思わずつぶやいたが、その疑念を払拭するかのように第二電が来た。受信時刻は一〇分後だが、発信は第一電と同時である。

「敵空母ノ位置味方ヨリノ方位二〇五度二三五浬《カイリ》、針路一七〇度速力一七節《ノット》」

さらに三分後、戦場付近の気象状況が克明に打電されてくる。

「付近天候晴、風向一二〇度、風速七米、雲高八〇〇米、視界一五粁《キロ》」

これで、発見報告が正しかったことがわかった。申し分のない索敵報告である。

これだけの気象条件がわかっていれば、米軍戦闘機の迎撃状況、艦爆・艦攻隊の接敵高度、突入方向、雷爆撃同時行動の可否がほぼ事前に予測できる。

昨日の「敵航空部隊見ユ」との第一電から第二電までの三〇分余も時間を費消した悠長さにくらべると、力量に雲泥の差がある。

索敵機の機長は、翔鶴隊菅野兼蔵飛曹長である。偵察練習生二六期出身のベテランで、結局のところ彼は攻撃隊突入までに一五通の敵情電報を発信している。

これらの電報はすべて暗号に組まれていたから、寸秒を争う索敵行動中に見事な手腕というほかはない。

「搭乗員整列!」

艦内スピーカーから勢いこんだ声が流れている。大勢の足音がして、搭乗員待機室が人であふれた。といって、ハワイ作戦時とはちがい、人数は艦戦九、艦爆二八、艦攻二四名、計六一名と少数だ。

艦爆隊一四機をひきいる江間保大尉は、十二月八日朝には坂本明大尉とともに二個中隊二五機、五〇名の大勢力であったのに、と思う。米機動部隊二隻の空母に突入するには、明らかに兵力不足はいなめない。

「とにかく、ハーミス攻撃時のように全弾命中を期してもらいたい」

第二小隊長葛原丘大尉の二番機、堀建二一飛曹は、隊長と同じく英空母撃沈の痛快な空爆行の記憶に心を奪われていた。彼は米空母が真珠湾での惨敗に懲《こ》りて、両空母とも対空兵器の武装強化に専念していたことを知らない。

出撃隊員を前にして、横川艦長が激励の訓示をした。「しかりやってくれ」と心急《せ》くまま、そう言葉をかけるしか途はなかった。

つづいて、飛行隊長嶋崎少佐が立ち、眉宇《びう》に決意の色をにじませながら、落着いた口調でさとすような言い方をした。雷撃隊出動となれば、この半数に犠牲者が出るにちがいない。それが今生の別れとなり最後の訓示になるかも知れないと、隊長なりに心ひそかに思っていたのだろうか。

「昨日の攻撃では、残念ながら兵力の半数を失った。しかしながら、兵力不充分とはいうものの、日頃の訓練の成果を発揮してしっかり頑張ってもらいたい」

隊列がくずれて、各中隊長から細かい攻撃の要領が部下搭乗員たちにつたえられた。

第二中隊を受けもつ佐藤大尉は、雷撃前の米機動部隊の輪型陣について注意を喚起《かんき》した。

——いいか、米空母は昼間は二〇ノットの高速で緊密なる隊形を保持しつつ、対空警戒もすこぶる厳重である。とくに、直衛戦闘機は駆逐艦の外周にあって雷撃機にそなえている。充分警戒して進撃せよ。

江間大尉の指揮小隊三機をのぞいて、艦爆隊の第二小隊長は葛原大尉、第二中隊長は大塚礼治郎大尉である。彼らもこもごも攻撃要領を細かく指示した。

進撃高度三、〇〇〇メートル。輪型陣の東方、風上側より接敵を開始する。戦場付近の天候は晴、雲高五〇〇～八〇〇。雲量三ないし四、視界四〇キロ。風一一〇度一〇メートル。必死必中を期せ、と。

　上空直衛の隊長機、岡嶋清熊大尉は手持ち兵力だけで両空母を護りきれるかと、不安な気持に駆られていた。

　圧倒的に直衛零戦の機数が少ないのである。瑞鶴で一〇機、翔鶴で九機、合計一九機。これだけの機数で、米機動部隊から放たれる艦爆、艦攻機両群を、果たして阻止しうるかどうか。

「かかれ！」

　嶋崎少佐の力のこもった声がした。攻撃隊員たちはいっせいに搭乗員待機室を出て、飛行甲板にむけ駆け出した。


　同じころ、米フレッチャー少将は原艦隊の南西一九〇カイリ（三五二キロ）の地点にいた。

　索敵任務は空母レキシントンの番で、全周三六〇度に一八機のＳＢＤ哨戒機を放っている。

　彼もまた原少将に倍加するほどの慎重型で、日本空母発見までの二時間を艦橋内でいらいらと落着きなくすごしていた。

　彼は昨夜決断した南下行動が、味方にとっていちじるしく不利に作用していることを知っていた。天候条件の悪化である。

空はよく晴れ上がり、この快晴下では日本軍索敵機が自分たちを容易に発見できるにちがいない、風速一五〜一八ノット、風は南東方向から吹いており、身を隠すスコールのめぐみもない。

午前八時二〇分、菅野機の偵察報告とほぼ同時刻にレキシントン第二哨戒機中隊のジョセフ・G・スミス中尉が、北よりの索敵線で日本空母部隊をとらえた。

「敵見ユ、空母二、重巡四、駆逐艦三」

艦隊の編成、その方向からみて、これが捜しもとめていた日本機動部隊にまちがいないと感じられた。

続航する空母ヨークタウンから、バックマスター艦長名の警告が発光信号でとどく。

「敵はわれわれを発見せる模様。日本機より発せられたる味方位置、距離、速力の報告電を傍受す」

菅野機は好視界を利用してたくみに距離をたもち、わずかな雲間に身をひそめ一二通もの暗号電を発しつづけたことは、先にのべた。迎撃のグラマン戦闘機群は、これを捕捉することができない。

第一報より八分後、ついにフレッチャー少将も日本空母攻撃への決断を下した。

「攻撃隊、発進せよ！」

艦長バックマスター大佐の指示にしたがって、まずヨークタウンから三九機が飛び立った（午前九時一五分）。指揮官はジョー・テイラー少佐。その兵力はＴＢＤ『デヴァステーター』雷撃機九、ウィリアム・O・バーチJr《ジュニア》少佐の指揮するSBD『ドーントレス』急降下爆撃機二四機、C・R・フェントン少佐のグラマンF4F『ワイルドキャット』戦闘機六機。つづいてレキシントンから、彼らを追うようにしてウィリアム・B・オールト中佐ひきいる四三機が発艦した。その内訳は、雷撃機一二機、急降下爆撃機二二機、戦闘機九機。両艦あわせて総計八二機の勢力である。

日本側は六九機で、彼らとくらべると米側は急降下爆撃機が優勢で、雷撃機において劣勢である。直衛戦闘機も機数では味方は数少ない。

一方、瑞鶴艦上では、小川砲術長とともに横川艦長の背後にひかえていた伝令西村二水は、防空指揮所から米空母への攻撃隊が発進するさまを食い入るように見つめていた。

瑞鶴から攻撃隊が全機発艦したのは午前九時ちょうどである。

まず塚本大尉の零戦九機が飛び立ち、江間大尉の九九艦爆隊一四機、しんがりとして重い八〇〇キロ航空魚雷を抱いた九七艦攻八機がつづいた。

（こんな数少ない機数で、勝てるかな）と、彼は心のなかで疑惑の雲がひろがるのを感じている。（ハワイ、ラバウル攻略作戦では、二回にわけて発艦させるほど攻撃隊にゆとりがあったのに……）

西村二水は、菅野機が第一電のなかで米機動部隊の兵力を「空母二、戦艦三、大巡二、駆逐艦六、輪型陣ニテ西進中」と報じてきたので、その大勢力ぶりに気が昂《たかぶ》っていた。

「戦艦二」とは重巡二隻を見誤ったものだと後で判明したが、さらに一時間一八分後、こんな要警戒電も耳に入ってきている。

「敵飛行機味方主力ニ向フ、三〇機」

これは菅野機が、日本空母攻撃にむかうヨークタウン隊とすれちがったことを指す。

「あと一時間あまりで、味方上空にくるぞ」

と、小川砲術長が表情を引きしめていった。そして肚《はら》に力をこめてさけぶ。

「合戦準備、昼戦に備え！」

飛行甲板で全機発艦を完了させた溝部二整曹は、嶋崎少佐たちが消えた南の空を見つめながら、同じ方向から米軍雷爆機の群れが殺到するのを想像して慄然となった。

――この平らな飛行甲板では、身を隠す何もない。

と、彼は心細く思った。

背中には軍医長の命令で防毒マスクをくりつけているが、服装はいつもの防暑服で脚はむき出しのままである。飛散する爆弾の破片を警戒して長袖、長ズボンを着用することになるのは、被爆を経験した海戦後のことだ。

周辺の整備兵たちは一様に防暑服で、無防備のままでいた。何ごとも、はじめての経験なのである。

何を、どうしたら良いのか。だれも、わからない。着艦制動八番索付近のポケットに待機しながら、彼はじりじりした思いで時のたつのに耐えていた。

とつぜん、防空指揮所から声があがった。

「敵機発見！」

遠くの艦橋であわただしい人の動きが見えた。高角砲座、機銃群陣地に緊張の色が走る。

——砲術科や機関科の連中がうらやましい。

と、溝部兵曹はとっさに思った。

彼らにはそれぞれの任務がある。敵機が来襲すれば缶室は大わらわとなり、高角砲や対空機銃の射手たちは必死に銃砲身にしがみつくだろう。しかし、おれたちは飛行甲板を逃げまどうだけだと、武者ぶるいしながら胸の奥底でつぶやいた。

艦橋では、司令部の三重野少佐がはじめての航空母艦戦の指揮で浮き足立っていた。

「待機中の戦闘機をただちに発艦させよ！」

「待って下さい。そんなはずはない」

下田飛行長はあわてて参謀の発艦命令を制止した。

「敵空母の位置からみて、槍の穂先がこちらにとどくのは約一時間後、まだ早すぎます。何かのまちがいでしょう」

上空には直衛戦闘機が瑞鶴から四機、翔鶴から七機、計一〇機がすでに飛び立っている。飛行甲板では瑞鶴では六機、翔鶴では二機が緊急発進にそなえて甲板待機中だ。

下田中佐が艦橋を飛び出して行き、他の見張員に念を押すようにさけびかけた。

「おい、あの飛行機群は敵か味方か！」

「味方です！」

しっかりとした声が返ってきた。だが、三重野参謀はかまわず大声で叱咤した。

「まちがってもかまわん！　ただちに戦闘機を発進させよ。もし敵だったら、大変なことになる」

遠く右舷前方一万メートルに、小さく黒点の群れが見えている。前線の低い雲が張り出していて、雲量七。最高五〇〇〜二、〇〇〇メートル。

スコールと霧の多い前線帯が味方にとっていい隠蓑《かくれみの》だが、逆に来襲する米軍機の発見をおくらせる危険な雲行きだ。

「上空直衛機、発着配置につけ！」

艦内スピーカーが飛行長の命令を、甲板待機中の戦闘機六機や整備員たちにつたえる。直衛戦闘機の指揮官は岡嶋清熊大尉である。

上空警戒待機の零戦は長距離飛行にそなえて、腹下に増槽を吊下している。容量三三〇リットル入り。これを緊急発艦のさいには、最初から取りはずしておかねばならない。

一機ずつ、台車を使っての作業をする余裕はないために、ただちにその場で切り離された。

ドスン、ドスンと増槽が飛行甲板を転がる。

「早く片づけろ！」

先任班長の号令で、ポケットに身をひそめていた発着器係がいっせいに飛び出して甲板に転がった増槽に取りつく。つぎの零戦発艦に差しつかえるからだ。

ガソリン満載の増槽に事故が起きないように、肝《きも》を冷やす瞬間であった。

上空直衛機はまもなくもどってきた。やはり味方機であった。総指揮官機髙橋赫一少佐がスコールをさけるために大きく迂回したのが、誤認の原因となったのだ。

ふたたび、艦内に静寂のときが流れた。それは、飛行甲板にいた整備員たちに奇妙な空白の感情を抱かせた。艦橋から何の指示も出されてこないのである。

九七艦攻の整備科分隊士稲葉兵曹長には、この長い沈黙の時間が強く記憶に残っている。

「みな黙りこんでいました。だれも何も話さず、空の一点を見つめているだけ。聞こえてくるのは艦のタービンと波のざわめきだけなんです。広い飛行甲板のどこに逃げようか。艦首に逃げても爆弾にねらわれるし、艫《とも》(艦尾)でも同じだろうか……。じっと動かずに時間の経過を待つ。これが死刑囚の気持と同じなんだな、と思いましたね」

気温は二八・五度。南西の風が吹き、風速一七メートル。沈黙のときがつづく。

五航戦司令部では、全員が息をつめるようにして米軍機の来襲にそなえていたためか、緊張のあまり参謀たちが他艦への戦闘指揮を忘却してしまったのである。

強気の山岡先任参謀も硬直したように司令官の背後に佇立《ちょりつ》するのみである。そのために、本来両空母を中心として構成されるはずの直衛重巡群が防空戦闘に組みこまれず、各艦バラバラに航行することになった。

すなわち、高木武雄中将の第五戦隊二重巡妙高、羽黒は前方四、〇〇〇メートルの位置にあり、この朝応援に駆けつけた第六戦隊の重巡加古、古鷹は「航空戦隊ノ後方五キロニ続行セヨ」（午前七時五〇分）との命令を一度受けたきりで、はるか後方を進撃するのみであった。

のちに両艦は、独断で二空母の両横の直衛に駆けつけるのだが……。

僚艦翔鶴にしても同様であった。瑞鶴の戦闘艦橋に立つ横川大佐も、緊張のせいでわれを忘れた。午前一〇時二〇分、早朝に発進した索敵機を収容するために母艦を風上に立て、ふたたび戦列に復帰すべく速力を二一ノットにあげたが、その編隊航行の速力指示を怠《おこた》ったのだ。

そのため、後方二、〇〇〇メートルの位置にある翔鶴艦橋では、しだいに離れて行く旗艦の姿を追いかけるようにして航海長塚本朋一郎中佐が独断で機関指示をおこなっていた。

艦橋では、もはや城島高次艦長も部下の采配にまかせ切りである。五航戦の両空母を直衛するのは、いまや重巡加古、古鷹と随伴駆逐艦二隻のみとなった。

はじめての航空母艦戦指揮で、五航戦司令部はこのようにぶざまな体《てい》たらくである。今日的表現でいえば、「危機管理ができていない」のだ。こんなバラバラの艦隊航行で米軍攻撃機が来襲すれば、どんな事態が待ち受けるのか。

——その瞬間が、ついにやってきた。

「左上空三五度、敵機約三〇機！」

見張員の絶叫が艦上にひびきわたる。午前一〇時五六分、待機中の岡嶋清熊大尉がまっ先に飛行甲板を突っ走った。二番機小見山賢太一飛曹、三番機坂井田五郎二飛曹も完全に回頭しきれないまま甲板上の軸線を無視して飛び立って行く。一刻も早く上昇し、彼らの攻撃を阻止しなければならない。

上昇警戒中の瑞鶴艦戦隊三機は、翔鶴隊七機とともに高度七、五〇〇メートルにあって、彼らが来襲するはずの南西方向を注視していた。

濃密な下層積雲が張り出し、視界がひらけていない。小隊長機の岩本徹三一飛曹は長年の経験から、彼らが五、〇〇〇～六、〇〇〇メートルの雲上から接敵してくるはずだと考えていた。

隊内無線が「敵機発見」を報じ、つづいて白い閃光が眼下で炸裂した。爆発音はきこえなかったが、直衛駆逐艦の対空砲火で米軍機の方向をしめしてくれているらしい。すばやく視線を転じると、濃密な積雲のあいまから小さな黒点が旋回しつつあるのが見えた。米軍の急降下爆撃隊が突入の姿勢をととのえているらしい。

彼らはバーチJr《ジュニア》少佐ひきいるヨークタウン第一次攻撃隊であった。

午前一〇時三二分、最初にショート大尉のひきいる『ドーントレス』急降下爆撃機一七機が日本空母部隊を発見し、バーチ隊七機と合流。低空をはうように進撃してくるテイラー少佐の『デヴァステーター』雷撃機の到着を待っていたのだ。

この教則《セオリー》通りの攻撃が、日本空母の損傷を最低限にとどめたのかも知れない。バーチ隊も体験初期の段階であったために逡巡し、これがもしのちのミッドウェー海戦時のように各隊バラバラで、矢つぎ早やの奇襲攻撃を加えていれば、五航戦両空母の運命は風前の灯であったろう。

テイラー少佐はわずかグラマンＦ４Ｆ戦闘機四機にまもられて、全速で戦場に近づきつつある。

バーチＪｒ少佐は眼前にひろがる日本空母の〝恰好《かっこう》の餌物〟を見下ろしながら、じりじりした思いで旋回をつづけていた。

攻撃開始点に到着して八分後、ようやくテイラー少佐隊九機が合流した。

岩本小隊はちょうどバーチ隊が戦闘隊形をとき、単縦陣となって急降下をはじめる直前に追いついた。翔鶴隊第一小隊の岡部健二二飛曹の三機、第三小隊宮沢武男一飛曹の二機、計五機がこれに加わった。

バーチＪｒ少佐は眼下の日本空母が輪型陣を形づくることなく単縦陣となり、護衛の重巡部隊が前方と後方にはるか離れて航行しているのをいぶかしく思っていた。眼下の大型空母は二隻――一隻は前方の下層積雲の下、スコール帯に逃げこもうとし、続航する一隻は陽光の下にむき出しのままである。

「攻撃せよ！」

彼は後続する大型空母（翔鶴）をめざして急降下をはじめた。岩本一飛曹は先頭の指揮官機の突入を阻止することができず、彼の機銃弾は二番機ジョン・H・ヨーゲン少尉機にむけて放たれる。

「一連射で、一番機はパッと火を噴き、煙の尾を引きながら爆弾を抱えたまま下方に落ちていった」と岩本回想録にあるが、これは二番機のことを指し、少尉は風防を吹き飛ばされ左の補助翼を破壊させながらも、低空を這って逃れている。

いかにしても、日本側の母艦直衛の戦闘機が一九機では少なすぎた。さらに思いがけないことに、瑞鶴で緊急発進したはずの岡嶋隊第二小隊長住田剛飛曹長以下の零戦三機が、爆音不良で甲板に釘づけになったままだ。

戦闘機整備班の川上秀一二整曹も、他班の整備技術の問題とはいえ、なぜ事前の格納庫中でエンジン不良に気づかなかったのかと、舌打ちしたい気持になった。

一分一秒をあらそう戦場では、〝整備の神様〟といえども工具箱を片手に即座に修理というう具合にはいかない。

「発艦をいそげ！」

色を失った原田整備長が声をからしてさけんでいる。一番機が飛び立たない以上は、二番機佃精二一飛曹、三番機藤井孝一一飛の零戦二機が甲板上で立往生のままである。

後甲板八番索のポケット付近で待機中の溝部二整曹の位置からは、続航する翔鶴の姿がよく見えた。前方の第五戦隊二重巡は八、〇〇〇～九、〇〇〇メートルも遠くにあり、豆粒のように小さい。

（あ、いかん。爆弾投下だ！）

翔鶴の右舷側に白い水柱が一つ、二つ、三つ……。それを避けるように転舵がくり返されていた。バーチ隊七機の八〇〇ポンド（三六二キロ）爆弾の洗礼がはじまった。どうやら命中弾はないようだ。

上空では、急降下爆撃機の突入を阻止しようとする零戦隊と、これをはばもうとするグラマン戦闘機隊とのあいだで、第二の熾烈な航空戦が展開されようとしていた。グラマン戦闘機群六機をひきいる指揮官はチャールス・R・フェントン少佐である。

彼らと、バーチ隊との混戦からぬけ出してきた岩本小隊、すでに格闘戦に入っている翔鶴隊五機との間で、入り乱れての空中戦闘となった。

その間隙をぬって、ショート隊の『ドーントレス』急降下爆撃機一七機がぬけ出して、翔鶴をめざして急降下にむかった。

旗艦瑞鶴の戦闘艦橋で、艦長横川大佐は前方のスコール帯へ母艦を突入させようと、懸命になっていた。

最高速力三四ノット。タービンはうなりをあげ、艦体は風をあびて轟々と鳴っている。

(もう少し、もう少しで雨のヴェールに巨大な艦体を隠すことができる!)

艦下部にある機関科指揮所では、機関長大重静機関中佐が陣取って艦橋からの指示を懸命に機関科員たちにつたえていた。

大重機関中佐は舞鶴の海軍機関学校第二十九期出身で、四十二歳。公試運転では三四・四ノットの最高速力を出し、主軸四基で一六一、二八〇馬力、出力では戦艦大和を上まわった高性能の艦の責任者である。それだけに、艦長の必死の思いを完璧にかなえようと心をくだいていた。

「最大戦速、いそげ!」

機関長の眼前には、速力指示器《テレグラフ》、回転指示器、回転数表示器が所狭しとならんでいる。そのかたわらで、森定一三等機関兵も固唾《かたず》をのんでテレグラフの指示計を見つめていた。

(いよいよ三四ノットだ!)

じっとりと汗ばむ熱気のなかで、彼は思わずつぶやいた。

午前一一時三分、ようやくのことでスコールのなかに飛びこんだ瞬間、艦橋からのテレトークが味方攻撃隊の攻撃命令受信をつたえてきた。

「トツレ、トツレ……(突撃準備隊形作レ)」

髙橋赫一少佐が全軍に発した突撃準備命令である。彼らもまた、米第十七機動部隊に突入を開始したのだ。

レキシントン攻撃行動図
(5月8日)

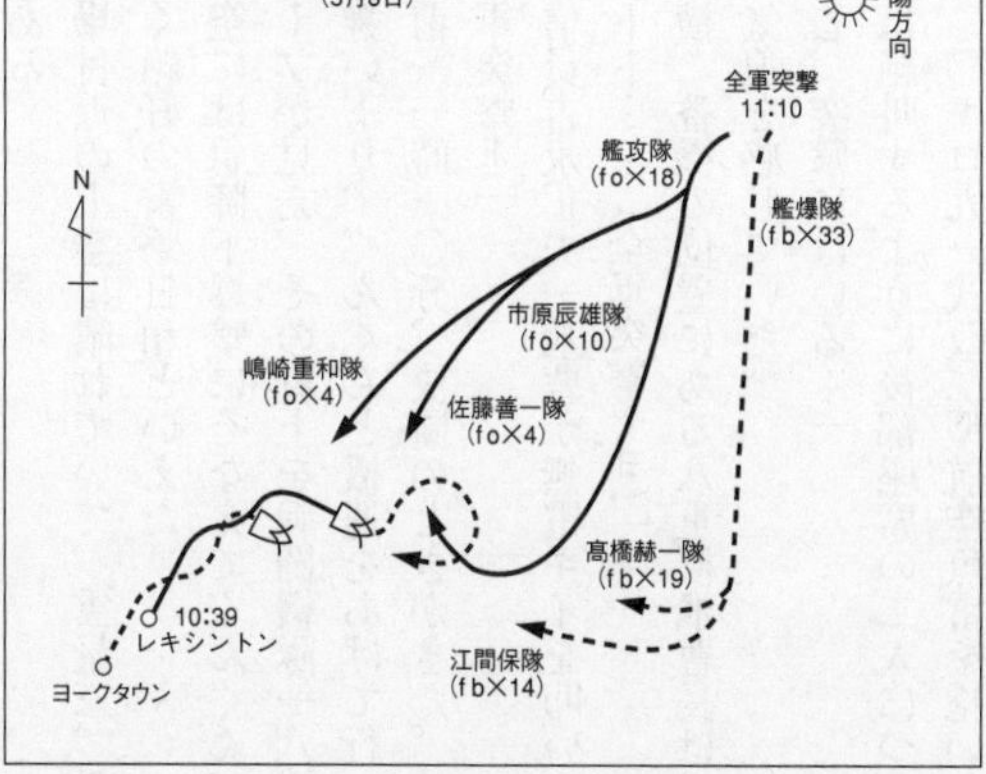

2　雷爆撃同時攻撃

嶋崎重和少佐は、いよいよこれが自分の正念場と覚悟をさだめていた。瑞鶴艦攻隊の指揮官として着任して八ヵ月余、三度の大作戦を経験し、これがはじめての雷撃戦である。

だが海戦第一日、攻撃のことごとくが失敗し、多くの部下を喪った。今こそ彼らの無念を晴らさなければならない。彼は「指揮官先頭」の闘魂をつらぬくつもりである。

少佐の眼下に、二群の米空母部隊が見えていた。先頭の、左翼方向に進撃して行くひときわ大型の空母がフィッチ少将の坐乗するレキシントンであり、周辺に二隻の重巡と数隻の駆逐艦を配していた。その後方奥側の位置にしたがうのは指揮官フレッチャー少将のヨークタウン部隊である。

戦場付近の上空は晴れていて、雲量三、雲高八〇〇メートル。視界は一〇カイリ、見通しのきく絶好の雷撃日和といえた。

上空には急降下爆撃にそなえてぐんぐん高度をあげて行く高橋少佐、江間大尉の両艦爆隊グループが見え、その直上を戦闘機隊一八機がまもっている。嶋崎少佐は彼らと分離して低空に舞い下り、ぐんぐんと機速をあげて行った。

午前一一時一〇分、決断のときがきた。嶋崎少佐は伝声管に口をあててさけぶ。

「全軍突撃！」

電信員吉永正夫一飛曹が無電キイを叩いて、全機あてに略号符を送る。

「トトト……（全軍突撃セヨ）」

左横二番機の位置にある八重樫飛曹長は、ふだんは柔和な嶋崎〝おへんこ〟隊長のすさまじい気迫を感じていた。

「よし、突撃にはいる！」

彼は絶叫するように後部座席の二人につげ、操縦桿を前に倒しスロットルを全開した。重い八〇〇キロ九一式改二型航空魚雷を抱いた九七艦攻は、加速がついてぐんぐん速力をあげて行く。

風で轟々と風防が鳴り、エンジンのきしる音が耳を聾《ろう》する。速度計は二〇四ノット（三七八キロ／時）を指していた。最大速力である。

米側記録をみると、レキシントン艦長シャーマン大佐が「敵は、私が魚雷発射ができると思った以上の高速力で突っ込んできた」とある。米雷撃機『デヴァステーター』は低空を一〇〇ノットていどの低速でノロノロ飛行してくるので、艦長は魚雷回避の判断を誤ってしまったのだ。

また途中で撃墜された日本機が海中に沈むまでに、魚雷頭部に木製の特殊な装置（安定機）をつけているのに気づき、これで日本の雷撃機が「高速力で、高い所から魚雷を発射できる理由」がシャーマン艦長にはよくわかった。

「分隊士！　このままでは空中分解します！」

偵察席から姫石一飛曹の悲鳴が聞こえた。

「かまわん、おれにまかせろ！」

操縦席の八重樫飛曹長は、大声でさけび返す。速度計の針は限界速力をふり切っていた。

「よく演習では、夜間は月にむかって雷撃せよ、昼間なら太陽を背にして、といいますが、とんでもない。最短距離を飛んで行くだけ。実戦では、スピード制限など関係ない。重い魚雷を抱いているものだから、どんどん早く、沈んで行く。ただまっしぐらに突進するだけですよ」

八重樫飛曹長の実感である。

第二小隊をひきいる金沢飛曹長も、操縦席の堀亀三一飛曹にむけ、エンジンを「ふかせ、ふかせ！」とあおり立てていた。

速力一八〇ノット、目標八〇〇メートル手前で魚雷投下と考えていたから、降下とともに巡航一四二ノットから機速をあげることに心をくだいていた。

おそるべき弾幕であった。（やはり米国海軍は手強いな）という思いが一瞬脳裡を走った。と同時に、その弾幕を突っ切って行かなければ良い射点につけない、とベテランらしい判断も生まれた。

第二中隊四機をひきいる佐藤善一大尉は、嶋崎少佐の左翼側に位置していたが、突撃命令で解列したため嶋崎隊は右側後方のヨークタウンを、みずからは前方のレキシントンに目標をさだめることになった。

先頭に立つ佐藤大尉は機速がつきすぎて自分の機が突出する形になったので、エンジンをしぼり気味にして編隊の散開を待った。単機で勝手に魚雷を投下しても効果はなく、同時に投下して、そのどれか一本でも命中してくれれば効果甚大であるからだ。

だが不幸は、この散開中に起こった。佐藤隊の第二小隊長新野多喜男飛曹長は、中隊長機におくれまいと機を増速させているさなかに米軍戦闘機の銃撃を受けた。

「あっ、敵戦闘機、かかってきます！」

電信席の西沢二飛曹が思わず声をあげた。後上方に米グラマン戦闘機が二機、一二・七ミリ機銃六梃を乱射しながら追尾していた。

たちまち列機の井戸原春信二飛曹機が火を噴く。操縦員石原久一飛曹は必死になって、右に左に機をすべらせて射弾をさける。

西沢二飛曹の眼前で、井戸原機が火だるまになって海中に転落する。


「敵雷撃機、一機撃墜！」

高らかに、エドワード・G・セルストロム少尉からレキシントン艦上に報告される。

米機動部隊が上空直衛に割《さ》いた兵力はグラマン戦闘機一七機にすぎない。そのうち八機が上空にあり、九機が甲板待機となっていた。

シャーマン艦長は、この不首尾な海戦指揮について日本側と同じく「史上初の母艦戦であったことを思い出す必要がある」と回想している。

一方、航空戦指揮のフィッチ少将は、逆にこの日も米空母に装備されたＣＸＡＭ対空レーダーが日本機の接近をとらえたことで、勝利を確信していた。

ヨークタウンのレーダーは午前一〇時五五分に、二〇度方向、距離六八カイリで〝未確認機〟の接近をとらえた。五分後、迎撃のためにレキシントンから五機、ヨークタウンから四機のグラマン戦闘機群が飛び立った。他にＳＢＤ『ドーントレス』哨戒兼爆撃機二三機が対潜警戒と日本機阻止のため空中にあったが、〝火力が不充分で、速力がノロい〟せいで有効な兵力とならなかった。

シャーマン艦長もまた防御戦闘機を母艦上空まぢかに、高度一〇、〇〇〇フィート（三、〇四八メートル）付近におき、日本機が突撃を開始する地点で攻撃するのが最良と考えた。レキシントン隊のポール・H・ラムゼー少佐は充分な高度をとったつもりでいたが、その直上二、〇〇〇メートルを日本の急降下爆撃隊が通りすぎて行くのを発見した。あわてて上昇したが、彼らはすでに突撃態勢に入っていた。

セルストロム少尉は独断でラムゼー少佐の指揮下から離れたため、彼らの迎撃軸線上に佐藤隊の雷撃機が突進してくるのを発見したのだ。

佐藤大尉はあまりに輪型陣からの対空砲火がすさまじいので、左右の列機を見る心の余裕を失っていた。

左横の二番機、山田大一飛曹の九七艦攻がおくれを取りもどし、左横にぴたりとついてきたことまでは記憶している。山田機が対空砲火をあびて一瞬のうちに空中から消えてしまったのを眼の端でとらえたが、操縦員坪川巌一飛、電信員森本常正二飛曹がどのような最期をとげたかは視認していない。

右後方のヨークタウン雷撃にむかった嶋崎重和少佐は、目前にせまった空母の艦影にむかって声をあげた。

「魚雷、発射用意！」

その背後から、市原辰雄大尉の翔鶴隊九七艦攻一〇機も二手に分かれて雷撃態勢に入ろうとしている。第一中隊六機は市原大尉直率、第二中隊四機をひきいるのは岩村勝夫大尉である。

四つの雷撃機グループが米両空母にたいして突撃を敢行している。まっさきに射点についたのが嶋崎少佐隊で、翔鶴隊は左旋回してレキシントンの艦首方向にまわり込もうとしたため、やや後方におくれた。

日本機は北東方向からやってきた。太陽を背にして風下側から、定石通りの戦法で近づいてくる。風は吹いていたが海上は平穏で、視界は良好であった。

空母ヨークタウンの艦橋にいたバックマスター艦長は、左舷前方から接近してきた日本機からいっせいに魚雷が投下されるのを見て、艦首を右舷側に回頭させようとした。

「面舵一杯！」

ヨークタウンは三〇ノットの高速で、日本機の雷撃行から逃れようとしていた。同艦は旋回圏が小さかったうえに、艦の舵がよく利き、急激に右回頭した。投下された四本の魚雷は左舷側よりせまってきたが、三本が航走したものの遠く流れて行き、一本が平行針路をとってやがて海中に没した。

米モリソン戦史は、この原因を「日本機が同艦に対しては艦首の左右両側に『挟撃』式の攻撃手段を使用しなかったため」としている。

嶋崎隊の八重樫飛曹長は「猛烈な弾幕をぬって、夢中で魚雷を投下した」といい、金沢飛曹長も「相手空母が針路を変えるので射点をきめるのに苦労した」と述懐している。

雷撃直前に米グラマン戦闘機の妨害にあって、右に左に機体をすべらせたのも、佐藤隊との左右同時攻撃ができなかった原因であった。

嶋崎少佐は魚雷投下後直進し、ヨークタウンの左舷側を平行して通りぬけた。二番機の八重樫飛曹長もそれにつづいた。もし、飛行甲板直上を飛び越していたら、猛烈な弾幕につつまれて機体は火だるまとなっていたにちがいない。

一方、前方のレキシントンにむかった佐藤善一大尉は、目前に特徴ある大型艦橋がぐんぐんせまってくるのを見つめていた。対空砲火の弾幕が機体をつつみ、海面が弾痕で白く泡立っている。低空を這い、「機速一八〇ノット、八〇〇メートルで魚雷を発射せよ!」と出撃前、列機に注意をあたえていたが、自分自身でそれを忘れた。

「魚雷発射! 撃《テ》ッ!」

射点に入るのが早すぎたかも知れない。先頭機だけが突っ走るのではなく、列機が散開するのをもう少し待てばよかったと悔いるのは反転した後しばらくたってのことで、気持だけがはやり立っていたのだ。

佐藤隊で突入したのは二機のみである。もう一機は第二小隊長新野飛曹長機で、レキシントンの左舷側より魚雷を投下した。

背後から機銃弾をあびせかけた米グラマン戦闘機は二撃で追尾をやめ、反転して飛び去った。味方輪型陣の対空砲火を避けたのだ。

空母レキシントンを中心とする七隻の艦艇はぴったりと隊形を組み、白いウェーキがきれいにならんでいた。日本側は単艦バラバラで行動していたのにたいし、米側は空母を中心に密接な護衛体制を組んでいて、新野機の電信員西沢十一郎二飛曹を驚嘆させた。

——おそるべき敵だ。

との思いが一瞬、彼の頭をかすめた。

レキシントン艦長シャーマン大佐は、日本機の来襲を午前一一時と予想していたので、総員配置、飛行機即時待機、防水扉密閉および防水蓋の閉鎖などの準備を充分にととのえて待ちかまえていた。

そのために、雷撃機の接近にも対応に不足はないはずだった。だが、この老練な艦長をあわてさせたのは、重い魚雷を抱いた日本の雷撃機が予想外に高速で突入してきたことである。

「敵機！　敵雷撃機、左舷正横！」

午前一一時一六分、レキシントン艦上の見張員が大声をあげた。シャーマン艦長は大声で命じた。

「取舵一杯！」

編隊で雷撃するもっとも効果的な方法は、前掲のように両舷から同時に魚雷を投下することである。たとえば、「取舵一杯」で艦首を左に急回頭させると、左舷側の魚雷と並行して逃れることができるが、右舷前方からの魚雷をまともに艦腹に受けてしまうことになる。

「この見計《みはから》いがまったく微妙なもの」と、シャーマン艦長は回想記にいう。

レキシントンはゆるゆると左に大きく回頭しはじめた。近代空母ヨークタウンにくらべてこの旧式空母は運動性が悪く、舵が利きはじめて一杯とるのに三、四〇秒もかかる始末。すこぶる大きな円を描きつつ旋回した——のである。

シャーマン艦長のかたわらで、航海長ジム・ダドリー中佐は一番機が魚雷投下するのを見つめていた。高度一〇〇フィート（約三〇メートル）、距離一、五〇〇ヤード（約一、三七二メートル）。これが佐藤大尉機で、海面に投下の飛沫が立った瞬間、間髪をいれず艦長のさけぶ声をきいた。

「面舵一杯！」

急回頭のため二五ノットにまで速力の落ちていたレキシントンは、今度は右に大きくまわりはじめた。数秒をおかず、右舷側から翔鶴隊の雷撃機がせまってきたからである。

瑞鶴隊の攻撃は不首尾におわった。だが、その果敢な突入は後続の翔鶴市原隊の雷撃に絶好の射点を提供することになった。

魚雷を投下後、佐藤大尉は身軽くなった機体で輪型陣の間を全速で突きぬけ、帰投集合地点——距離一五キロ、高度一、〇〇〇メートル——をめざした。新野飛曹長機も後方にそのままにしたがっている。

機銃席の西沢二飛曹は、夢中で七・七ミリ旋回銃にしがみつき、レキシントンの巨大な艦橋にむけて射撃をつづけていた。海面より一〇メートルの超低空であったろうか。操縦席の石原一飛曹は全速でレキシントンの舷側を通りぬけ、一直線に隊長機の後を追った。翼をかえせば、被弾する可能性があったからだ。

「レキシントンの艦橋は、魔物のように見えた」

と、西沢二飛曹は回想している。

輪型陣を突破して脱出しようとしたとき、対空砲火の集中をあびて生きた心地がしない。突入前は緊張で胸一杯だったが、退避時には逃げるばかりだから、空おそろしさに全身が凍りつく思いであった。

ふとわれに帰り、機内前方の偵察席に目をやると、機長の新野飛曹長が航空図板にくず折れているのがみえた。「機長！」とさけびながら身体を乗り出して座席ごとゆり起こそうとすると、自分のライフジャケットに血が染まっているのに気づいた。

対空砲火の一弾が機腹を突きぬけ、新野飛曹長の右背後から心臓を射ぬいたようだ。偵察席の計器板が破壊されて、オイルが滝のように流れ出している。西沢二飛曹は機長がやられた、と操縦席に報告し、油が洩れているとつげた。

「内側か、外側か」

石原一飛曹のせき込んだ声がした。「内側です」と返事すると、「それなら大丈夫だ。何とか帰れる」と安堵する声が返ってきた。

——戦いは、今や頂点に達していた。

佐藤機が魚雷を投下してから二分とたっていない。

レキシントンの艦首側に大きくまわり込んだ翔鶴隊は、二手に分かれて市原大尉の第一中隊六機が直進して右舷側から、岩村勝夫大尉の第二中隊四機が右に分かれて左舷側から挟撃態勢に入った。

シャーマン艦長は重大な岐路に立たされていた。左、右と転舵をくり返したために三〇ノットの高速が衰え、さらに転舵すれば両舷どちらかの艦腹を日本機にさらすことになる。けれども、一刻の猶予もゆるされない。

面舵一杯で転舵を命じたとき、レキシントンの二七〇・六メートルの巨体がゆっくり右に回頭をしはじめた。シャーマン大佐にとっては、艦首がまわりきるまでは〝まったく恐ろしい長い時間〟に思われた。

そのために、右舷方向から近づいてきた市原隊は、目前に向首し終わったレキシントンが左舷艦腹をまともにさらして航行する形となった。絶好の射点である。

左舷方向から近づいてきた岩村第二中隊は逆に後落し、これを艦尾側から追う形となった。

ここで、岩村大尉は果敢な行動をとる。

第一中隊が左舷側から突入するのを確認した彼は、右舷側にまわり込んであくまでも挟撃態勢にはいろうとした。

この戦法が、彼の機の最期を招いた。重巡ミネアポリス以下の艦艇群をすりぬけた岩村隊は、まず二番機明石達三二飛曹機が集中砲火をあび、海中に転落した。

さらに距離二、〇〇〇メートルに近づいたところで、岩村機自身が焔におおわれて、火だるまになった。これで右舷側から突入した第二中隊は二機に減じた。

市原大尉以下六機が左舷側からいっせいに魚雷を投下する。高度三〇メートル、距離六〇〇、方位角七〇度。理想的な雷撃態勢だ。六本の魚雷がつぎつぎと海中に投下される。右舷側からも二本、艦がどの方向をむいても命中はさけられない。

魚雷を投下直後、第一中隊第二小隊長矢野矩穂大尉機が被弾し、火を噴いたままレキシントンの左舷艦腹に体当たりをこころみたが、張り出し甲板直前に力つきて海中に転落した。

午前一一時一八分、最初の魚雷が左舷艦腹に命中し、爆発した。レキシントンが対空射撃を開始してより二分後のことで、命中個所は前部砲座五〇番フレーム付近である。

つづいて二発目が左舷艦腹のやや後方に命中し、すさまじい爆発音と震動が巨大な艦体に走った。機関室にどっと海水が流れこむ。

シャーマン艦長はジャンカー機関長から「第二、第四、第六ボイラーに浸水、使用不能」との報告を受けた。命中個所が左舷側だけであったために、吃水線下から流入した海水で艦体は六度かたむいた。速力も二五ノットに低下している。

だが、これで日本機の攻撃が終了したわけではなかった。雷爆撃協同攻撃——魚雷投下と同時に、上空からも急降下爆撃機が突入してきたのである。

3　「翔鶴がやられた！」

旗艦瑞鶴がスコールの幕に逃げこもうとする直前、防空指揮所にいた艦長横川大佐は突進してくる一機の米軍機に気づいた。すかさず背後の小川砲術長が声をからしてさけぶ。

「対空戦闘！」

艦橋下の一群三番高角砲座にいた羽生津二曹は早くから米機の接近に気づき、「撃て、撃て！」と絶叫しながら射弾を放っていた。

予想通り、高速で接近してくる米軍機にたいしては一二・七センチ高角砲弾では、命中はおろか、その威力で撃退することもできない。発射音は耳をつんざき、薬莢のむれは山をなすけれども、効果はなかった。

砲術長伝令西村二水は艦橋をかけぬける米軍機の搭乗員が、笑いながら手を振っていたのを記憶している。背後から味方零戦が追っていて、彼は翔鶴への投弾後退避してきた艦爆機搭乗員なのか、あるいは空中戦闘の後、逃れてきた戦闘機搭乗員なのかは判然としないが、機は轟音とともに飛び去って行った。

この大胆な米軍機の行動を、飛行甲板に降りていた原田整備長もはっきりと記憶している。

〝敵機は飛燕《ひえん》のごとく〟艦橋を斜めに飛び去り、「なかなかやるもんだわい」と感じ入ったことであった。

　つぎつぎとあわただしい事態が展開する。ようやくのことでスコール帯に突入しはじめた寸前になって、岡嶋大尉の零戦が緊急着艦を要請して艦横正横を飛んでくる。

　急降下爆撃のさなかに、いったい何が起こったのか。戦闘機を収容するために母艦は針路を変更し、風上に立たなければならない。

　横川大佐の号令で「着艦ヨロシ」の発光信号が送られると、はげしい雨のなかを岡嶋大尉の零戦が艦尾からまわり込んできた。

　飛行甲板にいた溝部二整曹は、乗機から飛び下りた岡嶋大尉が何事か大声でさけんでいるのを見た。それは、後から知ったことだが、「二〇ミリ機銃弾を射ちつくしたから、弾丸を補充するために帰還してきた」という理由からだった。

　艦橋下で報告をきいた飛行長が激怒し、「本艦を危険にさらす行為じゃないか。馬鹿モン！」と飛行帽の上から頭を叩いた。スコールのなかで溝部兵曹は、（隊長も叱られるもんだな）と妙に感心したものだった。

　緊急着艦してきた零戦はもう二機あった。岩本一飛曹の上空警戒機とその列機である。母艦上空の巴《ともえ》戦で燃料を使いきってしまい、残量は五〇リッターもない。このままでは海上に不時着になってしまうと思い、豪雨のなかを危険を覚悟して突っ込んできたのだ。

　後方マストに、着艦許可の信号旗の出ているのが、彼の決心を実現させた。着艦態勢に入ると、視界は数十メートル。頼りは艦尾のスクリューがかき立てる波の泡立ちと白い着艦標識だけである。

列機は左舷側から、岩本機は右舷側から、それぞれ正規の着艦コースを無視してまわり込んだ。飛行甲板は雨に濡れ、川のように流れる雨水のなかでの空中操作だったが、二機とも無事に着艦した。

溝部先任班長は部下の発着器整備員が機体に取りついて、リフト上に運びこむのを確認した。戦況がどうなっているのか、皆目見当がつかなかった。艦体がスコールのなかをぬけ、不意に雨脚がとだえると、上空にまた一機、近づいてくる小さな機影が見えた。味方索敵機がまた帰還してきたようだ。

ところが敵味方の識別が、ベテラン整備員たちのように瞬時にはできない対空陣地から、いっせいに機銃弾が射ち出された。後甲板両舷には三群と四群の機銃陣地がある。それぞれ二五ミリ三連装機銃三基。

「いかん、あれは味方機だ！　射つのはやめろ！」

おどろいた溝部二整曹は、飛行甲板から機銃陣地に駆けつけて機銃員長につたえた。

「味方撃ちだ！」

機銃陣地が静かになってふとわれに返ると、ムッとするような暑気が感じられた。甲板の雨が水蒸気となり、むせ返るような暑熱である。

「あっ、翔鶴がやられた！」

防空指揮所の西村二水は、見張員の悲痛な声ではるか後方に続航する僚艦の姿をふり返った。あわてて前方の艦長を見ると、横川大佐は双眼鏡を眼にあてたまま身じろぎもしない。

後方はるかに続航する翔鶴は黒煙につつまれていた。米軍雷撃機からの攻撃は遠距離からの魚雷投下であったため回避は容易だったが、バーチ隊に引きつづきショート隊一七機の急降下爆撃機が殺到したために、すべての投弾を回避することができなかった。

一弾は飛行甲板の左舷前部寄り、第二弾は後部右舷側に命中し、爆発した。とくに第一弾は下方の航空機用燃料タンクに火をつけ、猛烈な火勢と黒煙で手がつけられない状況となってしまった。

一気に噴き上げた黒煙をみて、前方を往く瑞鶴艦橋の吉田機関参謀が「翔鶴沈没！」と思わず口走ってしまったほどである。

艦上でははげしいスコールにつつまれていながらも、水平線までよく見透せた。

自艦はスコールの帯から飛び出さないように左右に巧みなジグザグ行動をつづけていたが、その間にも遠くの翔鶴では後部甲板に急降下爆撃を受けるのが望見された。

原田中佐が見つめていると、一機の米軍機が突入し機体を引き上げた瞬間、黒煙が立ちのぼるのが望見された。

この火勢を弱めるべく、翔鶴では必死の消火作業がつづけられている。速力は二〇ノットに減速されたが、風にあおられてガソリン庫からの出火はなかなか鎮まらない。黒煙は天に冲するごとくである。薄雲が張り出していて、視界が良くなかったことが被害を増大させた原因である。米側が一、〇〇〇ポンド（約四五四キロ）爆弾を使用したことも、攻撃効果を大きくした要因といえる。日本側の二倍の炸薬量である。

第一弾が命中したとき、爆風が艦橋の窓ガラスを粉々にやぶって吹きこんできた。安全ガラスで破片は飛び散らないが、亀裂が入り袋状にふくらんでいる個所もあり、瞬時にして艦橋内は修羅場と化した。

つづいて、

「前部揮発油庫、火災発生！」

のさけび声がした。一万リットルにおよぶガソリン庫に火がついたらしい。赤黒い焰がもうもうと前部甲板に立ちのぼり、手がつけられない状態だ。

城島艦長はぼう然として立ちつくしていた。思いがけない事態に立ちすくみ、応急手配の命令が出せないまま棒立ちになっているばかりである。それに気づいて、次席指揮官の塚本航海長は独断で艦指揮をとることを決意した。

戦時にあっては、緊急時の「独断専行」は軍律違反とならないからである。

この日、「速力、転舵、敵攻撃の回避運動など、すべて私が独断で行った」とする航海長塚本朋一郎中佐の手記がある。左に引こう。

「城島艦長は、すべてを私に一任した形であった。呉帰着まで悉《ことごと》く私の意見通りに行われた。……命中した爆弾による火災は風当りが強いので意外に強く、なかなか消えない。その後数群の爆撃は悉く回避に成功した。と思ったらつぎは雷撃機の襲来である。見張員から右何度……米、雷撃機左何度……米と報告して来る。私は何《いず》れを先きによけるべきかをとっさに判断し、艦をその方に転針し雷跡と平行にして『宜候《ヨーソロ》』と令する」

接敵してきたのはテイラー少佐のヨークタウンTBD雷撃隊九機で、両舷からの同時攻撃をとらず左舷側からの一方的な〝思い思いの攻撃〟であったために魚雷はすべて外れた。

遠目からみれば、瑞鶴艦上からはこれらの経過がわからない。「翔鶴がやられた！」という悲鳴に似たさけび声は、一瞬のうちに艦内に悲報としてつたえられた。

応急治療室にいた宮尾軍医中尉がいそいで飛び出すと、水平線上にマストだけがのぞいていた翔鶴から黒煙が立ちのぼっているのが望まれた。

「前部より火柱天に冲し、黒煙濛々《もうもう》としてふき出した」

と日記に目撃情景が記されている。だが、われに返ってみれば、瑞鶴がスコールに逃げこめたことが味方にとっての最大の幸運であり、これこそ「何たる天佑ぞ」――。

そして、若い軍医中尉にとってははじめての海戦体験は、浮き足立つことばかりである。

「……本艦はこの中に逃込んで敵の攻撃を免れたが、雲の中に向ってけん制の機銃・高角砲の音、耳を聾せんばかり真に肝を冷やす」

レキシントンの艦長シャーマン大佐は五航戦の急降下爆撃隊の雷爆同時攻撃を受けたとき、雷撃機をさけることは何とかできたが、「私は、爆撃機にたいしてはどうすることもできなかった」と率直に告白している。

嶋崎隊、市原隊の九七艦攻グループの雷撃にさらされているとき、同時に空から降ってきたのは高橋赫一少佐のひきいる九九艦爆隊一九機である。指揮小隊三機に引きつづき、第一中隊長山口正夫大尉以下九機、第二中隊長三福岩吉大尉以下七機。

日本側の急降下爆撃は理想的な形でおこなわれた。天候は晴。風は南東方向から吹いており、風速一〇メートル。風上側から接敵し、高度五、〇〇〇メートルから隊長機より糸につながれたように逐次降下に入った。

レキシントンの左舷側北方にはグラマン戦闘機群が警戒にあたっていたが機数は三機で、これは翔鶴の制空隊零戦六機が立ちむかったため、急降下を阻止することはできなかった。

高橋隊の突入を最後まで見守ったのは、直掩の戦闘機先任分隊長帆足工大尉以下三機である。彼らの果敢な直掩任務により、九九艦爆隊は隊長機を先頭に一本の棒のようになってつぎつぎと急降下に入った。

シャーマン艦長の回想録は、淡々とつぎの事実をあげている。

「一発の爆弾は、ちょうど司令官室の外の砲座に命中し、付近にいた砲員のほとんど全員をなぎ倒し、火災が発生した。付近の通路にいた主計長、軍医長も戦死した。その他、爆弾のため、艦内に火災が起こった」

とくに艦橋と煙突のあいだに投じられた一弾はサイレンの引き綱を切って、物悲しげな叫音を艦内にひびき渡らせた。シャーマン艦長は二本の魚雷と五発の爆弾を左舷に受けた、としている。

低空を避退しつつある市原大尉は、魚雷による艦内爆発と二五〇キロ爆弾の立てつづけの命中で、レキシントンが全艦黒煙につつまれるのを見て、電信員宗形義秋一飛曹に命じた。

「旗艦あてに発信！　サラトガ撃沈」

翔鶴艦爆隊が空母レキシントンに急降下爆撃を開始したのにややおくれて、瑞鶴の江間保大尉以下一四機が空母ヨークタウンに突入した。

第二中隊長は大塚礼治郎大尉。午前一一時二五分のことである。

江間大尉は米グラマン戦闘機の妨害を受けなかった。高度五、〇〇〇メートルから接敵して行き、三、五〇〇メートルで突入態勢にはいる。

先頭を往くヨークタウンからは猛烈な対空砲火が射ち上げられてきた。急降下する間、曳《えい》痕《こん》弾がアイスキャンデーのような光の束となって照準器に飛びこんでくる。

ヨークタウンの艦長バックマスター大佐は片舷からの雷撃機を回避できたので、つぎに急降下爆撃のみに関心を集中させることができた。艦橋右側の測距儀にかじりついていた航海士N・L・テート少尉がさけび声をあげた。

「日本機一機、突っ込んできます！」

江間大尉は偵察席の東藤一飛曹長が、

「高度一、五〇〇！」

と突入高度をつげる声をきいた。高度一、〇〇〇……八〇〇……七〇〇……。六〇〇メートルで「ようい！」の声がかかる。高度四五〇を数えたとき、投下限度ぎりぎりとなる。

東飛曹長の声が飛ぶ。

「撃《テ》ッ！」

江間大尉は即座に投下レバーを引いた。胴体下の二五〇キロ爆弾は加速をつけて、吸いこまれるように眼下の米空母の艦中央部をめがけて落下して行く。つづいて二番機畠山尚一飛曹、三番機江種繁樹一飛の九九艦爆が突入態勢に入る。

江間隊の第二小隊長葛原《くずはら》丘大尉機に引きつづき急降下した堀建二一飛曹は、途中小隊長機から小さく黒煙が噴き出すのに気づいた。堀機が突入態勢に入ると、視界内に見えるのは目前の二、三機のみである。

ヨークタウンに照準をしぼりながら、彼は目の端で葛原機の炎上して行くさまをとらえる。燃料タンクに被弾したらしくガソリンが吹き出し、胴体に火がついた。風圧が強く、たちまち猛火に機体がつつみこまれる。

ごく一瞬のことであった。火だるまと化した葛原機はそのままヨークタウンにむけて墜ちて行き、艦首側の海に突っこんで水柱を立てた。時間にして、数秒もたっていない。

瑞鶴隊にとって、米機動部隊との対決ははじめての経験である。彼らに予想外であったのは、米空母とそれを取り巻く輪型陣の対空砲火のすさまじさである。

一ヵ月前、インド洋上で対決した英空母ハーミスは護衛の戦闘機群もなく、ましてや水上艦艇群による輪型陣も形成されていない。まるで爆撃演習のように数珠《じゆず》つなぎで投弾することができた。

しかしながら、目前の米空母部隊はしっかりとした輪型陣を組み、猛烈な対空砲火を射ち上げてくる。それも一機ずつのねらい射ちではなく、弾幕をつくってその渦中に飛びこめば被弾する、という物量作戦に出た。

「開戦後半年、米海軍の反撃態勢はようやくととのってきた」

というのが、堀一飛曹の実感である。

「サンゴ海海戦がその第一段階、という気がした。その後、海戦に出撃するたびに圧倒的な火力が倍になって加わってくる。照準器をのぞいていると、機銃弾がアイスキャンデーの火の束となって射ち上げてくるのが見える。まるで両国の花火みたいだった。その弾幕に突っ込んで行くと、たちまちやられてしまうという恐怖がありました」

通常の場合、対空砲火は弾道を確実にするために徹甲弾、焼夷弾、曳痕弾《えいこんだん》という順番に射ち上げられる。その曳痕弾がアイスキャンデーの光の束のように照準器に映るのである。

葛原大尉機もその猛烈な弾幕につつまれて被弾し、機体が炎上したらしい。彼の機は二五

○キロ爆弾を抱いたまま、海面に激突する。
堀一飛曹は高度四五〇メートルぎりぎりまで急降下し、投弾してそのまま海上を低く這って逃れたが、葛原大尉の口数の少ない出撃前の表情を想い出し、悲痛な感情にかられた。直掩の塚本大尉の記憶によれば、突入直前まで上空直掩の位置についていたが米グラマン戦闘機との空戦により、この同期生の被弾炎上は目撃していないという。

一方、堀一飛曹は熾烈《しれつ》な対空砲火の弾幕をぬい、単機でひたすら海上を這って逃れたが、彼のみが葛原機の最期を目撃することになった。

大塚中隊の一機も、対空砲火の犠牲となっている。その被弾の詳細は不明だが、二人とも搭乗員としては若輩《ジャク》で、操縦員上岡功二飛曹は宮崎市瀬頭《せがしら》町生まれ。偵察員泉潔一飛は富山県氷見《ひみ》町生まれで、ともに二十一歳という若者である。

間断のない急降下爆撃の投弾がヨークタウンの艦体を大きくゆさぶる。一発の至近弾は左舷前方五インチ砲塔のすれすれで爆発し、つづく二発目が舷側で炸裂した。第三弾も左舷吃水線下二〇フィートのところで爆発し、燃料タンクの重油を流出させた。

攻撃を開始してより二分後、大塚中隊の一弾がヨークタウン艦橋後方に命中した。二五〇キロ対艦船攻撃用の徹甲弾は〇・二秒の遅動がかけてある。爆弾は飛行甲板を貫通し、第二、第三甲板を突きぬけて第四甲板で炸裂した。

第四甲板は一・五インチの鋼板で装甲されているため、ここで爆発による誘爆は食い止められたが、防水扉が吹き飛び、前部機関室に通じる隔壁が破壊され、三ヵ所のボイラーが機能を停止した。速力は三三ノットから二四ノットにまで低下する。

最先頭の位置にあった江間大尉は、後部偵察席からの、

「あたった、あたった！」

の声を耳にしながらヨークタウンの左側の海面を避退し、戦果を確認するまでもなく帰投集合地点にいそいだ。集合は突撃下命後四五分とさだめられていたが、すでに予定時刻をすぎていたからだ。


一方の日本空母側でも、同じようにレキシントン隊による第二波の攻撃にさらされていた。

オールト中佐によるSBD急降下爆撃機四機、直掩のグラマン戦闘機二機による攻撃とブレットJr《ジュニア》少佐ひきいるTBD一一機による雷撃である。

なぜ、このような少数機に減少したかといえば、やはり悪天候のせいといえるだろう。

オールト中佐指揮下のハミルトン少佐隊は東西に張り出した前線の帯にはばまれて、厚い雲の下を日本空母を捜索したが見当たらず、燃料不足を理由に反転した。

帰投したのは急降下爆撃機一八機、戦闘機三機。——もしこれらすべての機が日本空母に殺到していれば、戦闘の帰趨がどうなっていたかはわからない。

そのおそるべき事態の一端が垣間《かいま》見られた。オールト隊第二波の一弾が、翔鶴艦橋の右舷後方信号檣《マスト》付近に命中したのである。

攻撃は、悪天候による対空見張りの不意をついておこなわれた。

最初の被弾でぼう然とし、われを失った城島艦長に代わって直接艦の指揮をとる航海長塚本朋一郎中佐は、ブレットJr少佐のレキシントン隊の雷撃をテイラー隊と同じくことごとくかわしたが、そのとき一瞬の隙が生じた。

不意に艦橋直上の防空指揮所から、見張員長秋山兵曹の絶叫する声が聞こえた。

「敵急降下爆撃！」

塚本航海長がとっさに命令を下す。

「取舵一杯！」

「全速、急げ！」

翔鶴の最大戦速は三四・四ノットである。全長二六〇メートルもの大艦が波をざわめかせながら、左に回頭しはじめる。一〇度から一五度へと、まどろっこしいほどの動きである。

直進はさけ、急降下爆撃機投弾の軸線を何としてでもずらさなければならない。

だが、戦慄の一瞬がきた。爆弾命中の轟音とともに艦橋内は震動で真っ暗となり、硝煙が立ちこめる。すぐさま、伝令の報告がきた。

「格納庫火災！」

オールト中佐機の第一弾が命中したのである。これが第一波のヨークタウン隊に引きつづき、三度目の被弾となった。

塚本航海長の回想録をつづけよう。

「敵の急降下の一弾は、不幸にして艦の中部右舷に命中したのだ。之が為艦の重要通信、指揮系統はとぜつした。飛行甲板は波状を呈《てい》し、発着艦とも不可能、大砲も大部分は使用に堪えない。信号は手旗信号しか出来ない。無線もアンテナの被害で、暫時《ざんじ》通信不能。約一時間ばかり後に応急修理で発信が出来るようになった。

格納庫の火災は母艦としては致命的なものである。さきの艦首の火災（第一弾）は火勢強く、未だ消火に至らぬ折柄《おりから》、この直撃で艦は正に重大危機である」

相つぐ被弾で、塚本航海長は色を失ったが、操舵系統に被害が出なかったことが幸いしたようである。

艦橋後部に着弾したとき、とっさの判断で「舵に異状はないか」とききき、操舵員長から「異状なし！」と勢いよく返事がかえってきて、塚本航海長はこれはしめたと一安堵した。艦橋下から艦尾の舵取機械までは一八〇メートルもの水圧パイプが通っていて、一ヵ所でも破孔があればたちまち舵が利かなくなり、魚雷の回避運動ができなくなるからだ。

旗艦瑞鶴の防空指揮所からは、右に左に転舵して、米軍急降下爆撃機の投弾を回避する僚艦の様子がよく見透せた。

翔鶴の艦橋後部に命中弾が炸裂したとき、爆煙が全艦をおおったので、見張員たちも思わず、（翔鶴沈没！）と心でさけんだものである。

防空指揮所の先頭に陣取る艦長横川大佐は、背後に飛びかう見張員の声に耳をとぎすませながら、両眼ではせわしくなく第二波の米軍雷撃機の動向を追っている。ブレットＪｒ少佐のレキシントン隊の一部が分かれて、瑞鶴への雷撃態勢に入っていたからである。

「敵機来襲！」

見張員の声に、横川大佐はすぐさま「取舵一杯」の号令を下す。

左舷後方から米ＴＢＤ雷撃機の一群がせまりつつあった。

同舷中央部にいた稲葉兵曹長は、飛行甲板が急激に左にかたむき思わず足もとでたたらを踏んだが、同時に艦橋横に止めてあった帰投した索敵機の九七艦攻一機がズルズルと左舷側にすべり落ちて行くのに気づいた。

「いかん、だれか機体をとめろ！」

思わずさけび声が口をついて出た。九七艦攻機は両脚前後に車輪止めが使われているだけで、繋止索《けいし》でしっかりと固定していなかったのだ。

――と、声をあげる以前に整備科員がひとり尾翼に取りつき、両足を踏んばって九七艦攻が飛行甲板からずり落ちそうになるのを防いでいる。飛行班の中西愛吉二整曹である。

だが、艦は急速回頭をつづけているため大きく左に傾斜し、機は甲板上を左舷補助艦橋上に後落しつづける。

補助艦橋とは、右舷艦橋が被弾、破壊された折の代用として機能するものだ。その上部をまたぐようにして、九七艦攻は海中に落下する。

尾翼にしがみついていた中西二整曹も、機体とともにもんどり打って洋上に転落した。稲葉兵曹長が、駆けつけて手助けする間もない出来事である。

白い飛沫が上がったと同時に、白濁した渦はたちまち洋上を後落して行く。

だがしかし、三重県出身、若い整備員中西兵曹の決死の果敢な捨て身の行為も、海戦の小さな乗員たちの記憶に残るだけで、公式戦史の記述にふれられることはない。

「前方に、またスコールがある。あそこに飛びこもう！」

防空指揮所では、横川艦長が背後の小川砲術長をはげますように声をかけた。

小川少佐は立てつづけの対空砲火の号令だけで、すっかり声を嗄《か》らしていた。

艦長の声が伝声管から一段下の羅針艦橋へ飛ぶ。

「第四戦速、急げ！」

艦橋下の三番砲座で一二・七センチ連装高角砲を夢中で射ちまくっていた射手羽生津二曹は、伝令の「撃ち方止め！」の号令でわれに返った。鉄カブトのひもを固くしめ、火照《ほて》った頬に、雨がしたたり落ちている。艦はまたスコールに飛びこんだらしい。

（やれやれ、助かったか）

思わず吐息をついた。

緊張がとけたせいか、どっと疲れが出たが、それは肉体的な疲労のせいばかりではなかった。一種の徒労感――むなしい脱力感に似た感情にも、同時にとらわれていたからだ。

一二・七センチ高角砲で、水平線を突進してくる米軍雷撃機を、水平射撃でつるべ射ちにしたのだが、弾丸は海上に白い飛沫を立てるだけで一向に命中しないのである。

演習では四〇〇メートルの距離なら至近弾を得られるが、八〇〇メートルも離れると効果はない、という結果が出ている。レキシントン隊の雷撃は一、〇〇〇メートル以上もの遠距離からおこなわれるため、艦は容易にこれをかわしたが、高角砲弾は一発も命中しなかった。

「一二、〇〇〇発に一発、命中弾があれば良いところ」

というのが、羽生津兵曹が実戦で学んだ教訓である。砲員たちによって運びこまれた高角砲弾はたちまち薬莢《やくきよう》の山となって足もとを埋め、足の踏み場もない。「早く捨ててくれ！」と絶叫しながら、夢中で砲座に取りつく始末であった。

午後零時五分、米軍機の攻撃が不意に終わった。

彼らの機影が遠くの空に消えると、サンゴ海は何事もなかったかのように、もとのおだやかな海にもどった。前線が張り出していて相変わらず雲の多い空だが、真昼の陽射しが所どころ洋上にもれている。

艦も人も、妙に静まり返っている。

「味方攻撃隊はどうなったのか？」

彼は気がかりになって、艦橋をふりあおいだ。

嶋崎重和少佐は集合予定地点を旋回しながら、味方攻撃隊が三々五々集結するのを待っていた。

もう時間の猶予はなかった。機体が被弾し、操縦系統に故障が生じ、今度もまた前夜に引きつづき飛行甲板への胴体着陸を覚悟しなければならない。予定の刻限がきて、集まった機だけで帰投することにした。午前一一時五〇分のことである。

翔鶴の市原辰雄大尉も、列機をひきいて嶋崎隊につづくことにした。だが彼は、この段階で重大な報告をする。雷撃直後、「サラトガ撃沈」と昂奮に駆られて打った報告電を訂正したのだ。

「サラトガ撃沈ハ取消シ、待テ」（一二二七受信）

サラトガ、すなわち彼が誤認した空母レキシントンは爆煙が消えたいま、満身創痍《そうい》となりながらも無事洋上に姿を漂わせている。

江間大尉の瑞鶴艦爆隊も、目標のヨークタウンに命中弾をあたえたものの艦は航行をつづけ、「効果甚大」とはいいがたい。両空母とも、どれだけの致命傷をあたえたのか？

むしろ、突入避退後の味方機に被害が出た。髙橋赫一少佐のひきいる翔鶴艦爆隊である。彼らはレキシントンに投弾後、手はず通りに右翼方向に這って逃れた。髙橋隊一九機のうち二機が途中で被弾炎上し、一七機が投弾に成功、避退した。その右よりの海面上空に、レキシントン直衛のグラマン戦闘機八機とヨークタウン機四機、合計一二機が待ち伏せていたのだ。

髙橋少佐の指揮小隊三機のうち、三番機福原淳一飛曹機が米戦闘機との交戦により未帰還となった。第一中隊長山口正夫大尉、第二中隊長三福岩吉大尉のそれぞれの列機から四機の被害が出た。三福大尉機自身も空戦で機体は被弾で穴だらけとなり、自身も右眼を負傷している。

江間大尉が集合地点にたどりついたのは、予定時刻より二〇分もおくれた後のことである。すでに米グラマン戦闘機群との交戦が終わり、戦闘機隊の塚本祐造、翔鶴の山本重久の両大尉機、列機の零戦二機。翔鶴艦爆隊の山口、三福両分隊長機が集まってきていた。

彼らが帰投しはじめたとき、攻撃後バラバラとなった各機も同じように母艦への途をいそいでいた。嶋崎少佐の列機八重樫飛曹長もその一機で、彼は母艦あて報告電を打つ。

「戦闘機二機ヲ連レ今ヨリ帰還ニツク」

雷撃後の金沢飛曹長も、僚機の新野飛曹長と二機だけの帰投となった。レキシントンへの魚雷命中の水柱を確認できたことで勝利への実感はあったが、喜びにひたっている心の余裕はなかった。

後部の機銃席から、被弾で右足を射ちぬかれた太田毅二飛曹から「足がしびれます！」とたえず悲鳴に近い声がよせられてきたし、同行の新野飛曹長も機長座からくず折れて動かない。機上戦死、という不吉な思いが胸にこみあげてきた。

集合予定地点で、彼らといったん合流した第二中隊長佐藤善一大尉は戦果確認のため、単機で戦場上空に引き返している。果たして、相手空母を撃沈したのか。はじめての指揮官として、攻撃成果を正確に報告しなければならない――その使命感に強く駆られていたのだ。佐藤機の背後上空には、二機の零戦が護衛のため随伴してくれている。

――これで一安心だ。

と、彼は思った。零戦の威力は米軍側もよく承知している。

低空を避退して行くさなか、米SBD哨戒爆撃機に追尾され肚を決めて真向から空戦を挑みかけたところ、零戦と見まちがえたのか、あわてて逃げ出した。このときほど「大笑い、大喜びをしたことはなかった」。前夕、薄暮雷撃行に零戦の掩護があれば……と、つくづく恨めしく思われたことだった。

はるか南方に爆煙を噴き上げている空母レキシントンの姿が望見される。付近にまだ米軍戦闘機が遊弋しているかも知れず、彼は用心しながら、注意深く接近して行った。もう一隻の空母ホーネット型(注、ヨークタウンの意)の姿は避退したのか、見当たらない。

「写せ!」

と、電信席の吉田湊二飛曹に命じ、返事を確かめると、すぐさま反転することにした。戦場に長居は無用だ。

午前一一時三〇分、日本機の攻撃はすべておわった。レキシントン艦長シャーマン大佐は、不意にすべての音がとだえ、艦橋が奇妙な静けさにつつまれたのを感じていた。

対空砲火の射ち出す音が消え、直衛戦闘機からの警戒の呼びかけや猛り立つどなり声、戦闘指揮班からのヒステリックなさけび声も聞こえなくなった。日本機の退却とともに、すべての騒音がいっせいに熄《や》んだのである。

この段階で、レキシントンは大した被害を受けていないように思われた。なるほど、前甲板の大火災は鎮火するすべはなかったが、応急指揮官ヒーリー少佐から、いずれは消えるだろうとの楽観的な報告を受けていたし、「本艦の推進装置および電気装置に異常なし」との返答もあった。

レキシントンは左舷への二本の魚雷命中により七度かたむいていたが、反対舷への海水注入によりいまは水平に復原している。

応急指揮所にいたヒーリー少佐は、防禦甲板下の被害を一応制御できそうなので安堵したのか、艦長にむかって、「もし、もう一度攻撃を受けるようなことがあったら、こんどは右舷側に当てるようにして下さい」といってきて、剛毅なシャーマン大佐を思わず苦笑させた。少佐の気まじめな一言が、巧まざるユーモアとなっていたからである。

艦の速力は二五ノットにまで低下している。だが、幸運にも機関室からは「必要ならば全力を出すことができる」との報告がつたえられていた。

午前一一時四二分までに前部火災が鎮火し、一二時三三分にはすべての火災がおさまった。と同時に、シャーマン艦長は、上空直衛の戦闘機四、哨戒機九機の収容をはじめている。

二基のエレベーターは使用不能となっていたが、飛行甲板のカタパルト射出装置により直衛戦闘機の発艦は可能である。この点でも、日本側の翔鶴が被弾により発着艦不能となっているのにたいし、米側は危機管理という点で一日の長がある。取りあえず格納庫への収容はむりだが、飛行甲板を使ってのみの離着艦は可能だ。

シャーマン艦長は、帰投してくる攻撃隊の収容と対空砲火の弾薬補給をいそがせることにした。日本側の第二次攻撃が再開されるにちがいない、と考えたからだ。

このとき、レキシントン艦橋のだれもが気づかなかったが、艦内下部では恐るべき事態が進行していたのだ。魚雷命中の衝撃により艦内下部隔壁に亀裂が生じ、ガソリン貯蔵庫から高圧ガスが外部鋼板との隙き間に洩れ出していた。強い刺激臭が艦内にひろがり、やがて艦橋にも臭気が立ちこめてくるようになる……。

にもかかわらず、ヒーリー少佐に不安感はない。彼は「応急修理が終わりました」と自信たっぷりに艦長に報告し、帰艦してきたパイロットたちも、再度の日本空母攻撃のために士官室で打ち合わせをはじめていた。

「レキシントンは調査の結果、さして悪い状態とは認められなかった」

と、シャーマン大佐の回想録はのべている。上甲板の火災はおさまり、下部甲板の被害も最小限に食い止められた。一艦の責任者として、まずは胸をなでおろす気持でいた。少なくとも表面上は――。

瑞鶴甲板では、帰投してくる攻撃機の収容のため大わらわになっていた。

午後一時一〇分、最初に隊長嶋崎少佐機が帰ってきた。発着艦指揮所にいた下田飛行長は帰投してくる各機がバラバラで、しかも緊急着艦を要求する被弾機が多いのをみて、空母戦闘のすさまじさをふたたび思い知る気持になった。

その一機が、嶋崎少佐機である。

「ワレ着艦不能、不時着ス」

右舷正横に飛来してきた嶋崎機から、いそがしくオルジス信号が発せられる。それを見て防空指揮所の横川艦長から鋭い声が飛んだ。

「白露《しらつゆ》に発信！　隊長機不時着水、直ちに救助に向え！」

随伴駆逐艦白露にあて、チカチカと素早く発光信号が点滅する。一刻をあらそう救助作業が開始された。つづいて、二機の九七艦攻が着艦許可をもとめて艦の周囲をまわりはじめる。

先頭に立つ金沢飛曹長は、後続機の機長新野飛曹長が偵察席にうずくまったまま動かないのに気づいて、先に着艦をゆずることにした。どうやら、相当の重傷を負っているらしい。

一方の新野機の操縦員石原久一飛曹は、とにかくまっ先に飛行甲板にすべりこむことが第一だと夢中になっていた。対空砲火の被弾は数知れず（後で、整備員から七十数発と教えられている）、右翼の外側タンクから燃料が滝のように洩れていた。これを使い果たし、機体の炎上だけはまぬかれたが、燃料計の針は零を指したまま。一刻も早い着艦をしなければならない。

電信席にいる西沢十一郎二飛曹は機が艦尾をまわり込むさい、遠く嶋崎隊長機が右舷側に洋上に不時着水し、随伴駆逐艦が急行するのを見下ろしていた。

ほかにも、そんな不時着機が何機もあった。同じように燃料がつきたのか、零戦が飛沫を上げて洋上にすべりこんで行く。

悲惨なのは九九艦爆機の場合で、両脚が固定式で飛び出ているため、着水とともにもんどり打って逆立ちしているのが見えた。幸いにも搭乗員が助かったのか、海中から顔を出して翼端にしがみついているのが望見された。

その一機に、翔鶴の機体標識があるのをみて、西沢二飛曹はなぜ彼らが母艦にもどらないのかをふしぎに思った。見まわせば、近くにいるはずの僚艦の姿が見えない。

――翔鶴がやられたのか？

不安な気持が、黒雲のように胸のうちにこみあげてきた。

翔鶴は、このとき被弾のためすでに北方に避退していたのである。城島艦長に代わって陣頭指揮に立っていた塚本航海長は、帰投してくるはずの味方機の収容を断念したのだ。

とにかく格納庫の火災はおさまったが、艦首は破壊されて燃料補給もままならない。前部飛行甲板は上方にまくれて発艦不能。艦橋下右舷側の機銃群指揮所も命中弾を受けて、航空母艦としての機能を喪失していた。

「激戦後のため、乗員の気持は猛《たけ》り立っていた」

と、塚本航海長は述懐している。

「……（乗員たちは）飛行機さえ見れば、日の丸のマークがあっても気がつかない。『撃ち方はじめ』の号令も下されないのに、一門の高角砲が射ち出せば右へならえ、だ。一犬影に吠《ほ》ゆれば万犬声に吠ゆのたとえ通り。艦長も困ったな、困ったな……と言われるばかりで、砲術長も打つ手がない」

とっさに塚本中佐が思いついたのは、信号兵が吹くラッパのことである。伝声管や電話では、混乱のなかで大きな号令も効き目がない。そこで、数名のラッパ手を防空指揮所に上げて、「撃ち方やめ」の命令を吹かせることにした。

効果は、てきめんであった。いっせいに対空砲火の射撃が止み、艦橋内は一気に静かになった。残るは帰投してくる翔鶴隊の各機に、どうやって着艦不能の状態を知らせるかだ。

午後一二時二〇分、すでに瑞鶴あてつぎの発光信号が通知されている。

「（翔鶴は）被害大ニシテ飛行機揚収困難、取敢エズ北方ニ避退、飛行機収容サレタシ」

その通信連絡を受け、五航戦司令部から直衛の位置についていた第六戦隊の重巡加古、古鷹二隻が警戒のため分派されることになった。一〇分後、翔鶴通信室から帰投する各機にあて「瑞鶴ニ着艦セヨ」との命令が打電されたが、それでもまだ近接してくる味方機がいる。

燃料切れ寸前なのか、さかんにバンクを振って緊急着艦の合図をする九九艦爆機を見上げて、通信長豊島重夫少佐が困惑しきった表情をした。

「どうやらあれは、被弾のため受信機が故障しているらしいぞ！」

何か良い便法はないのか。第三弾で艦橋後方の信号檣《マスト》が破壊されたため、航空機通信用オルジス信号機が使用不能である。見張員が飛び出して合図しても目に入るまい。

「よし、手旗信号だ」

これも、塚本航海長が妙案を出した。航空指揮所の信号員が駆け出して行って、接近してくる翔鶴機にむかってパタパタとせわしなく手旗信号を送る。これには、効果があったようだ。「了解」というようにバンクを振り、さっと身をひるがえして行く機もあれば、一方でそれを無視して、まだ艦尾から突っこんでくる機がある。

「艦爆一機、近づきます！」

もはや燃料がつき、一刻の猶予もなかったらしい。風向、風速を無視して強引に九九艦爆が一機、飛行甲板にすべりこんできた。つづいて零戦が一機、合計二機が北上する翔鶴に傷ついた身を運びこんできた。

瑞鶴の艦橋下飛行甲板では、整備先任班長がメガホンを片手に緊急着艦の作業をいそいでいた。

寸秒を惜しんで、損傷機、燃料切れ寸前の機から着艦をはじめねばならないのだ。出撃前の収容訓練時には、もっとも速い作業で一分につき一機という記録がある。

「艦攻、むかいます」

「近づきます!」

双眼鏡にしがみついていた信号員がさけび声をあげる。九七艦攻の一番乗りだ。

右舷横に、嶋崎少佐機が飛沫を上げて着水するのが見えている。操縦席の少佐と電信員の二人が洋上に浮かんでいる機から飛び出す。

だが、中央の偵察席からは残った搭乗員がなかなか姿をあらわさない。機が沈み、尾翼だけが洋上に顔を出している段階でようやく顔を出した。どうやら、三人とも無事らしい。

甲板横のポケットに待機していた整備科分隊士中川忠幸特務少尉の命令で、飛行班員たちが着艦フックを制動索に引っかけて停止した九七艦攻にわっとむらがり、ワイヤーを外して艦首に押し上げて行く。

翼端に取りついた清水三代彦一整は、機体のいたるところに無数の銃弾の跡が残り、胴体下に大破口が生じているのを見て凄絶な海戦の実相にふれた思いがして、慄然となった。

彼らが倒れた遮風柵《バリケード》を越え、機を前部甲板まで運んで行くと、つぎの着艦機が艦尾からすべり込んできた。

索敵機偵察員として一足早く帰投していた牛島静人一飛曹も、艦橋下で攻撃隊の無事生還を待ちわびていた。

だが、出迎えた九七艦攻一番機は被弾の跡もすさまじく、胴体下に破口が空き、想像を絶する凄惨な状態である。ふだんの収容作業なら、偵察員が着艦した機内から立ち上がり、威勢よく整備員たちを誘導するはずのものが、その気配がまったくない。

「どうしたんか！」

機体下に駆けよって電信席から降りてきた西沢二飛曹に声をかけると、顔色がまっ青で口もきけない状態でいる。いそいで機腹下の破口からのぞきこむと、うつ伏せになった新野多喜男飛曹長が半眼をひらき、絶命しているのが見えた。

牛島一飛曹は翼に駆け上がり、操縦席にぐったりと身を沈めている石原久一飛曹の腕を取り、彼が機から降りてくるのを手つだった。

「ご苦労でした」

石原一飛曹は乙飛六期出身で、予科練では一期上の先輩。血の気を失った蒼白な表情を見つめながら、いまはそれだけの言葉をかけるので精一杯だった。

機体下には、軍医長の命令で待機していた宮尾軍医中尉が駆けつけてきていた。

「(遺体を) 機外に下ろしたところ、溜った血液が風にあおられてどっと散り、血だらけになってしまった」

という当人の生々しい証言がある。

新野飛曹長の遺体はただちに応急治療室に運びこまれ、飛行服を脱がせてみると、右背中に機銃弾が貫通し、それが致命傷となっているのがわかった。

宮尾軍医中尉の所見――。

「第九胸椎《きょうつい》破砕左肩胛《けんこう》下部ニ小児手拳大ノ射出口アリ筋肉露出ス。両肺全ク気胸ヲ起シテ処置ナク戦死ト認定」

引きつづき飛行甲板では、緊急着艦をもとめる機が上空を乱舞して収容作業に大わらわであった。帰投してきた攻撃機の総数は少なかったが、各機ともそれぞれ深刻な事態を抱えていて、寸刻も争う収容を希望していたのだ。

「整備長！　翔鶴がやられて着艦不能だ。瑞鶴だけで二隻分を収容しなければならないぞ」

下田飛行長が耳もとでさけぶ。

「被害の大きい飛行機は適宜《てきぎ》判断、海中に投棄せよ！　最後の一機まで、全機を収容してくれ」

叱咤するようなその声が、耳の奥でこだましている。一機ずつ、原田整備長は着艦するたびに素早く機に駆けつけ、翼に大穴があいたもの、無数の被弾跡があって修理に手間どるものを舷側から海上へ投棄するよう命じた。

「何機が還ってくるのか、私は皆目わからなかった」

と、原田機関中佐はのちにこう回想している。

「これらの飛行機は、部品さえ取り換えればすべて使えるものでした。惜しくて惜しくて、捨て切れない……。前日来の消耗機があり、それに加えてまた海中投棄しなければならなかったとは実に淋しく、申しわけない気持がした」

整備員たちによって海中投棄されようとする機にすがりついて、偵察員が「せめて俺の通信機だけは残してくれ」と訴え、電信員が「ハワイ作戦以来の愛用の機銃だ。それだけは外してくれ」と必死になって懇願する一幕もあった。

一方、中川特務少尉の視界には、順番を待ち切れずに、そのまま海上に不時着水する飛行機の姿が映っている。その不収容機の数は戦闘詳報の記述によると、翔鶴零戦三、艦爆三、瑞鶴艦爆一機、合計七機におよんでいた。

ようやくたどりついた金沢飛曹長の九七艦攻も後部電信席が破壊されていたため、あっさり洋上に投棄された。胴体下に大穴のあいた新野飛曹長機も同様である。

西沢二飛曹にとって、真珠湾いらい艦とともに手塩にかけてきた愛機である。機銃席にある愛用の旋回機銃もそのままに、左舷甲板から海中に投じられて行く。ふり帰ると波間に水しぶきを上げて落下した機が、無惨にも逆立ちして沈んで行くのが望見された。

それを見て、彼はポロリと涙をこぼした。

江間大尉の九九艦爆機も、即座に海中投棄された。左翼に被弾し、昇降舵の継ぎ手が破損寸前の状態であるのをみて、原田整備長が「これはもう使いものにならんな」と、あっさりいったからだ。

帰還機の収容作業も一段落し、ようやく飛行甲板上のパニックがおさまったところで、また一機、九七艦攻が帰投してきた。戦果偵察に反転した第二中隊長佐藤機である。

その佐藤善一大尉が機上から見下ろしていると、味方部隊に明らかに異変が起こっていることがわかった。はるばるとたどりついてみると、雲下の広い海原に味方空母が一隻しか見当たらないのである。

――どちらか一隻がやられたのか。

と不安に駆られながらも接近して行くと、飛行甲板前部に「ス」の文字が見えた。

「瑞鶴が無事らしい」

ホッと一息つくと、とっさに頭に浮かんだのは生還した喜びよりも、海没しないで（俺の衣服が助かったな）という、とんでもない俗っぽい思いだった。

艦橋下に機を誘導し、飛行甲板に降り立つと、原田整備長が気ぜわしく問いかけた。

「佐藤大尉、戦場に残っているのはあと何機ぐらいだ？」

「いえ、何機もおりません。私が最後ですよ」

整備長がしまった、という表情をした。

「捨てすぎたか」という後悔の言葉が実際にきかれたのは、艦橋にのぼって五航戦司令部幕僚たちに手短に戦況報告をした折のことで、一瞬幕僚たちの表情にありありと失望の色が浮かんだ。

隊長嶋崎少佐は駆逐艦白露に収容されて帰らず、確実な戦況を報告できるのは最後まで戦場に残った第二中隊長佐藤大尉のみである。その報告如何によって、再度の米空母攻撃にむかわねばならない。そのために、果たしてどれだけの機数が即刻、攻撃隊として編成できるかだ。

航空参謀三重野少佐にとっても、米機動部隊の高い防禦能力は予想外の出来事であった。味方攻撃隊の数多い未帰還機がその事実を証明している。しかも、せっかくもどってきた攻撃機も、海中投棄した機数は申告によると、瑞鶴機六機、翔鶴機六機、合計一二機もの多さだ。

「出撃するための使用可能機はどうか」

三重野少佐の問いかけに、下田飛行長は顔をしかめて答える。

「せいぜい艦攻六、艦爆九機でしょう。修理可能の機としては、ほかに艦攻八、艦爆四機はありますが……」

二人のやりとりを聞いていた原少将は、声をのんだ。

4　不意の大爆発

その爆発は不意に起こった。レキシントンの艦橋にいただれもが、信じられないことが起こったかのようにたがいに顔を見合わせた。

艦長シャーマン大佐も、航海長ダドリー中佐の表情を見た。(いったい、何が起こったんだ?)と、一瞬中佐の眼にもいぶかしげな色が浮かんだ。

午後一二時四七分、その衝撃は、艦底からひびいてきた。すさまじい爆発音とともに、巨大な艦体が上下に大きく震動する。と同時に、飛行甲板のエレベーター周辺から高く爆煙が噴きあげた。

「応急指揮所を呼べ！　早く！」

ヒーリー少佐に状況を聞くためだった。即座に、「連絡が取れません！」と信号員の悲痛な声がした。通信機器の電源が切れ、連絡が途絶したらしい。

機関室に通じる音響式電話一本をのぞいて、シャーマン大佐が艦内への連絡、指揮をとることは不可能となった。眼前の舵角指示器も止まったままである。

「応急指揮所、大火災！」

駆けつけてきた乗員が、下部指揮所が爆発のため破壊され、火焰のなかでヒーリー少佐以下、全員が戦死したことをつげた。

艦内爆発の原因は燃料庫から洩れ出したガソリンの蒸気が内部隔壁に充満し、それが発電機の火花によって一気に引火、爆発したものと推定された。

それでもまだシャーマン艦長はその爆発が艦の命取りになるとは思っていない。なにしろ、彼らの乗艦は誇り高き「貴婦人LEX《レディ・レックス》」（注、レキシントンの愛称）なのだから——。

荒れ狂う焰が、通気口の裂け目や排気口からほとばしり出ている。主消火管は破壊されて使えず、わざわざ艦尾からホースをまわして消火作業にあたる始末である。しかも、水圧は最低であった。

それでもまだ機関室は無事で、レキシントンの速力は二五ノットを保っている。

午後二時一四分までに、同艦は帰投してきた攻撃隊の全機を着艦、収容させている。つづいて両空母部隊の戦術指揮をとるようになったフレッチャー少将から、在空の直衛機すべてを収容するよう命じられた。

副長セリグマン中佐は、艦長の命を受けて各部をめぐり、消火作業の指示にあたった。彼は逐次艦橋に被害状況を報告していたが、まもなく下部の全灯火が消えた。ついで電力操舵管制装置が動かなくなり、下部にある人力操舵も連絡不能で使えなくなった。事態は最悪となった。

午後二時四五分、第二回目の大爆発が起こり、やがて〝レディ・レックス〟は全機関を停止し、洋上に浮かんだままとなる。

はじめての日米航空母艦戦を戦った五航戦司令官原忠一少将は、疲労困憊《こんぱい》の極にあったと言ってよいだろう。作戦指揮官としては失敗つづきである。

まず戦闘機輸送に手間どって米空母への先制攻撃の機会をのがし、タンカーを見まちがえての誤認攻撃。ついで前夜の薄暮攻撃の強行策をしくじり、そしていま、再攻撃のために絶望的ともいえる攻撃機の不足である。

「サラトガ撃沈」

の第一報が入ったとき、艦橋内は一時期興奮のるつぼと化し、山岡先任参謀などは「よかった、よかった!」と狂喜乱舞していたものだが、まもなく「サラトガ撃沈ハ取消シ、待テ」の電報が飛来し、歓喜の頂点にいた幕僚たちは一瞬にして、冷水をあびせかけられる気持になった。

何よりも彼らを不安がらせたのは、艦爆隊総指揮官髙橋赫一少佐から一通の報告電もとどいていないことである。

「髙橋隊長から、何か言ってこないか?」

原少将の不安を見すかしたように、三重野航空参謀が声をかけた。

大谷通信参謀が、当惑したように首を振る。

「いえ、何もいってきていません。――たしかに、おかしいですな」

隊長機に何らかの異変が起こっていることは明らかであった。歯に衣を着せぬ、明けっぴろげの大胆な性格だが、何事にも緻密《ちみつ》細心な指揮官自身から、この空母決戦の詳細が打電されてこないのはまさしく不自然な出来事であった。

――もしかしたら……。

と最悪の結末が予想されたが、大谷少佐はそれを口に出すのがはばかられた。

雷撃隊長嶋崎重和少佐は不時着水し、駆逐艦に拾われて艦にもどってこない。艦橋に集まっている攻撃隊員は翔鶴雷撃隊指揮官市原辰雄大尉と、瑞鶴艦爆隊江間保大尉、艦攻隊第二中隊長佐藤善一大尉の三人である。ほかに艦戦隊の帆足、山本、岡嶋、塚本の四分隊長がいる。

艦橋の直上、防空指揮所にいた艦長横川大佐は、彼らの戦果報告を受けるために降りてきていた。前面に大スコール幕がきて、瑞鶴が雨中に突入しているさなかにもテレトークを通じて攻撃隊と交信していて、一寸先がみえない雨中でも、はるか翔鶴が一手に米軍攻撃機の集中攻撃を受けているさまが望見できた。その被弾は三発までかぞえている。

「翔鶴への命中弾も皆舷側すれすれで、機関への損害もなく被害は僅少《きんしょう》であった。ただ後部への命中弾で火災が生じ、飛行機の収容不能となった」

というのが、艦長としての認識である。

では、相手の米空母の場合はどうか。市原大尉の報告は、こうである。

「サラトガ型空母にたいして爆撃。雷撃の同時攻撃を加えましたが、爆弾は一〇発以上命中。魚雷は突入前に一機が被弾、自爆したため、残る九機が突入し、七本の命中を確認しました」

瑞鶴の江間保大尉は、ヨークタウンへの攻撃をめざした。その視認報告。

「東側より突撃開始、魚雷命中二本。爆弾命中九発、撃沈したかどうかの確認は……」

あとは不明瞭——というものであった。艦長の真剣な問いかけに、モゴモゴと言葉をにごしたといったところが正確であろうか。酒豪で何ごとにも鷹揚《おうよう》な〝エンマ大王〟も、さすがに過大な報告はできないのである。

その証拠に、戦後になって江間手記は率直にこんな告白をしている。

「それではヨークタウンの方はどうかと私は訊《き》かれたが、実際のところ敵にあたえた被害の程度は明瞭でなかった。甲板上より火を発しているのは望見されたが、自分としては撃沈するにはいま一息足らぬ感じをもっていた。レキシントンに比して攻撃機数も遥《はる》かに少なかったのである。しかし、火災を発した状況から見て使用に耐えないであろう、ということは推定できた」

実際のところは、「大破炎上」といったあたりが本音であろうか。ただし、艦橋の期待に反して、江間大尉は「被害僅少」とまでは口にできなかった。

戦場に最後まで踏みとどまり、戦果確認の写真偵察にむかった佐藤善一大尉の判断こそ司令部にとって重要であったが、その返答ぶりもはかばかしいものではない。

市原大尉の翔鶴隊雷撃機がめざしたのはレキシントンの左舷側よりで、真っ先に突入した佐藤隊三機の雷撃は右舷側である。

「命中魚雷二本、背後をふり返ると艦腹から高々と水柱が上がっているのを目撃しました。続行の二機は戦艦一隻に魚雷命中、大火災。また巡洋艦一隻に体当たり、衝突発火、左に傾斜するのを視認しました」

レキシントンについては、戦果確認時には魚雷の命中で左舷に大きくかたむき、飛行甲板が猛煙につつまれているのを望見したが、他の一隻の消息はわからない……。

戦後の米側資料とつきあわせると、その戦果報告は過大にすぎるが、混戦のさなかの各機報告のつみ重ねだけに、どうしても戦果は拡大の一途をたどる。

実際の命中魚雷はレキシントンの左舷艦腹に三本、ヨークタウンにはなし。命中爆弾はレキシントンに二発、ヨークタウンに一発、至近弾三発というものだが、のちに五航戦司令部が報告した戦闘速報によると、「『サラトガ』型撃沈（確認）『ヨークタウン』撃沈確実ト認ム」となっている。

戦艦一雷撃、巡洋艦への衝突発火――については、直衛の重巡ポートランドと駆逐艦デューイへの攻撃を指すものだが、両艦とも至近弾を受けたのみで被害はなかった。

過大な戦果報告は、一方の米側搭乗員たちも負けてはいない。レキシントン隊は「日本の大型空母に攻撃を加え、同艦は急速に沈没」。もう一隻は「命中爆弾五発、命中魚雷五本の大被害をあたえた」と派手にやってのけた。

米モリソン戦史は、アメリカ国内での新聞記事に、こんな誇大発表されたことを紹介している。

「太平洋上にて日本軍撃退さる。その軍艦一七隻ないし二二隻撃沈破さる。敵艦隊遁走、連合国軍艦隊追撃中」

これは、米国紙でもっとも良心的と言われる「ニューヨーク・タイムス」のトップ記事を指すものだが、洋の東西を問わず政治宣伝とはつねに誇大になるものらしい。

第八章　戦いの終焉《しゅうえん》

1　たそがれのサンゴ海

戦いは、急速に終息をむかえつつあった。

着艦機の海中投棄を分別していた原田整備長は、佐藤大尉機が最後の帰投機と知って大あわてとなった。

「しまった。捨てすぎたか」というのは、司令部と同様、彼の思わず口をついて出た言葉だった。

さっそく艦内予備機の有無をたしかめるために、甲板下の格納庫へいそぐ。

被弾軽微の機体の大半はバリケードを越えて前部飛行甲板に集めてある。それらをリフトで格納庫に下ろし、整備点検のうえただちに再攻撃にそなえなければならない。果たして予備の部品は充分だろうか。

格納庫から下甲板の魚雷調整室へ原田機関中佐が駆けこんで行くと、

「整備長！」

と古参の下士官が目ざとく見つけて腕にすがりついた。ふり返ると、徹夜つづきの充血した赤い眼に涙をいっぱいためている。

「整備長！　わしらが精魂こめて調整整備した魚雷が、敵空母を仕止めてくれた。相手はレキシントンですぞ！　ようやってくれました」

瑞鶴完成いらい、はじめての雷撃戦である。徹夜で何度も調整をくり返し、無為におわって帰投した出撃行も一度や二度ではなかった。よしんば投下に成功したとしても、無事に魚雷が駛走《しそう》してくれるとはかぎらない。深度調整、雷速チェックに神経をすりへらす毎日なのだ。

その苦労がやっと報われた、という喜びの表情が魚雷調整員たちに浮かんでいた。

彼らの涙の顔にかこまれて、整備長は胸つまる思いになった。じんと応えるものがあって、彼は自分を奮い立たせるように声をはげました。

「まだまだ、油断するな。頑張ってくれ！」

発着艦指揮所にいた下田飛行長は遠ざかって行く僚艦翔鶴を望見したとき、戦いの幕が下りて行くのを感じていた。

戦機は去ったのだ。帰ってきた搭乗員のやつれた表情や重い足どりをみたとき、彼らを再度攻撃に駆りたてることはできないと心に決めた。

「二次攻撃は止めるべきだった」

というのが、下田中佐の真情である。

搭乗員は疲労の極に達していたことが、理由の第一。第二は、再攻撃をかけるためには遁《とん》走《そう》をはかる米空母にたいして、昨夕同様の索敵攻撃をくり返さねばならない。その場合、戦闘機の護衛をつけることができない。とすれば、丸裸同然の攻撃隊に何が起こるのか。

薄暮攻撃と同様、ふたたび甚大な被害を出すやも知れず、(深追いをしてはならない)というのが、指揮所を降りて行く飛行長の胸にきざした思いである。

(搭乗員たちはよくやってくれた。よくぞ昨日の仇を討ってくれた)

感謝の思いを抱きながら下田中佐は、搭乗員たちに慰労の声をかける心づもりでいそぎ待機室にむかった。

原司令官にしても、瑞鶴甲板上の凄惨な被弾機の群れをみれば、「第二次攻撃用意！」の号令にはやり立つことはできなかった。

「これじゃ、とてもできんな」

というのが、司令部幕僚たちに洩らした最高指揮官の言葉である。

七日早朝、自信満々で攻撃隊の発進を見送った〝キングコング〟提督も、「サラトガ撃沈」(と思われた)の朗報を耳にしながら、浮かぬ表情である。

原少将は、すっかり自信を失っていた。その心境は内地帰投後、連合艦隊の宇垣参謀長に語った言葉によって明らかである。

宇垣参謀長は日記『戦藻録』に、そのしみじみとした述懐が記されている。

「七日の日は天運に恵まれず。海軍を止《や》めんと思ひたり。翌八日漸《ようや》く敵に損害を与へ得たるも、我も亦《また》傷つき、北上せよと云はるれば喜んで北上し、攻撃に行けと云はるれば行くと云ふ状況にて、戦果の拡大の事も頭にはありたるも、之を断行するの自信無かりし」

米国海軍は予想以上に手強い敵であった。その旺盛な抗戦力は、インド洋で対峙した英国艦隊の比ではない。

その結果は髙橋、嶋崎両隊長機の未帰還となってあらわれた。とくに将来の航空参謀として輿望《よぼう》を担っていた髙橋赫一少佐の不帰は、その壮烈な死が予測されただけに原少将の気持を重いものにした。

髙橋隊長機の最期を目撃した者は、だれもいない。右眼を負傷し、応急治療室で治療を受けている翔鶴の三福岩吉大尉が投弾後に、米グラマン戦闘機群と空戦に入っている指揮小隊の九九艦爆を見ている。その一機が隊長機らしい、という証言である。とすれば、避退直後に被弾自爆したものか。

米側資料によると、髙橋少佐機を追尾し攻撃を加えたのはヨークタウン隊のW・N・レオナルド中尉である。彼は洋上を単機で帰投する日本側隊長機を発見し、低空に舞い下り、銃撃を加えた。

おそらく後部座席の野津保衛特務少尉も髙橋少佐も、ともに重傷を負っていたのであろう。二人は〝何の抵抗もせずに、あたかも運命に身をゆだねるように〟海に墜ちて行った——のだ。

強気の鉄砲屋山岡先任参謀も、こんな熾烈《しれつ》な航空作戦ではひたすら沈黙をまもるだけである。物いわぬ先輩参謀を前にして、三重野参謀は慎重論をとった。「第二次攻撃をかけるには索敵に機数をとられて、攻撃単位の機数がたりなくなる」という理由からである。

「取りあえず兵力を整理し、攻撃機数をそろえたうえで攻撃をかけましょう」

もう一つ、水雷畑出身の原少将の決意を鈍らせたのは、直衛艦艇の燃料補給の問題である。とくに、随伴駆逐艦の燃料不足が深刻になっていた。二隻は翔鶴とともに北上しているが、一隻は前日来の不時着機の捜索のために分離し、一隻は洋上不時着機の搭乗員収容に分派。旗艦に随伴するのは一隻のみである。

「燃料の残額はどれぐらいか」

原少将の問いかけに、吉田機関参謀はしぶい表情をする。

「これら六隻の駆逐艦のうち、残額で多いのものは四割、少ないもので二割を切っているでしょう。ただちに補給する必要があります」

第五戦隊の重巡妙高、羽黒で燃料残量は五割弱。ほかに第六戦隊の重巡加古、古鷹は翔鶴を掩護しつつ北上しているが、夕刻になって反転したとしても機動部隊本隊との合流は無理である。

「それじゃ、夜間攻撃に自信が持てんな」

原少将は、思わずうなり声をあげた。

「――とても夜戦はできん」

午後二時、原少将の意を受けて、五航戦司令部から上級司令部の第五戦隊指揮官高木武雄中将あて『MO機動部隊戦闘詳報』が発信される。

「五航戦航空兵力ハ被害相当大ニシテ多数ノ不時着機未帰還機アリ、（中略）直チニ使用可能ナルモノハ両艦機ヲ合計スルモ尚第二次攻撃ヲ決行スル攻撃単位ニ満タズ、速《すみやか》ニ兵力整理ヲ必要トス」

兵力整理とは、再攻撃中止の意図を言外にふくんだものである。原少将の心情としては刀折れ矢つきた感があったのだろう。

高木中将としても、航空戦指揮を同期生にゆだねた以上、原少将の判断にしたがうほかない。午後三時になって、旗艦妙高から麾下各艦にあてつぎの信号が発せられ、結局MO機動部隊は北上を開始することになった。

「五航戦飛行機隊収容、兵力整頓竝《ならび》ニ緊急補給ノ上改メテ攻撃ヲ再興セントス」

このMO機動部隊からの報告電は、各地に大きく波紋をひろげることになった。

在ラバウルの第四艦隊司令長官井上成美中将は南方海軍作戦全般を統率する最高指揮官の立場にあるが、この高木中将からの電報に接する直前に、「――攻撃ヲ続行シ残敵ヲ殲滅《せんめつ》スベシ」との追撃命令を発信しようと試みている。

何しろ、海戦の戦況がサンゴ海から遠く離れたニューブリテン島では皆目つかめないのである。航空母艦同士の海戦は史上初のことで、井上長官以下幕僚たちにしても、空中を飛びかう無線傍受だけで戦いの帰趨を推しはかるほかない。

ＭＯ機動部隊からの戦闘詳報がとどくまでは、旗艦瑞鶴からの発信、攻撃隊からの報告、その返信などを傍受する以外に、彼らが戦況を知る手だてはないのである。

そのさなか、「サラトガ撃沈」の報が入電したときには航空参謀山口盛義少佐が「しめた！」と躍《おど》りあがって喜んだものだが、午後になって通信が途絶し、また戦況がつかめなくなった。その状況下での追撃命令なのである。

第四艦隊航海参謀土肥一夫少佐の証言によれば、井上長官の裁可を受けて電信室にむかったところでＭＯ機動部隊側からの戦線整理の報告がきた。時計を見れば午後二時三〇分前後のこと、すでに部隊は北上を開始している。

「追撃命令の発信、ちょっと待て！」

土肥少佐は独断で追撃命令の発信を中止し、ただちに長官室に引き返した。

井上中将は矢野志加三参謀長、川井巌先任参謀を呼んで対応を協議した。その結論——。

「攻撃ヲ止メ、北上セヨ」

午後三時四五分発、井上長官名で出されたこの攻撃中止命令は、海戦の終焉《しゅうえん》を予告するものであった。事実上、ＭＯ機動部隊の戦線離脱を許し、これを追認する形となったのである。

その判断の根拠となったのは、攻略船団側からいえば空母祥鳳の沈没、航空部隊による船団警戒の不安があげられる。そのうえ、米空母部隊は三群あり（索敵報告）、一群の空母二隻に大いなる損害をあたえたが、「まだ健在なる空母群の存在を思わしめるものがある」との敵情判断（川井先任参謀）がある。

この攻撃中止命令を受信した柱島の連合艦隊司令部は、思いがけない展開に激昂《げきこう》した。昨夜来、失敗つづきの作戦指揮ぶりに宇垣参謀長以下幕僚たちはやきもきしながら事態の推移を見まもっていたからだ。

「四艦隊の馬鹿野郎！」

「何をやっているんだ！」

第四艦隊からの通信文に幕僚がなぐり書きするのを、宇垣参謀長がかろうじて制止した。しかしながら、井上長官の采配ぶりについては宇垣参謀長自身も同じように腹にすえかねている。

「第四艦隊司令長官は午前の働きに対し見事なりと賞揚せるに関らず、機動部隊の攻撃行動を止め北上すべきを下命せり。其意甚《はなはだ》不可解――」

と、前掲『戦藻録』にその憤懣《ふんまん》を記している。

最前線部隊の戦況が不明瞭なのは、ラバウルも柱島も同様である。井上長官が原少将の現場判断を尊重しているのにたいして、宇垣参謀長がその井上長官への批判を口にするのはなぜなのか。

この時期、連合艦隊司令部にとっては、ミッドウェー攻略作戦を一ヵ月後にひかえて意気軒昂たる気分にあったことを考えておく必要がある。

七月中旬にはフィジー、サモア攻略作戦（FS作戦）――これはミッドウェー作戦を強引に通すために、軍令部主導のFS作戦と政戦略的に妥協した産物――の実施が予定されている。FS作戦成功のためには、米豪交通連絡線遮断の戦略的基地ポートモレスビーを是が非にでも攻略しておかねばならない。

連合艦隊側の強硬論の主張者は、〝山本長官のお気に入り〟作戦参謀三和義勇大佐である。

「第四艦隊は祥鳳一艦の損失によって、まったくの敗戦思想におちいっている！　このさい戦果を拡大し、残敵の殲滅をはかるべきです」

軍令部畑が長い赤レンガ組の井上中将の采配ぶりにたいして、連合艦隊幕僚たちは開戦直後のウェーク島上陸作戦の失敗いらい不信感の根強いものがある。海戦後、山本長官が「井上はあまり戦《いくさ》はうまくないね」と洩らしたように、司令部全体に慎重型の井上采配を消極的、戦意欠如の弱将型と見ていた空気がある。

「戦果拡大はいまが絶対の機会です」

と食い下がる三和参謀の進言を受け入れて、宇垣参謀長はラバウルの井上司令部あてに緊急信を打つ。

「此ノ情況ニ於テ追撃ノ要アル処、為シ得ザリシ情況ヲ知ラセ」

明らかに、なぜ追撃命令を出さないのかとの叱咤の意味がふくまれた電文である。

2　レキシントンの最期

なぜ残存米艦隊を追撃しないのか――という連合艦隊司令部の怒りは、参謀長宇垣纒少将みずからが発した問いかけでもある。

「自隊の損害を過大視して追撃を鈍り、戦果の拡大を期するに遺憾の点往々にして見るは、昔も今も其の軌《き》を一にす」

と、日誌『戦藻録』にその気持を率直に記している。

相手の米空母を二隻とも撃沈したのなら、残存米艦隊は占領したばかりのツラギ基地よりの飛行艇、あるいは随伴の第五戦隊に搭載した水偵をもって触接を維持し、味方MO機動部隊によって近接、攻撃をかける。もし、これで討ちもらしたならば、第六戦隊、第六水雷戦隊をもってする夜戦決行という手段もあるではないか。

首席参謀黒島亀人大佐、作戦参謀三和義勇大佐いずれもが強硬論者である。現地部隊からの機動部隊の反転北上命令は「其意甚《はなはだ》不可解なるに依り」、「参謀連は憤慨して躍起《やっき》となり」――というありさまである。

がれている。

黒島首席参謀以下の司令部の眼は太平洋上の一点、ミッドウェー攻略（ＭＩ作戦）にそそ

彼らは真珠湾攻撃の成功後、ハワイ攻略、セイロン島攻略とつぎつぎと次期作戦を提起したが、陸軍の反対によりことごとく潰された。ようやく成案をみたＭＩ作戦も、軍令部側の猛反対により空中分解寸前となったのを、山本長官の強い後押しによってかろうじて実施までこぎつけた。

一ヵ月後、南雲機動部隊の全空母六隻をそろえて――ハワイ作戦と同じように――ミッドウェー島を急襲する。その作戦完遂のためには、南洋部隊に一時的に編入した五航戦の両空母をもとの一航艦に復帰させねばならないのだ。

しかるに肝心の翔鶴が傷つき、旗艦瑞鶴は飛行機隊の大部分を失い、尻尾を巻いて反転北上をしている。何たる不様《ぶざま》さ、という腹立たしい思いが幕僚たちの脳裡を駆けめぐっていたにちがいない。

現地部隊の最高指揮官、在ラバウルの井上成美中将からの報告電も、宇垣参謀長のもとになかなかとどかない。その対応のおそさも、彼の怒りを倍加させている。

一方の井上中将にしても、サンゴ海洋上のＭＯ機動部隊の戦況は正確にはつかんでいない。井上自身の私稿に「午後ノ戦闘状況不明ナリ」と記しているように、当初は翔鶴の被弾や、瑞鶴一隻で飛行機隊収容という惨状も即座にはつたわっていない。

攻撃隊からの「サラトガ撃沈取消ス」ついで、「サラトガ、エンタープライズ……待テ待

テ」の報告電以降、通信がとだえてしまったからである。

井上中将自身は戦後回想によると、海軍中央からの批判にたいしてこのときの作戦采配について、こうのべている。

「私の執《と》った攻撃中止の処置は、当時軍令部及び連合艦隊司令部において大変不評判であった、とあとで聞いたが、機動戦というものはサッと行ってサッと引き返すべきものである。後方に何がいるか解らない。ぐずぐずしてはいけない。当時の連合艦隊の命令は無茶だと、今日でも甚だ不満である」


反転北上をつづける瑞鶴艦橋では、防空指揮所に陣取っていた横川艦長が降りてきて、

「ご苦労だった」と露口航海長にねぎらいの言葉をかけていた。

「本艦はスコールのなかに飛びこんで無事でした。天運われにありと、まさしくめでたい艦ですな」

露口中佐もよほど嬉しかったのか、横川大佐の顔をみるとまっさきに駆けよってきた。原少将もようやく肩の荷を下ろしたように安堵の表情をみせ、山岡先任参謀も司令部参謀たちも「よかった、よかった」と手放しの喜びようである。

「翔鶴が黒煙を吐き、駆逐艦が搭乗員の救出に走りまわるという凄惨な状況では、飛行機隊を収容してはつぎの攻撃を準備するといった手際のよい作戦上のゆとりなどまったくなかっ

た」

という大谷通信参謀の述懐を知ると、追撃命令が来たところで、再攻撃に踏み切る雰囲気などまったくなかったと言ってよいだろう。

原田整備長以下整備科の飛行班、整備班の幹部それぞれは、各自の持ち場でまだ緊張の表情がとけないでいる。飛行甲板上は急に静かになったが、またいつ米軍機が来襲してくるか知れなかったからだ。

だが、整備科分隊士稲葉兵曹長は対空砲火のとだえた艦上にあって、ようやく「死刑囚の気分」から解放された心地がしていた。相変わらずの曇り空だが、海上は平穏で、きこえるのは艦底のタービン音のみである。いまただちに、米空母撃沈の成果を引っ下げて早く戦闘海域から脱出してほしい、というのが彼の願いであった。

発着器先任班長という大役をつとめた溝部二整曹は、二艦分の着艦収容作業を何とか無事におえたことで一安堵していた。

(危機一髪のところだったな)

と、彼はつくづく思う。一番機を収容のさい、着艦態勢をととのえるための艦尾の誘導灯(照門赤灯二個、照星緑灯四個)が故障し、点灯しなかった失敗である。

これは、思いがけない出来事であった。二つの誘導灯は左舷後部にあるが、その前方には四群六番、八番の連装高角砲があり、その猛烈に射ち出す砲撃の震動音ですべての電球が破損してしまったのだ。

すでに一番機は進入態勢に入っており、照門、照星の二灯が点灯していなければ目標を誤り、艦尾に激突するおそれがある。

とっさに彼は、電球を取り替えようと割れた電球のねじり込み部分の金具を取りはずそうとしたとたん、海水でぬれた手袋から漏電した二二〇ボルトの電流が身体を走った。

手先から足先まで、弾かれたように身体が甲板に叩きつけられる。だが、一刻も猶予はならないのだ。すぐさま起きあがると、しびれた頭のなかで必死になって知恵をしぼり出す。

「電球の取りかえは止めだ！　赤、白板をもってこい」

彼が待機する八番索付近のポケットには、応急修理用の木材がそなえつけられてある。そのうちの白板を照門灯に、赤板を照星灯に発着器員たちが走り出て取りつける。

（これでよし、収容を開始するぞ！）

と、溝部二整曹は着艦指示の整備下士官に大声でどなった。——あれから、どれぐらいの時間がたっているのか。皆目見当がつかない。

ただ華ばなしい戦果があがり万歳！　と何度か整備員たちの大歓声を耳にしたが、応急修理したばかりの誘導板をめざして潤滑油で機体を真っ黒にしたまま進入してきたり、ガソリンを霧状に噴き出したままかろうじて着艦してきた機の搭乗員たちのことを思い起こすと、果たして彼らは全員無事だったのかと気がかりになっていた。

防空指揮所に立つ小川砲術長は四周の見張りに立つ部下たちに「厳重に見張っておれ」と

警戒をおこたらなかったが、取りあえず「伝令は一休みしろ」と西村二水たちに声をかけてくれた。

彼らの眼から見れば、サンゴ海に進撃した往路にくらべると寥々《りょうりょう》たる航列であった。はるか前方に警戒駆逐艦有明が行き、その後方に重巡妙高、羽黒がつづく。だが、それに続航するのは瑞鶴一艦にすぎない。


一方の僚艦翔鶴は、傷ついた身をひたすらソロモン諸島にむけて走らせていた。同諸島南西端にそって北上し、ブーゲンビル島をこえてソロモンの北方海域に脱出する予定である。

「ワレ速力三〇節《ノット》」

は、艦橋にある塚本航海長が豊島通信長の反転北上報告の最後につけ加えた一文である。これで連合艦隊司令部も翔鶴の被害が致命的ではなく、一安心してくれるにちがいない。

午後三時半、艦内におそい昼食がくばられた。艦橋にも握りめしがとどき、副長寺西武千代中佐が、

「とにかく食おうや」

と塚本中佐に声をかけた。早朝いらい、艦内のだれもが食料を口にしていないのだ。

真珠湾攻撃いらい、飛行機隊収容後は搭乗員の幹部たちが艦橋に上がってきてあれこれと戦場でのこぼれ話の花が咲くのだが、いつもの高橋飛行隊長の姿はなく、市原、山口、帆足

各分隊長も瑞鶴に収容されて帰ってこない。

　翔鶴に強行着艦した搭乗員たちの話を総合すると、艦攻隊では矢野矩穂、艦爆隊では小泉精三両分隊長が戦死し、三福大尉の右眼負傷も加えると翔鶴士官室は全滅状態となる。艦は三発の命中弾をあびている。

　第一弾は前部錨甲板、第二弾は後部短艇甲板、そして艦橋後下部の機銃甲板と立てつづけに被弾した。第三弾がもっとも悲惨な結果を招き、艦橋後部にいた整備員たち全員が海中に吹き飛ばされた。

　その下の機銃座、機銃群指揮所が跡形もなくもぎ取られ、指揮官杉山寿郎特務中尉以下戦死一〇七名。艦橋後壁の鉄板一面には肉片、毛髪が固くへばりつき、爆発のものすごさを語っている——と記録にある。応急修理に駆けつけた運用長福地周夫少佐がみると、機銃群の射手が片手を引金にかけたまま、壊れた外舷の海上にぶらさがったままであった。また爆風のため圧死したのか、居眠りでもしているかのように坐りこんでいる機銃員がいて、近づいてみると息絶えていた。治療室で、遠藤軍医長とともに待機していた渡辺直寛軍医中尉は、押しよせてくる負傷者の手当てに大わらわになっていた。やはり、爆発の熱風による火傷《やけど》の被害が圧倒的に多かった。

　治療所は三ヵ所で、ほかに准士官室を使った後部戦時治療所と、機銃甲板の歯科治療室を利用した応急治療室がある。

爆弾命中の衝撃は、初陣の渡辺軍医中尉を大いにおどろかせた。

「『対空戦闘、撃ち方始め』の急調ラッパに続いて、最初のうち暫くは緩慢な高角砲発射による震動を感じていたが、突如として豆を煎《い》るような、あるいはトタンの屋根を乱打するようなものすごい高角機銃の乱射が響いた。『すわ敵機頭上に迫る』と身震いを覚え、……途端《とたん》に『ダダーン』『ズシーン』と大音響が連続して起こり、さしもの巨艦もグラグラと大揺れに揺れ出した」

同時に天井のペンキがパラパラと剝《は》げ落ち、爆弾命中かといぶかったが電灯も消えず、高角砲、機銃のはげしい発射音もとだえることがない。

取りあえず艦は沈む心配はなし、と彼は胸をなで下ろした。

その喧騒音のなか、負傷者がつぎつぎと駆けこんできて、治療室はたちまち傷ついた乗員たちの群れであふれ返った。硝煙で焼けただれて顔や手足が真っ黒になり、仲間の兵にかつがれて入ってくる者、火傷で真っ赤になった兵が両手をあげて、何やらわめきながら飛びこんでくる……。ここで渡辺軍医中尉は翔鶴がはじめて被弾したことを知った。

阿鼻叫喚《あびきょうかん》とは、このことを指すのだろうか。火傷でうごめく負傷者に、あらかじめ用意したバケツ入りのガーゼ――リバノール肝油にひたしたもの――を顔面や手足の露出部に当てて繃帯《ほうたい》をする。爆発のさいの破片で傷ついた者には強心剤を射ち、手早く止血する。

「機銃が撃てない、弾が出ない」

と、うわ言のようにさけぶ者。そのなかには、「サラトガは、まだ沈みませんか」と苦しい声できく負傷兵がいて、日清戦争の折に黄海海戦で「(清国の戦艦)定遠はいまだ沈みませぬか」と問いかけながら絶命した水兵の故事を思い出し、あの話は本当なんだなと思わず若い軍医中尉は合点《がてん》がいったものだ。

治療室の床はリノリュウム製で、艦が爆雷撃を回避するために転舵すると右に左に身体が大きくすべる。こぼれ出した肝油に血がまじって足もとがおぼつかないために、滑りどめの繃帯を靴にぐるぐると巻きつける。

反対舷にある応急員たちの待機所では、至近弾の爆発で破片が飛びこんできて十数名が戦死した。

そこに上部から流れこんできた消火用海水と血がまじりあい、艦の動揺とともに〝まるで血河が波立っている〟ようだ。

もっとも凄惨をきわめたのが、機銃甲板にある応急治療室で、ここには第三弾の命中爆発で致命傷を負った乗員のほとんどが運びこまれた。手足をもぎ取られた者、腹部が裂け腸が飛び出した者、仲間にかつぎこまれたもののたちまち絶命する者、まるで死屍累々《るいるい》ともいうべきありさまである。

渡辺軍医中尉は応急治療が一段落したのを見はからい、一息ついて上甲板に上がってみた。そこにはおそるべき光景がひろがっていた。艦橋後部にある旗甲板は見る影もなく破壊され、二連装高角砲は砲身が一本上部をむいたままとなり、砲塔は破壊され、加えて艦首の甲板は無残にもまくれ上がっている。だが、空襲がとだえてみると、甲板上は一転して意外にものどかな光景がひろがっていた。

「……兵員はまるで散歩でもしているように、戦場跡を見て廻っている。空は晴れ、海は青く波静かにして、数刻前の苛烈な死闘など夢の如く思えてならない。しかし病室へ一歩足を踏み入れると、そこにはこの世の地獄さながらで、その対照の甚だしきことに改めて驚く」

海上に浮かんだまま停止状態となっている米空母レキシントンは、ついに最後のときを迎えた。

唯一艦の機関力となっていた後部機械室との連絡がとだえ、各部防火装置の水圧も無くなった。呼びよせた駆逐艦の消火ホースも小型で、効果がなかった。

「よし、テッド(艦長の愛称)、乗員を退去させよう」

ついに艦橋にいた指揮官フィッチ少将が断を下した。艦内の爆発が相つぎ、飛行甲板のエレベーターの表面は一六〇度にも達したとの報告があり、このままでは艦内に取り残されている全乗員が焼死し、あるいは爆死するおそれがあった。

艦長シャーマン大佐にとっても、つらい決断であった。午後五時一〇分、彼が総員退去を命じたとき、「私はまったく気がすすまなかった」と率直な感慨をのべている。

重巡ミネアポリスに随伴していた駆逐艦モーリス、アンダーソン、ハマンの三隻が乗員たちの救助にあたった。幸運なことにサンゴ海は波がおだやかで、水温も高かった。この温暖な天候は、ロープをつたって下りる彼らにとって〝ぜいたくな総員退去〟であった。

日本機が再攻撃を加えてこなかったために、総員退去は整然とおこなわれた。救助のために万全な対策をとることができたのだ。

負傷者は丁寧に繃帯を巻き、火傷を負った者にはタンニン酸を塗布し、約一五〇名もの重傷者は担架で大型ボートに移された。ついで艦内すべてに生存者がいないかどうか、徹底的な捜索がおこなわれた。

最後に残ったのはシャーマン艦長とM・セリグマン中佐である。二人が艦内巡視をおこなっている間にも、小爆発がつづいた。

艦尾に立つと、ちょうど夕陽が落ち、薄暗くなった海上に救助を待って泳ぐ乗員たちの群れが見えた。セリグマン副長がロープをつたって海上に下り、艦内にはシャーマン大佐ひとりが残った。

米海軍に、艦長が艦と運命をともにする思想はない。それを伝統として守るのは英国海軍と日本海軍のみであり、合理主義者の米国人にとってはそれは単なる敗北者の美学にすぎず、道義的な意味あいを持つことはない。

そのせいか、シャーマン艦長の回想録も同艦の最期が淡々と記されていて微塵《みじん》も感傷はない。

同大佐が艦尾に立っているとき、艦の中央部エレベーター付近で大爆発が起こり、甲板上の飛行機やその他あらゆる破片が空中高く噴きあげられた。「私は急いで飛行甲板の端の陰に隠れ、落下する破片を避けたが、もはや行くべき時が来たと決心し、ロープを伝って滑り降り、救助艇に拾い上げられる順番を待ちながら泳いでいた」――。

シャーマン艦長が重巡ミネアポリスに移乗したときには、すでに陽は落ちていた。暗闇のなかで三三、〇〇〇トンの巨艦が燃え上がるさまは、まるで地獄の業火《ごうか》に焼きつくされるかのようなすさまじい光景だった。

従軍記者T・ジョンストンは、このときの情景を「レキシントンは、いまや〝浮かべる焰の塊《かたまり》〟であった」と表現している。

総指揮官フレッチャー少将から同艦の処分命令がとどいたのは、午後八時直前である。

駆逐艦フェルプス一隻が分派され、四本の魚雷が発射された。それには、航海長ダドリー中佐から、曳航するためには、もっとも近い陸地でオーストラリアのタウンスビルまで西方三五〇カイリあり、しかも正規の航路で走るわけにはいかないとの最悪の判断がなされていた背景がある。

フェルプスから放たれた四本の魚雷が命中し、にぶい爆発音がして小山のような水柱が立った。ジョンストン記者の眼には、それは〝ナイアガラの瀑布〟がぶつかっているように見えた。

だが、何ごとも起こらず、艦は元の姿にもどった。レキシントンは燃えつづけ、海上は平穏である。

一〇分ほどたったころ、艦内に急激に浸水したのか、同艦は沈みはじめた。シャーマン艦長が見ていると〝あたかも戦闘を思い切るのが嫌なように〟、レキシントンは静かに深い海にのみ込まれて行った。

艦首や艦尾を水上高く突き上げたり、ひっくり返ったりするようなぶざまな姿ではなく、〝レディ・レックス〟にふさわしい最期であった。

レキシントンが海没してから弾薬庫が爆発したのか、恐ろしい水中爆発が起こった。総員二、九五一名のうち戦死者二一六名。飛行甲板には三五機の艦上機があり、格納庫のすべての攻撃機とともに同艦はサンゴ海の海底深く沈んで行った。

北上して行く瑞鶴艦橋にあって、艦長横川大佐はその事態に何も気づいていない。

戦場から離脱して行くにつれ、艦内は一応の平穏を取りもどしたが、露口航海長は艦橋中央にあって緊張した表情をとかずに操艦にあたっていたし、池田副長はいそがしく艦内の状況を調べるために出入りし、下田飛行長は原田整備長とともに出撃可能機の機数の調査に頭を悩ませていた。

五航戦司令部では、強気の山岡先任参謀がひとり元気で、「これは大戦果だぞ」と息まいていたが、肝心の原司令官の憔悴《しょうすい》ぶりはだれの眼にも明らかであった。

こうした原少将の失意の気分に追い打ちをかけるように、夜になって連合艦隊の山本長官名で追撃命令が出た。

「此ノ際極力残敵ノ殲滅ニ務ムベシ」(午後八時)

この督促《とくそく》電報は、第四艦隊の井上中将の攻撃中止命令をくつがえすものであった。宇垣参謀長が作戦参謀たちの「いまこそ夜戦命令を出すべきだ」と進言するのにたいし、「五航戦が引き返しても、時間的におそすぎる」と制止し、翌日以降の航空攻撃を示唆したものである。

三和作戦参謀は「四艦隊の馬鹿野郎!」とののしってはみたものの、増援兵力を出すにしても空母加賀一隻でしかなく、いまからではとても間にあわない。鈍足八ノットの攻略船団に代えて高速陸軍輸送船団を出す手段も考えられたが、肝心の船舶の補充ができない。

「巡洋艦、駆逐艦に陸兵を移しかえて上陸する強硬策はどうか」

と、のちのガダルカナル攻防戦で用いられた窮余の一策も提言されたが、具体的方法となるとたちまち暗礁に乗り上げた。そして、もっとも決定的となったのは、MO攻略についての陸軍の対応ぶりである。

「陸軍側も南遣支隊の従来の弱根《よわね》には、ほとほと困じあり。この際第十七軍を以てすべしとなし、万事は七月に再挙の事に決定せり」(『戦藻録』)

これで、ポートモレスビー攻略作戦の延期が正式に決まった(五月十日)。一方、連合艦隊司令部からの追討命令を受けて、原少将は今後の行動予定を麾下の各艦に通報している。

すなわち、瑞鶴以下各艦はツラギ西方海面にまで反転北上し、随伴タンカー東邦丸より燃料補給を受ける。第五戦隊の重巡二隻、駆逐艦は九日未明より燃料補給を開始し、同日いっぱいはこれの作業にあたる。翌十日早朝、サンゴ海中央に折り返し、一八〇度速力一六ノットで南下、残敵掃討《そうとう》にむかう。

果たして、この命令を受けた重巡妙高の第五戦隊司令部では「柱島の連中は、何もわかっちゃおらん！」と激高した。

「いまさら米艦隊を追いかけたところで、駆逐艦の燃料はカラカラじゃないか。燃料補給をおえて追いかけても、敵は待っちゃあくれんぞ」

司令部参謀たちが息まくのも無理はなかった。すでに戦機は去っていたのだ。

3　南十字星の下で

五月十日午前六時、ＭＯ機動部隊はサンゴ海中央に引き返し、瑞鶴から索敵攻撃隊八機を南西海域二五〇カイリ圏に放った。

索敵線は一六〇度から二〇〇度の間である。

九七艦攻に搭乗する指揮官は佐藤善一大尉。二機ずつの四個小隊で、編成もすっかり様変わりしている。隊長機の偵察席には古参の金沢飛曹長が乗りこみ、第二小隊長松永寿夫特務少尉、第三小隊長八重樫春造飛曹長、第四小隊長大谷良一一飛曹と、生き残り組のほとんどが下士官出身者、および下士官で占められている。

兵学校出身の隊長は佐藤大尉ひとりでしかない。

「七日夜はあまりにも情けないやられ方で、くやしい思いをしていた。だが、八日の攻撃で嶋崎隊長は駆逐艦に拾われて帰らず、石見大尉が負傷で医務室で寝たまま。士官室で最後任の私が、最先任士官となった。ほかに指揮官はだれもいない。責任重大だな、と覚悟を新たにしたものです」

心に残るのは、機上戦死した新野多喜男飛曹長の処置である。嶋崎隊長の偵察員として日華事変いらい特練出身の技倆をみせてくれていたが、出撃時には指揮官不足のため急遽《きゅうきょ》佐藤隊の第二小隊長となった。レキシントン雷撃時、右後方にぴったりと寄りそい、定位置についてくれたベテランの惜しまれる戦死である。

——部下を守ってやれなかった。

突撃時、左右をふりむくゆとりがなく先頭を突っ走っただけに、彼と緊密な隊形を組むことができなかった。もし一緒に突入していれば助かったかも知れない、というのが第二中隊長としての自責の念である。

そんな後悔の気持も手つだって、翌日池田副長が工作科に出むき水葬準備をはじめたと耳にして、すぐさま艦橋へ駆けつけた。

「せっかく激戦の戦場から母艦にたどりついたわけですから、そんな殊勲者をあっさり海に流すなどとは、もっての外。せめてトラック島まで運んで荼毘《だび》に付してやりたいものです」

「艦長、どうされますか」

池田副長が困ったような表情をした。南方特有の高温海域のため、格納庫に安置された遺体をそのままにしておくと、腐敗が早いのである。

「軍医長の意見をきいてみよう」

横川大佐が懸命な彼の申告を受け入れたように、大きくうなずいた。

艦長は新野飛曹長機がようやく帰りつき、偵察席からぐったりとなった彼の身体が運び出されるさまを、防空指揮所からいたましい思いで見下ろしていた。（よくぞ還ってきてくれた）と、あのとき胸を熱くしたものだ。

種子田軍医長から、遺体はできるだけ涼しい場所に移しホルマリン注射をして腐敗をさける方法が最善だろう、との返事があった。

通夜の場所から医務室に運び、右舷前甲板の涼風の通る場所に安置したのは、操縦員の石原久一飛曹と電信員西沢十一郎二飛曹の二人である。

同じ准士官室仲間の八重樫、金沢両飛曹長も顔を出して、工作科が仕上げた白木の棺《ひつぎ》の前で合掌した。大勢の整備科員たちも集まってきていたが、私語のないひっそりとした通夜となった。

その金沢飛曹長はいま、佐藤大尉の偵察席にあってサンゴ海洋上を索敵飛行にあたっている。

寒冷前線の帯からはずれ、雲間から陽光が照り返して海原はまばゆいばかりである。

「何も見えませんな」

操縦席に声をかけると、「おうい」とのどかな返事がかえってきた。佐藤大尉も行けども
行けども群青の海原ばかりで、少し退屈しているようだ。

何ごともなく、一時間五〇分がすぎた。

「艦影一つ発見! まったく動いていませんね」

目ざとく水平線上に小さな黒点を見つけた金沢飛曹長が双眼鏡を目にあて、慎重に周辺に
視線を放ちながらいった。黒い艦影がひとつ。それは洋上を移動することなく一点に静止し
ている。

「よし、近づいてみよう」

先ほどから西方を注視していた佐藤大尉が機首をひねって、黒い艦姿にむかって飛びつづ
けた。黒点がしだいに大きくなり、平甲板の、空母と見まがう大型の艦体に気づいて、

「あれは、石塚が体当たりした油槽艦だぞ!」

と思わず口走った。

三日前、すでに撃沈したはずの米タンカーネオショーが沈没せず、洋上を漂流していたのである。

近づいて行くと、眼下には無残な光景がひろがっていた。ネオショーの艦橋構造物のほとんどは吹き飛び、平甲板はいたるところに破孔があり、爆発と猛火で焼けただれた鉄板が折れ曲がっている。まるで、見捨てられた海上の廃墟のようだった。

「人影がありませんね」

金沢飛曹長は付近の海上に視線を走らせるが、救助をもとめる米乗員の姿はどこにも見当たらなかった。

ネオショーの乗員たちは——彼らは気づかなかったのだが——日本の攻撃隊が引き上げた直後、艦長フィリップス大佐から「総員退去を準備せよ」との命令を受け、パニック状態にあって先を争って逃げ出していたのだ。

二隻の大型ボートも救命筏《いかだ》もわれがちに逃げ出す乗員たちには役に立たず、早すぎる総員退去のために溺死者が続出し、肝心のボートも救命筏も流されて行方不明となった乗員たちも数多くいた。

残された乗員の一部が艦に身をひそめて、佐藤機の飛び去るのを待っていたのである。

結局のところ、乗員一二三名が救出されたのは翌十一日のことである。ヌーメア基地から派出されたPBY飛行艇が漂流中のネオショーを発見し、駆逐艦ヘンレーが救出にむかった。乗員を収容したのち、艦は自沈させられている。

救命筏で逃れた者はそれよりさらに三日、洋上をさすらうことになる。救出されたのは、わずかに三名。

佐藤大尉自身も、艦内に身をひそめる乗員たちの姿を発見できなかった。海上を二、三周してから、電信席の吉田湊二飛曹にこう命じた。

「母艦あて発信、ワレ漂流中ノ油槽艦ヲ発見ス　他ニ敵ヲ見ズ」

午前一一時、五時間の索敵行をおえて全機が帰投してきたとき、原少将はすでに戦機が去ったことを確信した。

もはや、米機動部隊はサンゴ海洋上から立ち去り、姿を消していたのである。

「針度零度、速力一六節《ノット》　反転北上」

原少将が米機動部隊の残存兵力捜索を断念したのは、午後一二時三〇分のことである。

井上長官からの指示により、ソロモン東方海上を「機宜《きぎ》行動してナウル、オーシャン攻略部隊（注、のち中止）の支援」に任じることを復命したが、連合艦隊司令部からの正式命令、

「『ポートモレスビー』攻略作戦ヲ第三期ニ延期ス」（午後三時三〇分）

がきて、結局トラック泊地にむかうことになった。日本内地への帰投先は、呉である。

ようやく連合艦隊司令部はMO作戦実施の強硬策を取り下げたのだ。第三期とは、七月のフィジー、サモア攻略作戦（FS作戦）時を指す。

米第十七機動部隊指揮官フレッチャー少将も、八日午後いったん南下して戦場を離れ、翌日の再攻撃を企図していたが、やはり日本空母との再対決を断念し帰途についていた。レキシントンを喪失し、旗艦ヨークタウン一隻となったフレッチャー少将は被弾個所を修理し、戦闘能力を完全に回復していたとの情報に接していたが、原少将と同様に慎重すぎる性格の彼は、ふたたび日本空母との対決で味方空母が無傷でいられるかどうかが不安であった。

フレッチャー少将の手もとには、日本空母一隻を撃沈し（注、祥鳳）、さらにもう一隻に一、〇〇〇ポンド爆弾三、魚雷五発を命中させた――という情報がはいっていて、艦橋では戦果はこれで充分という気分に支配されている。このまま無理をせずにサモアの西トンガタブに帰港すれば味方優利のまま戦闘の幕引きができる。とにかく、米軍側は〝レディ・レックス〟を撃沈されてしまったのだ。

米太平洋艦隊司令長官ニミッツ大将の撤退命令がフレッチャー少将の決意を後押しした。その指示とは、こうである。

「いかに貴官が敵軍に大損害をあたえるとも、もし貴艦を撃沈されることとあれば、まったく償《つぐな》うことはできない」

ニミッツ提督はまもなくはじまる日本軍とのミッドウェー島攻防戦のために、米空母兵力を温存しなければならなかったのだ。

これによってヨークタウン部隊は、五月九日にはサンゴ海を反転し、針路を東方にむけていた。佐藤大尉以下瑞鶴索敵機がいくらたどっても、洋上は〝もぬけの殻〟であったのだ。十一日午後、フレッチャー少将は麾下《きか》部隊を二つに分け、キンケード少将の重巡部隊三隻をヌーメアに派遣し、みずからはトンガタブをへて真珠湾にもどるよう艦速を早めた。同様に、サンゴ海をめざして急航中のハルゼー部隊エンタープライズとホーネット両空母も反転を命じられている(十六日)。

これで、二日間にわたる「たがいに相手を視界内にとらえない」はじめての日米航空母艦戦は終焉《しゅうえん》をむかえた。

多くの戦史は、日本側は戦術的には勝利を得たが戦略的には失敗したという評価で一致している。すなわち、前者は米正規空母レキシントンの撃沈を意味し、後者はポートモレスビー攻略作戦の延期である。

その代表的意見は、米戦史家サミュエル・E・モリソン博士のつぎの一文である。

「敵軍(日本軍)は、その蒙《こうむ》った損失よりも相対的に大きな損失を相手に与えたのである。すなわち日本軍の航空母艦『祥鳳』とツラギ島沖で撃沈された数隻の小型艦船は、アメリカの油槽艦『ネオショー』、駆逐艦『シムス』及び航空母艦『レキシントン』三隻に対して支払われた代償としては安いものであった。

その一方では、日本軍の作戦の主目的たるポートモレスビー攻略は阻止された。そしてルイジアード諸島は、それより先はもはや、日章旗を掲揚したいかなる軍艦も決して通過できない防衛線たることが証明されたのである」

同時に、モリソン戦史は日本軍が戦術的勝利を得ながら、なぜポートモレスビー上陸というチャンスをのがしたのかという点について不思議がっている。

だが、果たしてその通りだろうか。フレッチャー部隊が姿を消し、分派された英クレース少将の重巡部隊がはるか南方に下がっていた段階で、たしかにジョマード水道周辺に連合国艦隊の脅威は去っていた。

しかしながら、陸軍南海支隊の攻略船団は反転北上の命令を受け、九日未明にはニューブリテン島東方を通過し、同日午後五時にはラバウル港に帰還している。これよりふたたび出撃し、八ノットの低速でサンゴ海洋上を一二隻の船団部隊は無事に渡りうるだろうか。

海戦前、井上中将が提起した豪軍北東岸基地の空爆を想起しなければならない。

在ラバウルの第二十五航戦司令部は、四月末までにポートモレスビーの米豪軍航空兵力をほぼ全滅と報じたが、豪州北東岸にたいする航空攻撃は一回実施しただけにすぎない。タウンスビルにはB17型爆撃機が、ポートモレスビーにはB26型爆撃機が補強されて待機しており、日本側のMO作戦実施への警戒態勢に入っている。

事実、ジョマード水道の北、デボイネ島の水上機基地は豪州から飛来したB17四機による空爆にさらされている。基地撤収にあたった神川丸は無事だったが、一方の別働隊としてナウル、オーシャン攻略にむかった第十九戦隊旗艦沖島は米潜水艦S-42号の雷撃を受け、のちに沈没している(同作戦は中止)。

このように、晴れわたったサンゴ海を攻略船団が米潜水艦の攻撃も受けずに無傷のまま、ポートモレスビー上陸作戦の決行日をむかえるとは考えにくいのだ。

さらにいえば作戦計画時、南海支隊側が不安を抱いたポートモレスビー港を取りまくサンゴ礁の難題は解決されず、そのまま懸案として取り残されている。沖合から港口にたどりつくには三つの水道以外に航路はない。もっとも通過しやすいのは中央のパシリスク水道で、幅七〇〇メートルと豪軍艦船が常用している海域だが、モレスビー港の突端にあるユラ丘砲台からの集中砲撃をあびる危険がある。西側水道には暗礁があり、東側のパダナ・ナファ水道が最適と思われるが、しかし上陸部隊が一点に集中すると航空攻撃には恰好の目標となる。井上長官はそれを見越して、作戦中止を決断したのではないか。

いずれにしても、井上中将がMO攻略作戦を強行したとしても、果たして成功したかどうかは大いに疑問のあるところである。

だが結論からいえば、米モリソン戦史が指摘するつぎの事実は正しい。日本軍のポートモレスビー攻略はこれ以降、「未来永劫《えいごう》に決して到来することはなかった」し、次期ミッドウェー海戦に一隻は二ヵ月間修理のために復帰することができず、もう一隻(瑞鶴)はその搭載機の損失のために六月十二日ごろまで戦闘に参加できなかった――のである。

「もし、これら二隻の航空母艦が熟練した操縦士を搭乗させてのちのミッドウェー海戦に参加できていたならば、この両空母こそ勝利を獲るに必要なゆとりをもたらしたであろう」

瑞鶴は、サンゴ海を遠く離れつつある。

五航戦各艦は南洋部隊への編入を解かれ、随伴するのは第五戦隊の重巡妙高、羽黒、駆逐艦有明、夕暮の計四隻でしかない。艦内は米空母二隻撃沈の戦果で凱歌《がいか》はわき上がっているが、一方で奇妙な沈黙がある。

宮尾軍医中尉は、前部治療室で戦死、戦傷者の報告を受けながら、胸の奥底に痛切にその空白感を味わっていた。士官、准士官の戦死八名、下士官兵一一名。機上戦死、海中に転落した整備兵各一、合計二一名がもはやこの世に亡いのだ。ほかに疾病患者四〇名。

士官室をのぞいてみても、かつてはにぎやかに談笑していた彼らの姿は消え、艦内居住区でもあちらこちらで亡き戦友の想い出にひたる囲みができていて、どことなく空気は湿っぽいのである。

午後六時三〇分、夕暮が近くなったころ、艦内スピーカーから「総員集合!」の声がかかった。種子田軍医長にうながされて飛行甲板に駆けつけてみると、横川艦長以下、池田副長、露口航海長、小川砲術長ら艦首脳がすでに横一列にならんで乗員たちの集合を待っていた。五航戦司令官原忠一少将以下の参謀たちも、その背後に立っている。大柄な〝キングコング〟司令官は、いつもの屈託のない、明るい表情はなく、面やつれした暗い表情に一変している。横川艦長が沈痛な面持ちで戦死者の功績をたたえ、彼らのために、

「黙禱《もくとう》!」

を命じたとき、若い軍医中尉は閉じた眼の奥に、暮れて行くサンゴ海の残照があざやかに映るのを感じていた。

黙禱は一分間。そのあいだ、眼底に暮れなずむ夕映えの海原やかがやき出した南十字星、耳の奥に舷側に打ちよせる波のざわめきを感じながら、感傷的な気分にひたっていた。開戦いらい、はじめて味わう物哀しい気分である。

「総員寂《せき》として声なく、永久に相見るを得ぬ戦友を偲んだ」

と、彼はその夜の日記に書きつけた。

今日こそは気持を落着けて眠れるだろう、と思ったのには理由がある。反転北上命令が出た夜、めずらしく「酒保開け!」の許可が出て、下士官兵たちの居住区で酒盛りの大さわぎがあったからだ。

高角砲や機銃座の砲術科員たちも、はじめての戦闘体験で気性が荒立っていたのだろう。帰ってきた搭乗員とのあいだで戦果をめぐって口論となり、「敵空母二隻撃沈!」「いや、機上から見たかぎり、そうとは断言できぬ」とのやりとりがあって、取っ組みあいの喧嘩となった。

「負傷者です! 診てやってください!」

寝入りばなを叩き起こされて、宮尾軍医中尉が眠たげな眼をこすりながら治療室に出て行くと、押さえた腹部から血の流れ出している乗員の姿がある。

「どうしたんか！」

きくと、酒ビンが割れて破片が腹部に突き刺さり、亀裂が入ったらしい。見ると、腸の一部がはみ出している。

「大丈夫だ。安心しろ」

馬鹿な奴だ、と腹の底でののしりながら、手早く腸を腹部に押しこみ、傷口をぬいあわせて消毒し、治療をおえた。

下手をすれば、そのまま命取りになる。瀕死《ひんし》の重傷を負いながらかろうじて帰投してきた偵察員にくらべて、何と命を粗末にする奴かと腹立たしく思えてならなかった。

その機上戦死者——新野飛曹長の遺体は、右舷前甲板に安置されたままである。この十五日、瑞鶴のトラック泊地入りと同時に夏島に運ばれて、荼毘《だび》に付される予定である。

同日、予定通りトラック基地に入港した。五月一日いらい、半月ぶりの帰投である。すぐ新野飛曹長の白木の棺が舷門に運ばれて、艦尾からの内火艇に積みこまれた。

下田飛行長の見送りを受け、艦攻隊分隊長佐藤善一大尉が指揮をとり、乗員たちに担がれた棺とともに艇に乗りこむ。偵察員の准士官仲間、金沢飛曹長も志願してこの葬送に加わった。

夏島は、トラック環礁内にあるトラック諸島最大の島である。南洋庁東部支庁がおかれ、主な住民はカナカ族約一万五千人。周辺の海は水深が深く、環礁に守られた自然の良好な錨地となっていた。のちに、連合艦隊旗艦大和、武蔵の重要な錨地となったのはよく知られているところである。

薪が組まれ、四角い櫓《やぐら》の上に白木の棺がおかれた。黙禱のあと、佐藤大尉の命令で火が点じられる。昼下がり、じりじりとまばゆい日差しが照りつけるなかで焔がかげろうのように揺れた。燃え上がる火柱を見つめながら、金沢飛曹長は、

――骨一つ残らず、内地に持って帰ってやるぞ。

と、固い決意を誓っていた。故郷の山形では、若い妻と幼な児が彼の帰還を待ちわびているはずである。それを思えば、水葬などは論外であった。

骨揚《あ》げをおえると、一行はふたたびカッターで母艦にもどった。佐藤大尉が艦橋に上がって報告すると、横川艦長は「ご苦労」と一言いい、

「明日は出港する。予定時刻は午後四時」(注、日本時間)

と手短かにつたえた。いよいよ二ヵ月ぶりの内地である。

トラック基地を出港して三日後、洋上でインド洋作戦をふくめ、今次会戦の合同告別式がおこなわれた。

上甲板の格納庫が斎場《さいじょう》となった。

「故海軍大尉牧野正敏之霊」

「故海軍大尉坪田義明之霊」

と、軍艦旗を背景に三三名の名を記した白い垂れ幕がならび、生前の飛行服姿をそれぞれ額におさめて一人ずつ、その前にかざられている。袈裟《けさ》がけで僧侶姿の例の工作長が進み出て、弔いの読経をはじめた。

いつのまにか、工作科で木魚《もくぎょ》まで製作していたらしい。小さいながらも焼香台がしつらえてあり、これでは内地の葬儀と遜色《そんしょく》がないなと、宮尾軍医中尉は妙に感心したことだった。

横川艦長が弔辞を読みはじめた。

「今次作戦は西にインド洋を疾駆し、灼熱の大地を駆け英国軍を蹴散らし、果敢に英軍戦闘機を攻撃せる牧野正敏大尉の赤誠《せきせい》は、見事なり。

また艦爆隊の英霊諸子も縦横に大空を駆け、サンゴ海にいたっては坪田義明大尉を先頭に薄暮攻撃に挑んで、その勇猛心は……」

横川艦長が戦死者一人ひとりの最期の姿について語りはじめたころだった。列席していた最前列の原忠一少将が感に耐えかねたように、小さなハンカチを取り出して目に当てた。

「おい、司令官が泣いておられるぞ」

後部に整列している整備員たちのあいだから、小さなざわめきが起こった。飛行甲板を散歩するときは柔和な、いつも堂々たる偉丈夫ぶりの司令官である。決して取り乱すことのないと思われた五十三歳の将官が、いま肩を震るわせ子供のように泣きじゃくっている。

異変は、そのとき起こった。第一番の焼香役を指名されても原少将は耳に入らぬようにハンカチを眼にあて、肩をふるわせている。

「司令官、ご焼香を！」

司令部の副官がにじり寄って耳元でささやいたが、原少将は立ち上がることができない。横川艦長の合図で、山岡先任参謀が代わって焼香台の前に立った。

原忠一少将は、牧野大尉、坪田義明大尉、村上喜人大尉らのありし日の姿を思い浮かべ、万感こみあげてくるものがあったのだろう。とくに坪田大尉の無念の死は、自分が制止さえしていれば食い止めることができたのに……という、慚愧《ざんぎ》の思いに駆られていたにちがいない。

こうして乗員たちのさまざまな感懐の気持を乗せて、瑞鶴は五月二十一日、呉軍港に帰着した。

4　艦長退艦す

瑞鶴が呉に入港して三日後に、原忠一少将は柱島錨地の連合艦隊旗艦大和を訪ね、宇垣参謀長に作戦経過を説明したさい、あまりの打ち萎《しお》れかたにむしろ同情を買ったくらいだ。

「七日の日は天運にめぐまれず……」

と、作戦指揮に失敗をかさね、戦況に一喜一憂して戦果拡大のために残存兵力をすべてつぎ込むような放胆な作戦は「これも断行する自信なかりし」と正直な心情を吐露《とろ》すると、剛毅な宇垣少将もさすがに追及のほこ先をにぶらせて、

「其の言や真《まこと》なり」

と共感をしめしている。

だが、大和の作戦室にいる司令部幕僚たちは、MO機動部隊の作戦指揮ぶりに容赦はなかった。その急先鋒は山本長官の〝お気に入り〟三和義勇作戦参謀である。

三和大佐はアメリカ大使館付武官補佐官の知米派で、飛行学生から海大甲種学生へ。赤城飛行隊長、加賀飛行長などの経験もあり、積極果敢な攻撃精神の持ち主として知られている。黒島亀人首席参謀も理論派の積極主義者で、どうやら山本長官はこういう攻撃一本槍の参謀たちがお好みだったらしい。

この日、大和を訪れたのは原忠一少将ばかりではない。MO機動部隊の指揮官高木武雄中将、第五戦隊先任参謀長澤浩中佐、次席参謀末国正雄少佐、それに五航戦側から山岡三子夫先任参謀の四人が同行していた。第五戦隊旗艦妙高は二十二日に呉港に帰着し、高木司令部の顔がそろうのを待って、一行は柱島錨地を訪ねてきたのである。

舷門では、海軍礼式によって宇垣参謀長と黒島首席参謀以下の幕僚たちが出迎えていた。衛兵司令の命じるままに信号兵のラッパが鳴りひびく。

宇垣参謀長が原少将に目をとめ、案内のため先に立って歩きはじめた。高木司令官以下は「ちょっと……」と足どめを食ったままである。

「五戦隊司令官の話は明日午後、第二段作戦の打ち合わせが終わってからゆっくり聞く。宇垣参謀長はまず原司令官から、といっておられる」

三和参謀が歩を進めて、長澤参謀にせかせかと声をかけた。

明二十六日は、南雲忠一中将麾下の機動部隊出撃前日である。午前八時半より、ミッドウエー、アリューシャン攻略作戦の最後の図上演習が予定されている。午後からは、第二段作戦の第一期から第三期までの作戦予定が説明される。

三和大佐は、気ぜわしくたたみかけた。

「その準備で、われわれは手一杯なんだ」

原少将とともに帰還した瑞鶴は、つぎのフィジー、サモア攻略作戦（FS作戦）のために六月二十五日ないし二十七日にトラック基地進出が予告されている。来月十五日までに、その準備を完了しておかねばならない。

そのために、五航戦側の戦況報告だけは聞いておこう、という連合艦隊の判断であった。

「だいたい、貴様たちのあんな下手な作戦の話なんぞ、聞きたくもない！」

足どめを食った参謀たちを前に、黒島首席参謀が吐きすてるような言い方をした。高木中将は兵学校では彼の五期上の上官だが、長澤、山岡中佐はいずれも四十九期で、五期下の若輩たちである。

最若年の参謀末国正雄少佐には、その言葉の裏側にスラバヤ、バタビア沖海戦での第五戦隊による遠距離砲戦への不満があることに、すぐに気づいた。

両海戦は、陸軍部隊によるジャワ島上陸作戦におうじて第五戦隊の重巡六隻と、これをはばもうとする米英蘭豪四ヵ国艦隊との水上戦闘で知られる。同年二月末から三月にかけて日本側は大勝したが、その経過で英国重巡エクゼターなどを相手に長距離砲戦をいどみ、重巡足柄、妙高などは一日の砲戦で二〇センチ主砲弾一、一七一発を放ち、弾薬庫が空《から》になったと喧伝されたものである。

（なぜ、突っこんで砲撃せんのか！）

という怒りは、砲戦の行方に一喜一憂していた宇垣参謀長以下、〝鉄砲屋〟たちのものだが、もちろん五戦隊側にも、

「砲戦で相手を引きつけておいたために、バンタム湾に接岸中の無防備の陸軍船団四〇隻が救われたのではないか」

という反論がある。しかしながら、その言いわけは聞きとどけられなかった。「肉を切らせて骨を断つ」という敢闘精神論の前では、五戦隊は西洋の剣士のように、〝フェンシングのへっぴり腰野郎〟なのである。

三和参謀も、航空屋の先輩らしく山岡中佐にこうたたみかけた。

「航空母艦同士のはじめての海戦なら、敵と差しちがえるのが常識だろう。それをあんな作

戦をやりやがって……。そんな話など聞きたくもない」

そして、にべもなくこう言いはなった。

「帰れ！」

舷門での立ち話である。南方洋上の海戦をおえた参謀たちをいたわるでもなく、幕僚室に案内することもなく追い返す。

高木司令官は福島県生まれの東北人らしく、黙ったまま何もいわない。長澤参謀にうながされて舷門を帰りながら、末国少佐はくやしまぎれに思わずこうつぶやいた。

「驕《おご》る平家は久しからず、ですな」

闇のなかで、長澤中佐が大きくうなずくのが見えた。


連合艦隊司令部の得意は、この時期絶頂にあったというべきだろう。

宇垣参謀長の「黄金仮面」と称される傲岸《ごうがん》さは相変わらずであったし、黒島首席参謀は山本長官の後押しを得て作戦立案はわがもの顔で、三和作戦参謀の強気ぶりもまたしかり。彼らの権勢は、作戦中枢の軍令部員たちをしのぐ勢いであった。

その好例は、傷ついた翔鶴の運用長福地周夫少佐をまねいての戦訓研究会の席上にあった。

翔鶴が呉軍港に帰投したのは五月十七日のことだが、その折、燃料補給のために柱島沖から入港してきた戦艦大和から、山本長官以下幕僚たちがさっそく海戦での被害状況を視察にやってきた。

運用長とは、甲板諸作業の全般を指揮する立場で、戦闘時には応急指揮官の任につく。海戦では被弾時の応急処理、消火作業などの指揮にあたる重要なポストである。

翔鶴の福地運用長は全滅した右舷一番機銃台付近のスケッチなどを見せ、生々《なま》しい航空母艦戦の激闘ぶりを開戦いらい柱島に鎮座したままの司令部一行につぶさに披露した。

その激闘ぶりは、さすがに山本長官も度肝をぬかれたらしい。さっそく海戦の応急作業の戦訓について、福地運用長に説明をもとめる指令がきた。

「――五月二十五日午前十時、旗艦大和に出頭せよ」

当日は午前八時半より、MI作戦最後の図上演習、兵棋演習がおこなわれる作戦打ち合わせ日で、山本長官以下、南雲忠一、山口多聞など各指揮官、各幕僚たちが天幕の下に居ならんでいた。

正午までの二時間、福地少佐はサンゴ海海戦の敵米軍機との戦闘状況、爆弾被害にたいする応急処置について熱弁をふるった。

史上初の航空母艦戦とあって幕僚たちは聞き耳を立てていたが、語りかけている福地少佐にとっては、どうも彼らの反応が鈍いのである。

米空母二隻撃沈の戦果についても、のちに一航艦の飛行機隊幹部が思わず口走ったように、「妾《めかけ》の子であれだけ勝ったのだから、本チャンのおれたちならイチコロさ」

というあしらい方なのである。福地少佐が熱っぽく語れば語るほど、その声は柱島のおだやかな波に吸いこまれて行くようであった。

サンゴ海海戦が生み出した重大な教訓とは、二点ある。

その一は、偵察任務の重要性である。最初の失敗は五月七日朝の索敵機の誤認で、これが日本側の作戦指揮をすべて後手に回わらせた。その点で、海戦第二日まで米機動部隊の位置がつかめなかったことは原少将の采配を最後まで混乱させた。

すなわち、「情報戦の重要性」が最大のポイントだ。

その二は、航空戦指揮の即決性である。一刻をあらそう航空母艦戦では、一分一秒の判断のおくれが艦の運命を決定する。移り変わる戦局に対応して、判断を迅速に下さなければならない。日本側の判断は、すべての場合に後手にまわった。

翔鶴運用長が語る戦訓のなかから、翌日に出撃をひかえた南雲長官、草鹿参謀長以下幕僚たちは明日の機動部隊決戦のための即応を学びとるべきであった。

だが、両首脳に米空母部隊との対決をひかえての緊迫感がない。サンゴ海海戦で米空母二隻が撃沈破され（注、一隻は撃沈でなく、撃破との正確な判断がなされた）、ミッドウェー海戦にまで彼らが出動してくる可能性はないとの敵情判断から、これを単なる陸上基地攻略作戦としか受けとめていなかったのだ。

出撃前の敵情判断では、「太平洋上の米正規空母は三～四隻、特設空母は二隻程度」あり、サンゴ海海戦のあと南太平洋上で「米空母二隻、巡洋艦四、駆逐艦六よりなる機動部隊」

（注、ハルゼー部隊）を発見したため、米残存空母兵力はすべて南太平洋上にある公算大と考えていた。

　その楽観的気運は、まず第一に連合艦隊司令部にみなぎっていたことを指摘しておかねばならない。

　旗艦大和を中心とした主力部隊の出撃前夜、三和作戦参謀自身も「今は誰よりも敵に逢はし給え」と、米空母部隊がミッドウェー方面に出撃してくれることを切にねがうばかりである。

　三和参謀日誌は、何も気づかずにこう書きつける。

「……敵は豪州近海に兵力を集中させる疑あり。かくては大決戦は出来ず。我はこれを虞《おそ》る。
好《よ》き敵に逢はしめ給へ千萬の
神よ吾等か赤心の賞《めで》て」（傍点筆者）

　大いなる油断といわねばならない。

　大決戦は出来ず——とは、まさしく己が力を過信して、「驕る平家は久しからず」というほかはない。

　米海軍のニミッツ大将は、日本軍のミッドウェー攻略作戦阻止にむけて第十六機動部隊の空母エンタープライズ、ホーネット二隻（指揮官R・A・スプルーアンス少将）を急行させ、これにサンゴ海で撃破された空母ヨークタウンの第十七機動部隊（F・J・フレッチャー少将）を加え、「大消耗戦をおこなって敵に最大限の損害をあたえる」大迎撃作戦を企図していた。

そのために五月二十九日午後二時、真珠湾に帰港したヨークタウンは海軍工廠でいそぎ修理がはじめられ、昼夜兼行の突貫工事でわずか四十八時間で——外観上の破損個所をのぞいて——ほぼ作戦可能の状態にまで復旧された。おなじ被害をうけた空母翔鶴が三ヵ月の修理を要したのとくらべると、おどろくべき工業能力の格差である。

真珠湾攻撃時、工廠設備等への第二撃中止の判断が、この時期になってきて大きく影響をおよぼしてきたのだ。

福地運用長は講話をおえて、午後のミッドウェー出陣の壮行会に案内された。天幕の下、正面テーブルには南雲中将、山口多聞、阿部弘毅、木村進各司令官が顔をそろえ、参加各艦の艦長はじめ幕僚たちも左右に分かれて席についている。

やがて山本長官が姿をあらわし、力をこめて「しっかりやってくれ」と激励の訓示をした。晴れやかな壮行の宴となった。南雲長官以下、ミッドウェー作戦参加部隊の幹部一同が盃をかかげて、前途の戦勝を祈念した。日本海軍はいま、絶頂期の真っただ中にいた。

第一段作戦完了を期に、艦長人事が発令されることになった。瑞鶴艦長横川市平大佐に、

「補筑波航空隊司令」の辞令が出た。最前線指揮官を離れ、一年半ぶりの陸上基地勤務である。

翔鶴でも、城島高次艦長が佐世保鎮守府付となり（六月二十日付で第十一航空戦隊司令官）、代わって横須賀航空隊副長の有馬正文大佐が着任してきた。

この人事には、第二段作戦実施をひかえての人心一新をはかるという大目的があったが、その背後にサンゴ海海戦での指揮官たちの采配ぶりに海軍中央の大いなる不満があったことは見逃せない。

司令官原忠一少将は七月十四日付で第八戦隊司令官となり、先任参謀山岡三子夫中佐は第二航空戦隊参謀に転じた。

瑞鶴飛行機隊も、嶋崎飛行隊長以下先任分隊長すべてが交代した。

彼らは呉帰港直前になって九州南沖を飛び立ち、鹿屋基地で壊滅状態となった各隊の再編成作業に明け暮れていた。

ミッドウェー作戦に参加できなかった彼らに、各基地からの補充要員が集められ、艦隊搭乗員としての急速訓練がはじめられていたのである。

六月五日、その日は何事もなく一日の課業がはじまった。午前中は飛行訓練、午後は機体整備のくり返し……。日課がおわると自由時間がある。生死を賭けた戦場をくぐりぬけてきた搭乗員たちは、久しぶりの初夏の日差しを全身にあびて、この日ものどかな余暇の時間を愉しんでいた。

「おい、岡嶋」

岡嶋清熊大尉は、飛行隊長嶋崎少佐から不意に声をかけられた。その声には、いつになく真剣な調子がこめられていた。

「まだ、よくわからないんだが、ミッドウェーで母艦がやられたらしい。しかも、四隻全部だ」

南雲機動部隊が米軍機の急襲をうけ、旗艦赤城をはじめ加賀、蒼龍、飛龍が被弾炎上中という悲報が入電したというのだ。

「どうやら、おれたちは〝虎の子〟になったらしいぞ」

嶋崎少佐は自分たちが主役になったぞと、いくぶん皮肉な口調でいった。

だが、その表情に笑顔はなかった。つねに機動部隊の花形であった一、二航戦の四空母部隊が壊滅し、五航戦の〝マルチン航空兵〟たちがこれからの海上戦闘の主役となる。とにかく、日本海軍の正規空母は瑞鶴、翔鶴の二艦のみなのだ。


——この日が、軍艦瑞鶴にとって激震のはじまりとなった。五航戦司令部の解体と同時に、幹部が更迭され、新たに飛行機隊が編成されることになった。

七月十四日付で、飛行長下田久夫中佐が横須賀鎮守府付となって転出した。

それと相前後するようにして、嶋崎重和少佐は呉鎮守府付から名古屋航空隊副長兼飛行長へ。先任分隊長佐藤善一大尉は筑波航空隊教官となり、艦爆隊では江間保大尉が佐伯航空隊、戦闘機隊では岡嶋清熊大尉が岩国航空隊のそれぞれ教官に、塚本祐造大尉が空母飛鷹分隊長に転出した。

艦長人事もおこなわれた。二代目瑞鶴艦長として、筑波航空隊司令野元為輝大佐が着任してきた。その辞令の日付けは、奇しくも戦局の大転回と同じ六月五日であった。

（了）

文庫本のためのあとがき

初代艦長横川市平元大佐（終戦時、少将）の訃報を目にしたのは、新聞紙上であった。昭和五十四年一月七日、老衰のため死去。享年八十六。

その年の暮ごろであったと思う。とつぜんの電話が鳴って出てみると、相手の女性は横川松野ですと名乗った。横川艦長夫人である。

取材の折に、私は神戸市北舞子の横川氏宅を二度訪ねている。二度目はとくに印象が深くて、横川さんは風土病の後遺症が悪化して頭痛がはげしく、ほとんど口がきけない状態であった。

そのかたわらで、夫を甲斐がいしく介抱する小肥りの穏和な老婦人の風貌が目前に浮かんだ。

用件は、私が書いた横川元艦長への追悼の一文を最近読んだとかで、そのお礼の一言がいいたかったのだという。

「大勢の部下の方たちにも見送られて、主人の最期は本当にしあわせでした」

電話口のむこうで、心なしか涙にうるんでいるように感じられた。

私が書いた一文とは、こうである。

横川さんは八十六歳と高齢で、世間的には天寿をまっとうしたわけだが、戦後に「瑞鶴会」戦友会の結成に力をつくし、そのために旧乗組員との交流が復活し、葬儀には瑞鶴の元乗組員たちが数多くかけつけることができた。

彼らは、納棺のさいには艦長の上半身を軍艦旗でおおい、「海ゆかば」を斉唱し、棺を肩にかついで運んだ。

──時代が変わり、旧海軍軍人の晩年はさびしいものが多いが、その意味では横川艦長の最期は恵まれたものであったといえよう……。

横川初代艦長は、民間造船所での初の正規空母建造に艤装員長として立ち会い、飛行機隊の完熟訓練もなされないまま日米開戦をむかえる。真珠湾攻撃からサンゴ海海戦まで四度の大作戦に参加し、とくに米海軍との初の航空母艦戦では勝敗を五分に持ちこんだ。

その後、主力の南雲機動部隊がミッドウェー海戦で惨敗した事実を考えてみると、横川艦長はじめ瑞鶴の乗員たちは最強の米海軍を相手によくぞ互角に戦ったものだと思う。

大艦巨砲時代から航空撃滅戦へ──。当時の日本海軍はマハン提督の海上戦略理論からの大転換期をむかえる時代であったから、初代艦長として筆舌につくしがたい苦労があったにちがいない。

戦後の苦難の日々と重ねあわせると、横川松野夫人にはひときわ感慨深いものがあったのだろう。電話のむこう側で夫人の涙声をききながら、私はようやく一つの時代が終わったのだという感慨にとらわれてならなかった。

瑞鶴の乗員たちにも、それぞれに退艦後の有為転変の人生がある。

飛行隊長嶋崎重和少佐は瑞鶴を降りたあと、副長兼飛行長として基地航空部隊を歩いた。横須賀航空隊から昭和十九年十月になって、第二航空艦隊航空参謀としてレイテ攻防戦時の比島に進出した。二航艦司令長官は福留繁中将で、のちに同期生の大西瀧治郎中将にしたがって全軍特攻に追随した人物である。

嶋崎中佐（昇進）は最前線の航空参謀として圧倒的な米軍戦力を前に、わずかな味方兵力で苦労を重ねたらしい。

「敵の艦は沈めても又沈めても殆んど無尽《むじん》と見え中候……前途は尚多事多難苛烈なる決戦が更に更に続く」

と、遺書となった最後の両親あての手紙に、その苦衷を訴えている。

嶋崎中佐は、特攻には反対だったらしい。兵学校時代の日記をみてもそのことは容易に想像されるが、二航艦司令部の台湾への脱出のさいには福留中将一行と行をともにしなかった。現地部隊をおきざりにしてまっ先に司令部のみが脱出する処置に抵抗を感じたものか、単独で比島に残った。

その後、九七艦攻を提供されても「もったいないから」と断わり、水上偵察機に便乗して台湾東港へむかうことになった。

これが、運命の岐《わか》れ路となった。米軍空襲のさなか、被撃墜をさけて搭乗員たちは不時着水して海上に逃れたが、嶋崎中佐は救命胴衣からの脱出に手間どって米グラマン戦闘機に急襲され、銃弾をあびて戦死した。昭和二十年一月九日のことである。戦死後、特殊進級により海軍少将に列せられた。享年三十六歳。

江間保大尉は、佐伯航空隊教官のあとふたたび最前線勤務となり、五八二空飛行隊長としてラバウル基地に進出した。昭和十八年五月のことだから、ソロモン諸島をめぐる熾烈《しれつ》な航空攻防戦の真っただ中に身を投じたわけである。ラバウル基地は艦爆搭乗員の墓場といわれる激戦地で、ルンガ泊地攻撃では九死に一生を得る戦闘を体験した。

神風特攻が誕生したレイテ攻防戦では、二航艦航空部隊の一員として旧式の九九艦爆をひきいて航空総攻撃に参加している。この戦闘では嶋崎航空参謀の指揮下にはいり、ほぼ壊滅状態に近い敗北を喫している。

日本内地に帰還してからは、七〇一空飛行長として艦爆特攻の指揮をとった。だが、比島でのにがい体験から特攻とは体当たりがすべてではないと主張して、反復攻撃を実施させ、効果をあげた。

温情家で、敗戦直前に部下の飛行隊長中津留達雄大尉に女子が誕生し、実家も大分県津久見市に近いことから、大分基地に派遣させることにした。結果的には、その地から五航艦司令長官宇垣纒中将が特攻出撃することになり、中津留大尉も同行戦死したのである。

その派遣の指示さえなければ死なずにすんだかも知れない、との悔悟が終生江間少佐を苦しめることになる。

戦後は郷里の静岡にもどり、森町天宮で木工工場を経営した。昭和六十二年、没。七十四歳。

岡嶋清熊大尉も岩国航空隊教官のあと、空母飛鷹、龍鳳各飛行隊長を歴任し、二〇四空時代にブイン基地で事故に遭《あ》い、内地帰還となった。

昭和二十年三月の神雷特攻隊初出撃には制空隊長として参加。桜花特攻機全滅の悲劇を目撃体験する。五十一航戦参謀として、大和基地で敗戦を迎えた。戦後は海上自衛隊に勤務した。平成七年、没。享年八十二。

以上、緒戦期四人の指揮官たちそれぞれの人生を略記したが、この書に登場するすべての乗員、造艦技術者に昭和の波乱の歴史が待ちかまえていたことは言うまでもない。機上戦死した新野多喜男飛曹長の場合、一人娘の丸川範子氏からは、家族三人で最後の旅行をした別府温泉でのエピソードを知ることができた。生後まもない幼な児を抱いて温泉に入浴する父親の微笑ましい姿が想い起こされ、戦場での小隊長像だけでなく、人間新野多喜男の素顔である。

　サンゴ海海戦での勇壮な戦闘のあと、部下の戦死を悼んだ分隊長佐藤善一大尉が直訴して水葬とせず、遺体をトラック基地まで運び、丁重に荼毘に付したのは、本文でも記した通りである。

　連載発表時、はじめてその事実を知った新野未亡人は、夫の遺骨が内地まで運ばれていながら実家にとどけられないことに不審を抱き、佐藤元大尉とも連絡を取り、娘範子と二人で山形県から上京し、厚生省援護局を訪ねたのである。

　亡き夫の墓が役所から送られてきた遺影一葉であるのを無念に思い、戦後永く時間が経過したにもかかわらず、遺骨をわが手に取りもどし、菩提を葬りたいと必死の願いで上京してきたのである。

　不可解なことに、いかなる官僚的怠慢があったものか、確かに呉軍港港務部に手渡されたはずの故新野飛曹長の遺骨は行方不明になっていて、旧海軍が消滅した現在、厚生省側も調査不能。お手上げの状態との返事であった。

　悄然として帰郷しましたと、範子さんから来信があった。

　戦後数十年経っても故人を慕う遺族の深い思いにふれて感動もし、これこそ昭和の庶民の歴史そのもの、と感慨を新たにしたのである。

　僚艦翔鶴の飛行隊長高橋赫一少佐の遺族からも、こんな話をきいた。長男赫弘氏の語る、悲惨な戦後の遺族たちが味わった苦難の歴史である。

高橋隊長はつねづね「俺たちは黙って戦い、黙って死ねばよい。後のことは国家国民が知っている」と語っていたように、壮烈な戦死を遂げた。新聞は「爆撃の神様、敵空母と差し違え」と大々的に報道し、海軍当局は二階級特進、海軍大佐への二階級特進で、その勲功に報いた。

だが戦後――。一転して、故高橋大佐は戦犯、国賊扱いに。追い打ちをかけるように軍人遺族への恩給は一時停止。遺族の生活は困窮を極めた。未亡人は病に苦しみ、死の床で長男にこう諭した。

「いくらお国のため、社会のためとおだてられても、お父さんのように家族を残して死ぬのはいけないよ」

これが英雄と祀り上げられた家族の真の叫びであったろう。赫弘氏は父の兵学校時代の友人の計らいで、保安大学校（現・防衛大学校）一期生への入学を保証してくれたが、母親の最後の言葉を思い出し、平凡な市井の生活人の途を選んだ。

筆者あての書簡に、「私たち家族のような悲惨な体験を二度と味わわせたくない」と若い世代へのメッセージを高橋赫弘氏はつづっていた。この一文にも、胸に沁みる思いがある。

この物語は、太平洋戦史の奇跡といわれた軍艦瑞鶴の誕生から悲劇の最期までをたどる大いなる叙事詩のつもりで書いた。昭和十三年の建艦計画から造艦までの苦節の前半生、さらに航空母艦としてハワイ作戦に参加し、同艦はいくたの海空戦を幸運にも生きのびて、昭和十九年十月二十五日、囮《おとり》艦隊の中心として米軍機の航空攻撃を一手に吸収し、断末魔の最期をとげる。

私は以上の体験から、それら乗員の軌跡をたどることは、すなわち昭和の歴史そのものを語ることではないかと考えて、この主題に取り組んだ。戦争という極限状態であっても、好むと好まざるにもかかわらず、それが彼らの人生であり、青春のすべてなのだ。彼らの人生とは、本当に空しいものだったのか？

この壮大な企てが果たして成功したかどうかはわからない。しかしながら、永年にわたる準備期間をへて、ようやくその集大成としての仕事の第一歩を踏み出すことができた。

次巻はミッドウェー海戦での主力四空母喪失のあと、瑞鶴、翔鶴両艦が日本海軍の主役となってソロモン海域の航空母艦戦に出撃する。待ちうけるのは茫漠たる海——太平洋である。

以下にかかげる人々は、筆者の企てに賛同し、快くインタビューに応じてくれた協力者である。その名を記して感謝の気持としたい（順不同）。

森本猛夫、長谷川健二、溝口三雄、五代圭市、住田茂一、横川市平、江間保、岡嶋清熊、佐藤善一、門司親徳、八重樫春造、金沢卓一、三福岩吉、山本重久、塚本朋一郎、下田久夫、福地周夫、溝口権七、大浦民兵、渡辺直寛、大谷藤之助、遠藤忠孝、原田耕介、横枕秀綱、牛島静人、鈴木敏夫、西沢十一郎、羽生津武弘、溝部隆治、清水三代彦、稲葉喜佐三、山本治夫、川上秀一、西村肇、山崎敏夫、森定一、神庭久義、榊原重雄、源田実、淵田美津雄、草鹿龍之介、髙橋赫弘、髙橋瑞枝、大倉薫子の各氏。

連載にあたっては竹川真一氏、出版化のためには牛嶋義勝、川岡篤両氏の尽力があった。あわせて感謝の意を表したい。

二〇一七年初夏

森　史朗

参考文献

戦史・戦闘記録

戦史叢書（防衛庁防衛研修所戦史室著）朝雲新聞社
「ハワイ作戦」
「南東方面海軍作戦〈1〉」
「南太平洋陸軍作戦〈1〉」
「蘭印・ベンガル湾方面海軍進攻作戦」
「中部太平洋方面海軍作戦〈1〉」
「大本営海軍部・連合艦隊〈1〉」
「海軍航空概史」
「日本海軍航空史〈1～4〉」日本海軍航空史編纂委員会編　時事通信社

回想録・戦史研究など

「戦藻録」宇垣纏　原書房
「空母翔鶴海戦記」福地周夫　出版協同
「南十字星は見ていた―翔鶴軍医官日記」渡辺直寛　私家版
「空母瑞鶴から新興丸まで」宮尾直哉　近代文藝社
「髙橋赫一」岩村武男　非売品
「海鳴譜―徳島人海軍兵科将校列伝」住友誠之介　徳島総研
「髙橋赫一日記―支那事変」髙橋赫弘篇　私家版
昭和二十一年「重和思出之記」澤重元　同
「九九艦爆戦記」江間保　土曜通信社
「零戦撃墜王」岩本徹三　今日の話題社
「井上成美」井上成美伝記刊行会　非売品
「暗号―原理とその世界」長田順行　ダイヤモンド社
「新高山登レ一二〇八」宮内寒弥　六興出版
「日本海軍戦闘機隊―付・エース列伝」秦郁彦監修・伊沢保穂編　酣燈社
「日本陸海軍の制度・組織・人事」日本近代史料研究会編　東京大学出版会
「陸海軍将官人事総覧」外山操編　芙蓉書房
「日本陸海軍将官辞典」福川秀樹　同

雑誌記事、その他

「真珠湾事件の真相」淵田美津雄（月刊『大和タイムス』）
「軍状上奏之事」同

「真珠湾攻撃の思い出」(『東郷』)岡嶋清熊手記
「われ真珠湾上空にあり」(増刊『歴史と人物』)＝内海寿夫手記
「機動部隊、針路九十七度」増田正吾(『丸』所収)
「ポートモレスビー空爆行」 石川清治(同)
嶋崎重和私稿(十九歳)
佐藤善一回想録
三福岩吉手記
金沢卓一日記
堀建二日録

外国文献

「太平洋の旭日(上・下)―太平洋戦争アメリカ海軍作戦史」サミュエル・E・モリソン(中野五郎訳)改造社
「真珠湾は眠っていたか(I～III)」ゴードン・W・プランゲ(土門周平・高橋久志訳)講談社
「真珠湾の審判」ロバート・A・シオボールド(中野五郎訳)講談社
「真珠湾―日米開戦の真相とルーズベルトの責任」G・モーゲンスターン(渡邉明訳)錦正社
「真珠湾攻撃」ジョン・トーランド(徳岡孝夫訳)文藝春秋
「真珠湾の真実―ルーズベルトの欺瞞の日々」ロバート・B・スティネット(妹尾作太男訳)文藝春秋
「第二次大戦」リデル・ハート(上村達雄訳)フジ出版社
「ニミッツの太平洋海戦史」E・B・ポッター(実松譲・冨永謙吾共訳)恒文社
「提督ニミッツ」E・B・ポッター(南郷洋一郎訳)フジ出版社
「キング元帥報告書」E・J・キング(山賀守治訳)国際特信社
「提督スプルーアンス」T・B・ブュエル(小城正訳)読売新聞社
「マッカーサー回想記」津島一夫訳 朝日新聞社
「珊瑚海海戦」A・A・ヘーリング(宇田道夫訳)サンケイ新聞社
「サンゴ海の戦い」エドウィン・ホイト(志摩隆訳)角川文庫
「ミッドウェイ」P・フランク・G・ハリントン(谷浦英夫訳)白金書房
「暗号戦争」デーヴィッド・カーン(秦郁彦・関野英夫訳)早川書房

「太平洋暗号戦史」W・J・ホルムズ（妹尾作太男訳）ダイヤモンド社

米海軍戦史

"History of United States Naval Operations in World War II - "THE RISING SUN IN THE PACIFIC" & - "CORAL SEA, MIDWAY AND SUBMARINE" by Samuel Eliot Morrison : Little, Brawn & Company.
"THIS IS NO DRILL !" by Henry Berry : BERKLEY BOOKS
"HAWAII UNDER THE RISING SUN" by John J. Stephan : University of Hawaii Press.
"THE ATTACK ON PEARL HARBOR" by Larry Kimmett & Margarret Regis : Navigator Publishing.
"OUR CALL TO ARMS" Times Inc
"PEARL HARBOR - THE DAY OF INFAMY" by Jhon McCain : BASIC BOOKS
"The Battle of The Coral Sea - Strategical and Tactical Analysis" by U. S. Naval War College.
"Action Reports" "War Diary" "Aviation History" [U. S. S LEXINGTON]
[U. S. S YORKTOWN]
"Battle Experience : Solomon Islands 1942" by United States Fleet.
"The Battle of The Coral Sea" by Bernard Millot : IAN ALLAN.
"Carrier Operations Vol II" by David Brown : IAN ALLAN.
"The First Team - Pacific Naval Air Combat from Pearl Harbor to Midway" by John B. Landstrom : Naval Institute Press.
"Fire in the Sky - The Air War in the South Pacific" by Elic M.Bergerud : Westview.
"Carrier Warfare in the Pacific - An Oral History Collection" by E. T. Woodridge : Smithonian.
"US Carriers at War" by peter Kilduff : Ian Allen Ltd.

単行本　平成二十年二月「勇者の海」改題　光人社刊

NF文庫

「敵空母見ユ！」

二〇一七年十一月十五日　印刷
二〇一七年十一月十九日　発行

著　者　森　史朗
発行者　高城直一
発行所　株式会社潮書房光人社
〒102-0073　東京都千代田区九段北一-九-十一
振替／〇〇一七〇-六-五四六九三
電話／〇三-三二六五-一八六四㈹
印刷・製本　図書印刷株式会社
定価はカバーに表示してあります
乱丁・落丁のものはお取りかえ致します。本文は中性紙を使用

ISBN978-4-7698-3038-2 C0195
http://www.kojinsha.co.jp

NF文庫

刊行のことば

第二次世界大戦の戦火が熄《や》んで五〇年——その間、小社は夥しい数の戦争の記録を渉猟し、発掘し、常に公正なる立場を貫いて書誌とし、大方の絶讃を博して今日に及ぶが、その源は、散華された世代への熱き思い入れであり、同時に、その記録を誌して平和の礎とし、後世に伝えんとするにある。

小社の出版物は、戦記、伝記、文学、エッセイ、写真集、その他、すでに一、〇〇〇点を越え、加えて戦後五〇年になんなんとするを契機として、「光人社NF（ノンフィクション）文庫」を創刊して、読者諸賢の熱烈要望におこたえする次第である。人生のバイブルとして、心弱きときの活性の糧《かて》として、散華の世代からの感動の肉声に、あなたもぜひ、耳を傾けて下さい。